2007 年入选全国优秀博士学位论文
"黄河文明特色群"建设经费资助

A LIBRARY OF
DOCTORAL
DISSERTATIONS
IN SOCIAL SCIENCES IN CHINA

中国
社会科学
博士论文
文库

英国哥特小说与中国六朝志怪小说比较研究

李伟昉　　著
导师　曹顺庆
审稿　李茂生

中国社会科学出版社

图书在版编目（CIP）数据

英国哥特小说与中国六朝志怪小说比较研究/李伟昉著．—北京：
中国社会科学出版社，2004.12（2017.5 重印）
（中国社会科学博士论文文库）
ISBN 978-7-5004-4846-4

Ⅰ.①英…　Ⅱ.①李…　Ⅲ.①小说－对比研究－中国、英国－
六朝时代　Ⅳ.①I207.41

中国版本图书馆 CIP 数据核字（2004）第 128765 号

出 版 人　赵剑英
责任编辑　罗　莉
责任校对　石春梅
责任印制　戴　宽

出　　　版　中国社会科学出版社
社　　　址　北京鼓楼西大街甲 158 号
邮　　　编　100720
网　　　址　http://www.csspw.cn
发 行 部　010－84083685
门 市 部　010－84029450
经　　　销　新华书店及其他书店

印刷装订　北京君升印刷有限公司
版　　　次　2004 年 12 月第 1 版
印　　　次　2017 年 5 月第 3 次印刷

开　　　本　880×1230　1/32
印　　　张　13
插　　　页　2
字　　　数　323 千字
定　　　价　68.00 元

作 者 简 介

李伟昉 男，文学博士，博士后，二级教授，博士生导师，河南大学文学院院长，《汉语言文学研究》杂志主编。享受国务院政府特殊津贴专家，"百千万人才工程"国家级人选，国家"有突出贡献中青年专家"，中国比较文学与世界文学学科领域第一个全国百篇优秀博士学位论文奖获得者，河南省教学名师，河南省特聘教授，河南大学"杰出人才特区支持计划"特聘教授，中国外国文学教学研究会副会长，中国比较文学教学研究会副会长，英国剑桥大学、美国哈佛大学访问学者，主持完成两项国家社科基金项目和五项省部级项目，先后获河南省社会科学优秀成果一、二、三等奖，主要学术专著有《黑色经典：英国哥特小说论》《梁实秋莎评研究》《说不尽的莎士比亚》《西方文学经典与比较文学研究》等，译著1部，在《中国社会科学》《文学评论》《外国文学评论》《外国文学研究》等重要学术刊物上发表论文多篇。

内 容 提 要

本书主要运用比较文学平行研究的方法，附以阐释学、接受美学、叙事学等理论，本着跨异质文化平等对话与沟通互补的立场和原则，在国内首次将英国哥特小说与中国六朝志怪小说纳入比较文学视野，互为参照，相互印证，既论析它们各自的文学特色与存在价值，又探讨它们作为鬼怪小说创作所共有的审美本质与基本规律，透过浅层次的异同比较实现深层次的跨文化探源，进而试图从一个角度寻求一条建构平等多彩、互通有无的理想的世界文学的路径。在研究中，始终以小说构成的几个要素（如情节、主题、人物、叙事）来结构、贯串本文，以问题意识带动比较研究。力戒盲目乱比，强调可比性，突出异质性，彰显对话性。本书在中西小说比较研究领域具有重要的开拓性价值。

总　　序

　　在胡绳同志倡导和主持下，中国社会科学院组成编委会，从全国每年毕业并通过答辩的社会科学博士论文中遴选优秀者纳入《中国社会科学博士论文文库》，由中国社会科学出版社正式出版，这项工作已持续了 12 年。这 12 年所出版的论文，代表了这一时期中国社会科学各学科博士学位论文水平，较好地实现了本文库编辑出版的初衷。

　　编辑出版博士文库，既是培养社会科学各学科学术带头人的有效举措，又是一种重要的文化积累，很有意义。在到中国社会科学院之前，我就曾饶有兴趣地看过文库中的部分论文，到社科院以后，也一直关注和支持文库的出版。新旧世纪之交，原编委会主任胡绳同志仙逝，社科院希望我主持文库编委会的工作，我同意了。社会科学博士都是青年社会科学研究人员，青年是国家的未来，青年社科学者是我们社会科学的未来，我们有责任支持他们更快地成长。

　　每一个时代总有属于它们自己的问题，"问题就是时代的声音"（马克思语）。坚持理论联系实际，注意研究带全局性的战略问题，是我们党的优良传统。我希望包括博士在内的青年社会科学工作者继承和发扬这一优良传统，密切关注、深入研究 21 世纪初中国面临的重大时代问题。离开了时代性，脱离了社会潮流，社会科学研究的价值就要受到影响。我是鼓励青年人成名成家的，这是党的需要，国家的需要，人民的需要。但问题在于，什么是名呢？名，就是他的价值得到了社会的承认。如果没有得到社会、人民的承认，他的价值又表现在哪里呢？所以说，价值就在于对社会重大问题的回答和解决。一旦回答了时代性的重大问题，就必然会对社会产生巨大而深刻的影响，你也因此而实现了你的价值。在这方面年轻的博士有很大的优势：精力旺盛，思想敏捷，勤于学习，勇于创新。但青年学者要多向老一辈学者学习，博士尤其要很好地向导师学习，在导师的指导下，发挥自己的优势，研究重大问题，就有可能出好的成果，实现自己的价值。过去12年入选文库的论文，也说明了这一点。

什么是当前时代的重大问题呢？纵观当今世界，无外乎两种社会制度，一种是资本主义制度，一种是社会主义制度。所有的世界观问题、政治问题、理论问题都离不开对这两大制度的基本看法。对于社会主义，马克思主义者和资本主义世界的学者都有很多的研究和论述；对于资本主义，马克思主义者和资本主义世界的学者也有过很多研究和论述。面对这些众说纷纭的思潮和学说，我们应该如何认识？从基本倾向看，资本主义国家的学者、政治家论证的是资本主义的合理性和长期存在的"必然性"；中国的马克思主义者，中国的社会科学工作者，当然要向世界、向社会讲清楚，中国坚持走自己的路一定能实现现代化，中华民族一定能通过社会主义来实现全面的振兴。中国的问题只能由中国人用自己的理论来解决，让外国人来解决中国的问题，是行不通的。也许有的同志会说，马克思主义也是外来的。但是，要知道，马克思主义只是在中国化了以后才解决中国的问题的。如果没有马克思主义的普遍原理与中国革命和建设的实际相结合而形成的毛泽东思想、邓小平理论，马克思主义同样不能解决中国的问题。教条主义是不行的，东教条不行，西教条也不行，什么教条都不行。把学问、理论当教条，本身就是反科学的。

在 21 世纪，人类所面对的最重大的问题仍然是两大制度问题：这两大制度的前途、命运如何？资本主义会如何变化？社会主义怎么发展？中国特色的社会主义怎么发展？中国学者无论是研究资本主义，还是研究社会主义，最终总是要落脚到解决中国的现实与未来问题。我看中国的未来就是如何保持长期的稳定和发展。只要能长期稳定，就能长期发展；只要能长期发展，中国的社会主义现代化就能实现。

什么是 21 世纪的重大理论问题？我看还是马克思主义的发展问题。我们的理论是为中国的发展服务的，决不是相反。解决中国问题的关键，取决于我们能否更好地坚持和发展马克思主义，特别是发展马克思主义。不能发展马克思主义也就不能坚持马克思主义。一切不发展的、僵化的东西都是坚持不住的，也不可能坚持住。坚持马克思主义，就是要随着实践，随着社会、经济各方面的发展，不断地发展马克思主义。马克思主义没有穷尽真理，也没有包揽一切答案。它所提供给我们的，更多的是认识世界、改造世界的世界观、方法论、价值观，是立场，是方法。我们必须学会运用科学的世界观来认识社会的发展，在实践中不断地丰富和发展马克思主义，只有发展马克思主义才能真正坚持马克思主义。我

3

们年轻的社会科学博士们要以坚持和发展马克思主义为己任，在这方面多出精品力作。我们将优先出版这种成果。

李铁映

2001 年 8 月 8 日于北戴河

目　录

序

记得三年前，伟昉报考研究生时对我说，他过去主要从事外国文学教学与研究，因此到我这里学习有两个目的，一是系统研读比较文学理论，二是希望尽可能调整自己的知识结构，弥补在中国古典文论和儒家元典知识方面的欠缺，以利于今后更好地展开中西文学的跨文化比较研究。所以他在读博期间，研读《十三经》，背诵《文心雕龙》及系统学习外文西方文论经典，皆十分勤奋、刻苦、用功；他勤于思考，视野开阔，不仅能如期完成我交给他的多项科研课题，而且发表论文多篇。可以说，他现在完成的博士学位论文《英国哥特小说与中国六朝志怪小说比较研究》，就是他学习比较文学理论、调整完善知识结构后初步取得的可喜收获。我也由衷地祝贺他的学位论文被收入"中国社会科学博士论文文库"，并即将由中国社会科学出版社出版。这是对他论文的充分肯定。

我认为，伟昉的这篇博士学位论文主要有以下三个特点。

一、选取了一个被学界普遍忽视、研究薄弱却颇有难度、意义重大的选题。产生于 18 世纪后期的英国哥特小说，因其黑色性质与位居边缘等原因，国内外国文学界一直对它的思想内涵和艺术价值缺乏深入系统的探讨，相比于其他外国文学作品的研究，明显处于滞后状态。而国内对六朝志怪小说的研究虽已有长足的进展，但又受其"丛残小语"的束缚难有较大的突破，特别是缺乏将它作为有叙述意味的小说文本加以细密考察的学术成果。作者的可贵之处正在于，他敏锐地发现了英国哥特小说与中国六朝志怪小说这两个看似风马牛不相及的对象中所蕴涵的同质性及其研究的可能性，进而尝试着运用比较文学平行研究的方法，附以阐释学、接受美学、叙事学等理论，本着跨异质文化平等对话与沟通互补的立场和原则，从鬼怪小说的层面，将它们纳入比较文学研究的视野，互为参照，相互印证，以彰显它们共同的审美特性及其各自的文学特色与存在价值，由浅层次的异同比较进入到深层次的跨文化探源。该选题在中西小说比较研究领域具有重要的填补空白的开拓性价值，是一篇跨文化比较文学平行研究的优秀学位论文。

二、论析扎实，自成系统。论文从情节、主题、人物、叙事等小说构成的几个重要因素入手，依次展开对英国哥特小说与中国六朝志怪小说的比较研究，理路清晰，系统完整。作者力戒盲目乱比的弊端，首先令人信服地从社会历史背景、宗教因素、文学文本等方面确立了两个对象之间的可比性，使论析建立在扎实的可比性基础上。其次，突出对两者异质性的探析，深入阐释了各自不同的文化文学传统带给它们的鲜明个性特征。最后，进一步彰显了它们对话的价值，从而使整个论题的比较更具有了现实的与文学的意义。

三、作者在下面两个方面表现出了难能可贵的探索精神：一是对两者的怪诞、恐怖的表现形态及其审美内涵作了较为详尽的梳理和文化阐释，较之以往用怪诞恐怖的词汇抽象概括小说特征的做法更形象生动，更具说服力。二是在比较中，不仅较为系统地探讨了英国哥特小说的思想价值、艺术成就及其在西方文学史上的重要影响，对几部最具代表性的哥特小说作了细致的分析，而且尤为值得关注的，是对六朝志怪的若干经典小说作了全面的细密的叙事学分析，充分展示了它们的文学成就与长期被遮蔽的艺术魅力，提出了许多新颖独到的见解，例如对于六朝志怪小说中出现的第一人称叙事、语式和语态错位的见证人叙事以及重复叙事等的论述，改变了学界过去那种"丛残小语"的六朝志怪难具叙事艺术意味的看法，令人耳目一新，对六朝志怪小说在深广两方面的深入研究起到了很好地推动作用。

当然，作为第一次系统比较研究英国哥特小说与中国六朝志怪小说的著作，其中自然还有值得进一步思考和研究之处，例如对复仇主题的比较、对人物类型的划分与分析等，尚可作得更细些。

博士毕业应该是伟昉学术研究的新起点，相信他在今后的学术研究领域里能有更大的作为，取得更优异的成绩。

是为序。

曹顺庆

2004 年 9 月 20 日

绪　论

　　人类各民族之间由于在生存环境、生活方式、历史传统、民族信仰、审美思维等方面形成的差异，便生成出了各不相同的有着鲜明本民族特色的文化。这种不同民族文化之间的差异是不言而喻的。但是，不同民族在思想、情感、行为等诸多方面表现出来的共性，又决定了它们在文化上具有可通约性。正如摩尔根所说："人类是出于同源，因此具有同一的智力原理、同一的物质形式，所以，在相同文化状态中的人类经验的成果，在一切时代与地域中都是基本相同的。人类的智力原理，虽然由于能力各有不同而有细微的差别，但其对理想标准的追求则始终是一致的。因此，它的活动在人类进步的一切阶段都是同一的。人类智力原理的一致性，实在是说明人类同源的最好的证据。"[①]英国著名人类文化学家泰勒认为，从广义的角度来进行研究的时候，人类的性格和习惯就会出现相似和一致的现象，因为"人类在本质上是一样的，虽然是处在不同的文化阶段上"[②]。法国著名人类文化学家列维－布留尔也指出："文献和事实材料搜集得愈多，这些事实的某种相同性就愈加触目。随着研究家们在地球上最遥远的

---

① 摩尔根：《古代社会》下册，杨东莼等译，商务印书馆1997年版，第556页。

② 泰勒：《原始文化》，连树声译，上海文艺出版社1992年版，第6—7页。

1

地方，有时是在完全相反的角落发现了，或者更正确地说研究了越来越多的不发达民族，也就在其中的若干民族之间发现了一些令人惊奇的相似点，有时竟至在极小的细枝末节上达到完全相同的地步：在不同的民族中间发现了同一些制度、同一些巫术或宗教的仪式、同一些有关出生和死亡的信仰和风俗、同一些神话等等。比较方法可说是应运而生。"① 我国著名学者钱钟书也说过："东海西海，心理攸同；南学北学，道术未裂。"②

人类各民族的文化是这样，作为各民族文化中重要组成部分的文学，自然也不例外。许多民族的文学作品被翻译为不同的文字在世界上广为传播，成为不同民族所公认的世界性文学经典，就充分证明了不同民族之间在文学审美上的共同认识。而作为一个年轻学科——诞生于 19 世纪末的比较文学，所以能迅速在世界范围里发展壮大，乃至于成为当今的一大显学，更是不可辩驳地证明了不同民族文学之间相同性现象的实际存在。

中外众多的文学研究者在比较文学这一极具诱惑力的迷人领域里，辛勤耕耘，发现着，开拓着，探讨着。尽管许多问题、许多现象已被解决和理清，但我们不难发现，迄今仍然还有不少文学现象尚未被认知或有待于进一步认知。

不同民族中共有的鬼怪小说现象，就是其中一个有待于进一步研究的颇有意义的课题。

鬼怪小说是人类文学创作中的一个十分特殊的表现形态。说它特殊，就在于它是现实生活世界中的人们对于另一个不可知的虚幻的异域世界的臆想与营造的产物。对于这另一个不可知的虚幻的异域世界，不同的民族都拥有属于自己民族特色的臆想与营造。"这个不可见，不可触摸的世界并不是像小说那样出于一人

---

① 列维－布留尔：《原始思维》，丁由译，商务印书馆 1981 年版，第 8—9 页。
② 钱钟书：《谈艺录·序》（增补本），中华书局 1984 年版，第 1 页。

的臆想，而是存在于一个民族，一个社会，一个时代的臆想中。不管这民族是如何成熟地坚持唯物观点，有严密的逻辑思维，有发达的科学知识，那些自古传下来的幽灵总在这臆想世界上游荡，出没于我们各种人生中，而且它对现实生活中的人有这样大的吸引力。那无法信其有，又无法辨其无的虚幻世界似乎是与我们这现实世界不可分的。"①

英国哥特小说②与中国六朝志怪小说就是其中颇为典型的各具自身民族特色的鬼怪小说。

然而，将这两种各具自身民族特色的鬼怪小说加以比较研究，还是一个新的富于挑战性的课题。笔者所以选择这个论题，主要基于这样的考虑：作为同属于鬼怪小说的英国哥特小说与中国六朝志怪小说，都在各自民族的文学史中居于边缘地位，曾经长时期得不到应有的重视和研究，但却都对后世的文学创作产生了不可低估的深远影响。这其中的原因是什么？它们共同的遭遇中是否蕴涵着某种相同或相似的带有规律性的问题？它们中间是否存在着某些共性的魅力呢？于是笔者想尝试着把它们纳入比较视野互为参照，相互印证，以彰显它们共同的审美特性及其各自的独特性与价值，从而实现由浅层次的异同比较进入到深层次的跨文化探源。

既然是比较，那么有必要先来看看处于比较的两极——英国哥特小说与中国六朝志怪小说的研究现状，然后再谈比较研究的思路及其意义。

---

① 应锦襄等：《世界文学格局中的中国小说》，北京大学出版社 1997 年版，第 109 页。

② 英国哥特小说是鬼怪小说，但又不仅仅是鬼怪小说，它具有更为广泛的深刻蕴涵。本书要从鬼怪小说层面将它与中国六朝志怪小说加以平行比较研究。

一

英国哥特小说属于恐怖和鬼怪小说，是西方文学史上众多有影响且颇为独特的小说流派之一。它"是历史传奇的一种独特形式，一种关于过去历史与异域文化的幻想形式，它通过种种文化的和政治的折射而对现代读者产生意义"①。"哥特"（Gothic）一词原指居住在北欧的属于条顿民族的哥特部落（该部落曾以野蛮剽悍、嗜杀成性而著称），之后，文艺复兴时期的思想家用它来指称一种为他们所不齿的中世纪建筑风格。这种建筑风格曾风行于 12 世纪至 15 世纪的欧洲，其最鲜明的特征是教堂或修道院高高耸起的尖顶，阴森幽暗的内部，厚重的墙垣，狭窄的窗户，斑斓的玻璃，还有隐蔽的地道、地下藏尸所等。在这种建筑里，借用黑格尔的话说，人所需要的东西不是外在自然所能给予的，而是由人自己造出来的一种内在世界，力求获得超脱一切诉诸知解力的界限而远举高飞的庄严崇高气象。②后来，哥特风格也在非宗教建筑中广泛流传开来。③ 这样，哥特一词又被赋予了野蛮的、恐怖的、神秘的、中世纪的、天主教的、迷信的，甚至东方的等多种含义。现代读者一般理解它为"反古典的"和"中世纪的"意思。④ 瓦尔马认为，在英语中，"哥特"一词的真正历史开始于 18 世纪，主要具有野蛮、中世纪和超自然三种含义。"对哥特趣味的日渐崇尚不过是思想意识发生剧变的征兆，它终究演

---

① Victor Sage ed., *The Gothick Novel*, The Macmillan Press, 1990, p. 17.

② 黑格尔：《美学》第 3 卷上册，朱光潜译，商务印书馆 1984 年版，第 88—89 页。

③ 李鸥、杨丽：《西欧建筑风格史话》，北京大学出版社 1995 年版，第 102 页。

④ Victor Sage ed., *The Gothick Novel*, The Macmillan Press, 1990, p. 17.

变为浪漫主义运动。"①

1764 年，英国作家霍勒斯·瓦尔普（Horace Walpole）在其哥特城堡里创作了以中世纪为背景的充满了罪恶、暴力和残忍凶杀的《奥特朗托城堡》（*The Castle of Otranto*），因该小说的副标题为"一个哥特故事"（A Gothic Story），由此开创了英国和西方哥特小说的先河。厄斯特雷克曾评价说，瓦尔普是最先将"哥特"一词引入文学领域的作家，在他看来，"哥特"不仅指以迷信和教堂统治的中世纪，还指骑士时代；并且他把这些思想融入《奥特朗托城堡》。他笔下的"城堡是哥特式的，恐怖和迷信是哥特式的，骑士制度和中世纪是哥特式的……尤为重要的是，瓦尔普伴随着他的哥特式的鬼怪故事和草莓山庄的建筑脱颖而出了"②。

哥特小说最突出的特征是，以中世纪的城堡、修道院、废墟或荒野为背景，大肆描写恐怖、怪诞、神秘、暴力、邪恶、乱伦、凶杀等极端事件与非理性内容，并时常伴随有鬼怪或其他超自然现象的出现，"这里的一切都被夸大到惊世骇俗的地步"，"容不得任何中间的、寻常的、平凡的、一般的东西"③，因此又被称为"黑色小说"④。在 18 世纪 60 年代至 19 世纪 20 年代近 60 年中的英国文坛，哥特小说极为风行，成为一个颇为引人注目、特立独异的文学现象，一批重要的哥特小说家及其影响深远

---

① Devendra P. Varma，*The Gothic Flame*，The Scarecrow Press，Inc，1987，p. 12.

② Ibid.

③ 巴赫金：《教育小说及其在现实主义历史中的意义》，见《巴赫金全集》第 3 卷，白春仁等译，河北教育出版社 1998 年版，第 220 页。

④ 布吕奈尔等：《什么是比较文学》，葛雷、张连奎译，北京大学出版社 1989 年版，第 126 页；又参见巴赫金《教育小说及其在现实主义历史中的意义》，《巴赫金全集》第 3 卷，白春仁等译，河北教育出版社 1998 年版，第 221 页。

的哥特名作相继出现，例如霍勒斯·瓦尔普的《奥特朗托城堡》(1764)，① 威廉·贝克福德的《瓦塞克》(1786)，②安·拉德克利夫的《尤道弗的秘密》 (1794)，③ 马修·刘易斯的《修道士》(1796)，④玛丽·雪莱的《弗兰肯斯坦》， (或《现代普罗米修斯》) (1818)，⑤ 查尔斯·马图林的《漫游者梅莫斯》 (1820)⑥ 等，成为英国文学史中不可分割的重要组成部分。从某种程度上说，这一时期的英国小说史主要是由哥特小说谱写完成的。

不过，由于哥特小说的"黑色"性质，使它始终被置于世界小说发展史上非经典的边缘地带，一直评价不高，在西方和中国的文学评论界都经受了程度不同的漠视与冷遇。

从国外方面看，在哥特小说创作繁荣的时代，就已有批评家对哥特小说提出了质疑。19 世纪初期英国著名文学批评家威廉·赫士列特 (1778—1830) 就是其中的一个代表。在《论英国小说家》(1820) 中，他主要从文学的真实性原则出发，对英国 18 世纪末至 19 世纪初的十几位小说家作了分析和评论。其中他也简要地评论了拉德克利夫、瓦尔普、刘易斯这三位哥特小说家。在评论拉德克利夫时，他说：

　　在她所有的小说中，她的故事没有任何意义。但是在以想象的恐怖使人毛骨悚然、以愚蠢可怜的希望与忧虑令人伤心和神经战栗方面，在她本国的美丽女同胞中是无人能和她

---

① Horace Walpole, *The Castle of Otranto*, The Scholartis Press, 1929.

② William Beckford, *Vathek and Other Stories*, Pickering Limited, 1993.

③ Ann Radcliffe, *The Mysteries of Udolpho*, Oxford University Press, 1966.

④ Mathew Gregory Lewis, *The Monk*, Oxford University Press, 1980.

⑤ Mary Shelley, *Frankenstein, or Modern Prometheus*, J. M. Dent & Sons, Ltd, 1933.

⑥ Charles Robert Maturin, *Melmoth the Wanderer*, University of Nebraska Press, 1961.

匹敌的。她的伟大的才能在于描写不确定的东西,和使幻影具体化。她能使读者又变成小孩子;利用从她用来罩在她幻想的事物上的朦胧的、影子一般的面纱,她强迫我们相信一切离奇的东西,并且让我们相信这几乎完全是不可能的东西背后的神秘的动力:——这或者是由法国东南部古州曲折的海岸旁遥远的小溪边传来、以其有奇异魔力的音调唤起某种多年前的友谊或无望的爱情的回忆的,一个情人的笛子的声音;或者是修道院修士的整个唱诗队在唱着歌颂午夜的赞美诗;或是一个不幸的修女在她那凄凉的小屋中所发出的像天使美妙的耳语般的孤独的语声;或是由一个地牢中传出来的令人吃惊的深沉的叹息声;或是具有可怕的面貌的朦胧的幽灵;或者是隐藏在僧侣的头巾下的凶手的面孔;或是强盗潜行在暮色苍茫的森林中。所有那些使人世与不可知的世界联系起来的魔力她全都具有,而且她可以随意使用它:一切模糊的、幻影般的、没有物象的东西,全存在于她的想象之中。①

在这段评论里,有两点值得注意。第一,赫士列特对拉德克利夫作品的恐怖性特征的指认是非常符合实际的。这种恐怖性特征正是英国哥特小说的主要内容及其审美追求。不过,赫士列特认为在想象恐怖的描写方面,英国的女同胞中无人能与拉德克利夫相匹敌却又是不符合实际的,因为稍后的女作家玛丽·雪莱的《弗兰肯斯坦》在想象恐怖的描写方面简直有过之而无不及。第二,赫士列特基于文学的真实性原则,断言拉德克利夫的作品"没有任何意义"。这一观点虽然代表了当时相当一部分人的意

---

① 赫士列特:《论英国小说家》,转引自《古典文艺理论译丛》第4辑,人民文学出版社1962年版,第208—209页。

见，却显然是不公允的，它直接影响到后来对哥特小说的认识和评价。

对瓦尔普，他更是作了下面否定性的评论：

> 《奥特朗托城堡》（这本书被认为是这类作品的首创者），据我看，是干燥无味、薄弱无力的。它是按照虚假的原则写成的。伸进院子来而整天停留在那里的大手臂，是演哑剧用的纸板做成的机器，它们使人感到惊骇，但对于想象力不起作用。它们是事实上不可能的事情；是一个固定物，而不再是一个幻影。……看透了这些由幻影和模糊的形貌所引起的愚昧与恐怖的幻想，我们就使轻信与迷信失去了根据；就像在别种情况下，由于勉强凑成骗局，结果由于漏出机关，反而会引起观众的轻视与嘲笑。《隐居》与《老英国男爵》也是"沉闷的说教"，而其中也没有什么东西"能使我们整齐的头发像有了生命似地一根根耸立起来"。它们既沉闷又平淡，缺少使它们有趣味的那种小说的精神或传统的气氛。①

对于刘易斯，赫士列特认为他是拉德克利夫之后"这种使人打颤的艺术的大师"。他评价《修道士》"有些描写的确粗糙得令人不能原谅"，但"在情节与人物的刻画上是完全新颖的"，而且"点缀在这名声远扬的小说中的一些诗篇，特别像'朗斯萨拉斯的战斗'与'流亡'，有一种浪漫而快乐的和谐，那情调像月夜行走的朝圣者唱出的歌声，或者说像使夏天海上的水手入梦的催眠曲"。②

---

① 赫士列特：《论英国小说家》，转引自《古典文艺理论译丛》第 4 辑，人民文学出版社 1962 年版，第 209—210 页。

② 同上书，第 210 页。

我们注意到，赫士列特对拉德克利夫与刘易斯的肯定主要集中在他们所表现出来的浪漫主义奇想与抒情上。惟其如此，他在断言拉德克利夫的作品"没有任何意义"的同时，又坦言自己"比较喜欢拉德克利夫的传奇故事，也更经常地想到它们；——甚至，当我不想到它们的时候，每当我观察圆月在无垠的蓝空中照耀，或听到秋风在树林间叹息，或穿过哥特式建筑的有回音的拱门时，我的印象的一部分就是由于反复阅读《森林中的传奇》和《渥尔多弗的奥秘》而来的"。①

总的来看，造成赫士列特对哥特小说持有的低调评论，除主观因素外，主要有其客观方面的原因，即与当时大的时代环境与社会思潮密切相关。我们知道，18世纪后，自然科学的突飞猛进与启蒙运动的高涨，为欧洲奠定了科学理性的世界观。这一日益深入人心的科学理性的世界观使得关于鬼的幻想世界的探索成了迷信与无知，谈鬼说怪仅是助人谈兴的轶事，不再有任何认识价值或道德价值。德国启蒙运动的伟大代表、民族文学的奠基人、现实主义美学家和剧作家莱辛（1729－1781）就曾宣称："……整个古代是相信过鬼魂的。古代剧作家有权运用这种迷信；……但是，持有我们这种进步见解的新的剧作家，因此就有同样的权力吗？当然没有。"②莱辛对待鬼怪的态度，可以说就是当时进步人士普遍持有的一种基本态度。而英国哥特小说偏偏是对这一社会意识形态价值理性的否定和对非理性世界的张扬，因而受到不少进步人士与正统人士的批评与排斥。但是作为一种小说创作，它却对继起的欧洲浪漫主义文学产生了重大影响。

自赫士列特至20世纪80年代前，哥特小说研究领域总的状

---

① 赫士列特：《论英国小说家》，转引自《古典文艺理论译丛》第4辑，人民文学出版社1962年版，第208页。

② 莱辛：《汉堡剧评》，张黎译，上海译文出版社1981年版，第59－60页。

况是：研究明显不足，且评价不高。例如美国著名学者瓦特在其经典性学术著作《小说的兴起》中就认为，英国哥特小说"没有多少内在的价值"，"只有极为明显的表现了书商和书刊经营者们，力图迎合读者，不加鉴别的希望悠然地沉醉于角色的感伤情调和浪漫故事之中的要求，而施行的那种使文学堕落的影响"①。还有学者把哥特小说作为"英国文学中最反动的现象"来加以批判。②更为极端的是，还有学者认为："由于哥特小说都是平庸之作，因此可以将其从文学史上一笔勾销。"③当然，仅在翻译过来的一些重要西方文学论著中，我们还是可以看到有关哥特小说虽简约却客观公允的评价文字，如阿尼克斯特的《英国文学史纲》、埃文斯的《英国文学简史》、桑德斯的《牛津简明英国文学史》。值得一提的是，巴赫金的一系列文章在分析欧洲长篇小说的类型和发展史时，几次提及英国哥特小说的重要性。80年代后，西方对哥特小说的研究出现日趋高涨的热潮，而且逐渐走向深入。近年来，已有不少研究论文和著作问世；还有学者精心搜集编辑出版了自18世纪中叶至20世纪80年代末一批著名评论家对哥特小说的评论文章，评论既涵盖了经典作品，也包括一些鲜为人知的作品，评论方法涉及宗教、政治、弗洛伊德主义、女性主义、新历史主义等。④

从国内方面看，对英国哥特小说的译介和研究，相对于外国文学其他领域的译介和研究，尤其显得滞后。国内大多数读者对它还知之不多，甚至相当陌生。

在文本翻译方面，20世纪80年代前，由于受特殊的社会历

---

① 瓦特：《小说的兴起》，高原等译，三联书店1992年版，第335页。

② 阿尔泰莫诺夫等：《十八世纪外国文学史》，方闻等译，上海文艺出版社1958年版，第179页。

③ James Vinson ed. , *The Novel to 1900* , Macmillan，1980，p. 5.

④ Victor Sage ed. , *The Gothick Novel* ，Macmillan，1990.

史和审美价值取向诸因素的影响，哥特小说的重要作品均未有中文译本。90年代后，特别是在众多西方文学作品全方位被多家出版社狂轰滥炸式的译介的当下，虽已有《弗兰肯斯坦》、《奥特朗托城堡》、《瓦塞克》、《修道士》等哥特小说陆续面世，但拉德克利夫的《尤道弗之谜》、马图林的《漫游者梅莫斯》等哥特名著仍未有中文译本。

截至20世纪90年代中期，纵观国内学者撰写的外国文学史或欧洲文学史著作和教材，对英国哥特小说不是只字不提就是一笔带过。90年代中期以来，情况有所改观，例如《十八世纪英国文学史》（吴景荣、刘意青主编）、《欧洲小说史》（龚翰熊等主编）、《欧洲文学史》（李赋宁等主编）等，均对英国哥特小说作了介绍。不过，这些介绍的力度还远远不够，有关具体影响与接受方面的文字更是不足。

从现有的一些相关论文看，多还停留在总体性概说上，缺乏对具体文本进行深入的艺术关照与审美分析。

迄今为止，国内尚未出版过一部英国哥特小说研究专著。

英国哥特小说研究之所以显得不很景气，究其主要原因，与我们以往对它的误解与偏见分不开。过去，我们往往按照既定的政治标准和阅读思维定势来选择、审视文学作品，凡是没有描写革命理想、不能鼓舞人心并直接正面陶冶人的情操的作品，都被视为格调不高、价值不大甚至是不健康、消极颓废的作品而受到批判或"悬置"起来，从而形成了我们固有的狭隘的"期待视界"。英国哥特小说就属这类格调不高、价值不大的作品。

其实，英国优秀的哥特小说并非是那种仅仅沉醉于空虚无聊的感官刺激的庸俗之作，它同样蕴涵着积极的思想道德价值取向。对此我们应该有一个客观公允的评价。只要深入走进哥特小说的世界，我们就会发现，像《奥特朗托城堡》、《瓦塞克》、《尤道弗之谜》、《修道士》、《弗兰肯斯坦》、《漫游者梅莫斯》等重要作品，虽然处处弥漫着浓厚的"黑色"氛围，充斥着恐怖、暴力、凶杀、邪恶等大量的非理性内容，但是，在这些似乎是有意为之的"黑色"与非理性内容的背后，却内在地隐藏着丰富深刻的理性内容。

例如，司各特早就指出过，如果认为瓦尔普在《奥特朗托城堡》这部小说中所追求的仅仅是"激起惊异和恐怖的艺术"，那是不公正的。因为作者的目的还"在于描绘出一幅封建时代家庭生活和风俗的图画，使它像真实存在的一样，还要画出影响和激荡着它的超自然力量的行为，就像当时被人们以虔诚和轻信的态度接受的迷信一样"。① 玛丽·雪莱在《弗兰肯斯坦》的前言里也明确指出："我并不认为自己仅仅是在编织着一系列超自然的恐怖事件"，而是要"致力于保存人类本性中基本要素的真相，而又无所顾忌地对其组合加以创新"；并且认为这与"希腊悲剧史诗《伊利亚特》、莎士比亚的《暴风雨》，尤其是弥尔顿的《失乐园》一样遵循着同一个原则"。② 这部哥特小说不仅开创了西方近现代科学幻想小说的先河，而且蕴涵着对 20 世纪西方现代主义文学极富启示意义的重要思想主题，那就是科学技术的发明与成果对人造成的异化，人不但不能支配自己的创造物造福于人类，反而却被置于可怕、痛苦、死亡的荒诞境地。这无疑是以揭示现代社会严重异化问题为主要特征的西方现代派文学的滥觞。其主题的预见性令人惊叹！英国当代著名学者安德鲁·桑德斯就精辟地指出："《弗兰肯斯坦》决不是对历史、绘画和神话中的恐惧的沉思；它的魅力和力量在于它的预见性的思考"③，"它是对

① 文美惠编选：《司各特研究》，外语教学与研究出版社 1982 年版，第 315 页。

② Mary Shelley, *Preface*, *Frankenstein*, *or Modern Prometheus*, J. M. Dent & Sons, Ltd, 1933, p. 1.

③ 安德鲁·桑德斯：《牛津简明英国文学史》，高万隆等译，人民文学出版社 2000 年版，第 506 页。

责任和现在被称为'科学'的知识体系的一种道德上的探索"。①西方女性主义批评家则认为，这部小说是女作家本人被压抑的自传，而作品中的怪人象征了没有父母的痛苦。"使改变父母模式成为可能的技术进步的实现，也将具有毁灭地球生命的威胁力。令人吃惊的是，这个带有对科学技术的爱与憎关系问题的、可与父母模式问题相匹敌的当代问题早已在玛丽·雪莱的小说中有所表现。在那里，发现生命奥秘的伟大科学创造了一个因为不能找到或变成父母而充满险恶报复冲动的可怕动物。"②而著名后殖民主义女性批评家斯皮瓦克则"提议不把《弗兰肯斯坦》归入这样的范畴"③，因为她从中感到了作者"对工业化社会之功利主义幻想的含蓄的批评"④；更为重要的是，她从"帝国主义乃英国文化主要的重要部分，也是英国的社会使命"⑤这一独特的新视角，认定这部作品中"夹杂着大量的偶然流露出来的帝国主义情感"⑥。一部作品被如此从不同角度不断地加以解读和阐释，足见其内涵之丰富。

笔者认为，英国哥特小说虽然不旨在对理想社会和价值观念作正面表现，而是竭力渲染、暴露社会罪恶，赤裸裸地展示人性的阴暗与丑陋，但是善作为一股道义力量从未泯灭，始终与恶冲突搏斗，伴随着紧张的道德探索。这使哥特小说在恐怖黑暗的背后又蕴含着一种向善向美、惩恶扬善的思想精神，无疑是黑暗惨

---

① 安德鲁·桑德斯：《牛津简明英国文学史》，高万隆等译，人民文学出版社2000年版，第505页。

② 芭芭拉·约翰逊：《我的怪物/我的自我》，参见张京媛主编《当代女性主义文学批评》，北京大学出版社1992年版，第93页。

③ 斯皮瓦克：《三位女性的文本以及对帝国主义的批判》，参见吉尔伯特等编撰《后殖民批评》，杨乃乔等译，北京大学出版社2001年版，第237页。

④ 同上书，第239页。

⑤ 同上书，第222页。

⑥ 同上书，第237页。

淡中的一缕亮色，也正是英国哥特小说最重要的研究价值之所在。因此，它同样是我们认识世界、观照人生、洞悉人性的一面特殊的镜子，具有其自身不容忽视的审美意蕴和独特的"净化"功能。惟其如此，哥特小说的所谓"黑色"性所引起的痛感，可以通过思维的"易感性"状态转化为审美快感，能在读者心中培植起一种自由的、积极向上的人格力量。这是构成审美教育完整功能中不可分割的重要有机组成部分。通过研究英国哥特小说，不仅可以让其自身的魅力和价值得以"敞开"，而且可以扩大、丰富、更新我们已有的"期待视界"，获得另一番全新的艺术审美快感，把我们"心灵的力量提高到超出其日常的中庸，并让我们心中一种完全性质不同的抵抗能力显露出来"[①]，从而增强抵抗"恶"的免疫力。

英国哥特小说的研究价值与意义还突出体现在它的渗透性与影响力上。这一点深刻地反映了英国哥特小说的独特性及其在西方文学史的贡献和地位。这种渗透性与影响力集中表现在以下几个方面。（1）展现极端事件与场景，探索神秘体验，强调人身上多种非理性因素，开启了以恐怖和丑恶为审美特征的小说创作的先河，形成世界小说史上另一道独特的风景，标志着小说创作美学范畴的新拓展。其创作实践，推动了小说这一文体的发展，丰富了它的艺术表现技巧。（2）最早表现了人与自身创造物之间矛盾冲突的主题，是以揭示现代社会严重异化问题为主要特征的西方现代派文学的滥觞。（3）开创了西方小说史上恶魔式修道士形象的先河。这种形象对后世小说同类形象的塑造影响深远。雨果经典小说《巴黎圣母院》（也属于哥特体小说）中的克罗德·孚罗诺副主教就是直接从《修道士》中安布罗斯这一人物脱胎而出

---

① 杨祖陶、邓晓芒编译：《康德三大批判精粹》，人民出版社 2001 年版，第478 页。

的。《巴黎圣母院》从故事发生地的选择、人物形象的塑造、内心冲突的揭示、人物死亡的悲惨方式到主旨的彰明等方面，都清晰地留下了《修道士》的影响痕迹。(4) 英国哥特小说对恐怖、痛苦、邪恶心理的展示，对沉溺于孤独、自恋情绪状态下的彷徨矛盾世界的剖析，对潜意识变态心理与罪恶意识的挖掘等，都显示了对心理描写的开拓性贡献。这一成就经爱伦·坡、陀思妥耶夫斯基等作家的吸纳与承传，对后来文学创作产生了深远而持久的影响。(5) 影响了科幻小说、侦探小说、神秘小说等一系列西方通俗小说样式的诞生，特别是奠定了现代科幻小说预言科学技术的恶性发展必将引发灾难的创作倾向。

法国著名比较文学学者梵·第根在《比较文学论》中曾指出，创作了多部恐怖和神秘小说的拉德克利夫等作家，"在文学的情感和思想之改变上说，他们的力量是比但丁等辈更强"①。这一评价看似有点言过其实，但确是深刻之论。巴赫金也在欧洲小说发展史的广阔视野中，从巴洛克小说的角度，几次谈及过哥特小说的代表作家刘易斯、拉德克利夫、瓦尔普以及哥特小说的影响和意义。他认为，"几乎一切类型的现代小说，本源上都是来自巴洛克小说的不同因素"，"后来这些因素便发展为独立的类型而分别存在"②。而哥特小说就是在随后的几个世纪里巴洛克型考验小说发展中的一个重要分支。它"如同巴洛克小说一样，是以这种或那种考验思想主题组织起来"③ 的，"这一思想的积极作用，在外表上表现为它能把紧张多样的惊险性，同深刻的问题性、复杂的心理在小说中有机地结合起来"，从而"有着巨大

---

① 梵·第根：《比较文学论》，戴望舒译，台湾商务印书馆 1995 年版，第 65 页。

② 巴赫金：《长篇小说的话语》，见《巴赫金全集》第 3 卷，白春仁等译，河北教育出版社 1998 年版，第 177 页。

③ 同上书，第 180 页。

的意义"①。经典的哥特小说正是以"紧张多样的惊险性"、"深刻的问题性"和"复杂的心理"影响了后来诸如司各特、拜伦、雪莱、勃朗特姐妹、爱伦·坡、霍桑、福克纳、霍夫曼、雨果、巴尔扎克、陀思妥耶夫斯基等大作家的创作。他们"或直接创作过脍炙人口的哥特故事，或将其手法大量运用于自己的创作中，取得了很高的艺术成就，并且使哥特小说得以从通俗小说这一文学领域的'边缘地位'进入文学发展的中心和主流"②。巴尔扎克第一部为"他的作家声誉奠定了基础"，并"预报了作者要在全部作品中提供给世界的几乎包罗万象的现代社会的画卷"③的《驴皮记》，以及《长寿药水》等，就成功地借用了哥特小说的题材和表现手法，而其《改邪归正的梅莫特》更是从马图林的《漫游者梅尔默斯》中直接生发出来的。

　　从上述意义上，重新审视世界小说史，我们就不难发现，许多经典作家的经典作品中，都或多或少地含有英国哥特小说的因素。也许，在某种程度上可以说，正是这种"黑色"性，铸就了那些作品的经典性和生命力，也才更深刻、更内在地凸现了世界的荒诞性和人性的复杂性，从而唤起读者浓厚的阅读兴趣和恒久的沉思与警醒。

　　从这个角度讲，英国哥特小说作为"黑色"的经典，是一个值得进一步重视并大有可为的研究领域。

　　现在，我们以中国六朝志怪小说为参照，正是为了在比较中更好地认识英国哥特小说的独特价值。

---

① 巴赫金：《长篇小说的话语》，见《巴赫金全集》第3卷，白春仁等译，河北教育出版社1998年版，第179页。

② 肖明翰：《英美文学中的哥特传统》，载《外国文学评论》2001年第2期。

③ 勃兰兑斯：《十九世纪文学主流》第5分册，李宗杰译，人民文学出版社1982年版，第199—201页。

二

那么，作为比较另一极的中国六朝志怪小说，情况又如何呢？

众所周知，小说在中国传统文学里一直被视为"小道"，备受歧视；而作为小说的六朝志怪小说更遭冷落。唐代史学家刘知几在《史通·采撰》中说："晋世杂书，谅非一族，若《语林》、《世说》、《幽明录》、《搜神记》之徒，其所载或诙谐小辩，或神鬼怪物。其事非圣，扬雄所不观；其言乱神，宣尼所不语。……虽取说小人，终见嗤于君子矣。"①在中国小说史领域里，应该说，六朝志怪小说是研究得最为不够的一段。刘叶秋在为李剑国《唐前志怪小说史》所作的序中曾说："近人研究古典小说，往往忽略这一段。展开中华书局出版的《中国古典文学研究论文索引》一看，从一九四九年到一九六六年六月间各报刊所载这方面的论文，不过寥寥几篇，而且其中还有的是为了配合当时的高中语文教材而写作，以供中学老师作教学参考的。据说某些大学教师，讲文学史到汉魏六朝一段，于志怪小说往往一字不提，原因不外是：（1）轻视，认为这类粗陈梗概的'丛残小语'，根本不算小说；（2）没有什么研究，恐讲述不得要领，所以干脆避而不谈。实际轻视的根源，还是没有研究。"②这种情况，的确持续了相当长一段时间。李剑国的《唐前志怪小说史》率先打破了志怪小说领域的沉寂，成为新时期以来第一部探讨志怪小说发展史的

---

① 刘知几撰、浦起龙释：《史通通释》上册，上海古籍出版社 1978 年版，第116—117 页。

② 刘叶秋：《唐前志怪小说史·古小说的新探索（序）》，南开大学出版社 1984年版，第 2 页。

专著。这部具有"'垦荒'性质的著作"①，以其材料之丰富，考察之细密，代表了鲁迅《中国小说史略》之后志怪小说研究的新成就。②其后，侯忠义的《汉魏六朝小说史》③、俞汝捷的《幻想与寄托的国度：志怪传奇新论》④、王枝忠的《汉魏六朝小说史》⑤等相继面世；各类文学史、小说史的著作及教材也多对这一内容设有专章研究和介绍；有关研究论文更明显增多。较之以往，六朝志怪小说研究的确显示了可喜的变化。

但是，对包括六朝志怪小说在内的文学文本的认识和阐释是无止境的。面对历史流传下来的相同文本，不同时代、不同读者都会有自己的理解内容和理解方式，"因为这文本是属于这个传统的一部分，而每一时代则是对这整个传统有一种实际的兴趣，并试图在这传统中理解自身。当某个文本对解释者产生兴趣时，该文本的真实意义并不依赖于作者及其最初的读者所表现的偶然性。至少这种意义并不是完全从这里得到的。因为这种意义总是同时由解释者的历史处境所规定的"。⑥就六朝志怪小说研究的现状来看，专著仍不多见，说明对它的认识和阐释仍有进一步扩展与深入的余地。这也可视为是对志怪小说研究不够的理由之一。

理由之二：把六朝志怪小说作为小说文本，立足于文学性、艺术性等方面开掘的深度与广度还很不够。"丛残小语"、"尺寸

---

① 刘叶秋：《唐前志怪小说史·古小说的新探索（序）》，南开大学出版社1984年版，第6页。

② 黄霖等：《中国小说研究史》，浙江古籍出版社2002年版，第259页。

③ 侯忠义：《汉魏六朝小说史》，春风文艺出版社1989年版。

④ 俞捷汝：《幻想与寄托的国度：志怪传奇新论》，台湾淑馨出版社1991年版。1992年，俞捷汝在中国工人出版社出版的书名为《仙·鬼·妖·人：志怪传奇新论》。

⑤ 王枝忠：《汉魏六朝小说史》，浙江古籍出版社1997年。

⑥ 加达默尔：《真理与方法》，洪汉鼎译，上海译文出版社1999年版，第380页。

短书"以及小说雏形等这些根深蒂固的传统认识，事实上仍然束缚、限制着对六朝志怪小说的进一步研究。

理由之三：以往我们对六朝志怪小说的研究多为封闭式的孤立研究，即在民族文学内部来研究，缺乏比较文学视阈下的世界性眼光，很少从世界的范围内以世界性眼光来看待它的具有世界性的重要价值和意义。

值得注意的是，六朝志怪小说对民族文学影响的研究也相对薄弱。这一内容也恰恰是显示六朝志怪小说价值与意义的一个重要方面。当然，大陆学者在谈到六朝志怪小说的时候几乎都会提及其影响，但这种提及往往是零星的、泛泛的、附带性的，很少设专章专节具体展开探讨。仅笔者阅读所及，赵明政的专著《文言小说：文士的释怀与写心》是个少见的例外。他在书中醒目地设有专节来谈志怪小说的影响。①不足的是，有关影响的视野还不够开阔。

也许，台湾学者在这方面所做的工作可以弥补一些内地的缺欠。王国良早在其专著《魏晋南北朝志怪小说研究》中认为，由于国人有嗜古拟古的习性和传统，又加之志怪小说本身颇具文学趣味与魅力，故其影响层面，特别辽阔深远。②因此他专设"志怪小说对后世文学的影响"一章，以极为翔实的文献资料从内容与形式两方面探讨了志怪小说的影响。他的研究颇具参考价值。③颜慧琪的《六朝志怪小说异类姻缘故事研究》也设专章从"个别故事的流传"和"类型故事的影响"两大方面，梳理了六

---

① 赵明政：《文言小说：文士的释怀与写心》，广西师范大学出版社1999年版。

② 王国良：《魏晋南北朝志怪小说研究》，台湾文史哲出版社1984年版，第101页。

③ 王国良对志怪小说的影响研究以内容方面最为突出。他从"直接采为原料"和"间接获得启示"两方面展开，其中又将前者具体分为"用作典故"、"改编成通俗文学作品"、"衍化为民间故事"三点，以翔实的资料证之。

朝志怪小说异类姻缘故事对后世文学的影响。①

其实，在六朝时期，志怪小说就已有了广泛影响。据《宋书·氏胡·蒙逊传》载："三年，改骠骑为车骑。世子兴国遣使奉表，请《周易》及子集诸书，太祖并赐之，合四百七十五卷。蒙逊又就司徒王弘求《搜神记》，弘写与之。"② 从此条记载可以推断，《搜神记》这部公认的志怪名著，在当时就已经流传很广、影响很大了，不然北方读者不会遣使赴南方求之。当世及后世模仿《搜神记》者也比比皆是，或借用其书名，或借用其体例和内容，形成了蔚为壮观、经久不息的"搜神热"。署名陶潜的《搜神后记》、昙永的《搜神论》、唐勾道兴的《搜神记》、焦璐的《搜神录》就是明证。③

以《搜神记》为代表的六朝志怪小说，对后世文学最深刻的影响突出表现在两大方面：

第一，为后世志怪小说家提供了题材上一系列基本的类型和范式，诸如人鬼婚恋与死而复生故事、人神感应故事、精怪故事、梦游故事、法术变化等，成为后世作家创作取之不尽的题材来源。例如，《苏娥》这篇较早出现的以冤鬼告状而表现清官英明断案的公案小说，不仅是《窦娥冤》的故事雏形之一，而且"对后世文学中的冤鬼告状题材以及公案传说，具有重要的原型意义"④。《韩凭夫妇》中的韩凭夫妇死后化为相思树上的鸳鸯的情节，也被认为是《梁山伯与祝英台》传说里的"墓合"情节的

---

① 颜慧琪：《六朝志怪小说异类姻缘故事研究》，台湾文津出版社1994年。作者在"个别故事的流传"一节中主要探讨了"如原"、"猴玃盗妇"、"白水素女"、"羽衣女与董永妻、牛郎织女之合流"的故事的影响；在"类型故事的影响"一节中则主要探讨了"河伯娶妇"、"仙乡奇遇"、"复活情事"、"妒鬼悍行"、"人狐恋之异军突起"、"人蛇恋之杰出后裔"等类型的影响。

② 《宋书》第98卷，中华书局1974年版，第2415页。

③ 李剑国：《唐前志怪小说史》，南开大学出版社1984年版，第315—316页。

④ 高有鹏：《中国民间文学史》，河南大学出版社2001年版，第236页。

原型。明代汤显祖的名剧《牡丹亭》同样是从陶潜《搜神后记》中的《李仲文女》、《徐玄方女》那里演化而来的。《牡丹亭》的"题词"就是这一影响事实的直接证据。汤显祖在"题词"中自云："传杜太守事者，仿佛晋武都守李仲文、广州守冯孝将儿女事，予稍为更而演之。至于杜守收考柳生，亦如汉睢阳王收考谈生也。"

第二，六朝志怪小说不仅在题材上深刻影响了中国文学，而且在主题、情节、形象描写、叙事模式等方面也对中国文学产生了深远影响。六朝志怪小说所表现出来的三大主题，即因果报应主题、情爱主题和复仇主题，对后世中国文学主题的表达产生了深远影响。尤其是经六朝志怪小说的反复表现，因果报应主题成为"几乎贯穿于中国宋明白话小说所有作品之中而成为白话小说的总主题"①。六朝志怪小说对曲折离奇、怪诞幻异的情节的编织、营造和追求，对后世小说创作影响更大，这使奇幻美成为中国小说的一大艺术审美特征。在人物形象类型的选择与描写上，六朝志怪小说也为后世文学提供了极有价值的范式。例如对君王形象的选择与描写，对后世有关小说中暴君类人物描写选择的范式影响极深。后来小说中一再出现的暴君形象以及草菅人命的酷吏形象的塑造，都与六朝志怪小说有着割不断的渊源联系。又如，六朝志怪小说描写的鬼怪形象以女性情鬼为特色，她们"多具人情，和易可亲，忘为异类"②，主要是表达爱情理想与生活理想的载体。这一描写成为后来志怪小说创作的范式。在叙事形态上，志怪小说虽然篇制短小，却已经具备了现代小说叙事的基本特征：不仅有第三人称全知视角叙事、第三人称限知视角叙

---

① 季水河：《多维视野中的文学与美学》，东方出版社 2002 年版，第 84 页。

① 季水河：《多维视野中的文学与美学》，东方出版社 2002 年版，第 84 页。

② 鲁迅：《中国小说史略》，见《鲁迅全集》第 9 卷，人民文学出版社 1973 年版，第 356 页。

事，而且有第一人称叙事、见证人叙事，更有多叙事视角交互运用；同时直叙、倒叙、预叙一应皆全，叙述节奏张弛有序，重复叙事现象典型。这些都为后来中国小说的进一步发展积累了经验，奠定了界碑。特别需要指出的是，六朝志怪小说中已经出现的第一人称叙事的因子或初始形态，虽然还不具有普遍性，不独立，但却很典型，透露了未来中国小说发展趋向中必然出现的一种新的叙事模式。①

总之，将六朝志怪小说置于英国哥特小说这一参照系下加以重新审视，可以改变过去那种单一的思维方式，扩展六朝志怪小说研究的思维空间，于比较中不仅使六朝志怪小说原有的特征更加凸显，而且启发我们去认识过去不曾涉及的一些新问题，或从新的角度领悟出若干老问题中的新的意义和价值，从而推动六朝志怪小说研究在深广两方面的发展。

三

英国哥特小说与中国六朝志怪小说的比较研究，将在可比性、异质性与对话性的思路中展开，其研究价值和意义也将随这一思路的展开而呈现出来。英国哥特小说与中国六朝志怪小说的比较研究，是彼此毫无事实影响关系的平行研究。既然是平行研究，那就要发现并研究它们两者之间在内容、形式、主题、情节、形象、情调、叙事艺术等方面所表现出来的相似与契合之处，即可比性。"在讨论中西比较文学时，我们应该建立起一个新观念，重建探讨两种文学的'可比性'，脚踏实地地痛下一番

---

① 该段是笔者关于六朝志怪小说的重要观点，详见下文各章论述。

功夫。"①因此，强调可比性，既是本文重要的逻辑起点，又是本文关注并加以解决的重要问题之一。

英国哥特小说与六朝志怪小说的比较研究，不仅是涉及跨越中西方文化体系的小说之间的比较，更重要的还是跨时代的比较，因为两者在时间上相错了一千多年。并且，一边是成熟的英国小说，一边是作为中国小说雏形的"丛残小语"、"尺寸短书"，仅就这两种小说及其实际存在的情况来说，它们之间真能比较吗？真会有什么相似与契合之处吗？

的确，在比较文学史上，就有学者对属于不同文化渊源的文学之间的可比性持怀疑态度。其中，美国著名比较文学学者韦斯坦因的观点最具代表性。他认为："我不否认有些研究是可以的……但却对把文学现象的平行研究扩大到两个不同的文明之间仍然迟疑不决。因为在我看来，只有在一个单一的文明范围内，才能在思想、感情、想象力中发现有意识或无意识地维系传统的共同因素。……而企图在西方和中东或远东的诗歌之间发现相似的模式则较难言之成理。"②当然，这种看法是站不住脚的。韦斯坦因后来也改变了这一看法。笔者一开始已经申明，跨越不同文化系统的文学之间，无论它们存在着怎样的差异，也不管是处在怎样不同的历史阶段，都必然存在着某些共同性的审美思维和艺术表现的因素。人类在本质上的相同，使它们具有了可比性的心理依据和理论基础。歌德早在1827年就做过这样的论断："中国人在思想、行为和情感方面几乎和我们一样，使我们很快就感到他们是我们的同类人，只是在他们那里一切都比我们这里更明朗，更纯洁，也更合乎道德。在他们那里，一切都是可以理解

---

① 袁鹤翔：《中西比较文学定义的探讨》，转引自黄维樑、曹顺庆编《中国比较文学学科理论的垦拓》，北京大学出版社1998年版，第69页。

② 乌尔利希·韦斯坦因：《比较文学与文学理论》，刘象愚译，辽宁人民出版社1987年版，第5—6页。

的，平易近人的，没有强烈的情欲和飞腾动荡的诗兴，因此和我写的《赫尔曼与窦绿台》以及英国理查生写的小说有很多类似的地方。"① 值得注意的是，歌德在这里并不是一般地泛论中国人的思想、行为和情感与他们的相同处，而是：第一，他是在读了中国传奇（朱光潜认为，这里所说的中国传奇可能是指《风月好逑传》）后说这番话的。这就使他从中国的小说中感性地意识到了异民族中相同的东西。第二，他自觉地把"中国传奇"与自己的作品《赫尔曼与窦绿台》以及18世纪英国著名感伤主义小说家理查生写的作品作了比较，然后才说"有很多类似的地方"，从而"愈来愈深信，诗是人类的共同财产"。② 黑格尔也认为："在艺术类型方面，各民族的构思方式和表现方式往往彼此相混，使得我们认为特属于某一民族世界观的那种基本类型在时代较早或较晚的民族中也一样可以发见。"③ 钱钟书在谈到比较文学时认为，"中西文学超出实际联系范围的平行研究不仅是可能的，而且是极有价值的"，"这种比较惟其是在不同文化系统的背景上进行，所以得出的结论具有普遍意义"。④ 乐黛云也精辟地指出，由于人类有着共同的生命形式（如个人与个人、个人与集体、男人与女人、人类与自然等）和共同的体验形式（如欢乐与忧愁、希望与绝望、聚合与分离、爱恋与憎恶等），又由于文学的本质都在于赋予混沌的存在以某种形式、意义和价值，所以各种不同文化体系中的文学又总是相通的，从而使得从国际的角度，突破语言和单一文化传统的局限来研究文学的共同特点及其规律成为

---

① 爱克曼辑录：《歌德谈话录》，朱光潜译，人民文学出版社1982年版，第112页。又见艾可曼《歌德谈话录》（全译本），洪天富译，译林出版社2002年版，第220页。

② 同上书，第221页。

③ 黑格尔：《美学》第2卷，朱光潜译，商务印书馆1979年版，第29页。

④ 张隆溪：《钱钟书谈比较文学与文学比较》，载《读书》1981年第10期。

可能。①

因此，从这一思路出发，并依据比较文学可比性的三大必备要件，即文学性、跨越性和相容性②来看，笔者认为，英国哥特小说与中国六朝志怪小说的可比性不容置疑。因为两者都属于跨越不同文化体系的文学作品，且在类型上又均属鬼怪小说。"志怪"与"哥特"这两个表面上看似不同的概念中，恰恰含蕴着某些相容的东西。这正是我们首先要寻找的共性或相似性。

从作为文学的文本看，英国哥特小说与中国六朝志怪小说至少在五个方面呈现出共性倾向。

第一，都具有突出的怪诞特征。这种怪诞主要表现在三大共有形态上，即人鬼相通、现实与异境相连和死而复生。不仅如此，两者在将怪诞与现实有机相融的过程中，又常常表现出共同的寓幻于真和寓真于幻式的"奇情恣笔"的叙事艺术特征与审美运行机制，既大大唤起了读者强烈的好奇心，又拓展了丰富的想象空间，从而产生了"山重水复疑无路，柳暗花明又一村"的叙述张力和审美效果。更为重要的是，它们在将怪诞与现实有机相融中，都充分显示了矛盾内涵的反常性，有力地彰显了对立因素之间不可调和的冲突的内在意义，从而获得了将人的生活理想与情感世界转移、寄托、融进鬼怪幻想并借鬼怪幻想来共同展示人在现实困境中难以如愿的种种情感和欲望的心理动机。

第二，都以展示非常态性环境、钟爱夜晚为其显著特征。诸如墓穴、洞穴、地狱等这些非常态性环境描写本身，虽然在两种小说里有所差异，但毛骨悚然的恐怖性，却又是它们共有的接受效果。作者所以把故事情节常常安排在夜间，乃是因为人们一向

---

① 乐黛云：《比较文学原理》，中华书局、湖南文艺出版社1989年版，第1—2页。

② 曹顺庆等：《比较文学论》，四川教育出版社2002年版，第58页。

认为鬼怪总是出没于夜晚的。同时还因为，夜晚总是充满了无限的神秘性和恐怖感，因此更能激发人们丰富的想象力。当然，恐怖氛围的形成是特定时间、特定空间与特定行动互动的结果。这是英国哥特小说与六朝志怪小说特有的审美基质。

第三，均通过怪诞曲折、隐秘象征的方式，表现出了重大而深刻的相同主题。这是人类面对一系列相似的问题和生存困境所做出的相同思索与选择。例如，两者虽均通过因果报应主题，来彰显鲜明的道德伦理观念与善恶是非的评价，充满了惩恶扬善的思想精神。又如，两者都有着鲜明的爱情主题，而且所呈现出来的爱欲描写，都是久受压抑的结果，因此都张扬着对合理的爱欲追求的肯定以及反传统的叛逆精神。

第四，两类小说中出现的人物形象可谓形形色色，林林总总，不过，它们中有四类人物形象不仅是其共有的，而且也最突出，最引人注目：（1）暴君形象；（2）教徒形象；（3）不幸女子的形象；（4）鬼怪形象。总的来看，前两类集中揭露人性的邪恶、人性的贪欲，实际上是从道德的角度对人性问题所进行的思考与探索，后两类则更多地反映了人性的正常要求。在人物塑造的总体思想倾向上，它们都典型地呈现着善恶分明的两极，这种善恶分明的两极，不仅体现在人物之间的鲜明对比上，而且体现在作家对人物评价的鲜明态度上。在刻画人物的艺术方法上也有不谋而合之处，如简笔勾勒人物外貌与性格特征或通过他人眼光来描绘人物；以诗歌作为刻画人物、揭示心理、营造氛围的重要手段；在不可调和的矛盾冲突中写人物等。由于两者均为鬼怪小说，所以又都十分注意勾画异类形象，突出他们作为异类的身份特征，给人以强烈的神秘幻异色彩。

第五，在叙事上，都具有共同的表现形态，如对叙事视角的选择与运用、对叙事时间的相似处理等。其中最值得一提的是，重复叙事在两种小说文本中都有着突出的运用，这种情况表明了不同民族或国家的创作者对重复叙事的意义的共同自觉，充分显示出重复就是一种有意味的形式，就是思想的构筑。

总之，作为同一类型的文学作品，英国哥特小说与中国六朝志怪小说均借鬼怪来写人，这正是英国哥特小说与六朝志怪小说的创作通则，也是其作为小说艺术殊途同归的真谛。由此，它们都获得了经久不衰的艺术魅力和意味深长的审美价值。本书将对两者上述共性作细致的梳理和详尽的分析，力求避免盲目比附的弊端，从而使比较建立在扎实的可比性基础上。

本书要突出的另一个问题是异质性。比较文学的"比较"毕竟不同于类比。类比的方法是一种将一般类比推理运用在人类文化发展史研究的逻辑方法。它根据两种现象在一系列属性上的相同且已知其中一种现象还具有其他属性的事实，推演出另一种现象也必具有同样的其他属性的结论。①而比较文学的"比较"则既要比较对象之间的相似性，又要比较其异质性。尤其是在跨文化的中西文学比较研究中，异质性又成为可比性中的一个关注重心。②

关于异质性的问题，早在马克思、列宁那里都程度不同地谈论过。马克思说："极为相似的事情，但在不同历史环境中出现就引起了完全不同的结果。"③列宁也说："在分析任何一个社会问题时，马克思主义理论的绝对要求，就是要把问题提到一定的历史范围之内；此外，如果谈到某一个国家（例如，谈到这个国家的民族纲领），那就要估计到在同一历史时代这个国家不同于

_____

① 郑春苗：《中西文化比较研究》，北京语言学院出版社 1994 年版，第 8 页。

② 在以法国学派为代表的比较文学研究第一个发展阶段，其可比性表现在对同源性的探寻上，在以美国学派为代表的比较文学研究第二个发展阶段，其可比性则主要强调类同性和综合性，而在以跨文化研究为基本特色的第三个发展阶段，则是在前面两个阶段的基础上，进一步寻求文化异质性及其融汇的途径。

③ 马克思：《给〈祖国纪事〉杂志编辑部的信》，见《马克思恩格斯全集》第19 卷，人民出版社 1963 年版，第 131 页。

其他各国的具体特点。"①

当代的学者们正是沿着这一思路对异质性作了精彩的发挥。例如，袁鹤翔说："文学无论东西有它的共同性，这一共同性即是中西比较文学工作者的出发点。可是这一出发点也不是绝对的，它只不过是一个开始，引我们进入一个更广阔的研究范围。……故而我们做中西文学比较工作，不是只求'类同'的研究，也要做因环境、时代、民族习俗、种族文化等等因素引起的不同的文学思想表达的研究。"②古添洪也说，把重点移于异而不是限于综合，这在中西比较文学的特定领域里，有此修正的必要。因为中西文化及文学传统的差异，综合起来极难，"要避免外国学者动辄以'综合'来责难，倒不如先声明'综合'并不是唯一的量度标准……与其肤浅危险的'同'，倒不如坚深壁垒的'异'。……鉴于中西方长久的相当隔绝，中西方文化的迥异，中西比较文学毋宁应着重'异'"③。刘介民也指出过："中西比较文学的出发点是发现其共同性，而探求其'异'的价值则是它的主要精神。"④ 曹顺庆在《中外比较文论史》（上古时期）一书中，对异质性作了更为翔实地阐发。他认为，中国比较文学所面临的主要任务，不是法国式的文化"外贸"，不是文学作品"输出"与"输入"的斤斤计较；也不是美国式的文化"大同"，不是强调"警惕民族特色"、主张"非民族化"的西方中心式的"世界主义"，而是在跨异质文化的阐释中认识中国文学与文论的民族特色，在民族特色的基础上寻求跨文化的对话与沟通。"从

① 列宁：《论民族自决权》，见《列宁选集》第 2 卷，人民出版社 1972 年版，第 512 页。

② 袁鹤翔：《中西比较文学定义的探讨》，转引自黄维梁、曹顺庆编《中国比较文学学科理论的垦拓》，北京大学出版社 1998 年版，第 78 页。

③ 古添洪：《中西比较文学范畴、方法、精神的初探》，载《中外文学》1979 年第 11 期。

④ 刘介民：《比较文学方法论》，天津人民出版社 1993 年版，第 302—303 页。

根本意义上说，比较文学恰恰具有两方面的功能，一方面是沟通，寻求各国文学之间，各学科之间，各文化圈之间的共同之处，并使之融会贯通；另一方面则是互补，探寻各国文学之间，各学科之间，各文化圈之间的相异之处，使各国文学在互相对比中更加鲜明地突出其各自的民族特色、文学个性及其独特价值，以便达到互相补充，相互辉映。"①

正是由于跨异质文化的比较文学对异质性的关注与强调，因此就要求这种比较是一场平等的对话。"只有'对话'立场所确认的交互主体性和平等性原则方能够保证异质文化所进行的比较是双向对等的，因而也才能够保证比较文学学科所要求的客观性和学术性。"而"美国学派的'平行研究'显然不具有'对话'的视野……对美国学派而言，'比较'并不是一场文化间的对话，而是以西方'诗学'的眼光对各种文学经验及其理论表述的发掘。在这种预先确定了'文学性'、'诗性'为何物的发掘中，实际上已经先行确定了'比较文学'之规定性陈述的逻辑指向和意义标准。在此，'世界文学'的达成已不是异质文化间双向比较和对话的产物，而是不同文化向西方文化的同质性化归"。②

因此，笔者主要运用比较文学平行研究的方法，附以阐释学、接受美学、叙事学等理论，本着跨异质文化平等对话与沟通互补的立场和原则，通过对英国哥特小说与中国六朝志怪小说的比较，突出其各自的文学特色，显露、阐扬其各自的文学传统及其存在价值，进而探寻它们作为鬼怪小说所共有的审美本质与基本规律。在研究中，以小说构成的要素（情节、主题、人物、叙事）来结构、贯串本文，突出问题意识，以问题带动比较研究。

① 曹顺庆：《中外比较文论史》（上古时期），山东教育出版社1998年版，第208页。

② 曹顺庆等：《比较文学学科理论研究》，巴蜀社2001年版，第301页。

中国六朝志怪小说与英国哥特小说由于生成的文化土壤、传统背景不同，共性中显出深刻的异质性又是必然的。笔者认为，在情节上，志怪小说于怪诞中显温情，令人流连忘返；哥特小说则于怪诞中见恐怖，让人毛骨悚然。而且恐怖是哥特小说的主导性特征；志怪小说多是开始颇让人有些恐怖，但随后演绎出来的故事却不都是恐怖的，而是别有洞天，柳暗花明又一村。在此基础上，笔者阐明其怪诞与恐怖的理论内涵及其独特的审美价值和意义，并对两者所表现出来的重大差异进行详细的文化分析。

在主题方面，两者虽均通过因果报应主题，来彰显鲜明的道德伦理观念与善恶是非的评价，充满了惩恶扬善的思想精神，但其内在的具体含义则又有着很大的差异。中国六朝志怪小说的因果报应主题，与儒家等思想传统，与佛教观念息息相连；而英国哥特小说的因果报应主题，则与基督教思想文化传统密切相关。而且，前者多集中于人际关系的伦理规范，故而显得内容狭窄，简单明了，缺乏启迪人心、引人回味的厚重感和思想哲理上的阅读魅力；而后者在表现这一主题时，则具有相当的超越性，它除了关注、探索人与上帝的关系问题以及在此基础上的人与人之间的关系外，还将人与自然的关系、人与客观规律和宇宙法则的关系也纳入到创作的视野，从而增强了作品的理性精神和哲学思辨的品质。在爱情主题的表达上，两者虽然都张扬着对合理的爱欲追求的肯定以及反传统的叛逆精神，但中国六朝志怪小说爱情主题的表现多与反对封建等级制、封建礼教、包办婚姻制等相联系；而哥特小说中表现的爱情主题，则突出地与批判修道院的教育和生活对人性的扭曲、戕害相关，流露出强烈的反宗教情绪。同时，相比较而言，因为志怪小说旨在对理想生活的诉求，故而作为理想生活重要组成部分的爱情主题，在志怪小说中获得了淋漓尽致的集中表现；而哥特小说则旨在彰显黑暗，因此除个别作品外，虽然每部都描写有爱情，但并非最突出的内容。同是复仇主题的表达，但哥特小说中的复仇往往伴随着人物强烈的个性意识、对自我本质的追问以及对知识的渴求等，复仇者多是为了捍卫自身的名誉、尊严和权利而实施复仇行为。这充分体现了西方文化中以重视、实现个人幸福、尊严、权利为目的的价值取向。而志怪小说中人物的复仇行为则主要是基于"孝"和"义"，特别是无辜者死后化为鬼向作恶者讨还公道，显示正义，不会出现像哥特小说那样采取残忍的殃及无辜的复仇行为。这又与中国传统伦理文化对正义内涵的合"礼"解释以及文化的中和精神有关。并且哥特小说常常在较为广阔的范围内来表现复仇，对复仇内涵的揭示上较六朝志怪小说更丰富、更复杂，特别是在人性层面的开掘上，表现出了相当的深度和厚度；而志怪小说表现复仇往往集中在一个方面，难以有更多层次的丰满展示。在这一点上，因果报应主题与爱情主题的表现都具有这样的特征。

在人物塑造上，从细处看，两者在同类人物身上却又呈现出各自不同的鲜明特点；从总体上看，两类作品中的人物虽都典型地呈现出善恶分明的两极，但志怪小说中没有亦善亦恶的人物，它着重表现的是人的伦理道德属性，不大注意对人的本质的丰富性、微妙性、多面性的开掘与表现，这使志怪小说的人物形象在构成上具有浓重的伦理道德色彩，成为一种伦理道德的化身。而哥特小说中，不仅有性格单一的人物形象，更有亦善亦恶的人物形象。在人物刻画艺术上，同中的差异也是鲜明的。哥特小说常常在静态中不厌其详地细腻展示人物的心路历程，尤其是专注于人物痛苦、恐怖、邪恶心理与畸形变态心理的描写；志怪小说的心理描写则十分简洁，且常常在行动和对话中表现人物心理。志怪小说所表现的冲突往往在人物与人物之间的外部冲突的层面展开，很少涉及人物内部的自我冲突；而哥特小说则不仅表现人物与人物之间的外部冲突，而且更注意呈现人物内部的自我冲突，让人物在内外双重冲突的挤压下去驰骋拼搏，去展示生存还是毁灭的惊心动魄。

在叙事形态上，六朝志怪小说表现为明显的客观性叙事特征，英国哥特小说则表现为强烈的主观性叙事特征。哥特小说没有第三人称限知视角的运用，六朝志怪小说则充分显示了它在这一视角运用上的超前性。在见证人叙事模式中，哥特小说在语式和语态上保持一致，其见证人居于次要人物地位，六朝志怪小说在语式和语态上则典型地表现为不一致，其见证人主要为主人公。西方叙事学理论中不见这方面创作实践的总结，当与西方缺乏这方面的创作实践有关。由此可知，依据西方创作实践而来的叙事学理论，并不能放之四海而皆准。它也有疏漏之处。而它疏漏的语式和语态错位的见证人叙事，正构成了六朝志怪小说叙事艺术的一个特色。六朝志怪小说以顺叙为主要叙事方法，倒叙和预叙方法运用较少；而预叙在哥特小说中却运用得十分突出。笔者将不仅细致地考察两者上述异质性的表现所在，而且对其作深入的文化分析。

彰显对话性是本书的又一个主要方面。笔者认为，异同比较并非最终目的。重视同是为了确立比较的基础，强调异质性则是正视并承认各自的特色、文学传统及其存在价值。但承认异质性不是封闭自己，孤芳自赏，从根本上说是为了彰显对话的必要性和重要性，为了更好更清醒地继承自己传统中的优长，又更自觉更有目的地学习他人的精华，达到沟通理解、互补互识、共同发展的目的，进而共同建构平等多彩、互通有无的理想的世界文学。

四

最后，交代一下本书所探讨的作品。英国哥特小说主要以《奥特朗托城堡》、《瓦塞克》、《修道士》、《弗兰肯斯坦》（又译为

《现代普罗米修斯》、《科学怪人》》等四部作品为主，偶涉其他。之所以于众多的哥特小说中主要选择这四部作品加以探讨，主要是因为如前所述，《奥特朗托城堡》是开英国和西方哥特小说创作先河之作。尽管它在创作上还存在着一些不足之处，但它影响了后来一大批作家的创作，奠定了后来哥特小说创作的基本特色与模式，如恐怖怪诞、哥特城堡、神秘修道院、阴暗的地下道、令人不寒而栗的墓穴、恶魔般的男主角与天使般的女主角的对立、中古的或异域的故事背景等。桑德斯总结哥特小说的特色是：迷恋于折磨与恐怖、巫术、恋尸癖、心神不定、峭壁与深渊、鬼魂出没、突然死亡、地牢、梦境、幻觉和寓言之中。[①] 刘易斯的《修道士》和拉德克利夫的《尤道弗的秘密》，是被称为"哥特十年"的18世纪90年代英国涌现出的大量哥特小说中最为杰出、影响最为深远的两部作品。但相比较而言，笔者认为，《修道士》虽受《尤道弗的秘密》的影响，但在哥特的恐怖效果、人物塑造、心理描写，尤其对痛苦、恐怖心理的描写，对沉溺于孤独、自恋情绪状态下的彷徨矛盾世界的剖析，对潜意识畸形变态心理与罪恶意识的挖掘等方面，已经超越了《尤道弗的秘密》，更具代表性。正由于上述诸原因，近两百年后它被牛津大学出版社列为世界经典名著再版。所以我们在此选择《修道士》作为探讨的重点，不过在相关论述中也会提到《尤道弗的秘密》，这也是出于论述的集中突出，不至于过于分散的考虑。

　　而《瓦塞克》和《弗兰肯斯坦》，虽然都不是狭义上最典型的哥特小说，例如小说中没有描写中世纪的险恶世界，没有中世纪的哥特城堡，没有神秘的地下墓穴等，但却在哥特小说史中别具一格，具有扩大哥特小说描写领域的开拓性意义。《瓦塞克》

---

　　① 安德鲁·桑德斯：《牛津简明英国文学史》，高万隆等译，人民文学出版社2000年版，第498页。

是一部具有浓郁东方色彩的传奇作品，里面那种将东方传说与西方鬼怪的巧妙结合，主人公那种不知满足的权利欲、占有欲，那种为获得知识和财富，为满足奇遇而不惜将灵魂出卖给魔鬼的情节，以及对地狱世界的恐怖描写等，都使西方现代哥特小说评论家将其列入哥特经典之一。同样，《弗兰肯斯坦》将科学幻想与哥特恐怖有机地熔为一炉，又开创了西方近现代科幻小说的先河，更为评论家们作为哥特经典之一而津津乐道。

关于六朝志怪小说，现较常见的辑本主要有鲁迅的《古小说钩沉》、李剑国的《唐前志怪小说辑释》、汪绍楹校注本《搜神记》、汪绍楹校注本《搜神后记》、齐治平校注本《拾遗记》等。至于《搜神后记》的作者归属问题，人们说法不一，本书从陶潜说。本书以《搜神记》、《搜神后记》、《拾遗记》、《幽明录》、《续齐谐记》、《冤魂志》等中公认的志怪名篇为主要分析对象，具体出处将随文注出，兹不赘述。

下面，就让我们走进英国哥特小说与中国六朝志怪小说跨文化比较之旅。

第 一 章

背 景 论

本章是我们进入比较之旅后的第一站。这第一站的意义在于，通过对英国哥特小说与中国六朝志怪小说产生背景的描述，旨在揭示它们产生于其中的各自不同的历史传统，是更好地认识、把握本书后面各章所呈现出的它们之间异质性的基础和前提；同时也为显出其生成过程中所面临的类似的历史境遇，以及因这种历史境遇的类似所带来的创作思维上的某些共性审美特征。简而言之，两者都是社会动荡、主流意识形态遭到挑战的产物。但具体地说，英国哥特小说是反对启蒙理性与古典主义原则的产物，而中国六朝志怪小说则是一统天下的儒术独尊格局被打破的结果。两者的产生均与宗教有关，宗教给它们的创作从主题、题材、人物塑造到驰骋文学想象诸方面带来了深刻的影响，但英国哥特小说主要接受的是基督教的影响，而中国六朝志怪小说则主要接受的是佛教与道教的影响。类似的历史境遇，又使英国哥特小说与六朝志怪小说共同成为中国和西方不同民族的作家，借鬼怪幻想表达内心无限的焦虑与失望、展示人在现实中难以如愿的情感和欲望的载体。凡此种种，都让这一比较研究变得势在必然。

第一节　英国哥特小说生成背景综述

如果我们把英国哥特小说创作置于世界文化与文学的整体环境中来考察的话，那么就会发现，这一颇为引人注目、特立独异的文学现象并非是偶然出现的怪胎，而是多种因素综合影响的产物。揭示这一影响渊源，旨在帮助读者更全面理解哥特小说这一陌生文类产生的内在依据及其思想内涵与艺术成就。

一　社会基础

历经激烈动荡的 17 世纪，英国进入相对稳定的 18 世纪。由于资产阶级革命的胜利，英国政府对内大力发展工商业，至中期开始工业革命；对外则进行大规模殖民扩张，并发展成为近代最大的殖民国家。资本主义制度的稳步发展，使得文学艺术领域也力倡新古典主义和理性精神。正如洛里哀所说："这是英国文学的古典时代，别有它自己一种庄严优美的作风。自女王安恩以降，英国以国内政治之兴隆，对外势力之膨胀，及美术与文学之收成，遂得与最居前方的诸民族平列。"[①]在古典主义风尚与理性精神的影响下，代表近代资产阶级意识形态的小说创作，自然要面对客观世界，如实反映社会现实，力求把握这个社会的本质和规律。所以，这个时期的资产阶级作家"更为明确地反对既往以传奇为主体的叙事文学，以普通个人的日常生活与情感为关注的中心，表现出写实主义与理性主义的特色"。产生这一现象的根本原因，正在于 18 世纪"资本主义经济的空前发展和中产阶级的崛起，以及随启蒙运动而进行的资产阶级文化的总体建

---

① 洛里哀：《比较文学史》，傅东华译，商务印书馆 1931 年版，第 196 页。

设"。① 对此，埃得柳在《小说的艺术》中有更为详细的论述：
"异想天开的传奇故事曾经是通例，而今却成了特例，因为小说
现在的目的是要强化现实而不是逃避现实。如果说我们偶尔也得
有自己的奇闻异事，那么我们坚持要把它们认作奇闻异事。小说
的一般进程是从不可能的进到或然的再进到可能的，我们希望我
们的小说家们现在尽力地撒谎，但谎要撒得像是真情实事。反传
奇的、理性化的 18 世纪精神使得这种转变变成了可能。因此，
我们最好是在这个富于创生性的世纪去寻找现代小说的胚芽。"②
于是我们看到，像笛福、菲尔丁、理查逊等这些著名英国小说
家，都常常是用"历史"（history）、"生平"（life）、"日记"
（journal）、"回忆录"（memoir）之类的词来冠以自己的作品，
以区别于具有传奇色彩的小说。因而，用可信的文笔描写世态人
情，构成了 18 世纪前半期英国小说的基本特征。不过，这种以
逼真再现为特征的现实主义小说虽无可非议，但却往往不能完全
满足读者多样化口味的需要。读者除了希望现实能在故事中得到
反映之外，同样也渴求从超现实的故事中获得愉悦调节，"哥特
小说的兴起恰好弥补了现实主义小说在这方面的不足"。③

　　至 18 世纪后半期，工业革命的迅速发展，不仅导致工业资
产阶级与工业无产阶级的对立和斗争，而且带来了城市与农村富
贫的巨大悬殊，原本圈地运动造成的衰败荒芜的农村景象，更成
为工业化罪恶的铁证。国内各种矛盾愈来愈尖锐，人民的反抗斗
争此起彼伏。同时，随着资本主义的发展，广大中小资产阶级也
深感自己的生活和社会地位岌岌可危，不满现状，满怀忧惧，但

　　① 龚翰熊主编：《欧洲小说史》，四川大学出版社 1997 年版，第 87 页。
　　② 埃得柳：《小说的艺术》，转引自龚翰熊主编《欧洲小说史》，四川大学出版
社 1997 年版，第 94 页。
　　③ 吴景荣、刘意青主编：《英国十八世纪文学史》，外语教学与研究出版社
2000 年版，第 309 页。

又无可奈何，因此只能自怨自艾，沉溺于个人的痛苦、悲哀与不安之中。这样，启蒙思想家按照理性原则提出的自由、平等、博爱的社会理想首先在英国陷入困境，他们所推崇的人类理性的力量也因此遭到怀疑。哥特小说与感伤主义小说、"墓园诗歌"的出现，从根本上说，都是这种精神状态的曲折反映。

二　思想文化基础

1. 哲学思想的影响

英国哥特小说的产生也有其哲学思想作基础。17、18世纪，正当欧洲大陆盛行理性主义，视理性为评判一切的标准之时，英国却出现了与之相对的经验主义哲学思想。这种经验主义哲学思想自培根（1561－1626）奠基，至17、18世纪达到高峰。在培根那里，感官的知觉被视为认识的开始阶段。他认为一切知识来源于对外部世界的感觉经验："'事理究竟能否知道'这个问题，不是以争辩所可解决的，只有诉之于经验才能有望。"①正如马克思所说："按照他的学说，感觉是完全可靠的，是一切知识的源泉。"② 不过，培根在强调感性经验于认识中的作用时，并未把人的认识局限在感性经验上，他还指出了理性认识的必要性，并说："我以为我已经在经验能力与理性能力之间永远建立了一个真正合法的婚姻，二者的不和睦与不幸离异，曾经使人类家庭的一切事务陷于混乱。"③ 可见，他"主张把这二者紧密地结合起来"，"将这二者的结合看作是他所提出的一条重要的原则"。④

---

① 培根：《新工具》，关琪桐译，商务印书馆1936年版，第31页。

② 马克思：《神圣家族》，见《马克思恩格斯全集》第2卷，人民出版社1957年版，第163页。

③ 转引自北京大学哲学系外国哲学史教研室编译《十六—十八世纪西欧各国哲学》，商务印书馆1975年版，第8页。

④ 李志逵主编：《欧洲哲学史》上卷，中国人民大学出版社1983年版，第159页。

到了洛克（1632—1704），他把经验分为外部经验和内部经验两种，认为外部经验来自人的感觉，而内部经验则主要是心灵反省其自身内部的结果。他特别强调人的感官作用，认为颜色、声音、滋味等不是物体所固有的，而是依存于人的感官。这就否定了颜色、声音、滋味等性质本身的客观性。他在谈到火的光和热的性质时也说："我们如果没有适当的器官，来接受火在视觉和触觉上所引起的印象，而且如果我们没有一个心同那些器官相连，从火或日来的印象，接受到光和热的观念，则世界上便不会有光和热。"① 无疑，洛克的经验主义哲学思想中存在着唯物主义和唯心主义的矛盾。而他的后继者贝克莱（1684—1754）则把经验主义完全推向了唯心主义。在贝克莱看来，一切知识都是由观念和感觉构成的，而观念和感觉本身就是认识的对象，所以他提出物是感觉的组合，"它们的存在就是被感知，它们不可能在心灵或感知它们的能思维的东西以外有任何存在"②。贝克莱的哲学思想具有浓厚的唯我论色彩。

继贝克莱之后，休谟（1711—1776）又"提出了近代资产阶级的第一个不可知论的哲学学说"③。他的哲学是以培根、霍布斯，特别是以洛克和贝克莱为代表的经验主义哲学思想的集大成者和"逻辑终局"④。休谟把感觉、情感、情绪、思维都归类为知觉，认为人的认识的唯一对象是感性知觉，"至于由感官所发生的那些印象，据我看来，它们的最终原因是人类理性所完全不能解释的"⑤。到休谟这里，英国的经验主义已将理性彻底否定

① 洛克：《人类理解论》，关文运译，商务印书馆 1959 年版，第 353 页。
② 转引自北京大学哲学系外国哲学史教研室编译《十六—十八世纪西欧各国哲学》，商务印书馆 1975 年版，第 540 页。
③ 李志逵主编：《欧洲哲学史》上卷，中国人民大学出版社 1983 年版，第 196 页。
④ 卡西勒：《启蒙哲学》，顾伟铭等译，山东人民出版社 1988 年版，第 299 页。
⑤ 休谟：《人性论》上册，关文运译，商务印书馆 1994 年版，第 101 页。

掉了。列宁曾一针见血地指出："休谟所谓的怀疑论，是指不用物、精神等等的作用来说明感觉，即一方面不用外部世界的作用来说明知觉，另一方面不用神或未知的精神的作用来说明知觉。"① 他还进一步指出，休谟的这种怀疑论就是不可知论，其本质在于"他不超出感觉，他停留在现象的此岸，不承认在感觉的界限之外有任何'确实可靠的'东西"。② 因此，"休谟的哲学对也好、错也好，代表着十八世纪重理性精神的破产"③，"在这样的自我否定理性精神的后面跟随着非理性信念大爆发"④。而注重表现情感、想象、直觉以及人物身上其他种种非理性因素的哥特小说，能够首先出现在英国，决非偶然，从哲学思想层面上说，实是这种"重理性精神的破产"、"非理性信念大爆发"的产物，它融合、渗透着经验主义哲学的思想与观点。

另外，谈到经验主义哲学思想，还不能不提到一个人物，他就是伯克。伯克是英国政治家、政论家和美学家，就美学思想而言，他也是一位同新古典主义理论与审美鉴赏断绝关系的经验主义者。⑤ 他的《关于崇高与美的观念的根源的哲学探讨》（1757）被看作是一部关于哥特作品的理论专著，因为在这部专著里，他首次试图在崇高与恐怖之间确立一个系统性的有机联系。⑥ "其书中的许多论析，特别是对构成崇高因素的朦胧模糊、苍茫无垠、不同寻常等的强调，对哥特作家有着实际的重要价值，但他最重要的贡献在于，赋予了恐怖一个较为重要的、有价值的文学

① 列宁：《唯物主义和经验批判主义》，见《列宁选集》第2卷，人民出版社1972年版，第29页。

② 同上书，第105页。

③ 罗素：《西方哲学史》下卷，马元德译，商务印书馆2001年版，第210页。

④ 同上书，第211页。

⑤ 吉尔伯特等：《美学史》，夏乾丰译，上海译文出版社1989年版，第328页。

⑥ David Punter, *The Literature of Terror: A History of Gothic Fictions from 1765 to the Present Day*, Longman Group Limited, 1980, p. 44.

地位。"① 关于这一话题，我们在第三章中有详论，此不赘述。

2. 基督教《圣经》的影响

众所周知，西方文学的历史源于两个主要的思想文化传统，即古希腊罗马文化传统和基督教文化传统。韦勒克和沃伦在《文学理论》中说："西方文学是一个统一的整体。我们不可能怀疑古希腊文学与罗马文学之间的连续性，西方中世纪文学与主要的现代文学之间的连续性，而且，在不低估东方影响的重要性、特别是圣经的影响的情况下，我们必须承认一个包括整个欧洲、俄国、美国以及拉丁美洲文学在内的紧密的整体。"② 作为一个统一体的西方文学，"它继承了古典文化与中世纪基督教义丰富的遗产"。③ 作为西方文学重要一部分的英国文学，自然也不例外。

基督教于公元 6 世纪传入英国，此后它便不断地渗透到英国社会文化生活的各个方面。④ 作为传播基督教重要组成部分的《圣经》英译，高潮发生在 16 世纪。仅在这个世纪的几十年内就有 8 种《圣经》英译本问世，⑤ 所谓英译钦定本《圣经》，也是在 17 世纪初年完成的，"它对以后三百年英国社会生活确实起了无从估计的影响"，它已经被视为"是十七世纪英国文学的一个组成部分"⑥。英国著名生物学家赫胥黎也曾说："三百年来，英国历史里最好的、最高贵的一切，其生命都和此书交织在一起，这是个伟大的历史事实。"⑦

在作为英国文学重要组成部分的哥特小说中，我们不仅可以

---

① David Punter, *The Literature of Terror: A History of Gothic Fictions from 1765 to the Present Day*, Longman Group Limited, 1980, p. 45.

② 韦勒克、沃伦:《文学理论》，刘象愚等译，三联书店 1984 年版，第 44 页。

③ 同上书，第 45 页。

④ 范中汇:《英国文化》，文化艺术出版社 2003 年版，第 7 页。

⑤ 杨周翰:《十七世纪英国文学》，北京大学出版社 1985 年版，第 16 页。

⑥ 同上书，第 14 页。

⑦ 同上。

找到古希腊罗马文化的渊源，而且同样可以找到基督教《圣经》文化的渊源。

基督教《圣经》对哥特小说的影响，主要体现在思想主题、人物类型塑造和风格特征三大方面。

首先，从思想主题方面看，基督教关于诱惑与苦难考验的观念在哥特小说创作中得到了具体而明显的反映。这一思想的积极作用，在外表上表现为把紧张多样的惊险性，同深刻的问题性、复杂的心理有机地融为一体。从基督教的观点看，这种诱惑与苦难考验背后所包含的冲突，归根结底是上帝与魔鬼之间永恒的冲突。而这种以上帝代表的光明、善与以魔鬼代表的黑暗、恶之间的冲突，正是哥特小说最突出、最普遍、最持久的主题，它贯穿了哥特小说发展的整个历史。[1]

其次，"哥特小说中的许多典型人物类型，比如魔鬼、恶棍英雄、'流浪的犹太人'等，都能在《圣经》中找到他们的原型（撒旦、该隐等）"。[2]

第三，就题材和风格特征而言，哥特小说以城堡或修道院为背景，多描写在《圣经》中普遍存在的谋反篡位、亲人相残、乱伦凶杀、苦难恐怖等故事，又多涉及上帝、修道士、幽灵、天堂、地狱等宗教内容，因而深深地烙上了恐怖、苦难、神秘、怪诞的基督教文学的审美特征。《圣经》中描写的最为惨痛的死亡是耶稣之死。他被诬陷、辱骂、殴打、戏弄、吐唾沫，最后钉上十字架，在极度痛苦中缓慢地死去。他的死给人留下了极为痛苦和恐怖的记忆。尤其是地狱观念所产生的恐怖，对哥特小说的影响极为明显。其中，《圣经·启示录》就是一部充满宗教恐怖和神秘主义的经卷，它以奇特的想象反复渲染了末日审判与地狱的

---

① 肖明翰：《英美文学中的哥特传统》，载《外国文学评论》2001年第2期。
② 同上。

极端恐怖性。①例如，有罪的人注定要在"火与硫磺之中受痛苦。他受痛苦的烟往上冒，直到永永远远"（14：10－11）②；"死亡和阴间也被扔在火湖里；这火湖就是第二次的死。若有人名字没记在生命册上，他就被扔在火湖里"（20：14－15）③，"被扔在烧着硫磺的火湖里"（19：20）④。西方心理学家和教士普费斯特在论述基督教和恐惧的关系时说："对于天主教来说，除了恐惧就再没有其他的问题了"⑤，"天主教是在恐惧的基础上，特别是在对罪孽的恐惧的基础上建立起来的，至于是用什么材料或者有什么计划，则没什么可说的。通过对魔鬼，它的帮凶，以及恶的精灵的表述可以很容易地了解对恐惧的想像"⑥。也难怪有学者指出："在所有的重要教派中，基督教是焦虑最多，最强调死亡的恐怖的教派。宗教改革时期的神学进一步加强了这方面的强调。"⑦

三　文学传统

从文学自身发展传统看，英国哥特小说的出现，绝非无源之水，无本之木。它远承古希腊罗马文学传统，近受本国莎士比亚以来悲剧、小说、诗歌创作的影响，至 18 世纪后期，遂形成一个独立的小说流派。

---

① 梁工等：《凤凰的再生：希腊化时期的犹太文学研究》，商务印书馆 2000 年版，第 692 页。

② 《圣经》启导本，中国基督教协会印发 1998 年版，第 1860 页。

③ 同上书，第 1867 页。

④ 同上书，第 1866 页。

⑤ 转引自王亚平《基督教的神秘主义》，东方出版社 2001 年版，第 216 页。

⑥ 同上书，第 219 页。

⑦ 弗兰克·克默德：《结尾的意义：虚构理论研究》，辽宁教育出版社、牛津大学出版社 2000 年版，第 25 页。

1. 古希腊罗马文学的影响

在古希腊罗马文学的伟大传统中,除现实主义因素外,怪诞恐怖的超现实主义因素,也是不容忽略的重要内容之一。巴赫金曾在《教育小说及其在现实主义历史中的意义》和《小说的时间形式和时空体形式》等文中,对古希腊罗马小说这方面的特色作过相当透彻的探讨。他认为,作为古希腊罗马小说重要类型之一的考验小说,对后世小说影响极大。"'考验小说'(Prüfungsroman)这一术语,早已被文学理论家用来称谓巴罗克小说(十七世纪),而巴罗克小说正是希腊型小说在欧洲土壤上的进一步发展。"[①] 而巴罗克小说的一系列因素,又通过刘易斯、瓦尔普、拉德克利夫等创作的哥特小说这一环节,渗透到其后的欧洲小说里。[②] 考验小说的最大特点,就是描写"非常事件和非常境遇","这些在平凡的、寻常的、一般的人生经历中是不存在的"。[③] 这些作品里的许多故事都充斥着劫持、逃跑、解救、假死、复活等传奇事件。[④] 还有一种更为极端的情况更为可怕,"这里没有太阳,也没有星空","日常生活在这里被当作真正生活的对立面"[⑤],这种"日常生活正相当于地狱、坟墓"[⑥]。像哥特小说对墓穴里偷情、强奸的描写,早在古希腊小说家欧摩尔波斯的《佩特罗乌

① 巴赫金:《小说的时间形式和时空体形式》,见《巴赫金全集》第 3 卷,白春仁、晓河译,河北教育出版社 1998 年版,第 298 页。

② 同上书,第 287 页。又见巴赫金《教育小说及其在现实主义历史中的意义》,见《巴赫金全集》第 3 卷,白春仁、晓河译,河北教育出版社 1998 年版,第 220－221 页。

③ 巴赫金:《教育小说及其在现实主义历史中的意义》,见《巴赫金全集》第 3 卷,白春仁、晓河译,河北教育出版社 1998 年版,第 221 页。

④ 巴赫金:《小说的时间形式和时空体形式》,见《巴赫金全集》第 3 卷,白春仁、晓河译,河北教育出版社 1998 年版,第 293 页。

⑤ 同上书,第 321 页。

⑥ 同上书,第 314 页。

斯》里就已出现过。①

古罗马最杰出的悲剧家塞内加也以擅长描写鬼魂、怪诞、残暴、罪恶而著称，尤其详尽渲染令人毛骨悚然的恐怖场景，是他所有剧本的特征。只要拿欧里庇得斯创作的《美狄亚》同塞内加对这一相同故事的处理作一比较，就可看出他创作中的恐怖倾向。欧里庇得斯的悲剧重在对美狄亚这位母亲扣人心弦的内心冲突的揭示上，而在塞内加笔下，美狄亚完全变成了一个疯狂的复仇者，她先杀死一子，在其残忍行为被打断后，便将尸体和另一子带上龙车，在车上又杀死这个儿子，并把两具尸体猛掷在痛苦呻吟的丈夫身上，然后消失不见。在《提埃斯忒斯》中，他不仅对提埃斯忒斯的三个儿子被杀的情节作了令人恐怖的详尽描写，而且细致入微地描写了骇人听闻的人肉宴。而在《菲德拉》中，他对希波吕托斯死亡的过程同样作了令人恐怖恶心的详尽描述。请看这段文字：

> 田间到处都是他的血。他的头撞在岩石上又弹了回来；多刺的矮树扯掉了他的头发，坚硬的石块毁坏了他白净的脸，给他带来不幸的美貌整个儿面目全非，不复存在了。垂死的肢体被飞驰的战车拖着前进。终于在转过一棵烧焦了的树时，树干刺穿了他的腰部，将他钉在树桩上。由于主人被钉住了，拉车的两匹马也站住不动，然后把树干和主人一同拔起，于是半死的躯体被灌木丛撕成了碎片，带尖刺的粗糙的围栅和每一根树干都沾上了他身上的肉。②

---

① 利奇德：《古希腊风化史》，杜之、常鸣译，辽宁教育出版社 2000 年版，第 274 页。

② 转引自奥托·基弗《古罗马风化史》，姜瑞璋译，辽宁教育出版社 2000 年版，第 315—316 页。

塞内加显然是有意利用这种血腥恐怖"来刺激读者或观众颤抖的神经，使之达到疯狂的程度，极大地满足他们对强烈刺激和高度紧张的欲望"。① 他的这种创作倾向，并非仅仅是他个人的特色，而是当时具有普遍性的现象，"是公元 1 世纪古罗马拉丁文学时代诗歌共同的形式和题材"。② 值得一提的是，公元 2 世纪阿普列乌斯的小说《变形记》中，也充斥着大量的恐怖情节。有学者称它为"纵欲和残暴的万花筒，谁要是看了准会发疯或堕落"③。从深层次说，这种倾向与罗马人性格中固有的残暴和野蛮的特性，有着一定的内在联系。

2. 英国文学的影响

（1）英国文艺复兴时期戏剧的影响

英国文艺复兴时期的戏剧是哥特小说的重要源头之一。当时，在欧洲其他主要国家，古希腊悲剧最有市场，但在英国，最受欢迎的却是古罗马悲剧家塞内加那些充满暴力、复仇与凶杀内容的剧作。④ "在基德、马洛之前，英国的悲剧舞台还被古罗马悲剧家塞内加的作品霸占着。他的 9 部悲剧早在伊丽莎白统治初年就被翻译印行了，其中有 5 部在 1559 年至 1581 年间被搬上了舞台。在这几十年间，英国几乎没有出现本民族的悲剧，连英国第一部悲剧《高布达克》在很大程度上也模仿了塞内加式悲剧。"⑤英国人何以更倾向于接受塞内加呢？我们知道，英国人后来把征服了不列颠群岛的盎格鲁-撒克逊人奉为自己的祖先，⑥而盎格鲁-撒克逊人和一起征服不列颠群岛的哥特人同属于日耳

---

① 转引自奥托·基弗《古罗马风化史》，姜瑞璋译，辽宁教育出版社 2000 年版，第 316 页。

② 同上书，第 325 页。

③ 同上书，第 369 页。

④ 肖明翰：《英美文学中的哥特传统》，载《外国文学评论》2001 年第 2 期。

⑤ 张泗洋等：《莎士比亚引论》下册，中国戏剧出版社 1989 年版，第 119 页。

⑥ 范中汇：《英国文化》，文化艺术出版社 2003 年版，第 19 页。

曼民族（即条顿民族），"他们在北欧严峻的自然条件下，在长达数百年的民族迁徙以及无休止的征战中，创作了丰富多彩的民间传说，其中许多都以其英雄与具有超自然力的'妖怪'之间惊险恐怖的斗争为内容。古英语时期的英雄史诗《贝奥武甫》和一些中世纪浪漫故事就产生于这样的传说"。日耳曼民族中流传的极为丰富的民间传说，"不仅为后来的哥特小说提供了素材和创作灵感，而且造就了产生和接受哥特小说的'心态'"。英国人更倾向于接受塞内加，多半就与这种"心态"有关。① 也有学者指出，英国人倾向于接受塞内加，还与英国有以复仇方式来了结个人恩怨的传统做法有关。"虽然基督教教义中上帝不允许个人报复的训诫家喻户晓，但是，直到十六、十七世纪这种做法仍时有发生。英国舞台上的一批紧张、富有刺激性和戏剧效果的复仇悲剧正好迎合了英国人的这一心态。"②总之，"在塞内加的影响下，英国第一批有影响的世俗剧作家即所谓'大学才子'创作了许多'复仇剧'，其中充斥着阴谋、暴力和凶杀，甚至还有鬼魂出没，最有名的是托马斯·基德（Thomas Kyd）的《西班牙悲剧》（*The Spanish Tragedy*，1580）。英国戏剧的这一重要特点在莎士比亚等人以及詹姆斯一世时期的悲剧中得到进一步发展，并且对后世英国文学尤其是哥特小说的出现与发展产生了巨大影响。"③例如，莎士比亚的《哈姆莱特》、《奥瑟罗》、《李尔王》、《麦克白》等多部戏剧的故事都发生在阴森的城堡中，不仅多有鬼魂出没，而且充满着谋杀、血腥、死亡与恐怖。即使在歌颂永恒爱情的乐观主义悲剧《罗密欧与朱丽叶》中，也出现了坟墓、假死和死尸等令人恐怖的场景。莎士比亚充分发挥自己的艺术想

---

① 肖明翰：《英美文学中的哥特传统》，载《外国文学评论》2001 年第 2 期。

② 王佐良等：《英国文艺复兴时期文学史》，外语教学与研究出版社 1996 年版，第 167 页。

③ 肖明翰：《英美文学中的哥特传统》，载《外国文学评论》2001 年第 2 期。

象，"让鬼魂、女巫上场，直接参与舞台表演，利用伊丽莎白时代人们普遍存在的迷信观念，来帮助制造气氛，展开情节，刻画人物，从而取得了惊人的戏剧效果"。[①]

顺便交代一下，取材于日耳曼民间传说中的浮士德用灵魂同魔鬼做交易的故事，经文艺复兴时期英国剧作家克里斯托弗·马洛（1564—1593）的《浮士德博士的悲剧历史》（1592），深刻地影响了哥特小说的创作。不仅刘易斯将这一情节用于《修道士》中，而且贝克福德的《瓦塞克》、玛丽·雪莱的《弗兰肯斯坦》，以及马图林的《漫游者梅莫斯》，都隐含着对这一情节的巧妙运用。"浮士德成了哥特小说中的原型人物，而'浮士德式交易'至今仍是哥特小说最突出的主题之一。"[②]

（2）英国现实主义小说与感伤主义小说的影响

其实，在哥特小说正式问世前，18世纪英国现实主义小说中已蕴涵了某些哥特小说的因素。正如大卫·潘特（David Punter）所说，哥特小说的因素首先出现在主流的现实主义小说内部，是一个无需惊讶的事实。[③] 菲尔丁在《弃儿汤姆·琼斯的历史》第4章开篇中，就描写了乡绅奥尔华绥所居住庄园的哥特建筑。为此，瓦特在《小说的兴起》中曾这样指出："《汤姆·琼斯》在小说史上第一次描绘了哥特式建筑。"[④] 大卫·潘特在其《恐怖文学：1765至今的哥特小说史》（*The Literature of Terror：A History of Gothic Fictions from 1765 to the Present Day*）中也特别强调了这一点。[⑤] 而琼斯在深夜身着血服、手持

---

① 郑克鲁主编：《外国文学史》上册，高等教育出版社1999年版，第81页。

② 肖明翰：《英美文学中的哥特传统》，载《外国文学评论》2001年第2期。

③ David Punter, *The Literature of Terror：A History of Gothic Fictions from 1765 to the Present Day*, Longman Group Limited，1980，p.45.

④ 瓦特：《小说的兴起》，高原等译，三联书店1992年版，第21页。

⑤ David Punter, *The Literature of Terror：A History of Gothic Fictions from 1765 to the Present Day*, Longman Group Limited，1980，p.45.

蜡烛与军刀，寻求复仇，吓倒卫兵等情节更与后来哥特小说的常规相吻合：

> 时钟敲了十二下……他身穿浅色外套，上面沾着一道道血迹。由于流出那么多血，又加上外科医生抽出二十盎司去，所以他面色惨白如灰。头上裹着一大堆绷带，很象是东方人扎的缠头布。他右手持军刀，左手端着蜡烛，这样一来，连血淋淋的班柯比起来也要大为逊色。老实说，象这样可怕的一个幽灵，我相信在任何坟场也没法见到。①

琼斯的这一形象，不禁令人想起刘易斯《修道士》中的滴血修女形象。

潘特认为，在18世纪现实主义创作中，第一部透露出以恐怖为主题的重要作品是托比亚斯·斯摩莱特（1721－1771）的《斐迪南伯爵》(*Ferdinand Count Fathom*，1753）。这部小说"试图表现一种关于恐怖的社会目的的理论；描述与文明规范分离而带来的痛苦以及大多数人面对极端境遇时的不知所措；对感伤的不合情理的倾向的兴趣；对负罪感威慑力的强调；对所厌恶与反感的现实主义的处理方式"。总之，一句话，《斐迪南伯爵》"是斯摩莱特关于最凶恶的小说的一种构想，一种对支撑文明的规范和启蒙思想的破坏与性强占"②。实际上，斯摩莱特的作品程度不同地都具有这样的特征：强调刻画人物的自私、嫉妒、恶意与卑鄙冷酷，人物往往从外貌到内心都显出畸形和怪诞，同时还偏

---

① 亨利·菲尔丁：《弃儿汤姆·琼斯的历史》上册，萧乾、李从弼译，人民文学出版社1984年版，第417－418页。

② David Punter, *The Literature of Terror: A History of Gothic Fictions from 1765 to the Present Day*, Longman Group Limited, 1980, p. 49.

爱粗野和丑恶的情景，很多场面写得悲惨而恐怖，富于刺激性。[①] 正如克罗斯所说："斯摩莱特的小说趋向一种不久即将代替感伤和嘲弄小说而兴起的新传奇。"[②] 这种所谓的新传奇，正是哥特小说。

感伤主义小说是出现于 18 世纪中期的反对古典主义理性倾向的文学现象。它十分注重对人物内心和情感世界进行深入细腻的探析。瓦特认为，理查逊《克拉丽莎·哈娄》（1747－1748）的结束部分，颇有"墓园文学"（graveyard Literature）的特质。[③] 自理查逊伊始，经斯特恩（1713－1768）、哥尔德斯密斯（1730－1774）至麦肯济（1745－1831）等作家出色的创作，感伤主义小说成为 18 世纪中后期小说的一个突出特点。它突破了17、18 世纪文学的唯理倾向和僵化的古典主义陈规，对欧洲文学的发展产生了较大的影响。[④] 不过，话又说回来，若仅就描写的恐怖骇人看，早于菲尔丁、斯摩莱特的约翰·班扬（1628－1688）的小说《天路历程》（*The Pilgrim's Progress*，1684），就已经含有了这种性质。这里摘引几处，聊以证之——

> 我在梦中看到，山谷这一头尽是血迹、骸骨、尸灰和血肉模糊的尸体，都是以前路过此处的天路客的残迹。……从前，洞里曾住着教皇和异教徒这两个巨人，在他们的淫威和暴政之下，有很多人被施以酷刑，惨遭杀害，遗留在谷中的骸骨、血迹和尸灰等就是这些人的。[⑤]

---

① 龚翰熊主编：《欧洲小说史》，四川大学出版社 1997 年版，第 225 页。

② 转引自龚翰熊主编《欧洲小说史》，四川大学出版社 1997 年版，第 225 页。

③ Ian Watt, *The Rise of the Novel*, University of California Press, 1965, pp. 225－226.

④ 王秋荣、陈伯通主编：《西方文学思潮概观》，海峡文艺出版社 1988 年版，第 139 页。

⑤ 约翰·班扬：《天路历程》，苏欲晓译，译林出版社 2001 年版，第 50 页。

巨人把他们押回城堡,投进一个黑洞洞的地牢里。那地牢又脏又臭,令人作呕。他们就关在这里,从星期三早上一直到星期六晚上,一口面包未沾,一滴水未进,既不见光,也没人来过问,处境十分恶劣,又远离亲朋好友。①

地牢里死人的骸骨也堆得满满的,此情此景你见了一定会惊愕不已。②

(3)"墓园诗歌"(Graveyard Poetry)的影响

与感伤主义小说一样,"墓园诗歌"也是出现于18世纪中期的反对古典主义理性倾向的文学现象。"墓园诗歌"的代表作品主要有爱德华·扬(Edward Young,1683—1765)的《夜思》(*Night Thoughts*,1742—1745)、罗伯特·布莱尔(Robert Blair,1699—1746)的《坟墓》(*The Grave*,1743)、托马斯·格雷(Thomas Gray,1716—1771)的《墓园挽歌》(*Elegy written in a Country Church—Yard*,1751)等。这类诗歌往往以墓园、黑夜、死亡和恐怖作为主要歌咏对象,抒发对人生的感慨,表现不满现实的愤懑情绪。值得一提的是,英国哥特小说的开创者贺拉斯·瓦尔普与格雷还是伊顿校友,过从较密,并一同赴欧洲大陆旅行过。③ 总之,"墓园诗歌"对恐怖的青睐以及感伤主义小说对情感的关注,形成了哥特小说的两大源流,并为哥特小

---

① 约翰·班扬:《天路历程》,苏欲晓译,译林出版社2001年版,第92页。

② 同上书,第251页。

③ 《简明不列颠百科全书》第8卷,中国大百科全书出版社1986年版,第280页。

说准备了读者。①

第二节　中国六朝志怪小说成因综述

魏晋南北朝（185—589），是中国历史上最为动荡混乱的时期，是"独尊儒术"格局被打破、信仰危机崩溃的时期，也是一个"哲学重新解放、思想非常活跃、问题提出很多、收获甚为丰硕的时期"②，一个"精神生活空间开阔、文化环境较为宽松的时期"③。而这种哲学、思想、精神、文化的空前解放，正是社会战乱动荡的产物。这种空前的社会大动荡所引起的哲学、思想、精神、文化的解放，不仅造就了一代显赫的诗歌创作与文学批评理论，而且还促成了中国小说——志怪小说的正式诞生。

志怪小说经先秦草创、两汉初兴，至六朝达于繁荣鼎盛。其繁荣鼎盛的过程正是这一乱世的社会历史文化思想发展的必然结果。

一　乱世：六朝志怪小说繁盛的主因

前面说过，六朝是中国历史上少有的动乱时期，但却成为志怪小说繁荣的肥沃土壤和黄金时代。自三国鼎立至隋朝建立前夕的四百余年里，三十多个朝代与政权如走马灯般地交替更迭，阶级的、民族的矛盾以及统治阶级内部的矛盾斗争尖锐激烈，整个社会处在分裂混乱的状态，它严重地破坏了社会经济的发展，使广大人民蒙受了巨大而深重的灾难，繁盛的中原大地竟出现了

---

① 吴景荣、刘意青主编：《英国十八世纪文学史》，外语教学与研究出版社2000 年版，第 309 页。

② 李泽厚：《美的历程》，见李泽厚《美学三书》，安徽文艺出版社 1999 年版，第 90 页。

③ 罗宗强：《魏晋南北朝文学思想史·引言》，中华书局 1996 年版，第 1 页。

"出门无所见，白骨蔽平原"（王粲《七哀诗》）、"白骨露于野，千里无鸡鸣"（曹操《蒿里行》）的凄惨荒凉景象。公元265年，司马炎篡魏立晋，结束了汉末以来的割据局面，一统的中国出现了短暂的太平和繁荣。然而腐朽的门阀政治终于又酿成了晋武帝驾崩后所爆发的"八王之乱"，皇亲国戚们之间争权夺利的相互残杀，前后达十六年之久，中原大地再度遭到浩劫。在内忧不断、国力日益削弱的情况下，又起外患：北方匈奴人乘机攻入中原，屠城洛阳，造成历史上著名的"永嘉之祸"，西晋随之灭亡。从此晋室南迁，胡人入主中原，中国北方陷入长达一百多年的"五胡十六国"的纷扰割据中；继而又是长达近二百年的南北朝（420－589）的对峙，其间朝代易换频繁，战乱灾难频仍，人民更是水深火热，饱经苦难。

这是一个大动荡的岁月，一个苦难深重的年代！

有史为证——

《三国志·武帝纪》卷一注引《魏书》云：

> 自遭荒乱，率乏粮谷。诸军并起，无终岁之计，饥则寇略，饱则弃余，瓦解流离，无敌自破者不可胜数。……民人相食，州里萧条。①

《三国志·魏志·荀彧传》引《曹瞒传》云：

> 自京师遭董卓之乱，人民流移东出，多依彭城间。遇太祖至，坑杀男女数万口于泗水，水为不流。……引军从泗南攻取虑、睢陵、夏丘诸县，皆屠之；鸡犬亦尽，墟邑无复

① 陈寿：《三国志》第1册，中华书局1959年版，第14页。

行人。①

《晋书·晋惠帝本纪》云：

> （晋惠帝永平七年）雍、梁州疫。大旱，陨霜，杀秋稼。关中饥，米斛万钱。诏骨肉相卖者不禁。②

《晋书·山简传》云：

> 自初平之元，讫于建安之末，三十年中，万姓流散，死亡略尽，斯乱之极也。③

······

面对如此动乱凄惨、黑暗残酷，随时威胁着人们宝贵生命的生存环境，无奈的人们痛感生命朝不保夕，命运无常，内心深处充满了无限的焦虑与失望。于是他们便借助于早已存在的志怪方式与形态，通过丰富的幻想构筑起各种不同的"他界"，将自己的反抗精神和追求理想的愿望寄托于其中而曲折隐秘地显示出来。只要能摆脱现世的羁绊，补偿真实生活的不满而一遂心愿，"即使是黄粱一梦、迷途半晌，也算是时空交错下的奇遇"，"人心飞驰的终点"④。因此，优秀的志怪小说是生活在战乱苦难时代里的人们关怀生命，表达对和平、稳定、幸福生活理想的憧憬

① 陈寿：《三国志》第 2 册，中华书局 1959 年版，第 310 页。
② 房玄龄等：《晋书》第 1 册，中华书局 1974 年版，第 94 页。
③ 房玄龄等：《晋书》第 4 册，中华书局 1974 年版，第 1229 页。
④ 颜慧琪：《六朝志怪小说异类姻缘故事研究》，台湾文津出版社 1994 年版，第 56 页。

与追求的载体。是大混乱、大动荡和大苦难造就了六朝志怪小说。"怪"与"乱"密不可分,"怪"是"乱世"里催生出的一朵诱人的"异花"。此前以及此后,志怪小说创作都没有达到这样大规模密集化的程度,也再没有出现过如此繁荣兴盛的景象,就充分说明了六朝乱世的空前绝后。

二 鬼神信仰:六朝志怪小说产生的原始土壤

儒学创始人孔子曾云:"敬鬼神而远之,可谓知矣"[①],"子不语怪、力、乱、神"。[②] 孔子一向注重现世与人事,故不主张谈论鬼神和死后之事:"未能事人,焉能事鬼","未知生,焉知死?"[③] 不过,孔子虽然不事鬼神,却也并未否定鬼神,而是"敬鬼神而远之"、以鬼神为次要罢了。但孔子的这一基本态度,影响了整个儒学对鬼神的态度。

然而不可否认的是,相信鬼神乃是中国先民的原始信仰,至少远在殷人就有了"尊神,率民以事神,先鬼而后礼"[④] 的传统。据胡适说,殷人所举行的借卜筮祭祀与鬼神沟通的仪式非常频繁:"每一年之中定期祭祀多至三百六十次……卜门的事项包括战争、巡行、狩猎、收获、气候、疾病和每一旬的吉运等事项。"[⑤] 由此可见,若不相信鬼神的存在,就不会有如此频繁的祭祀仪式。《礼记·祭法》上也云:"山林、川谷、丘陵能出云,

---

① 李学勤主编:《十三经注疏·论语注疏》,北京大学出版社 1999 年版,第 79 页。

② 同上书,第 92 页。

③ 同上书,第 146 页。

④ 李学勤主编:《十三经注疏·礼记正义下》,北京大学出版社 1999 年版,第 1485 页。

⑤ 胡适:《中国人思想中的不朽观念》,杨君实译,台湾历史语言研究所集刊第 34 本,第 742 页。

为风雨，见怪物，皆曰神。"①又云："大凡生于天地之间者皆曰命，其万物死皆曰折，人死曰鬼，此五代之所不变也。"②墨子也承认鬼神的存在，并竭力证明鬼神为实有的想法。《墨子·明鬼下》云："自古以及今，生民以来者，亦有尝见鬼神之物，闻鬼神之声，则鬼神何谓无乎？若莫闻莫见，则鬼神可谓有乎？"③"古之今之为鬼，非他也，有天鬼，亦有山水鬼神者，亦有人死而为鬼者"④；"鬼神之有，岂可疑哉！"⑤法国学者格罗特对中国人的鬼神信仰发表过这样的看法，他说："在中国人那里，巩固地确立了这样一种信仰、学说、公理，即似乎死人的鬼魂与活人保持着最密切的接触，其密切的程度差不多就跟活人彼此的接触一样。当然，在活人与死人之间是划着分界线的，但这个分界线非常模糊，几乎分辨不出来。不论从哪方面来看，这两个世界之间的交往都是十分活跃的。这种交往既是福之源，也是祸之根，因而鬼魂实际上支配着活人的命运。"⑥ 这一见解的确中肯，符合事实。

不过，中国人的这一鬼魂观又与灵魂观紧密相关。19 世纪70 年代，英国人类文化学家泰勒在其《原始文化》中曾提出"万物有灵论"，认为后世的一切信仰、迷信无不导源于此。其实，这种万物有灵和灵魂不死的认识，不仅仅是中国而且是包括中国在内的人类原始先民头脑里所共有的一种意念。对此，恩格斯从认识论的高度作过精辟的分析："在远古时代，人们还完全

---

① 李学勤主编：《十三经注疏·礼记正义下》，北京大学出版社 1999 年版，第 1296 页。

② 同上书，第 1298—1299 页。

③ 《墨子闲诂》，《诸子集成》第 4 册，上海书店 1986 年，第 139 页。

④ 同上书，第 153 页。

⑤ 同上书，第 145 页。

⑥ 转引自列维－布留尔《原始思维》，丁由译，商务印书馆 1981 年版，第 296—297 页。

不知道自己身体的构造，并且受梦中景象的影响，于是就产生了一种观念：他们的思维和感觉不是他们身体的活动，而是一种独特的寓于这个身体之中而在人死亡时就离开身体的灵魂的活动。从这个时候起，人们不得不思考这种灵魂对外部世界的关系。既然灵魂在人死时离开肉体而继续活着，那么就没有任何理由去设想它本身还会死亡，这样就产生了灵魂不死的观念……"[1] 归根结底，万物有灵和灵魂不死的观念根源于先民对自然世界的无知，但其中又寄予着人类满足长生的渴望。

六朝时期，宗教迷信的规模、声势、影响都大大超过以往及后世，时人对鬼神的信仰更是深信不疑，虔诚有加，多认为鬼神的世界完全无异于人的世界。"盖当时以为幽明虽殊途，而人鬼乃皆实有，故其叙述异事，与记载人间常事，自视固无诚妄之别矣。"[2] 葛洪《抱朴子·疾谬篇》所云也证明了这一点：

> 若问以坟、索之微言，鬼神之情状，万物之变化，殊方之奇怪，朝廷宗庙之大礼，郊祀禘祫之仪品，三正四始之原本，阴阳律历之道度，军国社稷之典式，古今因革之异同，则怳悷自失，喑呜俛仰，蒙蒙焉，莫莫焉，虽心觉面墙之困，而外护其短乏之病，不肯谧已，强张大谈曰："杂碎故事，盖是穷巷诸生，章句之士，吟咏而向枯简，匍匐以守黄巷者所宜识，不足以问吾徒也。"[3]

加之当时佛道两教广泛传播，推波助澜，社会上充满了侈谈

① 恩格斯：《路德维希·费尔巴哈和德国古典哲学的终结》，见《马克思恩格斯选集》第4卷，人民出版社1972年版，第219—220页。

② 鲁迅：《中国小说史略》，见《鲁迅全集》第9卷，人民文学出版社1973年版，第183页。

③ 杨明照：《抱朴子外篇校笺》上册，中华书局1991年版，第635页。

鬼神、称道灵异的风气。鬼怪故事是鬼神崇拜的实证，鬼神信仰则又是六朝志怪小说孕育的沃土。

综观六朝志怪小说，记载鬼神事迹为其大宗，人鬼相遇、人鬼共世、死人复活、鬼怪作祟等内容层出不穷，最为常见，这些常见内容凸显出了时人对鬼神世界的热切关注。不过，这种关注从本质上说，正是时人关注自身存在世界以及珍爱生命的折射。六朝之乱世无疑是加强这一关注的重要原因。

值得一提的是，"认真地对待鬼神故事，并不妨碍志怪作家把它当成审美对象"①，更不妨碍今天的我们把它作为小说作品来予以审美和阐释。况且，干宝创作"明神道之不诬"的《搜神记》时，"游心寓目"② 也是其一大宗旨呢。袁济喜在《六朝美学》中讲的一段话，用在这里非常恰当。他说："六朝文人认为，只有在审美中，人们才可能把心头郁积的人生忧嗟宣泄出来，达到精神净化，超轶现实。审美在六朝人的精神生活中，占有极为重要的地位，它不是政教的附庸，而是人生的寄托；它不是手段，而是目的。正因为这样，人们才自觉自愿地去从事文学创作，把它当作追求人身自由，超脱黑暗现实的精神寄托。"③

三 儒学衰微，宗教昌炽：六朝志怪小说勃兴的助推力

自汉武帝"罢黜百家，独尊儒术"后，儒学便居于中国思想文化传统主流的地位，一向被视为上至指导治国、下至待人接物的最高规范和原则。但儒学在发展过程中，由于严格遵守师法、家法，重恪守而轻创造，在解经方式上趋于详密繁琐的章句训诂，并将其作为众徒立身显达、追求功利的手段，遂导致儒学的

---

① 陈文新：《文言小说审美发展史》，武汉大学出版社 2002 年版，第 94 页。
② 干宝：《搜神记序》，中华书局 1979 年版，第 2 页。
③ 袁济喜：《六朝美学》，北京大学出版社 2000 年版，第 13 页。

僵化与庸俗化。班固在《汉书·艺文志》卷十中云：

> 后世经传既已乖离，博学者又不思多闻阙疑之义，而务碎义逃难，便辞巧说，破坏形体；说五字之文，至于二三万言。后进弥以驰逐，故幼童而守一艺，白首而后能言；安其所习，毁所不见，终以自蔽。此学者之大患也。[①]

不仅如此，而且当时阴阳五行、谶纬符命之说盛行，甚至连董仲舒、匡衡、翼奉、刘向等经学大家都深受濡染。《汉书·翼奉传》说："贤者见经，然后知人道之务，则《诗》、《书》、《易》、《春秋》、《礼》、《乐》是也。易有阴阳，诗有五际，春秋有灾异，皆列终始，推得失，考天心，以言王道之安危。"[②]更为荒唐的是，连《诗经》这样的文学作品也被配之以五行五德天干地支等名目。至曹操当政，遍求有治国用兵之术的纵横权谋之士，性喜通脱，政尚刑名，儒学更与仕途无缘；晋司马氏以诛戮为名教护法，结果事与愿违，为丛驱雀，学者竟尚老庄。在这种情况下，儒学自然更趋衰微。史书对此多有记载。例如，《三国志》裴松之注引鱼豢《魏略·儒宗传序》云：

> 从初平之元，至建安之末，天下分崩，人怀苟且，纲纪既衰，儒道尤甚。……正始中，有诏议圜丘，普延学士。是时郎官及司徒吏二万余人，虽复分布，见在京师者尚且万人，而应书与议者略无几人。又是时朝堂公卿以下四百余人，其能操笔者未有十人，多皆相从饱食而退。嗟夫！学业

---

① 班固：《汉书》第 6 册，中华书局 1962 年版，第 1723 页。
② 班固：《汉书》第 10 册，中华书局 1962 年版，第 3172 页。

沈陨，乃至于此。①

《晋书·儒林传序》又云：

> 有晋始自中朝，迄于江左，莫不崇饰华竞，祖述玄虚，
> 摈阙里之经典，习正始之余论，指礼法为流俗，目纵诞以清
> 高，遂使宪章弛废，名教颓毁……②

儒学衰微，既是当时社会政治因素所致，又是其本身衰腐再难维
系人心使然。

社会混乱，儒学衰微，加之人们渴望找寻生于乱世的精神支
柱，原本属于中国鬼神信仰一部分的道教和由印度传入的佛教，
才顿时出现昌炽的景象。可见，宗教在六朝广为传播，并不能简
单地表面地看作是一种迷信行为的大回潮，而是有着更为深刻的
人类共性心理的内在原因。正如西方著名文化哲学家、历史哲学
家、宗教哲学家道森所指出的那样："宗教是唯一没有受到文明
的衰落、对社会各种制度和文化传统失去信心以及对生活的希望
破灭所影响的力量。无论在什么地方，真正的宗教的存在必然总
是具有这种属性，因为宗教的本质正在于，把人们与超越的和永
恒的实在联系起来。因而很自然，历史的黑暗时代——人类失败
和无能的时刻，也应该是永恒的力量得到证明的时刻。"③ 认识
到这一点，对于理解六朝志怪小说尤为重要。

因为，六朝志怪小说与当时道教与佛教的昌炽有着极为密切
的关系。明代胡应麟和现代文化大师鲁迅等，都对六朝志怪小说

---

① 陈寿：《三国志》第 2 册，中华书局 1959 年版，第 420－421 页。

② 房玄龄等：《晋书》第 8 册，中华书局 1974 年版，第 2346 页。

③ 克里斯托弗·道森：《宗教与西方文化的兴起》，长川某译，四川人民出版社
1989 年版，第 17 页。

兴盛的宗教背景及其与宗教的密切关系作出过简洁而著名的论断。胡应麟曰："魏、晋好长生，故多灵变之说；齐、梁弘释典，故多因果之谈。"①鲁迅也说："中国本信巫，秦汉以来，神仙之说盛行，汉末又大畅巫风，而鬼道愈炽；会小乘佛教亦入中土，渐见流传。凡此，皆张皇鬼神，称道灵异，故自晋讫隋，特多鬼神志怪之书。"②

佛教传入中国的时间，史书记载说法不一，综合诸多材料，一般认为西汉哀帝元寿元年（公元前 2 年），大月氏使者伊存曾向汉博士弟子景卢口授《浮屠经》，这被认为是佛教开始传入中国的标志。其后，佛教得到历代大多数统治者的扶植，逐步与中国传统文化相互影响、融合，成为中国民族宗教之一。三国两晋南北朝时期是佛经翻译的重要时期，在经籍翻译的同时，佛教思想学说也开始逐渐对中国文人产生影响，崇佛遂形成一种社会风尚。尤其在南北朝，佛教的势力已几乎无所不至，影响几乎无所不包，这从杜牧"南朝四百八十寺，多少楼台烟雨中"的诗中可略见一斑。在北魏至北齐间，全国佛寺已达三万余所，僧尼二百余万人。由汉末至南北朝是佛经翻译的重要时期，多半汉译佛经和大量佛教重要著作又都是在南北朝完成的。而道教是东汉时期出现的本土宗教，渊源于中国古代巫术和秦汉时期的神仙方术，它与产生于先秦哲学派别的道家并不相同。但道家哲学中的一些神秘思想为后来的道教所利用，成为它的重要思想渊源与理论基础之一。至六朝，道教与佛教大行于世，灵魂不死、轮回报应、鬼神显验、肉体飞升等观念，成为极其普遍的社会心理和社会意识。不过，无论是作为本土宗教的道教也好，还是从外传入的佛

---

① 胡应麟：《少室山房笔丛》，上海书店出版社 2001 年版，第 283 页。

② 鲁迅：《中国小说史略》，见《鲁迅全集》第 9 卷，人民文学出版社 1973 年版，第 183 页。

教也好，都深深地烙上了中国文化现世化倾向的印记。这种现世化倾向，是包括佛教在内的任何一种外来宗教，要在中国得以传播所不得不认真对待的特别国情。^① 正因为如此，深受道佛影响的六朝志怪小说也就自然具有鲜明的现世化倾向。这一点我们在前面已有交代。

众所周知，文学与宗教，虽然是人类社会生活中两种不同的意识形态，但在人类文化的发展过程中，两者之间又有着十分密切的联系，且颇多相似之处。例如，它们"都根据各自内在的生长规律变化和发展，并与社会变迁和各种思潮相互呼应和相互作用"^②；又如，它们的思维方式都具有模糊性、超越性与非逻辑性等特征。在某种意义上还可以说，它们都是在自然界与社会生活中遭受压抑后所产生的反映和超越。这些相似性必然使它们两者之间彼此渗透，相互影响。文学"从宗教中吸取新鲜灵感，发现新的方向，而宗教则采纳并利用世俗文明的成就"^③。道教与佛教虽然分属两个不同的思想体系，但都以张皇鬼神、称道灵异为特性，都具有丰富的想象，"都建构了许多奇诡神异的臆想，都具有神秘深邃的宗教哲学玄思"。^④"人类每当面对理性思维无法给予满意解说的现象时，就发挥想象力给予情感的弥补，从而促进了人类诗性的想象能力和发展了情感思维。"^⑤道教与佛教共同在丰富奇谲的想象力方面，在故事的情节、题材、主题、形象构成、表现方法等方面，均对六朝志怪小说的创作提供了"新的方向"，产生了尤为深刻的影响。例如，佛教提供了因果报应观念、地狱观念等；道教关于洞

①　冯天瑜：《中华元典精神》，上海人民出版社1994年版，第191页。
②　海伦·加德纳：《宗教与文学》，沈弘、江先春译，四川人民出版社1989年版，第157页。
③　同上。
④　张稔穰：《中国古代小说艺术教程》，山东教育出版社1991年版，第338页。
⑤　邱紫华：《东方美学史》上卷，商务印书馆2003年版，第49页。

仙境界的描写,不仅拓展了小说描写的空间,而且为小说的情节增添了变幻奇谲、瑰丽多姿、引人入胜的阅读魅力。

四 史传:六朝志怪小说文学的重要源头

众所周知,辉煌的古希腊神话孕育了欧洲伟大的文学艺术,著名的荷马史诗、古希腊罗马悲剧以至于此后的小说,无不与它一脉相承。我国上古时代也曾产生过许多神话,它们对后世的文学艺术同样具有深远影响。就小说而言,神话所开创的神怪题材、所蕴涵的神灵变化的观念以及所提供的种种超现实的形象形态等,均对后来的志怪小说具有启示作用。但是,对志怪小说影响最大也最直接的还是史传。

我国古代的叙事文学,最早成熟的并不是文学系统内部的诸种叙事性体裁,而是历史著作。《左传》、《国语》、《战国策》、《史记》等史书,由于在叙事写人方面所取得的显赫的艺术成就,故被称为史传文学。"这样,史传著作就成为我国早期叙事性文体的雄视一切的代表,是后起的叙事性作品唯一的可资仿效的榜样。"加之"我国史传著作不仅成熟早,而且在文化殿堂中具有崇高的地位。修史一直被认为是至高无上的事业,参与修史是名垂千古的盛誉,史书是可以和经书并列的正统典籍。这种特殊地位,无疑会大大增强后世一切叙事性文体自觉向史传看齐的向心力量"。① 因此,史传文学是孕育中国小说的母体,"志怪小说乃史乘之支流"②。所谓"小说者,正史之余也"③,"国史之辅"④,

---

① 张稔穰:《中国古代小说艺术教程》,山东教育出版社 1991 年版,第 287 页。
② 李剑国:《唐前志怪小说史》,南开大学出版社 1984 年版,第 75 页。
③ 笑花主人:《今古奇观序》,转引自黄霖、韩同文选注《中国历代小说论著选》(修订本)上册,江西人民出版社 2000 年版,第 270 页。
④ 冯梦龙:《醒世恒言序》,转引自黄霖、韩同文选注《中国历代小说论著选》(修订本)上册,江西人民出版社 2000 年版,第 233 页。

"史统散而小说兴"①，"用佐正史之未备，统曰历朝小说"②，"稗官为史之支流"③，不仅指出了志怪小说的形成过程及其与史书的血缘关系，而且为小说创作划定了以史传为典范的规则。

不过，我国先秦史书虽强调、注重事实，但实际上并不排斥传说、异闻，又不乏虚构创造。对此，钱钟书在《管锥编》中讲得非常清楚。他认为，《左传》"盖非记言也"，所谓"记言而实乃拟言、代言"，"如后世小说、剧本中之对话独白也。左氏设身处地，依傍性格身份，假之喉舌，想当然耳。……史家追叙真人实事，每须遥体人情，悬想事势，设身局中，潜心腔内，忖之度之，以揣以摩，庶几入情合理。盖与小说、院本之臆造人物、虚构境地，不尽同而可相通"④。例如他举例证之："孔氏于《左传》所记神异，颇不信许，每释以常理，欲使诞而不经者，或为事之可有。如文公元年，楚王缢，谥之曰'灵'，不瞑，曰'成'，乃瞑；《正义》：'桓谭以为自缢而死，其目未合，尸冷乃瞑，非由谥之善恶也。'"⑤又如，司马迁在《项羽本纪》中有"项王乃悲歌慷慨。……美人和之"的感人场景的描写，钱钟书举周亮工在《尺牍新钞》三集卷二释道盛《与某》中质疑的一段话，来说明司马迁的虚构创造："余独谓垓下是何等时，虞姬死而子弟散，匹马逃亡，身迷大泽，亦何暇更作歌诗！即有作，亦谁闻之而谁记之欤？吾谓此数语者，无论事之有无，应是太史公'笔补造化'，代为传神。"钱钟书认为此"语虽过当，而引李贺

① 冯梦龙：《古今小说序》，转引自黄霖、韩同文选注《中国历代小说论著选》（修订本）上册，江西人民出版社 2000 年版，第 225 页。

② 刘廷玑：《在园杂志》，转引自黄霖、韩同文选注《中国历代小说论著选》（修订本）上册，江西人民出版社 2000 年版，第 388 页。

③ 闲斋老人：《儒林外史序》，转引自黄霖、韩同文选注《中国历代小说论著选》（修订本）上册，江西人民出版社 2000 年版，第 467 页。

④ 钱钟书：《管锥编》第 1 册，中华书局 1986 年版，第 165－166 页。

⑤ 同上书，第 167 页。

'笔补造化'句，则颇窥'伟其事'、'详其迹'（《文心雕龙·史传》）之理"①。可见，"先秦史书中越是描摹细腻真切的地方，往往也是虚构成分最多，感情色彩最强的地方，是酝酿于史书中的小说的因素"②。

同时，追求真实的先秦史书中也充满着追求怪诞的传统。王充《论衡·奇怪》说："世好奇怪，古今同情。"③ 刘勰《文心雕龙·史传》说："若夫追述远代，代远多伪，……然俗皆爱奇，莫顾实理。传闻而欲伟其事，录远而欲详其迹。于是弃同即异，穿凿傍说。"④ 刘知几《史通·书志》也说："古之国史，闻异则书。"⑤ 清代陶家鹤说《左传》的作者"左丘明即千秋谎祖也。"⑥ 冯镇峦《读聊斋杂说》也说："千古文字之妙，无过《左传》，最喜叙怪异事。予尝以之作小说看。"⑦ 我们从前代批评家对一些史家史书的批评中，也可以看出史书里存在的怪诞因素。胡应麟曾批评司马迁著《史记》"不求大体，专搜奥僻，诩为神奇"，"称羽重瞳，纪信营墓，无关大体，颇近稗官"⑧。柳宗元也批评《国语》说："夫为一书，务富文采，不顾事实，而益之以诬怪，张之以阔诞。"⑨ 的确，从史学角度看，史书中的怪诞成分有损

① 钱钟书：《管锥编》第 1 册，中华书局 1986 年版，第 278 页。

② 杜贵晨：《中国古代短篇小说史》，中州古籍出版社 1991 年版，第 24 页。

③ 王充：《论衡》，上海人民出版社 1974 年版，第 52—53 页。

④ 刘勰：《文心雕龙校注》，杨明照校注拾遗，中华书局 1962 年版，第 111 页。

⑤ 刘知几撰、浦起龙释：《史通通释》上册，上海古籍出版社 1978 年版，第 63 页。

⑥ 陶家鹤：《绿野仙踪序》，转引自黄霖、韩同文选注《中国历代小说论著选》（修订本）上册，江西人民出版社 2000 年版，第 486 页。

⑦ 冯镇峦：《读聊斋杂说》，转引自黄霖、韩同文选注《中国历代小说论著选》（修订本）上册，江西人民出版社 2000 年版，第 539 页。

⑧ 胡应麟：《少室山房笔丛》，上海书店出版社 2001 年版，第 131 页。

⑨ 柳宗元：《答吴武陵论非国语书》，转引自郭绍虞主编《中国历代文论选》第 2 册，上海古籍出版社 1979 年版，第 137 页。

于历史的真实性，故导致后人"伪史"的非议，但从文学角度看，却沟通了史传与文学的关系，使后来的小说创作大受启发，并逐渐走向表现怪诞、虚构想象的自觉。六朝志怪小说创作中所表现出来的幻诞奇谲的想象，以及史传式交代人物出身、籍贯、相貌、经历、结局的结构形态和叙事的客观性特征等，都清楚地显示了史传文学的深刻影响。

当然，中国初期的小说又明显不同于史传。其最重要的不同处，就是"小说注重在传说或事件本身的奇异性质，而史传却注重在这事件和传说中的人物"①。

---

① 王瑶：《中古文学史论》，北京大学出版社 1998 年版，第 134 页。

第 二 章

情节论(上)：怪诞

"艺术作品乃属于它们的存在本身，因为它们的存在就是表现。"[1] 英国哥特小说与中国六朝志怪小说给人最强烈、最深刻的印象，就是它们怪诞与恐怖的存在本身。因此，本章和第三章将分别从情节的怪诞与恐怖两大表现形态入手，比较英国哥特小说与中国六朝志怪小说的异同，阐明其怪诞与恐怖的理论内涵及其独特的审美价值和意义，并对两者所表现出来的重大差异进行详细的文化分析。

怪诞是英国哥特小说与六朝志怪小说在情节上的一大特征。怪诞作为一个审美范畴，其最突出的特征就是"把人和非人的东西怪异的结合"[2] 起来而呈现出来的状态，或者说"怪诞的标志就是幻想与现实之间的有意识的融合"[3]。英国哥特小说与六朝志怪小说中的怪诞主要表现在三大形态上，即人鬼相通、现实与异境相连和死而复生。

---

① 加达默尔：《真理与方法》，洪汉鼎译，上海译文出版社 1999 年版，第 203 页。

② 沃尔夫冈·凯泽尔：《美人和野兽：文学艺术中的怪诞》，曾忠禄、钟翔荔译，华岳文艺出版社 1987 年版，第 14 页。

③ 菲利普·汤姆森《论怪诞》，孙乃修译，昆仑出版社 1992 年版，第 32 页。

第一节　怪诞的表现形态

一　人鬼相通的怪诞

这是作为鬼怪小说的英国哥特小说与六朝志怪小说的共同特征。在这些小说中充斥着大量的人鬼交往的故事。这些人鬼交往完全像现实生活中人际间的交往一样，中间不存在任何不可逾越的障碍。志怪小说与哥特小说中的人鬼交往都主要表现在人鬼恋情故事与人鬼非恋情故事两大类型上，所不同的是，这两大类型构成了志怪小说的主旨内容和总体面貌，而在哥特小说那里只构成局部性特征。

1. 人鬼恋情故事类型[①]

台湾颜慧琪在其《六朝志怪小说异类姻缘故事研究》中对志怪小说里的人与异类的姻缘故事分为人神、人仙、人鬼、人妖四大类型，并对每类又做了具体详细的分类研究。这些分类充分显示了人鬼之恋的错综复杂与丰富多彩，说明了在志怪小说中的分量和重要地位，也是迄今为止笔者所见到的较为详尽的分类研究。其中她在分析人鬼姻缘时认为："人鬼姻缘的基本形态有两种，一种是鬼透过现形或托梦等方式与人类相识相恋；另一种是情人或夫妻之一方，因为某种缘故辞世，返回人间再续前缘。前者本为人鬼殊域，故命名为'正统的人鬼姻缘'；后者原是人间夫妻、情侣，故称之为'在世姻缘的延伸'。"[②] 前者的代表作品有《搜神记》中的《辛道度》、《汉谈生》、《弦超》、《卢充》等；后者有《搜神记》中的《紫玉》、《王道平》、《河间郡男女》等。

---

① 这里谈的鬼是一个宽泛的概念，包含了神、仙、妖、精怪、魔鬼、幽灵等。
② 颜慧琪：《六朝志怪小说异类姻缘故事研究》，台湾文津出版社 1994 年版，第 86 页。

且看《辛道度》：

陇西辛道度者，游学至雍州城四五里，比见一大宅，有青衣女子在门。度诣门下求飧。女子入告秦女，女命召入。度趋入阁中，秦女于西榻而坐。度称姓名，叙起居，既毕，命东榻而坐。即治饮馔。食讫，女谓度曰："我秦闵王女，出聘曹国，不幸无夫而亡。亡来已二十三年，独居此宅。今日君来，愿为夫妇。"经三宿三日后，女即自言曰："君是生人，我鬼也。共君宿契，此会可三宵，不可久居，当有祸矣。然兹信宿，未悉绸缪，既已分飞，将何表信于郎？"即命取床后盒子开之，取金枕一枚，与度为信。乃分袂泣别，即遣青衣送出门外。未逾数步，不见舍宇，惟有一冢。度当时荒忙出走，视其金枕在怀，乃无异变。寻至秦国，以枕于市货之。恰遇秦妃东游，亲见度卖金枕，疑而索看，诘度何处得来？度具以告。妃闻，悲泣不能自胜。然尚疑耳。乃遣人发冢，启柩视之，原葬悉在，唯不见枕。解体看之，交情宛若，秦妃始信之。叹曰："我女大圣，死经二十三年，犹能与生人交往，此是我真女婿也。"遂封度为驸马都尉，赐金帛车马，令还本国。因此以来，后人名女婿为'驸马'。今之国婿，亦为驸马矣。①

《辛道度》的怪诞之处就在于描写了辛道度与鬼的一次遭遇。辛道度游学至雍州城四五里，饥肠辘辘，遥见前面有"一大宅"，便"诣门下求飧"，他不仅得到主人秦女的盛情款待，而且领受了与女主人柔情缱绻、欢度三日的艳遇。然而当他走出大宅后倏然回首，竟"不见舍宇，惟有一冢"！而那个温柔漂亮的秦女居

<hr>

① 干宝：《搜神记》，汪绍楹校注，中华书局1979年版，第201－202页。

然是个鬼!

与辛道度误入墓冢不同,《汉谈生》则写一年轻女鬼夜半主动从阴间"来就生,为夫妇":

> 汉谈生者,年四十,无妇,常感激读《诗经》。夜半,有女子年可十五六,姿颜服饰,天下无双,来就生,为夫妇。之言曰:"我与人不同,勿以火照我也。三年之后,方可照耳。"与为夫妇。生一儿,已二岁,不能忍,夜伺其寝后,盗照视之。其腰已上,生肉如人,腰已下,但有枯骨。妇觉,遂言曰:"君负我。我垂生矣,何不能忍一岁而竟相照也?"生辞谢。涕泣不可复止,云:"与君虽大义永离,然顾念我儿,若贫不能自偕活者,暂随我去,方遗君物。"生随之去,入华堂室宇,器物不凡,以一珠袍与之,曰:"可以自给。"裂取生衣裾,留之而取。后生持袍诣市,睢阳王家买之,得钱千万。王识之曰:"是我女袍,那得在市?此必发冢。"乃取拷之。生具以实对,王犹不信。乃视女冢,冢完如故。发视之,棺盖下果得衣裾。呼其儿视,正类王女。王乃信之。即召谈生,复赐遗之,以为女婿。表其儿为郎中。①

而《搜神记》中的《紫玉》所写人鬼恋情则是事出有因。《紫玉》写吴王女儿紫玉与韩重相互爱慕,私订终生,却因横遭父王阻碍忧伤而死。韩重游学归来,到紫玉墓前"哭泣哀恸"。韩重哭冢竟使恋人死而复生,并且韩重入墓与紫玉鬼魂悲叙生离死别之情,"留三日三夜,尽夫妇之礼"。临别时紫玉还"取径寸明珠以送重,曰:'既毁其名,又绝其愿,复何言哉! 时节自爱。

---

① 干宝:《搜神记》,汪绍楹校注,中华书局 1979 年版,第 202—203 页。

若至吾家，致敬大王。'"韩重持珠去见吴王，吴王却认为他是"发冢取物"，"玷秽亡灵"，要处治他。紫玉的魂灵又还家中，面对父王直陈所爱，为韩重辩护。上述三篇小说所写人鬼恋情，不论是偶然相遇还是事出有因，也不论是人入墓冢还是鬼闯人世，就其事件本身而言，无疑都是怪诞离奇、不可能发生的。

在英国哥特小说中，人鬼恋情突出体现在刘易斯的《修道士》中。《修道士》中的美女马蒂尔德原本是由魔鬼幻化一魔女而成，前来引诱修道士安布罗斯犯罪的。作品前半部以极为细腻周详的笔触生动地演绎了安布罗斯与魔女的恋情。这也正是小说前半部的重心所在。安布罗斯是一所著名修道院的院长，年轻英俊，学识渊博，极富辩才，颇受西班牙人的敬慕和崇拜，被视为"圣人"。在一次布道演讲中，出身名门的小姐马蒂尔德对安布罗斯一见钟情。为能经常见到自己心中的偶像，她竟孤注一掷，弃家舍财，女扮男装，化名罗萨里奥进入修道院修行。有一天她终于鼓足勇气，颤抖地将自己的真实身份和炽热情感向安布罗斯和盘托出。安布罗斯听后大为吃惊，厉声斥责她，并要将她赶出修道院。马蒂尔德苦苦哀求也无济于事。无奈之下，她只好请求安布罗斯从住室门前的灌木丛中折束玫瑰伴其远行。安布罗斯折玫瑰时不慎被蛇咬伤，医生诊断他最多只能存活三天。在马蒂尔德哀求下，安布罗斯答应她三天之后再离开修道院。此时的马蒂尔德极度伤心，为救安布罗斯，竟用嘴将他伤口处的毒液吸出，因此她也生命垂危。安布罗斯知道真相后大为感动。在死亡的边缘，他人性复苏，两人在墓地、在洞穴共渡爱河，柔情缠绵……爱情的力量终于使他们两人都奇迹般地战胜死亡化险为夷。这时的安布罗斯开始因懊悔自己的罪过而备受良心的谴责。他企图悬崖勒马。然而他终究抵挡不住情欲的诱惑，沉溺其中而无力自拔。此后安布罗斯的情欲极度膨胀，为达到目的，他一再屈从于马蒂尔德，处处受她摆布和控制；当他犯下强奸杀人大罪后，为避免上帝的惩罚，又竟与魔鬼订下契约，将自己的灵魂出卖给魔鬼，以换取自由。但最终也是悲惨而死。无疑，作为一个爱情故事，《修道士》的描写是生动感人的。但作为人鬼之恋这一事件本身以及马蒂尔德的种种超自然行为，则是怪诞不羁的，充满了神秘离奇的色彩。

《瓦塞克》中，同名主人公与少女努隆尼哈的恋爱也是人鬼之恋，因为努隆尼哈即魔鬼幻化而成。

不过，相比而言，人鬼之恋的故事在哥特小说中很少，更多的是表现在人鬼非恋情的关系上。而在六朝志怪小说中，这类故事则占据着十分突出的位置，构成了六朝志怪小说的一大亮点。

2. 人鬼非恋情故事类型

人鬼非恋情故事，在六朝志怪小说里也可谓丰富多彩，目不暇接，但举其著者，大致又可分为下列几个小类型：

（1）冤鬼复仇型。代表作品有《搜神记》中的《苏娥》，《冤魂志》中的《孙元弼》、《徐铁臼》等。

（2）人胜鬼型。代表作品有《搜神记》中的《宋定伯》、《宋大贤》、《谢鲲》、《安阳亭书生》、《汤应》等。

（3）鬼害人型。代表作品有《搜神记》中的《阮瞻》、《鼓琵琶》、《汝阳鬼魅》、《秦巨伯》、《顿丘鬼魅》等。

（4）鬼助人型。代表作品有《搜神记》中的《丁姑祠》、《董永》、《白水素女》、《赵公明参佐》，《搜神后记》中的《放伯裘》等。

这些不同类型的作品，都充分呈现了六朝志怪小说中人鬼交往的立体网状格局。由于这些作品在后面相应部分多有论述，故在此从略。

在英国哥特小说中，这种人鬼非恋情的关系，则突出体现在与魔鬼打交道、与幽灵打交道与描写巫术魔法上。

首先是与魔鬼打交道。这是哥特小说情节的一个突出特征。

哥特小说几乎多巧妙地化用浮士德出卖自己的灵魂给魔鬼这一西方文学的传统情节，来结构作品，展开故事的叙述。在《瓦塞克》这部具有浓郁东方色彩的哥特小说中，那个神秘的印度人就是怪物，或者说是魔鬼的化身。这从作者对他的肖像描写上可以看出："这个人，或者更确切地说，这个怪物并未作声，而是揉了三下额头，他的额头跟他的身体一样比乌木还黑；他朝自己的肚子拍打了四下，那大肚子前凸得很厉害；他睁开那双喷着火焰的大眼睛，发出极其狰狞的笑声，并暴露出一口黄褐色的长牙齿，牙缝间还有绿色的条纹。"[①] 他来无踪，去无影，邪恶无比，能量无穷，神秘莫测。瓦塞克为完成神奇的冒险，疯狂追求神秘事物，满足其对财富、权势的贪欲，未能经受住魔鬼花言巧语的诱惑与许诺，虔诚接受了魔鬼提出的背叛穆罕默德、效忠魔鬼的要求。但他最终不仅没有达到目的，而且还为出卖灵魂给魔鬼的行为付出了悲惨代价。《修道士》中的安布罗斯也是这样。上已述及，此不赘述。

《弗兰肯斯坦》更是充满了难以置信的怪诞、神秘和离奇。与其他魔鬼不同的是，这部作品中的魔鬼并不来自地狱和冥界，而是来自创造者弗兰肯斯坦的一手创造。小说详细描写并刻意渲染了这一创造的全过程：

> 教堂墓地对我来说只不过是一个容纳尸体的地方，人体失去了生命，也就从美和力量的住所变成了蛆虫的食粮。现在我却要去考察人体这种腐坏的原因和过程，不得不日日夜夜呆在墓穴和停尸房里。我的注意力现在集中在人类优雅感

———————————

① William Beckford, *Vathek and Other Stories*, Pickering Limited, 1993, p. 32. 又及：本书中有关《瓦塞克》译文多参用王作虹译文及高继海手稿，特此说明并致谢，下不另注。

情最不堪承受的每一桩事物上。我目睹人的美好的形体是怎样衰败和腐烂的；我看到死亡后的腐败取代了青春焕发的富于生气的容颜；我驻足观察，考究和分析从生到死和从死到生的变化中所表现出来的因果关系的一切细微环节，直到在黑暗中突然迸射出一道光明，照亮了我的思想——这是一道如此辉煌和奇妙、却又是如此单纯的光明，当我被这道光明所展现的无限前景照得目眩头晕时，我不禁感到惊奇：曾经有这么多富于天才的人物向这一学科进行过探索，然而偏偏只有我一个人发现了如此惊人的秘密。[①]

但这个面目狰狞、奇丑无比的魔鬼诞生后，因得不到人间的同情与关爱，反过来却要折磨、摧残、毁灭他的创造者，而且他们之间充满了不可调和的激烈尖锐的矛盾冲突，这本身就带有荒诞的离奇性。以至于当弗兰肯斯坦将这个故事满含悲愤地告诉法官，并要求他"据以采取官方行为的时候"，法官都是"带着听鬼怪故事和奇闻异事时的那种半信半疑的态度"。这使得弗兰肯斯坦不得不解释说："这确实是一个非常离奇的故事，要不是因为有某种尽管不可思议、却又确凿无疑的真实性的话，你或许是不会相信的。这个故事紧密连贯，不至于被当作梦魇，而且我并没有任何动机需要撒谎。"[②] 法官看到他如此信誓旦旦，也只好安慰说："我会尽力的；要是我有力量抓住那个魔鬼的话，请你放心，他一定会受到与他的罪行相当的惩罚。不过我担心，根据你所形容的那个怪物的特性来看，这种想法是不切合实际的；因此，我们要采取一切适当的措施，但你也要做好思想准备去面对

[①] 玛丽·雪莱：《现代普罗米修斯》，伍厚恺译，四川人民出版社1997年版，第42页。

[②] 同上书，第191页。

失望。"① 我们仅从说者的表情与听者的反应所构成的极富戏剧化张力的这一对话场面，就不难看到这个故事的怪诞性特征。

其次是与幽灵打交道。这也是英国哥特小说情节的一个显著特征。作为鬼怪小说，自然离不开与幽灵打交道的描写。例如，在《奥特朗托城堡》中，曼弗雷德祖父的画像长叹一声，挺起胸膛，从画幅中走下来，阴郁地示意曼弗雷德，让他随自己进入另一个房间，似乎有话要说，显然它对曼弗雷德娶伊莎贝拉的行为有所不满；弗雷德里克经不起曼弗雷德的诱惑，愿娶其女玛蒂尔达，同意推迟对城堡的继承权，这时幽灵出现，告诫他不要因追逐肉欲快乐而忘记神圣的义务。弗雷德里克不解地问："您来找我有何使命？我还要做些什么？"幽灵明确地说："忘记玛蒂尔达。"② 弗雷德里克遂听从告诫。《瓦塞克》中对王太后卡拉蒂丝常常与幽灵打交道也多有描写。只要需要，她就可以在夜晚把幽灵们从一个个坟墓突起的小包上招集出来，与它们交谈，获取她所有想知道的事情。作为报酬，她会让幽灵们"饱餐一顿刚刚解除灵魂的新鲜尸体"。请看这段描写：

> 她用手示意，叫她那两个心腹女奴对着每座坟使劲敲打，敲出欢快的死亡之歌。两个女奴得到女主人的命令兴奋异常，她们相信同幽魂打交道是最快活的事情。她们反复不停地卖力敲打着那些坟头，不久便听到地下传来咚咚的回音。一个个坟墓突起个小包，食尸幽灵们探出鼻子贪婪地吸气，寻找着新鲜尸体。它们云集在一口大理石石棺跟前，卡拉蒂丝端坐在她的两个不幸的向导的尸体之间，以罕见的礼

---

① 玛丽·雪莱：《现代普罗米修斯》，伍厚恺译，四川人民出版社1997年版，第192页。

② 贺拉斯·瓦尔蒲尔：《奥特朗托城堡》，伍厚恺译，四川人民出版社2001年版，第96—97页。

貌态度接待着她的幽灵客人。她先让它们享用尸体，然后与它们谈起正事来。卡拉蒂丝很快从它们口中得到所有她想知道的事情，接着一分钟也没有耽搁，立即动身继续赶路。她的心腹黑女奴已经跟鬼魂成了至交，用各种手势恳求她至少等候到天明再启程，但被卡拉蒂丝坚决拒绝。……①

在《修道士》中，雷蒙德与滴血修女的故事更是人与幽灵打交道的经典描写。滴血修女原本夜夜在林登城堡制造恐怖，致使城堡主被吓死，城堡居民也纷纷迁走。后经驱魔物的震慑，滴血修女的行为有所收敛，只在每隔五年的五月五日半夜一时出现。出现时，她身穿滴血的衣服，一手持灯，一手拿刀。雷蒙德因在一次凶险中营救了林登城堡男爵夫人，故被邀请至城堡做客。在此，他与男爵侄女阿格尼丝一见钟情，相互爱慕，但却遭到男爵夫人的强烈嫉妒与百般阻挠。为摆脱困境，两人商定：阿格尼丝在内假扮滴血修女，雷蒙德在外接应，逃出城堡。然而，在半夜一点的钟声敲响后，假扮滴血修女的阿格尼丝因意外事情未能在约定时间出现，真滴血修女却准时从城堡跑出，她迅速扔掉手中的灯和匕首，无声地扑倒在雷蒙德怀里。雷蒙德误以为是阿格尼丝，一边说着"阿格尼丝！你是我的！我是你的！你拥有我的身体！你拥有我的灵魂！"② 一边将这个幽灵抱上马车，风驰电掣般地飞出林登堡。结果马车在狂风、闪电、雷鸣中失控，从悬崖峭壁边摔下，车毁人伤。幽灵的出现打乱了这对恋人私奔的计划，还险些葬送雷蒙德的生命。苏醒后的雷蒙德急于向营救他的人们打听阿格尼丝的下落，但大家都说在事故现场根本没有见过她。此后滴血修女的幽灵夜夜来到雷蒙德床前，不断地骚扰他，

---

① William Beckford, *Vathek and Other Stories*, Pickering Limited, 1993, p. 82.
② 刘易斯：《修道士》，李伟昉译，上海译文出版社 2002 年版，第 114 页。

不仅用冰凉的手抚摸他，而且把毫无血色的嘴唇放在他的嘴唇上，还不时说："雷蒙德！你是我的！我是你的！你的身体、你的灵魂都属于我！"后经一位陌生人施法，迫使幽灵就范，并在雷蒙德答应幽灵提出的将它裸露在林登洞里已经腐烂的尸骨掩埋在他的家族墓地后，这段人与幽灵交往的故事才告结束。雷蒙德的这段经历，不仅让人毛骨悚然，更令人感到怪诞和奇异。

第三是描写巫术魔法。哥特小说中有大量此类内容的描写。我们在此仅举两例让读者感受它的怪诞、神秘和离奇。在《修道士》中，有这么一段情节：魔女马蒂尔德为帮助安布罗斯奸污安东尼娅，深夜带着安布罗斯来到墓地地下室暗道实施魔法，以召唤幽灵取得神木，从而让安布罗斯拿到实施犯罪、遮人耳目的护身符。作者始终把安布罗斯作为感受主体，极为真实地活画出了他亲睹这一幕的种种心理状态。读了这段对魔法绘声绘色的描写，不仅让我们感到恐惧，更使我们对魔法实施中所展示出来的怪诞、神秘和离奇而心怀诧异，留下了深刻的印象。

　　她画了一个圈，把他圈在当中，又画了一个，把自己也圈在里面，然后从篮子里拿出一个小药瓶，在她面前的地上洒了几滴。她向着那块地弯下腰，嘴里喃喃地念着一些模糊的句子。突然，一道苍白的硫磺火焰从地上升起。火焰不断升高，最后除了马蒂尔德和修道士所在的圆圈以外，整个地面都是火焰弥漫。火焰沿着大石柱上升，点亮了整个屋顶，大洞弄成了一个充满着颤巍巍的蓝色火光的大屋子。火焰发的光并不热。相反，随着时间的增加，整个空间不断地变冷。马蒂尔德继续念咒语。她不时地从篮子里拿出各种各样的东西。大部分东西安布罗斯都不知道为何物，但有少部分他仔细辨别了出来：如三个人的手指和她撕碎的一张安东尼娅的相片，她把它们扔进了面前的火堆里，立刻就烧为灰烬。

修道士好奇地观察着他，忽然她发出一声高而细的尖叫，她表现得有点神志昏迷：抓头发、捶打胸口、疯狂地乱指，她伸手扯下腰带上的匕首刺在左胳膊上，血涌了出来。她站在那个圆圈的边缘，仔细地让血流到圆圈外面，火苗在血流淌到的地方慢慢熄灭了，紧接着一团黑云从沾血的地方冉冉升起，达到洞穴的穹顶，同时响起一声霹雳，回声可以在地下道里听见，大地开始在这个妖女脚底下震颤。

现在安布罗斯开始后悔他的鲁莽，这种神秘的、肃穆的怪事对他来说既陌生又恐惧，他在恐惧中等待着幽灵的出现，幽灵将伴随着雷声和地震出现在他面前。他瞪大眼睛四处张望，期望看见可怕的幽灵，想象他的出现会把他吓疯。他恐惧得颤抖起来，难以自制地瘫倒在地上。

"他来了。"马蒂尔德带着高兴的口气喊道。

安布罗斯开始怀着恐惧期待幽灵的到来。滚滚雷声停止时，悦耳的音乐在空中响起。同时黑云不见了，他看见了一个美妙的人影，看上去有十八岁，形体及面容之美是无可比拟的。他全身赤裸：一颗明亮的星照耀在前额，肩膀上有一对深红色的翅膀在一扇一扇，鬈发五颜六色地绕在额头，形成了一种多姿的形象，比任何宝石都更光芒耀眼；胳臂与脚脖上缠满了宝石，而且右手上有一只银手镯。他被玫瑰色的光环绕着，在他出现的一瞬间，可以闻到一股清新的空气与芬芳。安布罗斯被这种与他想象中相反的景象所吸引，他带着兴奋与惊奇盯着那幽灵。但无论幽灵的身形有多美，他只能从幽灵的眼中看到粗野，而且他脸上有一种神秘的忧郁，表明他是堕落的天使，只能激发观望者内心的畏惧。

音乐停止了，马蒂尔德用一种修士听不懂的话语与幽灵交谈。她好像在坚持做幽灵不乐意承诺的什么事，幽灵偶尔用愤怒的眼光瞄一眼安布罗斯，这时神父的心随之下沉。马蒂尔德好像变得激怒了，她用颐指气使的声调说话，她的手指表明她正在用她的复仇来威胁幽灵，她的威胁起了作用：那幽灵跪了下去，带着一种屈服的神态把手镯献给了她。她收下后不久，音乐又开始响起，一股浓云笼罩住幽灵。蓝烟消失了，洞里变得昏暗朦胧，安布罗斯呆立在那里，面呈惊喜和诧异；最后黑暗消散了，他觉察到马蒂尔德穿着宗教服饰站在他旁边，手里拿着一块神木，穹顶被那盏摇曳的灯所照亮，丝毫没有遭破坏的痕迹，但幽灵不见了。①

在《瓦塞克》中，王太后卡拉蒂丝为给地下的神怪献祭品，也为满足儿子瓦塞克强烈的食欲，同样实施了魔法。她施魔法的道具是毒蛇油、犀牛角、来自西印度群岛的香木与从古代法老陵墓里取来的木乃伊等。"卡拉蒂丝把小瓶子盛的毒蛇油、木乃伊以及死人的骨头等依次摆放在高塔顶的露台上，让黑女奴把木柴堆起来，结果三个小时就堆了十米高。终于，夜色降临了。这时，卡拉蒂丝脱去了身上所有的衣服，怀着狂热的冲动，拍着双手，那些聋哑女奴也跟着她脱掉衣服，舞动起来。但瓦塞克此时已经被饥饿和烦躁弄得气急败坏，再也支持不住，晕倒在地。干木柴已经点燃了，熊熊的烈焰照亮了萨马拉全城；毒蛇油飞溅出无数蓝色的火苗；被烧化的木乃伊冒起浓郁的紫黑色蒸汽；犀牛角也燃烧起来了，散发出一股恶臭味儿。哈里发被这股令人窒息的气味呛醒过来后，恍恍惚惚地睁大眼睛望着火堆周围骚动的人群。毒蛇油燃烧时不断蹿起一根根火苗，女奴们一边往火堆里倾

---

① 刘易斯：《修道士》，李伟昉译，上海译文出版社 2002 年版，第 203—205页。

倒毒蛇油，使火苗烧得更旺，一边跟卡拉蒂丝不停地叫喊。"①
后来熊熊烈焰由暗红色变成了像玫瑰一样的鲜红色。"弥漫在周
围的雾气散发出一种醉人的幽香，大理石柱子发出悦耳的乐声，
烧化的犀牛角也发出一阵阵奇特的芬芳气味。……哈里发惊奇地
发现，他眼前的柴堆、犀牛角和干尸气味、烧下来的灰烬等都消
失不见了，随之出现的却是一桌香味四溢、甚为罕见的美味佳
肴，还有大瓶的美酒和精制的果汁，放在晶莹如玉的白雪上。他
当即狼吞虎咽地大吃大喝起来，尽情享受着这么多丰盛的食
物。"② 试想，毒蛇油、犀牛角、香木、木乃伊以及死人的骨头
竟能变成一桌丰盛的宴席，这是怎样荒诞奇幻的一幕！又该让人
多么不可思议！

在六朝志怪小说的代表作《搜神记》中，也有许多有关神仙
术士及其法术变化的描写，这集中在卷一至卷三。其中，《淮南
八公》、《刘根》、《汉王乔》、《左慈》、《于吉》、《徐光》、《葛玄》、
《营陵道人》等均为名篇。例如，《刘根》就栩栩如生地描写了同
名主人公施法术召鬼的过程：

> 刘根字君安，京兆长安人也。汉成帝时，入嵩山学道，
> 遇异人，授以秘诀，遂得仙。能召鬼。颍川太守史祈以为
> 妖，遣人召根，欲戮之。至府，语曰："君能使人见鬼，可
> 使形见，不者加戮。"根曰："甚易。借府君前笔砚书符。"
> 因以叩几。须臾，忽见五六鬼，缚二囚于祈前。祈熟视，乃
> 父母也。向根叩头曰："小儿无状，分当万死。"叱祈曰：
> "汝子孙不能光荣先祖，何得罪神仙，乃累亲如此！"祈哀惊

---

① William Beckford, *Vathek and Other Stories*, Pickering Limited, 1993, p. 47.
② Ibid. , p. 49.

悲泣，顿首请罪。根默然忽去，不知所之。①

又如，《营陵道人》也描写了召鬼的法术：

汉北海营陵有道人，能令人与已死人相见。其同郡人，妇死已数年，闻而往见之，曰："原令我一见亡妇，死不恨矣。"道人曰："卿可往见之。若闻鼓声，即出勿留。"乃语其相见之术。俄而得见之。于是与妇言语，悲喜恩情如生。良久，闻鼓声恨恨，不能得住。当出户时，忽掩其衣裾户间，掣绝而去。至后岁余，此人身亡。家葬之，开冢，见妇棺盖下有衣裾。②

显然，六朝志怪小说中的召鬼法术及其过程的描写，虽然也具有一定的神秘怪诞性，但较英国哥特小说而言，要简单得多，也含蓄得多，而且少了许多恐怖的色彩。更为重要的是，英国哥特小说中巫术魔法的描写，多与邪恶的动机直接相关，所以引发的是一种毛骨悚然的惊心动魄感。而六朝志怪小说所表现出来的种种灵变法术，更多的是一种道徒术士显能的张扬，同时又与当时人们的精神需求密不可分，正所谓"魏、晋好长生，故多灵变之说"。③

二 现实与异境相连的怪诞

异境是相对于人类生活环境而言的，在哥特小说与志怪小说

---

① 干宝：《搜神记》，汪绍楹校注，中华书局 1979 年版，第 6—7 页。

② 同上书，第 25—26 页。汪绍楹《搜神记》校注本，断此句为"闻鼓声恨恨（恨恨），不能得住"，似不妥，应为"闻鼓声，恨恨（恨恨）不能得住"。参见蔡镜浩《与魏晋惯用词语有关的标点失误》，《古籍点校疑误汇录》（六），中华书局 2002 年版，第 15 页。

③ 胡应麟：《少室山房笔丛》，上海书店出版社 2001 年版，第 283 页。

中，其共同极端的表现形态是墓穴和地狱。而对仙界的突出描写又构成了志怪小说与哥特小说同中的一大差异。墓穴是哥特小说与志怪小说热衷于表现的共同对象，但在表现内涵上却差别极大，这一点我们将在第三章里再作探讨。地狱是死人的世界，活着的人无法入内。但丁曾作《神曲》游地狱，也是先经由"梦"而后入地狱的。然而，哥特小说中却出现了地狱与人世直接相通的描写，两者之间毫无隔栏，更无须"梦"作引导。例如《瓦塞克》中的瓦塞克、努隆尼哈还有王太后，都是以活人的身份，经人指点，经过长途跋涉从山外进入谷底，又沿着谷底爬至群山之巅，这时，"山崖裂开一个巨大的缝隙，露出里面一个光滑的大理石阶梯，向下延伸，一直通到深渊底部。每个台阶上都插有两根火把，就如努隆尼哈曾在幻想中所见到的一模一样，火光闪闪，冒出的烟气在洞穴的拱顶下面缭绕，形成一团乌云"。[①] 他们就这样沿着大理石阶梯，由阳世直接进入超现实的地狱世界，经见地狱世界的种种异象，然后活着永远遭受地狱之火的无情惩罚。这种大胆直接的描写所产生的怪诞、神秘和离奇的效果是不言而喻的。而在志怪小说中，人物不能直接进入地狱，须经过"死而复生"的方式再叙说死时如何进入地狱以及所见所闻。死后进入地狱的方式主要有两种，一种是被迫进入，《幽明录》中的《赵泰》、《康阿得》和《舒礼》是其代表作品。例如《赵泰》写赵泰"宋太始五年七月十三日夜半，忽心痛而死，心上微暖，身体屈伸。停尸十日，气从咽喉如雷鸣，眼开，索水饮，饮讫便起。说：初死时，有二人乘黄马，从兵二人，但言捉将去"[②]，遂入地狱。另一种是主动进入，例如《幽明录》中的《石长和》

---

① William Beckford, *Vathek and Other Stories*, Pickering Limited, 1993, p. 91.

② 鲁迅：《古小说钩沉》，见《鲁迅全集》第 8 卷，人民文学出版社 1973 年版，第 424 页。

这样写道："石长和死，四日苏，说初死时，东南行，见……"①

　　前面提到，对仙界的突出描写是志怪小说与哥特小说同中的一大差异。哥特小说一向以"黑色小说"著称，它主要以暴露为主旨，绝少正面描写理想。志怪小说则不然。它不仅暴露社会的黑暗和人性的丑恶，而且热烈表达对理想社会的诉求与向往。这一内容主要反映在《搜神后记》、《幽明录》"洞天福地"类的志怪小说中。此类小说的渊源可追溯至西汉的刘向。他撰写的《列仙传》，最早记录了外人偶然进入神秘仙窟的故事②，是《搜神后记》中《袁相根硕》、《桃花源》和《幽明录》中《刘晨阮肇》、《黄原》故事的先河。现存六朝志怪小说中较早的"洞天福地"型小说当属王嘉《拾遗记》中的《洞庭山》。《洞庭山》写采药人进洞庭山采药而误入仙境：这里"迥然天清霞辉，花芳柳暗，丹楼琼宇，宫观异常"，居住其中的众女子个个也是"霓裳冰颜，艳质与世人殊别"。采药人初来时不仅得到仙女"琼浆金液"、"箫管丝桐"③的盛情款待，而且行前还赠以"丹醴"。返乡后却见"邑里人户，各非故乡邻，唯寻得九代孙"，"今经三百年也"。更为怪异的是，采药人"说于邻里，亦失所之"。应该说，这篇

----

　　① 鲁迅：《古小说钩沉》，见《鲁迅全集》第8卷，人民文学出版社1973年版，第435页。

　　② 《列仙传》中的《邛子》是描写"洞天福地"的发端篇，故引录于此，以备查考："邛子者，自言蜀人也，好放犬子。犬走入山穴，邛子随入。十余宿止，度数百里，上出山头。上有台殿宫府，青松森然，仙吏侍卫甚严。见故妇主洗鱼，与邛子符与函并药，便使还，与成都令桥君。桥君发函，有鱼子也。著池中养之，一年皆为龙。复送符还山上，犬色更赤，有长翰。常随邛子，往来百余年。遂留止山上，时下来护其宗族。蜀人立祠于穴口，常有鼓吹传呼声。西南数千里，共奉祠焉。"见李剑国《唐前志怪小说辑释》，台湾文史哲出版社1995年版，第79页。

　　③ 值得注意的是，小说对仙境饮食起居的描写，明显受道教天堂观的影响。例如晋代道学家葛洪在《抱朴子·对俗篇》就对仙境的饮食起居有"餐朝霞之沆瀣，吸玄黄之醇精，饮则玉醴金浆，食则翠芝朱英，居则瑶堂瑰宝，行则逍遥太清"的描写。见王明《抱朴子内篇校释》增补本，中华书局1985年版，第52页。

作品对后来同类作品的影响更为直接。因为它确立了此类故事奇幻怪异的基本模式，即误入仙境——得到款待——返回世间已逾数百年——再欲寻之，已杳无踪影。这一模式告诉人们，仙界不再高居于九霄云天，可望而不可即，而是就在曲径通幽的洞穴中，或在清澈的溪边，人们随时都有可能接近它。但仙境又似乎不是随时向人开放的，它缥缈虚幻，如真似梦。《幽明录》中的黄原就是因追鹿偶"至一穴"，好奇心使他又"入百余步"，于是便在不经意间双脚迈进仙界，纵情游览，乃至于他"半日至家"后，仍"情念恍惚"，真假莫辨。《刘晨阮肇》则写刘晨、阮肇两人往天台山取谷，迷不得返，后逆流二三里，在一溪边邂逅两个"姿质妙绝"的"仙女"，遂入仙界。可见，仙境真得就近在咫尺，远非遥不可及。可是正像刘晨、阮肇两人后来想再度入仙界生活时，那个令其神往的仙界却又"不知何所"了。这也正是仙境的奇幻怪异之所在。这种奇幻怪异的背后恰恰寄寓着当时的人们对安宁、和平、幸福的理想生活的追求与憧憬，流露出对战乱动荡社会现实的愤懑与不满。

六朝志怪小说所以呈现出人、仙、鬼相互沟通的异样景观，实与道教把宇宙空间分为仙、人、鬼三界"循环往来"的观念是分不开的。南朝梁道教理论家陶弘景在其整理编纂的道教典籍《真诰》中认为：

> 夫天地间事理乃不可限，以胸臆而寻之，此幽显中都有三部，皆相关类也。上则仙，中则人，下则鬼。人善者得为仙，仙谪之者更为人，人恶者更为鬼，鬼福者更为人。鬼法人，人法仙，循环往来，触类相通，正是隐显小小之隔也。①

---

① 《四库全书》子部道家类，见《真诰》第16卷，第4页。

人善得道，可以成仙；仙人有罪，谪贬人世为凡人；生前为恶则做鬼受苦。反之，鬼可化人，人亦可仙。道教的这种说法虽不来源于人类的经验，却是建筑在民间传说基础上的，"最初是原始人类的想象，作为原型意象潜藏在民族的集体潜意识之中，现实因素触发了它，唤醒了它，使它聚合成一种意象的类型"。[①]当然，"所谓'善者'，显然是受了佛教'修善积德'观念的影响，补充了道教养生成仙在理论和实践上的不足"。[②] 纵观六朝志怪小说的艺术世界，几乎就是陶弘景这种道教理论观念的形象化的描绘，是人、鬼、仙三界"循环往来，触类旁通"模式的演绎。

同时，在现实与仙境相通的描写上，六朝志怪小说还蕴涵、折射着道家顺乎自然的哲学思想。例如，《庄子·知北游》中云："天地有大美而不言，四时有明法而不议，万物有成理而不说。圣人者，原天地之美而达万物之理，是故至人无为，大圣不作，观于天地之谓也。"[③] 庄子这段话本是要"说明能够领悟万物变化的根源——道，效法天地，无为顺物，就达到至人的境界了"。[④] 但这段话同样也表达了"天地有大美"的自然哲学思想。《桃花源》中描写的那个世界，是一个没有压迫、没有战乱、没有邪恶的世界。这里桃花夹岸，芳草鲜美，落英缤纷，还有良田、美池、桑竹之属，生活在这里的人们自食其力，平等相爱，无忧无虑。《黄原》、《刘晨阮肇》和《袁相根硕》更是展现了一个无需遮掩、可以随心倾诉、自由情爱的率真世界。可以说，老庄哲学中这种"天地有大美"的思想，特别是其中所蕴涵的天然

---

① 石昌渝：《中国小说源流论》，三联书店 1994 年版，第 128 页。
② 同上书，第 129 页。
③ 郭庆藩：《庄子集释》第 3 册，中华书局 1961 年版，第 735 页。
④ 曹础基：《庄子浅注》，中华书局 1982 年版，第 327 页。

率真、自由自在的思想精髓，在这些人或进山迷路或缘溪行忘路或误入洞穴而遂入仙境的描写中，被表现、发挥得形象生动，淋漓尽致。这种生活世界的描写和呈现，无疑是对动荡混乱、朝不保夕的六朝现实的一种精神超越，是一种精神上的自由之境。

而且，在叙事方式上，六朝志怪小说也浸润着道家的哲学思想。当然，小说家们不可能在小说创作的审美活动中去运用道家哲学思想，但是，当道家哲学思想熔铸于他们的思维活动中之后，却可能作为思想的底蕴影响到他们对叙事方法的认识和运用，于是叙事方法便与道家哲学思想发生了或明或暗的渊源关系。[①] 老子《道德经》云："有无相生，难易相成，长短相形，高下相盈，音声相和，前后相随，恒也。"[②] 《庄子·齐物论》也云："物无非彼，物无非是。……彼出于是，是亦因彼。彼是方生之说也，……是亦彼也，彼亦是也。彼亦一是非，此亦一是非。果且有彼是乎哉？果且无彼是乎哉？"[③] 老庄哲学中的这些相对论思想和对立统一观念不仅深刻地影响了中国的文学批评，而且深刻地影响了六朝志怪小说的创作。这突出表现在志怪小说虚与实、真与假、正与奇的描写上。人境与仙境、人境与鬼境的沟通相连就是"有无相生"、"物无非彼，物无非是"的典型表现。这种以假为真、以虚当实、以奇乱正的描写，旨在巧妙弥合它们之间的原有界限，使假中有真，真中有假，真真假假，从而显出变幻无穷、迷离奇幻的韵味。

三 死而复生的怪诞

我们在谈到人鬼相通的怪诞时实际上已经涉及死而复生的怪

---

① 苏涵：《民族心灵的幻象：中国小说审美理想》，人民文学出版社 2000 年版，第 117 页。

② 陈鼓应：《老子注译及评介》，中华书局 1984 年版，第 64 页。

③ 郭庆藩：《庄子集释》第 1 册，中华书局 1961 年版，第 66 页。

诞问题，例如在《紫玉》中，韩重哭冢竟使死去的紫玉复活，从墓中出来邀恋人再入墓中欢会；又如《修道士》中的滴血的修女死而复活，在人间游荡，等等。不过，我们前面关注的重点是人鬼相通这一事件本身的怪诞，而非死而复生本身的怪诞。现在我们将目光聚焦于死而复生过程本身的怪诞上。人死不能复活，这是生活常识。但哥特小说与志怪小说偏偏打破了这一生活常态，怀着巨大的好奇心执著于死而复生过程的描绘。这在玛丽·雪莱的《弗兰肯斯坦》和陶渊明《搜神后记》中的《徐玄方女》表现得最为充分，最为典型。《弗兰肯斯坦》是英国也是西方第一部具有科学幻想性质的哥特小说。小说主人公弗兰肯斯坦为了探究生命的起因，实现在死亡的躯体上复活生命的渴望，终日待在墓穴和停尸房观察并分析人体的自然腐朽过程。他从墓穴、停尸房、解剖室和屠宰场收集人体和动物的骨头与所需各种器官，开始了创造人的工作。终于，在一个阴郁的夜晚，弗兰肯斯坦的创造物"睁开了浑浊呆滞的发黄的眼睛；它艰难地呼吸着，四肢开始痉挛地动弹起来。……他那黄色的皮肤几乎无法掩盖住下面的肌肉和血管；他的头发乌黑发亮，长长地飘垂着；他的牙齿白得像珍珠；可是这些鲜明的色彩和那湿漉漉的眼睛之间——那对眼睛几乎和安放它们的那暗白色的眼窝是同一种颜色，和他那皱缩的皮肤以及直挺挺的黑嘴唇之间，却恰好构成了吓人的对照"。[①]弗兰肯斯坦对他的创造物失望、恐惧极了，他创造生命的美丽幻想顷刻间被粉碎殆尽。在他看来，这个新复活的生命"就是一个复活了的木乃伊，也不会比这个丑八怪更骇人了。我在尚未完工的时候曾经仔细观看过他；他那时也很丑陋；可是当那些肌肉和关节一旦能够活动的时候，他就变成了一个甚至连但丁也无法想

---

① 玛丽·雪莱：《现代普罗米修斯》，伍厚恺译，四川人民出版社1997年版，第47页。

象出来的怪物了"①。这一生命死而复生过程的描写和展示，不仅怪诞奇幻，而且多了几分恐怖色彩。

相比较而言，《徐玄方女》对生命死而复生过程的描写和展示更为形象、细腻、生动，尤其多了些许人情味。小说描写马子独卧厩中，夜梦一女，自云前太守徐玄方女，为鬼枉杀，今欲还世，但须依马子的帮助才得复生，马子应允，乃克期而出。作品从马子的视角，详细描写了他所见证并参与女魂复活的全过程，由于这段描写文字的珍贵与罕见，我们兹录于此，奇文共赏：

> ……至期日，床前地头发正与地平，令人扫去，则愈分明，始悟是所梦见者。遂屏除左右人，便渐渐额出，次头面出，又次肩项形体顿出。马子便令坐对榻上，陈说语言，奇妙非常。遂与马子寝息。每诚云："我尚虚尔。"即问何时得出，答曰："出当得本人命生日，尚未至。"遂往厩中，言语声音，人皆闻之。女计生日至，乃具教马子出己养之方法，语毕辞去。马子从其言，至日，以丹雄鸡一只，黍饭一盘，清酒一升，酹其丧前，去厩十余步。祭讫，掘棺出，开视，女身体貌全如故。徐徐抱出，著毡帐中，唯心下微暖，口有气息。令婢四人守养护之，常以青羊乳汁沥其两眼，渐渐能开，口能咽粥，既而能语。二百日中，持杖起行。一期之后，颜色肌肤气力悉复如常。②

从描写中不难看到，徐玄方女的复活必须依赖于与马子的结合和精心调养照顾并选择一定的日期方能完成，而且整个过程无

---

① 玛丽·雪莱：《现代普罗米修斯》，伍厚恺译，四川人民出版社 1997 年版，第 48 页。

② 陶潜：《搜神后记》，汪绍楹校注，中华书局 1981 年版，第 24 页。

不神秘莫测，怪诞奇幻，令人大饱眼福。

总之，上述两部作品对死而复生本身的描写显示了共同的怪诞特征。但是，尽管《弗兰肯斯坦》也表达了对长生的渴求，正如同名主人公所说："我开始废寝忘食地探寻点金术和长生不老药；不过我很快就专心致志地研究后者了。财富只是一个低级的目标；然而，假如我能够消除人类身体上的疾病，使人除了因外力伤害致死以外便平安无恙，那么这一发现将会获得怎样的光荣啊！"① 但小说更多的是在表现主人公对生命起源奥秘的探求，表现人类对未知领域的好奇心。而《徐玄方女》则主要表现的是对生命的眷恋，对长生的渴望。

总观六朝志怪小说与英国哥特小说怪诞的表现形态，虽然两者奇丽诡谲的想象许多都表现在出乎人们意想之外的奇幻之处，但是，第一，在怪诞程度的表现上，六朝志怪小说远不及英国哥特小说，它所表现出来的怪诞那种慑人的力量及其幽渺神秘色彩，难以与哥特小说相比拟。而且，英国哥特小说中的怪诞多与恐怖性质联系紧密，恐怖已然成了怪诞中一个不可忽视的重要因素。也许由于包括英国哥特小说在内的西方鬼怪艺术在创作实践中与恐怖性的亲缘关系，所以使得西方理论家在探讨怪诞时，往往把恐怖作为其内部的一个重要因素加以强调。例如我们下面将要谈到的凯泽尔对怪诞的探讨就是如此。而六朝志怪小说中的怪诞则多在"怪异"本身上做文章，所显示出来的多是一种奇幻美，一种较为温馨的情趣。从中国此类小说的创作实践看，一般都不将恐怖性质作为重要因素而加以无限渲染；从理论层面看，就更为排斥恐怖性。这些内容我们留在下一章讨论。第二，在鬼怪人情味的描写上，总体而言，哥特小说又不及志怪小说，因为

① 玛丽·雪莱：《现代普罗米修斯》，伍厚恺译，四川人民出版社1997年版，第30页。

西方作家"不像中国作家那样通过自我体验去想象鬼的境界"①。不过，落实到具体某一部哥特小说，情况又有例外。《修道士》、《弗兰肯斯坦》就是这样。前者中的马蒂尔德，虽然是魔鬼幻化而成，但作品相当细腻地表现了她作为女性的心理意识；后者中的怪人虽丑陋凶残，但作品同样满含同情地展示了他富有人性的感人一面。

第二节　怪诞的审美价值

关于怪诞及其审美价值，我国历来很少探讨与研究。原因很简单，怪诞常常被视为一种不登大雅之堂的东西，一种很不雅观很不文明且消极颓废的现象，而这种所谓消极颓废的现象又往往是被清算被批判的对象，根本不在审美范畴之列。20世纪80年代后，随着改革开放、思想解放的新形势的发展，特别是随着中外文化学术、文学艺术交流的频繁与深入，许多禁忌被打破，许多过去受冷落被遗忘的问题都纷纷进入探讨的视野，被纳入研究的议事日程。怪诞作为中西文学艺术创作中普遍存在的一个重要现象，自然也引起国内有关学者的重视和研究。例如，张德林在其《现代小说美学》一书中专设"怪诞艺术规律探索"一节来讨论怪诞问题。② 特别值得一提的是，我国的翻译研究工作者还将西方对怪诞理论的研究著作译介过来，供国内学者与作家借鉴吸收。例如，曾忠禄、钟翔荔翻译的德国学者沃尔夫冈·凯泽尔著的《美人和野兽：文学艺术中的怪诞》，③杜争鸣等翻译的 A.P.

---

① 应锦襄等:《世界文学格局中的中国小说》，北京大学出版社1997年版，第122页。

② 张德林:《现代小说美学》，湖南文艺出版社1987年版，第79－97页。

③ 沃尔夫冈·凯泽尔:《美人和野兽：文学艺术中的怪诞》，曾忠禄、钟翔荔译，华岳文艺出版社1987年。

欣奇利夫、菲利普·汤姆森、J.D. 江普著的《荒诞·怪诞·滑稽》,①孙乃修翻译的菲利普·汤姆森著的《论怪诞》。②

在西方,怪诞也有类似于在中国的经历。不过 19 世纪时已经有人在界定怪诞的性质及审美功能方面作了一些零星、颇有见地的见解。但是直到 1957 年,德国著名学者沃尔夫冈·凯泽尔的专著《美人和野兽:文学艺术中的怪诞》明确指出"怪诞具有美学的基本素质"③ 后,"怪诞才成为大量涌现出来的美学分析和文艺评论的对象"④,从此真正结束了怪诞游离于美学领域之外的历史。凯泽尔和稍后的汤姆森等学者不仅对怪诞的价值作了独到、深入、精湛的研究,而且对怪诞这一概念术语的嬗变及其运用的历史进行了详细的考察与梳理。

怪诞一词最早源自意大利语的 La grottesca 和 grottesco,这两个词与洞窟（grotta）一词有关,被新造来表示 15 世纪末期在意大利发掘出来的一种古代装饰画的风格。后来人们发现,这种风格根本不是意大利的特产。它是在基督教时代的初期作为一种新的时尚传入意大利的。可见,怪诞作为西方的一种艺术现象与艺术手法,至少在罗马文化的基督教阶段初期就已经存在了。在这个阶段,人们在一幅画里把人、动物、植物等各种成分精巧地交织、融汇在一起,逐渐发展成为一种综合性的绘画风格。德国艺术史家路德维希·库尔提乌斯曾作为一则史料援引过古罗马作家马尔库斯·维特鲁维乌斯对这种新风格的评论,这一评论写于奥古斯都统治时期:

---

① A.P. 欣奇利夫、菲利普·汤姆森、J.D. 江普:《荒诞·怪诞·滑稽》,杜争鸣等译,陕西人民出版社 1989 年版。

② 菲利普·汤姆森:《论怪诞》,孙乃修译,昆仑出版社 1992 年版。

③ 沃尔夫冈·凯泽尔:《美人和野兽:文学艺术中的怪诞》,曾忠禄、钟翔荔译,华岳文艺出版社 1987 年版,第 191 页。

④ 菲利普·汤姆森:《论怪诞》,孙乃修译,昆仑出版社 1992 年版,第 14 页。

所有这些取自现实的主题现在都遭到一种无理性的风尚的排斥。因为我们当代的艺术家以一些奇形怪状的形式来装饰墙壁，而没有再现我们所熟悉的世界清晰的形象。他们不画圆柱，而画有着怪模怪样的叶子和涡形物，样子像长笛的花茎，不画三角楣饰而画阿拉伯风格的花叶饰。对烛架和作了画的神龛的处理也一样。在它们的三角楣饰上长着精致的、从根上开出来的花儿，花顶上无缘无故地画着不和谐的小雕像。最后，那细小的花茎支撑着人头或兽头的半身雕像。然而，这些东西过去从未存在过，现在没有，将来也不会有。因为花儿的茎干怎能支撑一个屋顶，烛架怎能支持花山的雕像呢？娇嫩的幼芽怎能承受雕像的重量，而由花和人体组成的奇形怪状的东西又怎能从根茎和卷须上长出？①

汤姆森在自己书中引录这段话后，认为这里有两点值得注意：第一，它指出了怪诞风格的主要特征在于不同性质的因素诸如植物、动物、人、建筑杂糅在一起。第二，维特鲁维乌斯把这种艺术风格看作既荒诞不经又荒唐可笑的东西而予以根本否定："这位思想正统的古典主义批评家对那种故意无视模仿和如实地再现现实世界这一艺术原则的做法怒气填膺，这种违背自然法则和均衡原则的行为使他愤恨不已。从那时起，人们对待怪诞就是这样一种态度，这种态度在文学艺术中古典主义观念盛行的时代就更是强硬。"② 阿瑟·克莱波罗在其专著《英国文学中的怪诞》

---

① 沃尔夫冈·凯泽尔：《美人和野兽：文学艺术中的怪诞》，曾忠禄、钟翔荔译，华岳文艺出版社 1987 年版，第 9 页。

② 菲利普·汤姆森《论怪诞》，孙乃修译，昆仑出版社 1992 年版，第 17 页。

中也说："'怪诞'这个词之所以在理性时代和新古典主义时代被人们广泛使用，那是因为艺术的怪诞风格之种种特征——放诞，幻想，个人情趣以及对'有机体的自然状态'的摒弃——都是人们嘲笑和非难的对象。……它不过是'可笑的'、'歪曲的'、'反常的'以及'荒谬物、对自然的歪曲'的代名词而已。"① 可见，人们对怪诞的偏见几乎从怪诞出现后就已开始了，真可谓历史悠久，源远流长。但是，正如凯泽尔所指出的那样，奥古斯都时代的先驱及其后来的古典主义接班人尽管谴责怪诞的风格，却都无力阻止这种新风尚的胜利进军。②

文艺复兴以降，艺术家们用怪诞一词来指称某种滑稽的欢乐，无所顾忌的古怪和面对着一个完全陌生的世界时产生的一种不吉祥、险恶的预感。在这个陌生的世界里，无生命的事物同植物、动物和人类混在一起，静力学、对称、均衡的法则都不再起作用。"这个意思来自十六世纪流行起来的'怪诞'的同义词：画家之梦幻（sogni dei pittori）。这个术语也指这样一个领域：在这个领域里，现实的消失、对完全不同的生活世界的参与——如怪诞装饰画所表现的那样——形成了人们关于自然的经验。"③ 也正是在文艺复兴时期，法国散文家蒙田把他的散文称为"怪诞的、畸形的东西"，说它们"是把各种大相径庭的成分串连在一起，没有清楚的形式，组织和结构对称完全听其自然的大杂烩"。④ 凯泽尔认为蒙田的用法是引人注目的，因为这表明他已

① 转引自菲利普·汤姆森《论怪诞》，孙乃修译，昆仑出版社 1992 年版，第 18 页。

② 沃尔夫冈·凯泽尔：《美人和野兽：文学艺术中的怪诞》，曾忠禄、钟翔荔译，华岳文艺出版社 1987 年版，第 9 页。

③ 同上书，第 11 页。

④ 转引自沃尔夫冈·凯泽尔《美人和野兽：文学艺术中的怪诞》，曾忠禄、钟翔荔译，华岳文艺出版社 1987 年版，第 14 页。

把"怪诞"这一术语从美术领域引进到了文学领域，从此一个与这十分流行的风格有关的概念形成了。[①] 不过在 18 世纪前，怪诞一词的意思主要是"奇特的"、"不自然的"、"超自然的"、"古怪的"、"奇怪的"、"好笑的"、"荒唐的"、"滑稽的"等等。而至18 世纪后，不少人已开始意识到怪诞中还含有一定的现实和真理的成分。其中，雨果是谈论怪诞的浪漫主义时代里最值得关注的一位作家。

雨果在《〈克伦威尔〉序言》（1827）中以很大的篇幅探讨了怪诞问题。他把怪诞视为是从古以来的所有艺术的标志："因此，这就是古典时代所不知道的一个原则，一种新型的诗歌……这种类型就是怪诞。"[②] 他认为怪诞、滑稽到处存在，具有广泛的作用，"一方面，它创造了畸形和可怕；另一方面，创造了可笑与滑稽。它把千种古怪的迷信聚集在宗教的周围，把万般奇美的想象附丽于诗歌之上"[③]。一切情欲、缺点和罪恶都归之于丑怪，"它将是奢侈、卑贱、贪婪、吝啬、背信、混乱、伪善"。"它是一个不为我们所了解的庞然整体的细部，它与整个万物协调和谐，而不是与人协调和谐。这就是它为什么经常不断呈现出崭新的、然而不完整的面貌"[④]。莎士比亚被他推为是融合丑怪滑稽与崇高优美的最光辉的典范。他如此强调怪诞，目的是要借浪漫主义的自由创作方法反对古典主义清规戒律。其中值得注意的是，雨果不再将怪诞纯粹归之于幻想性，而是注意把它同现实性联系在一起，这就清楚地表明，怪诞不仅仅是一种艺术手法或范

---

① 沃尔夫冈·凯泽尔：《美人和野兽：文学艺术中的怪诞》，曾忠禄、钟翔荔译，华岳文艺出版社 1987 年版，第 14 页。

② 同上书，第 52 页。

③ 雨果：《〈克伦威尔〉序言》，转引自伍蠡甫主编《西方文论选》下册，上海译文出版社 1979 年版，第 184 页。

④ 同上书，第 187 页。

畴，而且它就存在于自然界和我们周围的世界之中。"丑就在美的旁边，畸形靠近着优美，粗俗藏在崇高的背后，恶与善并存，黑暗与光明相共"①，"滑稽丑怪作为崇高优美的配角和对照，要算是大自然所给予艺术的最丰富的源泉"。②汤姆森认为这是一个非常重要的观点，"因为它把怪诞引入与幻想艺术对立的现实主义艺术领域"③。凯泽尔也说雨果扩大了怪诞的使用范围，大大增加了它的含义，突出了它的重要性。④

　　凯泽尔对怪诞一词的嬗变历史作了一番巡礼之后，并在考察西方一些重要的怪诞文学艺术作品的基础上，在自己著作中为怪诞下了一个定义，该定义曾被认为是"最为透彻的尝试"⑤。他的定义是：

　　　　怪诞乃是疏离的或异化的世界的表现方法，也就是说，以另一种眼光来审视我们所熟悉的世界，一下子使人们对这个世界产生一种陌生感（而且，这种陌生感很可能既是滑稽的，又是可怕的，要么就是二者兼有的感觉）。

　　　　怪诞乃是同荒诞玩弄的一种智术，因此，怪诞艺术家以半是玩笑半是恐惧的态度同人生那种极度的荒诞现象作的一种嘲弄。

　　　　怪诞乃是意图祛除和驱逐世界上一切邪恶势力的一种

---

① 雨果：《〈克伦威尔〉序言》，参见伍蠡甫主编《西方文论选》下册，上海译文出版社 1979 年版，第 183 页。

② 同上书，第 185 页。

③ 菲利普·汤姆森：《论怪诞》，孙乃修译，昆仑出版社 1992 年版，第 23—24 页。

④ 沃尔夫冈·凯泽尔：《美人和野兽：文学艺术中的怪诞》，曾忠禄、钟翔荔译，华岳文艺出版社 1987 年版，第 52 页。

⑤ 菲利普·汤姆森：《论怪诞》，孙乃修译，昆仑出版社 1992 年版，第 25 页。

尝试。①

凯泽尔的定义第一次向人们揭示了文学艺术中的怪诞的品质及其审美价值，令人耳目一新，豁然开朗。不过，汤姆森在称赞凯泽尔的定义是"最为透彻的尝试"的同时，又认为他有陈述怪诞那些互相重叠的特质的不足，更不同意"他对'邪恶势力'所持的那种带有道德宣教色彩的过分强调口吻，因为这样就会把怪诞的那个恐怖方面完全引向非理性领域，乃至走向超自然主义的神秘道路"。但是他又强调指出，凯泽尔著作的最大价值在于，他第一个提出这样的观点：如果怪诞作为一个美学范畴是很有意义的，那么就应当、而且必须把它视为"一种涵盖广泛的结构原则"。这一观点意味着，怪诞肯定具有其本身所独具的某种基本模式和结构，这一点在怪诞的艺术作品及其效果中是显而易见的，可惜的是，凯泽尔始终未能把握住这一点。②

那么，怪诞的基本模式和结构是什么呢？在论及对怪诞的理解时，汤姆森一再强调，怪诞是世界文学中的一种颇受青睐的表现方法，但是，过去人们或者只看到怪诞中的那种被人滥用了的不和谐原则，或者就是把它划为滑稽类别中粗陋的一种，而现在则有了重大突破，即"把怪诞看成是一种本质上自相矛盾的东西，是对立面的一种激烈的冲突，因此，至少就它的某些表现形式而言，也可以把它看作对人类生存本身那种困境作的恰如其分的表述"。③ 为了使自己的结论具有说服力，汤姆森将那些经常围绕着怪诞而一再出现的词语，例如"不和谐"、"滑稽与恐惧"、"过分与夸张"、"反常"等，一一作了细腻的辨析，并在此基础

---

　　① 转引自菲利普·汤姆森《论怪诞》，孙乃修译，昆仑出版社 1992 年版，第25—26 页。

　　② 同上书，第 26 页。

　　③ 同上书，第 14 页。

上为怪诞下了两个最简洁也最抽象的定义：

> 怪诞乃是作品和效应中的对立因素之间不可调解的冲突。
>
> 怪诞是有着矛盾内涵的反常性。[①]

他自己解释说，第一个定义主要揭示的是怪诞的模式或结构，"这一点很重要"；第二个定义侧重于怪诞的内容，但"这两个定义不过是同一内容的不同表述方式而已"[②]。应该说，汤姆森对怪诞的研究较凯泽尔有重大突破，这一突破集中表现在对怪诞本身品质的探究和追问上，他敏锐而准确地把握住了怪诞自身所蕴涵的"对立因素之间不可调解的冲突"这一核心点，并将它确定为怪诞的基本模式和结构。在论述中，他把怪诞自身的特质和怪诞的功能与审美价值作了严格的区分（关于他对怪诞的功能与审美价值的看法，我们稍后再谈）。这也是他之所以强调"这一点很重要"的原因所在。虽然凯泽尔也已经意识到怪诞是一种结构，是一个异化的世界，但他考虑更多关注更多的是这种结构和异化世界表征化的外部特征及其外显的道德伦理倾向，而最终未能将这种结构和异化世界的自身特质与精髓准确捕捉住并表达出来。但是他对于怪诞在道德上的审美价值的探讨也是极富价值的。他认为怪诞的描绘能产生"解放"的效果，"黑幕揭开了，凶恶的魔鬼暴露了，不可理解的势力受到了挑战"，于是怪诞不仅同生活中的荒诞进行了一场智力游戏，而且完成了"一种唤出并克服世界中凶恶性质的尝试"[③]。这种对怪诞做出的道德伦理

---

① 菲利普·汤姆森：《论怪诞》，孙乃修译，昆仑出版社 1992 年版，第 37 页。

② 同上书，第 39 页。

③ 沃尔夫冈·凯泽尔：《美人和野兽：文学艺术中的怪诞》，曾忠禄、钟翔荔译，华岳文艺出版社 1987 年版，第 199 页。

阐释也是我们所需要的，大大有助于深化我们对怪诞的理解。

　　事实上，汤姆森的观点与凯泽尔的观点并不矛盾，只是各有侧重，两者具有很强的互补性，所不同的正如上所述，汤姆森对怪诞本身性质的探讨向前迈进了一步。如果我们对汤姆森"对立因素之间不可调和的冲突"和"矛盾内涵的反常性"背后所反映出来的倾向性做出审美价值判断，或者说加以意识形态分析的话，必然导向凯泽尔的话域场，与其会合。因为"对立因素之间不可调和的冲突"是怪诞自身形态的呈现，在这一呈现中，对立因素各自所属的意识形态性也都会客观地呈现出来，而读者在观赏、认识这一矛盾的不可调和的冲突时，必然会带着各自欲解决冲突的主观想象，这种主观想象必然渗透着强烈的道德倾向性和特定的文化符码意蕴。因此我们不能同意汤姆森对凯泽尔强调道德宣教的批评。而且当我们用凯泽尔的观点来观照志怪小说与哥特小说，尤其是观照哥特小说时，我们就会感到凯泽尔见解的正确性和精辟性。

　　同样，汤姆森关于怪诞的功能与审美价值的见解，对我们认识志怪小说与哥特小说也极有价值，因此在这里我们仅就其要点做一简介。

一　攻击性与异化

　　汤姆森认为，由于怪诞所特有的那种骤然冲击力，因此它常常被当作一种进攻性武器。人们常常在讽刺、嘲弄、滑稽以及纯粹的攻击性情景中发现怪诞。这种攻击性效果也可以用来迷惑、扰乱读者，使之一反常规地去感觉这个世界，并且产生一种迥然不同的看法。几乎所有的怪诞事例都存在着这一因素。这种效果可以总结为异化。某种熟悉、可信的东西因异化突然变得陌生而混乱，就与怪诞自身的基本冲突和对立因素的浑融有很大关系。突然把现实中熟悉的事物置入一种奇怪的、混乱的场景里，使人看到完全不相同的、互不相容的事物走到了一起，而这些事物本身不会引起人们的好奇。

二　心理效应

汤姆森认为，怪诞具有既能产生释放心理能量又能制造心理紧张性的双重的心理效应。他特别引述介绍了迈克尔·斯泰格对怪诞既解除又产生焦虑这种双重心理效应所作的阐述。斯泰格利用弗洛伊德的禁忌、回归以及儿童期的恐惧等概念，从心理学角度发表了对怪诞的看法。我们引录如下：

> 怪诞含有这样的意思即通过喜剧来处理古怪的事物。具体讲就是：（1）当这一儿童期的材料，首先使人害怕的时候，喜剧技巧，包括滑稽模仿，通过降级或嘲弄来削弱这一威吓；但同时他们也可能通过他们攻击性的含义和通过给这一可怕的外形所添加的陌生而增强这种焦虑。（2）在通常所谓的喜剧性怪诞中，这种喜剧因素以各种形式，通过嘲弄来减少这种带有儿童期特点的威胁；同时，它消除了各种制约并且在前意识阶段使良心或超我上表现的这同一识别能够休止。简而言之，怪诞的这两个极端的类型即显著的威胁性和显著的喜剧性，使我们又回到了童年——一个试图从恐惧中解脱出来而另一个则试图从制约中挣脱出来；但是两种情况下，未解的紧张状态则是他们最大的共同之处，因为这里涉及到心理内部的冲突。[①]

不过，相比较而言，在上述双重心理效应中，汤姆森显然更

① 　A. P. 欣奇利夫、菲利普·汤姆森、J. D. 江普：《荒诞·怪诞·滑稽》，杜争鸣等译，陕西人民出版社 1989 年版，第 205—206 页。

看重紧张性与不可调解性的一面。因此他特意又将此面专设一个要点进一步阐述。并且认为斯泰格对怪诞的心理学定义，不仅符合而且扩展了他自己提出的那个结构性定义。

三　娱乐性

汤姆森认为，如果仅仅把怪诞中的这一严肃形式看作是比其他形式更有价值的话，那就大错特错了。处于天平另一端的那种含有娱乐性的怪诞也完全有理由受到同样的重视。因为这种娱乐性的冲动以及为娱乐而进行的发明创造似乎是所有文学艺术创造中的一个重要因素，但怪诞的文学艺术中的这一因素表现得更为突出，在此对熟悉的现实世界进行破坏和重建，占据了很大比重。还有，那些具有高度创造性、丰富想象力以及强烈实验特征的文学似乎都倾向于怪诞。近代的拉伯雷、斯特恩就是这方面的代表作家，至于现代的实验文学更是充满了这类怪诞。另外，汤姆森还探讨了无意识怪诞的现象。

值得注意的是，汤姆森在探讨怪诞时，还注意区分了它与幻想的差别，并且特别强调了它与现实的联系。也就是说，在他看来，怪诞是介于幻想和现实之间的你中有我、我中有你的一种融合状态，它既不是幻想又离不开幻想，既不是现实又与现实相关。但是在这种融合状态的深处，又分明隐含着一道根本无法弥合的裂痕。正是在这种"矛盾内涵的反常性"中，强烈地显示出"对立因素之间不可调解的冲突"的存在。这也说明在这个方面汤姆森明显受雨果的影响。他说："假如一篇文学本文'发生'在作者所创造的幻想世界里，也根本不想与现实有任何联系，那么怪诞也就无从说起。因为在一个与现实无关的封闭的幻想世界里，你尽可以信口开河。读者一旦意识到自己是在面对这样一个封闭的世界，就会连眼皮也不眨一下地马上接受最离奇的事物，因为没有人要求他非得把这些事物当成真格的。"他还进一步援引格哈德·门星下面的一段话，来说明怪诞的产生与现实的互动性关系：

> 从事幻想作品创作的作家，不管他多么有创造力，他都要把自己的视野投放在非真实（或反真实）的领域。幻想的世界一直是封闭的。它可以在故事的开头加入或是删去一条信息，但是作者和读者之间对故事的发展仍然会有着某种共同的默契。例如，假定有人能够在空中翱翔，我们就可以根据这一假定写一篇幽默、离奇、有神话性质的幻想小说。只要那种叙述视角能够一直保持不变，那么这就是纯粹的幻想。这样一个故事可能变得怪诞，并不是虚构的那种极端离奇性，而是因为不同视角的变换或融合。在幻想这个领域里，怪诞的标志就是幻想与现实之间的有意识的融合。[①]

正如我们在前面"怪诞的表现形态"中所展示的那样，六朝志怪小说与英国哥特小说都是典型的幻想与现实的有意识融合的结果。这既是它们富有怪诞性、浪漫性特征的突出标志，又是中西方作者有意识自觉追求的一种共同目标和表意境界，充分显示了人类在思维方式上具有共通性（通约性）的一面。

其实，对怪诞与真实或者曰幻与真的关系问题的关注，并不限于西方，早在中国明代的批评家和作家那里，同样备受关注，并多有论述。例如，谢肇淛在《五杂俎》中就十分重视怪诞，对"近来作小说，稍涉怪诞，人便笑其不经"[②] 的现象颇不以为然。他以"曼衍虚诞"的《西游记》为例，指出它"虽极幻妄无当，

---

① 菲利普·汤姆森：《论怪诞》，孙乃修译，昆仑出版社1992年版，第32页。
② 谢肇淛：《五杂俎》，转引自黄霖、韩同文选注《中国历代小说论著选》（修订本）上册，江西人民出版社2000年版，第168页。

然亦有至理存焉"①。谢肇淛敏锐地发现，"怪诞"中"有至理存焉"，的确是精辟之论，在当时也是振聋发聩之语。睡乡居士（不详）在《二刻拍案惊奇序》中，对《西游记》怪诞中的真实也作了充分肯定：

> 即如《西游记》一记，怪诞不经，读者皆知其谬。然据其所载，师弟四人，各一性情，各一动止，试摘取其一言一事，遂便暗中摩索，亦知其出自何人，则正似幻中有真，乃为传神阿堵，而已有不如《水浒》之讥。岂非真不真之关，固奇不奇之大较也哉！②

文学家袁于令在《西游记题辞》中，对小说创作中的"幻"与"真"的关系更是作了大胆而精辟的阐述：

> 文不幻不文，幻不极不幻。是知天下极幻之事，乃极真之事；极幻之理，乃极真之理。故言真不如言幻，言佛不如言魔。魔非他，即我也。③

袁于令通过《西游记》的创作实践，总结出了小说创作的虚构内涵和原则。他强调"文不幻不文"，"极幻之事，乃极真之事；极幻之理，乃极真之理"，就是要突出小说创作离不开"极幻"，没有"极幻"，就不成其为创作。表面上看，这种强调似乎

---

　　① 谢肇淛：《五杂俎》，转引自黄霖、韩同文选注《中国历代小说论著选》（修订本）上册，江西人民出版社 2000 年版，第 167 页。

　　② 睡乡居士：《二刻拍案惊奇序》，转引自丁锡根编著《中国历代小说序跋集》中册，人民文学出版社 1996 年版，第 789 页。

　　③ 袁于令：《西游记题辞》，转引自黄霖、韩同文选注《中国历代小说论著选》（修订本）上册，江西人民出版社 2000 年版，第 278 页。

过于偏激，但他并非仅仅在一味追求失去现实生活基础的"极幻"，而是明确要求寓"真"、寓"理"于"极幻"，因此他理解并追求的"极幻"，是有"真"有"理"的"极幻"。"极幻之理，乃极真之理"，就道出了"幻"与"真"中的"情理"关系。而且，我们还要注意到袁于令"魔非他，即我也"的看法。这种"魔"即"我"的看法，再一次彰显了怪诞中不可缺少的人情物理的要素。

我们从理论层面了解了怪诞的内涵及其审美属性后，再来观照一下六朝志怪小说与英国哥特小说的审美价值。以往我们对六朝志怪小说与英国哥特小说重视不足，研究不够，从思想认识上说，就是认为它们是"反常的"、"不自然的"、"怪诞的"、"虚幻的"、"滑稽的"、"好笑的"东西等等，有些内容甚至是无聊的、消极的糟粕。然而，我们所以视怪诞为反常性，乃是基于它与我们的经验世界的背离和不容。怪诞的东西在任何时候都是在现实的观照下，或者说与现实相联系时，才能显出其怪诞的特质。文学里表现的怪诞亦然。正如前面已引述过的："假如一篇文学本文'发生'在作者所创造的幻想世界里，也根本不想与现实有任何联系，那么怪诞也就无从说起。"[1] 因此，当人们渐渐开始辩证地意识到，怪诞中还含有一定的现实和真理的成分时，便不再将怪诞纯粹归之于幻想性的，甚至是无意义的存在，而是一种"有着矛盾内涵的反常性"，是对某些"对立因素之间不可调解的冲突"的隐喻。正是由于怪诞这种格外刺人眼目的"反常性"，显示出一定的"矛盾内涵"与"冲突"，且这种"矛盾内涵"与"冲突"和人及其生活的现实世界密切相关，才获得了重要的审美价值和意义。

我们在前一节中，主要从类型学的角度考察了六朝志怪小说

---

① 菲利普·汤姆森：《论怪诞》，孙乃修译，昆仑出版社 1992 年版，第 32 页。

与英国哥特小说怪诞的表现形态，这里将着重探讨它们如何将怪诞与现实两者有机相融，进而显示"矛盾内涵"与"冲突"的机制问题。

寓幻于真和寓真于幻，是六朝志怪小说与英国哥特小说将怪诞与现实有机相融的两种常见的模式。金圣叹在评《水浒传》第四十九回时曾说作家运笔的特点是："欲赋天台山，却指东海霞，真是奇情恣笔。"六朝志怪小说与英国哥特小说在将怪诞与现实有机相融的过程中，就常常表现出这种"奇情恣笔"的叙事艺术特征。它唤起了读者更为强烈的好奇心，拓展了更为丰富的想象空间，从而产生了"山重水复疑无路，柳暗花明又一村"的叙述张力和审美效果。

寓幻于真。六朝志怪小说与英国哥特小说作为鬼怪类小说，其呈现出来的浓郁的怪诞色彩，究其原因，在很大程度上是因作者在叙事状物过程中熔怪诞与现实于一炉所致。人鬼交往本身，就是一边联系着现实，另一边沟通着超现实。所谓寓幻于真，就是在"真"的表层结构下面寄存、维系着一个"幻"的深层结构，或者说它是假借"真"的外壳描叙怪异之事，是将幻想与虚构的东西借助于或者通过真实存在的方式展示出来的，其核心或者价值所在是"幻"，也就是怪诞。换言之，这个"幻"的表现构成了作品的中心意旨。当然，这个"幻"又是对人类生活本质真实的巧妙折射，是对人类心理结构中共性追求的隐秘表达。这种本质真实的表达，具有超越时空、跨越民族种族界限的恒久性和稳定性。于是，这种表达也就自然能够进入人类审美活动的视域范围内，而具有了独特的审美价值和认知意义。在志怪小说和哥特小说中，寓幻于真的具体表现在于：作品是一气呵成的浑然整体，情节连贯，彼此间不能切割。怪诞奇幻的东西完全被作者作为俨然真实的存在现象而栩栩如生、活灵活现地展示在人们面前，"其人其事近在耳目间、实实在在，而又渺渺茫茫，实中见幻，平中见奇，给人一种虚幻性的现实感"。① 这一类写法的代表作有《搜神记》中的《紫玉》、《王道平》、《卢充》等；《搜神后记》中的《伯裘》、《徐玄方女》等；《幽明录》中的《刘晨阮肇》、《黄原》、《洛中洞穴》等；《冤魂志》中的《孙元弼》等。

《紫玉》② 是六朝志怪小说中描写爱情的经典名篇之一。紫玉与韩重钟情相爱，因横遭父亲吴王的阻拦抑郁而死，韩重游学归来，"哭泣哀恸"，"往吊于墓前"。紫玉鬼魂竟"从墓出"，"要重还冢"，"留三日三夜，尽夫妇之礼"。之后，依照玉魂吩咐，韩重携所赠之物，向吴王报告此事，不料身获"造讹言"、"玷污亡灵"、"发冢取物"之罪。玉知此事，便至家中，跪对父王说明原委，母亲悲喜交集，"出而抱之，玉如烟然"。小说中韩重哭冢前的情节描述是写实的，令人信服的，其后的情节发展无疑是怪诞幻异的。"玉如烟然"使读者感受到了一种强烈的虚幻氛围。小说所以显得奇谲幻异，就在于作者是把后一幕根本不可能发生在人类现实生活中的场景，完全当作一种真实存在加以表现的。韩重哭冢竟使恋人死而复生走出坟墓，并且韩重入墓与紫玉鬼魂悲叙生离死别之情，倾诉坚贞永恒之爱，柔情缱绻，三夕欢会，感人至深，荡气回肠；之后韩重与紫玉还能自由出入墓穴等，不是现实胜似现实，奇幻与真实的交融，简直让人真假难辨。这种怪异的设计，从根本上说是作者自觉虚构创造的结果，即使认为六朝时期的志怪作者是将鬼神故事当作"真实的故事"来叙述，"但是当叙述本身成为一个持久性的行为时，它就和'真实'拉开了距离，而这一持久性行为的心理依据就潜藏在'真实的故

① 李剑国：《唐前志怪小说史》，南开大学出版社 1984 年版，第 357—358 页。
② 李剑国：《唐前志怪小说辑释》，台湾文史哲出版社 1995 年版，第 283—285 页。

事'背后，沉淀为故事的结构和某些要素。"① 而且，小说情节前后连贯，因果关系分明，缺一不可，它们是一个不容分割的逻辑整体。如果删掉后面的情节，那么留下来的部分充其量不过是一个一般的平庸的爱情悲剧故事，而它所真正要表达的对传统婚姻道德伦理樊篱的挑战与冲击、对自由真挚始终不渝爱情的大胆追求的顽强执著精神将丧失殆尽，因此而带给读者的心灵震撼力和艺术魅力也将大打折扣。故而正是这段不同寻常的怪异情节构成了小说的重心所在，小说所要表达的最重要的思想蕴涵全寄寓其中，而前面的情节则只是后续情节进展必要的背景交代。有了这一背景交代，其后所发生的一切也才有所依傍，人们才可以对这段远远超出自我生活经验世界的超现实事件加以诠释和认知，也让人真实地感到了紫玉对自由爱情的追求和这种追求被吴王阻挠而实际上不能实现之间的不可调和的矛盾内涵与悲剧冲突。这种不可调和的悲剧冲突，只有在怪诞的世界里以幻想的方式加以解决。这种解决凸显了对熟悉的现实世界进行破坏和重建的努力。这种解决的结果，也必然使原本熟悉、可信的世界因环境的某种压力发生异化而突然变得陌生、疏离，进而唤起人们对其中原因的思索。

同样，《瓦塞克》和《弗兰肯斯坦》也是典型的寓幻于真的哥特小说。若从情节演进的层面看，《瓦塞克》可主要分为三大场景：（1）瓦塞克王国的场景，这其实是一个地上世界；（2）法克雷丁酋长王国的场景，借小说中小矮人的歌词，这是一个"山顶"世界；（3）地狱王国的场景，这是一个地下世界。瓦塞克是贯串这三大场景或者三个世界的中心主人公，而使瓦塞克导向法克雷丁酋长王国和地狱王国的，则是那位神秘印度人的召唤（这

① 童庆炳、程正民主编：《文艺心理学教程》，高等教育出版社 2001 年版，第219 页。

个神秘的印度人就是诱惑瓦塞克的魔鬼），这一召唤正好契合瓦塞克渴望通过神奇冒险满足追求权势、霸占财富的贪婪和野心。这三大场景的突出特征可以一个"幻"字来概括。作者在这部作品中是如何寓幻于真的呢？首先，小说的副标题"一个阿拉伯的传说"（An Arabian Tale），已明确告诉读者，小说所叙的是一个传说。但作者在具体描写这个传说过程中却是以实有之事的面貌来呈现的。"瓦塞克是阿巴西帝斯族的第九代哈里发。他是莫塔塞姆的儿子，哈龙·阿里·拉什德的孙子。"[①] 小说开头的介绍一下子就把读者带到一种特定的真实环境中。瓦塞克作为暴君所具有的贪婪、残暴、野心以及为达到目的不择手段的性格展示，都令人感到不容置疑的真实性。但他另外的一些特征及行为表现又显现出怪诞性。例如他发怒时，其中一只眼睛射出的光无人敢正视，因为凡是不幸接触到这一可怕目光的人，不是失魂落魄，便是当场气绝身亡。为搞清楚神秘印度人送给他的剑上所刻的古怪的变化无常的文字，他焦虑烦躁，竟患上口渴症。于是便经常发生这样滑稽可笑的一幕："尽管那些大臣争先恐后地把接满的泉水不断地送给瓦塞克，也还是满足不了哈里发的干渴，最后他干脆爬到泉边，撅起屁股，把嘴直接伸到水里狂饮不止，像永远不解渴似的。"[②] 当被告知那柄神奇之剑和其他珍宝均来自于一个叫伊斯塔卡尔城的地方，更加刺激了他对神秘事物的追求，占有欲也随之不断膨胀。于是他受神秘人的诱惑，率众开始向那个神奇处所进发。终于历经暴风雨的侵袭和野兽的肆虐后，瓦塞克一行在高耸入云、笔直陡峭的悬崖边，被两个小矮人迎进酋长王国，即"山顶"世界。

这是一个在整体上属于怪诞的世界，显示了作者大胆神奇的

---

①   William Beckford, *Vathek and Other Stories*, Pickering Limited, 1993, p. 29.

②   Ibid., p. 37.

虚构创造天才。在这里，无论瓦塞克往哪里走，看到的都是"盲人、半盲的人、没有鼻子的精明人、没有耳朵的少女"。"盲人们手拉手摸索着往前走；瘸子们也彼此搀扶着，艰难走过来；那些缺胳膊少腿的人相互用仅有的一只手臂打招呼。一道瀑布的旁边聚集了一群聋子，其中有从缅甸的勃固来的，他们的耳朵硕大而好看，但毫无用处。还有许多驼背、歪脖的人，甚至还有头上长着光亮的尖角的怪人。可谓千奇百怪，应有尽有。"[①] 作者还用幻异之笔描叙人物"幻"的特征，例如写酋长之女努隆尼哈时，说"她的踪迹就像克什米尔山间稀有的蓝蝴蝶一样，飘忽不定，富于变化，难以捉摸"。[②] 连瓦塞克身边的大总管也说，这个山顶世界里住的女人都是有美丽女人外形的魔鬼[③]。事实上，努隆尼哈就是一个女魔鬼，而且有意勾引瓦塞克，使瓦塞克疯狂地爱上她，遂又有怪异的人魔（鬼）之恋。地狱场景的描写更是作者幻异笔法营造出来的超自然的恐怖世界。这幻异之笔首先突出表现在地狱世界与现实世界的相连通上。在叙述者看来，地狱入口就在山谷最里边的群山之巅裂缝处，通往下面的路由光滑的大理石阶梯组成，一直延伸到深渊之底。在每一个台阶上都插有两根火把，火光闪闪，冒出的烟气在洞穴的拱顶下面缭绕，形成一团乌云。其次，地狱里人人像水晶透明的心口里，都有一团火围着心脏无情地燃烧着。总之，《瓦塞克》借人之外形与人之情感、心理、感受等的"真"大写幻异之事，瓦塞克与神秘印度人的关系以及由此演绎出的人魔（鬼）恋爱等一系列幻诞之事，无疑都是幻笔所致，并构成了小说的主要内容。人物从"地上世界"自然进入缥缈的"山顶世界"，再自然进入虚无的"地狱世界"，情

---

① William Beckford, *Vathek and Other Stories*, Pickering Limited, 1993, p. 64.

② Ibid., p. 65.

③ Ibid., p. 63.

节也由幻——大幻——极幻，幻中寓真，真真幻幻，前后浑然天成，构成一个因果分明的逻辑整体。这一逻辑整体以极为怪诞的方式，通过国王瓦塞克贪欲的无限膨胀、永远难填与痛感人世间财富权势的有限匮乏之间的矛盾冲突，嘲讽了利令智昏的瓦塞克欲攫取超自然世界的狂妄与尊大，正昭示了小说结尾的那段话："哈里发瓦塞克为了攫取他不应获得的权势，终于犯下滔天罪恶，落了个永堕地狱、遭受烈焰熬煎的悲惨下场。"① 该小说的怪诞背后对贪欲毁灭人性的理性思索，无疑具有强烈的现世意义。

《弗兰肯斯坦》是西方小说史上第一部真正具有科幻性质的哥特小说，因此较之《瓦塞克》的怪诞，《弗兰肯斯坦》有过之而无不及。在人魔（鬼）故事里，这部作品也算是最阴郁、最惨烈的一部。《弗兰肯斯坦》所表现出的最不可思议的怪诞之处，就是科学家弗兰肯斯坦与他创造的魔鬼之间不可调和的矛盾冲突。绝对不可能发生的理性认知与耳闻目睹的感性认知之间的紧张关系和强烈错位，构成了该作品鲜明的怪诞风格。而作品讲述的这个故事所依托的真实，主要是人物心理世界的真实。在这一真实的心理世界的框架下，一个被编织、虚构得极为天衣无缝的真实的假故事就这样诞生了。在小说中，叙述者沃尔顿是把自己所亲历的最奇异而痛苦的这个事件作为真实事件记录下来的，他后来一再强调"我们遇到了如此奇怪的一件事"。显然，这里的"我们"，明确无误地是指包括"我"在内的其他船员都知道这件奇怪的事，而"我"作为目睹者和见证人，只不过是"没法制止自己把它记录下来"罢了。并且他在信里还一再向姐姐交代，他所记录给她看的内容，当事人弗兰肯斯坦"在不少地方亲自作了

---

① William Beckford，*Vathek and Other Stories*，Pickering Limited，1993，p. 97.

修改和补充"，目的是"不愿流传于后代的是个残缺不全的东西"①。应该说，当事人的"修改和补充"与目击者的参与，已经足以让那位没有出现在作品中的远在家乡的姐姐相信该事的真实性。但是，尽管如此，当叙述者向他的姐姐讲述了这个故事后，潜意识里还是觉得姐姐对此可能依然表示怀疑，所以他又特别郑重指出："他（指弗兰肯斯坦——引者注）的故事情节连贯，叙述的时候就像在讲朴素的事实；不过我得承认，不管他讲得多么诚恳而有条理，他给我看的费利克斯和沙菲之间的通信，以及我们从船上看到的那个怪物的身影，比他的自己所声称的更令我确信那是事实。这样看来，真的有这么一个怪物了。我无法怀疑这一点；不过我还是惊讶和感叹得难以自持。"②这里值得注意的是，作为故事接受者和部分事实见证人的"我"，一方面声称弗兰肯斯坦在"叙述的时候就像在讲朴素的事实"，自己也确信"那是事实"，"我无法怀疑这一点"，然而另一方面却又掩饰不住自己复杂矛盾心理地认为"我还是惊讶和感叹得难以自持"。这种叙述上的含糊、矛盾、对立态度所造成的感官认识上的非幻似幻、似幻非幻的迷离效果，正是"隐含作者"幻笔巧妙运用的结果，也是产生不可抵御的情节魅力之所在。"隐含作者"出于真实感的考虑，更特意安排了沃尔顿奇遇怪人并与怪人面对面谈话的场面，从而不仅亲耳聆听了从怪人口中自述的他与他的创造者之间发生的故事及其所犯罪行，而且又进一步确证了弗兰肯斯坦讲述的可靠性。当"我"看到怪人从船舱的窗口跳出去，被波涛卷走，消失在黑暗的远方的时候，心里该有何感想呢？那位远在千里之遥的姐姐如若读到这里，是否还心存疑窦呢？小说在这里

---

① 玛丽·雪莱：《现代普罗米修斯》，伍厚恺译，四川人民出版社 1997 年版，第 203 页。

② 同上书，第 202 页。

戛然而止，给读者留下了一个巨大的谜团和"未定点"，等待着读者去解谜、去判断……这就是在怪诞情节的设置上所显示出来的叙事者的匠心独运。

值得一提的是，第一人称叙事视角的成功运用，也是增加《弗兰肯斯坦》怪诞色彩的重要因素之一。因为原本怪诞的故事经第一人称视角讲出，就不太像小说，倒更像是真实的生活经历，但读者的理性往往又马上会质疑这种"像真实"。它们之间形成的张力关系，必然导致作品更加强烈的怪诞感。塞米利安在分析亨利·詹姆斯的小说《拧螺丝》时，讲过一段十分精彩的话，也许有助于我们从一个角度来认识《弗兰肯斯坦》这部第一人称作品中的怪诞，故引录于此：

> 詹姆斯没有必要去证实这个年轻女人是否真正看到了这些鬼，她从自己有限的知识出发讲了这个故事，事件被抹上了她个人的情感色彩。只要故事是从她的角度来写的，我们就只能接受她对自己经历的解释。假如她说那些是鬼，那只是她认为是鬼，这是非常重要的。而读者勿需接受她的解释。对读者来说，那可能不是鬼，他可以对事件提出自己的评价，他可以说那是歇斯底里的幻觉，或者以其他什么理论来加以解释。詹姆斯使故事获得了多义性，从而导致对它的不同解释。可以说，多义性是所有鬼的故事的一个组成部分。[1]

寓真于幻。就是在"幻"的表层结构下面寄存、维系着一个"真"的深层结构，其核心或者价值所在是"真"而不是"幻"。

---

① 塞米利安：《现代小说美学》，宋协立译，陕西人民出版社1987年版，第56页。

换言之，这个"真"的表现是作品的中心意旨。其中"幻"的成分只是作为事件氛围的烘托或者节外生枝式的夸张演绎而存在，它是在叙述真实事件时又时时加以幻异的笔法，目的是为了增加作品的可读性和趣味性，吸引读者的注意力，激发读者活跃的想象力，进一步彰显深化主题，获得作者所期待的震撼人心的艺术感染力和强烈的艺术效果。例如，《搜神记》中的《三王墓》、《韩凭夫妇》，《幽明录》中的《买粉儿》等作品是这一类写法的代表作。《韩凭夫妇》①采用的就是寓真于幻的写法。它明显分为两部分。在第一部分中，作者完全是以写实笔法来写的，而且这是一个生活中完全可能发生的真实故事，没有人不相信。韩凭妻何氏，美丽贤淑，身为国君的宋康王竟无理将其霸占。韩凭因"怨"被"囚"，自杀身亡，何氏也因悲愤"遂自投台下"，殉情而死。何氏死前留下遗书，"愿以尸骨赐凭合葬"。然而康王恼羞成怒，不愿成全这对恩爱夫妻，故意"使里人埋之，冢相望也"，且恶毒说道："尔夫妇相爱不已，若能使冢合，则吾弗阻也。"故事写至此，似乎也可以结束了。不过，试想一下，作品如果就此打住，那还何幻之有！那还叫志怪小说吗？于是作者笔法陡转，形成作品的第二部分，即充满奇思妙想的怪异场景："宿昔之间，便有大梓木生于二冢之端，经日而大盈抱，屈体相就，根交于下，枝错于上。又有鸳鸯，雄雌各一，恒栖树上，晨夕不去，交颈悲鸣，音声感人。"这一夸张幻笔，实际上是作者在故事结束后添加的一笔，虽然无人相信它的真实性，但就其获得的艺术效果而言，却不仅使作品染上了浓郁的浪漫主义幻异色彩，而且有力地彰显了作者强烈爱憎褒贬的思想倾向和极其美好的主观愿望。

在英国哥特小说中，《奥特朗托城堡》和刘易斯的《修道士》

---

① 李剑国：《唐前志怪小说辑释》，台湾文史哲出版社 1995 年版，第 247 页。

是典型的寓真于幻的作品。《修道士》中虔诚献身上帝的安布罗斯因禁不住情欲的诱惑而沉沦堕落，犯下强奸杀人的重罪。就这一故事本身，其真实性不可怀疑，在现实生活中，它是一件完全可能发生的事，尤其在西方宗教社会环境下具有高度的典型性。小说着力要表现的是故事层面的"真"，这是小说的价值核心。一切都在围绕着这个"真"来演绎。在故事真实性的基础上，又充满着许多怪诞的描述。滴血修女的故事与马蒂尔德的故事就是其中最著名、最精彩、最典型的怪诞篇章。小说出版后，曾遭到英国著名诗人、批评家柯勒律治的尖锐抨击。他认为《修道士》是"对上帝的亵渎"，意味着"道德的堕落"，是一部"完全不适合读者阅读的作品"，因为"它对善良的年轻人是一剂毒药，而对放荡者则能挑逗起他们的淫欲"[1]。但他在尖锐批评的同时又不得不承认，"滴血修女的故事是一个真正恐怖的故事"，而"马蒂尔德这一人物形象——诱惑安布罗斯的主要代表，向我们显示了作者的杰出创造"。[2] 柯勒律治所以称滴血修女故事恐怖，马蒂尔德形象是一个杰作，从描叙的角度看，她们正是作者怪诞笔法创造的结果。这也是柯勒律治认为《修道士》想象丰富、热烈、强有力的重要原因。[3]

　　滴血修女的故事是雷蒙德自述其真实经历时连带出来的一则小故事，换言之，它是交织、融汇在雷蒙德一段难忘经历中的插曲。作者描写这一故事的怪诞笔法集中体现在滴血修女深夜恐怖活动的具体呈现上。她被情人杀死后，由于尸骨未被埋葬，她那

---

[1] Markman Ellis, *The History of Gothic Fiction*, Edinburgh University Press, 2000, p. 110.

[2] S. T. Colerige, *The Blaspheny of the Monk*, Victor Sage ed., The Gothick Novel, The Macmillan Press, 1990, pp. 39—40.

[3] Markman Ellis, *The History of Gothic Fiction*, Edinburgh University Press, 2000, p. 110.

不息的灵魂便继续住在城堡。她依然身着滴着血的宗教衣服，一只手攥着带血的匕首，另一只手拎着照路的灯，沿着城堡徘徊游荡，"拱顶的房子里回荡着刺耳的呻吟……嘴里唠唠叨叨，语无伦次，混杂着祈祷和亵渎神明的言词……"① 更为奇幻的是，正是这个滴血修女，居然神秘莫测般地闯入雷蒙德和阿格尼丝的生活世界，并打乱他们预定的出逃计划。由于雷蒙德不明真相，深夜误把冲向他的滴血修女当成假扮滴血修女的阿格尼丝，并热切地说"你是我的！我是你的！"因此后来雷蒙德不断在夜晚遭到修女的骚扰。多亏一位陌生人施魔法制服修女，并将她的身世告诉雷蒙德。雷蒙德答应修女的要求，把这个是他祖父的祖姑母的裸露在外的腐烂尸骨埋葬在他们家族的墓地，滴血修女的恐怖故事才告结束。如果从作品中删去这一情节，作品的完整性和主题的表达并不会受到损害（当然该故事所蕴涵的对修道院压抑人性以及因纵欲导致犯罪的双重遣责又与作品的大主旨相呼应），只是作品的现实性因素会加强，而奇幻性和恐怖性的特点将会遭到削弱。因此，这个故事的作用主要在于将超自然现象与可信的现实融在一起，增加作品的神秘奇幻色彩和强烈的恐怖效果，强化作品的阅读吸引力。不过，我们也不能忽视另外一个问题，即这个故事一旦删去，就会影响到作品的结构，也就是说，作品的结构会因该故事的不在而引起相应的变化。例如，假如不是因为真滴血修女的骚扰，雷蒙德就会带着装扮成假滴血修女的阿格尼丝成功出逃，这样一来自然也就不会再有发生在圣克莱尔女修道院阴暗残暴一面和阿格尼丝在地牢墓穴受难的描写。

作者描写马蒂尔德故事的怪诞笔法主要体现在这一人物的"人"与"魔"性质的交叠上。她本是女魔，先女扮男装进入修道院，继而向安布罗斯谎说自己的不幸经历与爱情痛苦，后在关

---

① 刘易斯：《修道士》，李伟昉译，上海译文出版社 2002 年版，第 129 页。

键时刻救安布罗斯性命，遂与安布罗斯演绎了一幕奇异而动人的人魔之恋。作者在她身上既表现了作为人间女子温柔美丽的一面，又表现了魔鬼超能可怕的一面。马蒂尔德还是情欲的象征，正是这个情欲，既成全了安布罗斯，同时又毁灭了安布罗斯。因此在马蒂尔德身上既体现着不可抗拒的诱惑力，又体现着深不可测的恐怖性。如果仅就这一形象本身说，体现的是寓幻于真的写法，而就作品整体看，体现的仍是寓真于幻的特点。

当然，《弗兰肯斯坦》的幻中所蕴藏的真，迄今还给人以深刻的警示性，让人始终不敢忘却。这一内容将留在第四章主题论中展开。

总之，无论是寓幻于真还是寓真于幻，都是要将怪诞与现实有意识地结合起来，只是侧重点有所不同而已，但这分明的两极经艺术的处理已浑融为一个逻辑整体，你中有我，我中有你，相互依存，缺一不可。英国哥特小说与六朝志怪小说所展示的"怪诞的世界是——也不是——我们自己的世界。怪诞之所以使我们感到模棱两可，不能明确地肯定它的性质，是因为我们意识到，我们熟悉的，并且似乎是和谐的世界在某种无形的力量的冲击下变得陌生了。莫名其妙的力量破坏了这个世界，粉碎了它的统一性"。[①] 由此，英国哥特小说与六朝志怪小说创作获得了将人的生活理想与情感世界转移、寄托、融进鬼怪幻想，并借鬼怪幻想来折射人的心理的动机。它们借鬼怪幻想共同展示了人在现实困境中难以如愿的种种情感和欲望，渴盼在幻想中重建那个被破坏了的令人神往的伊甸园，并从根本上复原其统一性。鬼怪故事，本质上就是人类愿望的幻想满足，就是"解决现世具体问题的一

---

① 沃尔夫冈·凯泽尔：《美人和野兽：文学艺术中的怪诞》，曾忠禄、钟翔荔译，华岳文艺出版社1987年版，第29页。

种策略"①。对此,黑格尔作过精彩的论述。他认为,将神性实体化的第一步,就是把神分化为许多独立自足的个体,让它"也显现为现实中的人,和尘世的事物直接交织在一起";然后让"神性的东西在它的有定性的显现和现实存在中,一般都显现在凡人的感觉、情绪、意志和活动里",使神具有人性的"个别性相"。"从此,人的全部心情连同一切感人最深的东西,人心里面的一切力量,每一种感觉,每一种热情,以至胸中每一种深沉的旨趣——这种具体的生活就形成了艺术的活生生的材料,而理想也就是这种生活的描绘和表现。"②

同时,鬼怪这个充满了艺术虚构的想象世界,又是满足人类与生俱来的渴望,探究未知领域的强烈好奇心的需要。只要这种需要存在,鬼怪小说也永远不会消失。威廉斯在论及鬼怪小说时就曾深刻地阐明过人的这一本质需要:"对于鬼怪学的兴味,当然是已经根深蒂固,不能破除了。第一种原因,是因为凡是哲学所不能探究的现象很容易把一个人的思想引诱到超自然方面去。他的观察宛如隔了一片玻璃,只是黑黝黝的不能清楚。正如小泉八云所说,宇宙的本体便是一个鬼怪般神秘的东西,人们为好奇心所动,而这种好奇心是不能用科学方法来满足的。于是结果就发生了冲破黑暗和解决神秘的决心。这种求知的欲念,便产生一个超自然的世界。"③

满足人类在现实困境中难以如愿的情感和欲望,满足人类与生俱来的渴望探究未知领域的强烈好奇心的需要,正是英国哥特小说与六朝志怪小说的创作通则,也是其作为小说艺术殊途同归

① 葛兆光:《中国宗教与文学论集》,清华大学出版社 1998 年版,第 28 页。
② 黑格尔:《美学》第 1 卷,朱光潜译,商务印书馆 1984 年版,第 224—225页。
③ 布伦奇·威廉斯:《短篇小说作法研究》,张志澄编译,上海商务印书馆 1934年版,第 184—185 页。

的真谛。因此，它们都获得了经久不衰的艺术魅力和意味深长的审美价值。

第 三 章

情节论(下)：恐怖

前已谈到，怪诞是英国哥特小说与六朝志怪小说情节的一大特征。但是，作为鬼怪小说的哥特小说与志怪小说，在情节上不仅表现为怪诞特征，还表现为氛围营造的恐怖上。可以说，恐怖，是哥特小说与志怪小说共有的一种性质，阅读此类作品，我们分明能感受到这种性质。不过，它们在恐怖的总体效果及强弱程度上的差异，也是显而易见的。相比较而言，前者恐怖氛围浓重强烈，后者则较显微弱。

英国哥特小说给人最强烈的印象和感受之一就是恐怖。这种恐怖，根源于事件的过程和结局，并且，这种恐怖不是局部的，而是弥漫于作品的各个方面，是作品的主色调。事件本身的恐怖、事件发生的场景氛围的恐怖等，都决定了哥特小说又是恐怖小说。克里斯蒂瓦在分析塞利纳的作品时，曾这样说过："塞利纳的叙事是痛苦的叙事，恐怖的叙事，这不仅是因为其中的'主题'是这样，而且因为整个叙述立场似乎被一种需要控制着，一种穿越卑贱的需要，而卑贱的痛苦是隐秘的那一边，卑贱的恐惧是公众的面孔。"[①] 哥特小说就是典型的被恐怖、痛苦所紧紧控制着的叙事。这种作为一大美学范畴来追求的恐怖，带给人的不

---

① 朱莉娅·克里斯蒂瓦：《恐怖的权利》，张新木译，三联书店 2001 年版，第197－198 页。

仅是感官的恐怖，也是思想的恐怖，且"思考得愈多，愈觉得那危机重大而深远。这里是一种延续不断的惊恐，它的美学价值不在于自我释放的快感，而在于它那绵延不断的思考"。① 我们这里探讨的四部英国哥特小说都具有这种特质，它们所展现出来的世界，是一个个让人毛骨悚然的血淋淋的恐怖世界，充满了暴力、凶杀、乱伦、强奸、贪欲等各种邪恶。

作为"杰出的'恐怖故事'的开拓者"②，瓦尔普在其《奥特朗托城堡》这部著名的哥特小说中，就讲述了这样一个恐怖故事：小说主人公曼弗雷德，为了牢牢控制住其祖先用谋杀手段篡夺的城堡和爵位，先是安排儿子与维森萨侯爵的女儿伊莎贝拉结婚，以延续后嗣，保持继承权。不料，儿子在婚礼举行前被巨大头盔意外砸死，计划落空。但曼弗雷德为了守住财产和权位，竟不顾道德伦理礼义廉耻，要遗弃妻子，强迫儿子的未婚妻嫁给他。伊莎贝拉不从逃跑，曼弗雷德凶狠追杀，结果误杀女儿，人、财、权尽失。

贝克福德在《瓦塞克》中，描写国王瓦塞克为了急于让奇异的印度人带其进入地下宫殿，享有无尽的奇珍异宝，竟然要满足他喝五十个小孩的血的残忍要求，为此实施血腥的祭献，将五十个活泼无辜的孩子一个个推入深渊。他的种种丧尽天良与泯灭人性的残暴行为，简直让人瞠目结舌！满载贡品前来朝拜哈里发的几位老者恳请瓦塞克屈尊访问他们的教堂，却也竟遭非人折磨。这些人被紧紧捆绑在驴背上，然后猛抽驴子的屁股，使它们惊跳狂奔，相互撞击。结果连人带驴跌在地上，有的人摔断了胳膊，有的人撞断了大腿，还有的人碰碎了牙齿。呻吟和哀号声不绝于

---

① 应锦襄等：《世界文学格局中的中国小说》，北京大学出版社 1997 年版，第127 页。

② 沃尔夫冈·凯泽尔：《美人和野兽：文学艺术中的怪诞》，曾忠禄、钟翔荔译，华岳文艺出版社，第 75 页。

耳，其惨无比。但瓦塞克竟对这一幕恐怖的场面开心至极![①] 相比之下，他的母亲王太后更有过之而无不及。她施魔法让高塔周围燃起巨火，不明真相的臣民纷纷赶来救火，却皆被她杀害献祭，变成最稀奇的美味佳肴，供国王食用。作者用极具夸张的手法描写这血腥恐怖的悲惨一幕，显示了对国王及王太后暴虐无道与社会的黑暗丑恶的愤怒控诉。小说结尾，作者让瓦塞克在地下宫殿"经历了一次典型的哥特式的认识变化：贪欲使他永远被固定在不息的烈火燃烧心脏的位置上"。[②]

刘易斯的《修道士》讲述了一个更为惊心动魄的关于野心、暴力、乱伦和凶杀的恐怖故事。原本善良正直、信守誓约的虔诚圣徒安布罗斯终于经不住美女马蒂尔德的情欲诱惑，不仅占有马蒂尔德，而且为了霸占纯洁无邪的姑娘安东尼娅，不惜残杀其母，最后又将安东尼娅奸杀。殊不知，他残杀的这两个人，一个是她的母亲，一个是他的妹妹！面对如此扭曲变态的杀人恶魔，真令人毛骨悚然，惊恐万分。

玛丽·雪莱的《弗兰肯斯坦》更加骇人听闻，其支撑性因素就是焦虑、惊恐和骚扰迫害[③]。作者在 1831 年小说再版序言中也声称，她创作这部小说的意图是为了唤起恐怖[④]。小说中的同名主人公怀着探索生命奥秘、展示世界奇迹的勃勃雄心和良好愿望创造了一个"人"——怪物，这个形体丑陋、面目狰狞的怪物由于得不到人类的理解和接纳，处处遭歧视，转而要求他的创造者为他再造一个异性同类做伴侣。已为此后悔不安的弗兰肯斯坦

　　① William Beckford, *Vathek and Other Stories*, Pickering Limited, 1993, p. 88.

　　② Lan Duncan, *Modern Romance and Transformations of The Novel : The Gothic*, *Scott*, Dickens, Cambridge University Press, 1992, p. 33.

　　③ David Punter ed., *A Companion to The Gothic*, Blackwell Publishers Ltd, 2000, p. 58.

　　④ Ibid.

深恐自己的行为会给人类带来灾难，遂坚决拒绝。愤怒和绝望的怪物开始对弗兰肯斯坦实施复仇：先是掐死他的弟弟威廉，并嫁祸于于斯丁姑娘，使她背负凶手罪名无辜被绞死；接着又杀死弗兰肯斯坦的好友克莱瓦尔；后在弗兰肯斯坦的新婚之夜再将新娘伊丽莎白杀害；弗兰肯斯坦的父亲也终因经受不住家中屡屡发生的惨案的打击伤心而死；而弗兰肯斯坦也在饱受巨大的精神折磨和极度的痛苦之后，成为怪物的最后一个牺牲品。《弗兰肯斯坦》的故事始终充满着恐怖与惊险、暴力与凶杀，一个个无辜者的鲜血压抑得我们透不过气来，恍如置身于一个杀人的非理性世界。

因此，我们说，哥特小说不仅是名副其实的鬼怪小说，而且是典型的恐怖小说。

而就六朝志怪小说整体而言，我们显然不能认为它是恐怖小说。它主要是以人情味而不是以恐怖为审美特征。因为诸多志怪小说虽在"志怪"，描写各种变幻骇人、意态奇诡的怪象，但并不本质恐怖，相反是以饶有人情妙趣的笔墨来创作的，洋溢着温馨与浪漫、诗情与画意。其中有不少志怪小说还记载了不为鬼怪所惧、战胜恐怖、除鬼杀魅之事，如《搜神记》中的《宋定伯》、《宋大贤》、《谢鲲》、《安阳亭书生》、《汤应》等都是这方面的名篇，读来毫不恐怖，而是解颐有趣，兴味盎然。

但是，值得注意的是，在这一整体之中，确又有一些颇为恐怖惊栗之作，这些作品所表现出来的恐怖感以及那种事后所感到的恐怖感，是令人无法抹去的记忆。所以，就这一整体的局部而言，恐怖的因素又是十分突出的。笔者认为，这种恐怖性主要集中体现在四类志怪小说中。

第一类是为不信鬼者而创作的志怪小说。这类小说无疑是在宣扬"神道之不诬"的观点，确信鬼神其事，否则必遭惩罚。"魏晋一度流行无神论，这类故事明显是反对者编造的谎言。"① 该类小说由于写得真切逼肖、栩栩如生，因此读来令人毛骨悚然，心惊肉跳，带有较强烈的恐怖色彩。《搜神记》中有不少这类作品，如《阮瞻》、《鼓琵琶》、《汝阳鬼魅》、《顿丘鬼魅》等。例如《阮瞻》写"素执无鬼论，物莫能难"的阮瞻，夜遇一"才辨"之客，才情殊绝，人间罕有。但言及鬼神之事，却无论如何让阮瞻不以为然。于是该客生气道："鬼神古今圣贤所共传，君何得独言无，即仆便是鬼。"言毕便"变为异形，须臾消灭"。阮瞻发现与他"聊谈名理"的人竟为鬼所化，顿时面无人色，岁余而卒②。足见阮瞻是被鬼吓死的。《顿丘鬼魅》写"有人骑马夜行"，忽见道中有一物，"其身如兔，两眼如镜，形甚可恶"，遂吓得昏死过去。此人醒来后，上马继续前行，"前行数里，逢一人，相问讯已，因说：'向者事变如此，今相得为伴，甚欢'。"那人问道："向者物如何？乃令君怖惧耶？"当事人一番描述后，那人说道："试顾视我耶？"惊魂甫定的当事人回头看去，那人的模样居然和刚才看到的鬼毫无二致，当即又吓得昏死过去③。此篇作品因对鬼的形象较之前篇有略为具体的描写，故显得更恐怖一些。由于作者干宝当时名望颇高，此事经他之口道出，加之时人有迷信思想，且处于对自然认识朦胧模糊的科学不发达时期，的确能吓倒不少人。

第二类是反映因鬼怪作祟而酿成不幸甚至杀亲悲剧的志怪小说，如《搜神记》中的《秦巨伯》、《吴兴老狸》，《搜神后记》中的《古冢老狸》、《女嫁蛇》等。《秦巨伯》写秦巨伯曾饮酒夜行，在一庙前险遭两孙子杀死。回家后，秦巨伯"欲治两孙"。不料两孙子大惊失色，叩头说道："为子孙，宁可有此。"并对祖父

---

① 李剑国：《唐前志怪小说史》，南开大学出版社 1984 年版，第 300 页。
② 干宝：《搜神记》，汪绍楹校注，中华书局 1979 年版，第 189—190 页。
③ 同上书，第 211 页。

说："恐是鬼魅，乞更试之。"于是数日后的一个夜晚，伯又"诈醉"，行此庙前。果见鬼魅扮装的两孙，便立即将其捉拿回家，发现是两人，乃"著火炙之"，但"夜皆亡去"。为彻底根除鬼魅，使其不再危害人间，伯再次假醉夜行，持刀寻鬼。家人不知他去了哪里，眼看到了半夜，仍不见回，"其孙恐又为此鬼所困，乃俱往迎伯"，然而，寻鬼心切的巨伯却将两孙误为鬼所化，"竟刺杀之"①。秦巨伯要杀的是鬼，不料却误杀了孙子；孙子担心祖父为鬼所困，才外出寻助，却竟遭杀戮。这一人间悲剧全系鬼魅所为。善变的鬼魅让人真假难辨，着实令人憎恶，又令人恐惧。这一结局无疑在昭示，面对鬼魅的作弄，人简直无能为力，只能任其摆布。《吴兴老狸》与前篇类似，所不同的是，这次是两个儿子误杀了父亲。真相大白后，化人为父的鬼怪被处死，可是两个儿子因杀父而极其悲伤，"一儿遂自杀，一儿忿懊，亦死"。② 其悲剧气氛更为浓厚，压抑感令人窒息。

第三类是表现肆意摧残、屠杀生命的暴行与罪恶的志怪小说，其突出特征就是暴力、凶杀。《搜神记》中的《苏娥》等，《冤魂志》中的《徐铁臼》、《江陵士大夫》等是这方面的代表作品。第四类是渲染地狱恐怖的志怪小说，集中体现在《幽明录》中，其中以《赵泰》、《康阿得》、《舒礼》、《石长河》等篇为代表。这两类作品，我们将在后面"暴力凶杀的恐怖"和"非常环境描写的恐怖"的部分中加以展开，此处不再赘述。

那么，英国哥特小说与六朝志怪小说在恐怖方面究竟有哪些具体相似的表现形态可供比较呢？其差异处又是什么呢？这正是我们下面要探讨的问题。

---

① 干宝：《搜神记》，汪绍楹校注，中华书局1979年版，第198页。
② 同上书，第221页。

第一节　恐怖的表现形态

一　暴力凶杀的恐怖

暴力凶杀是最能刺激并唤起我们生理与心理恐惧的一种。它带给我们的视觉刺激也最为强烈。英国哥特小说与六朝志怪小说中都有这一内容的描写。例如在《修道士》中，作者刘易斯对修道院长安布罗斯残忍杀害安东尼娅母亲埃尔维拉的过程，就作了直接详细的展示。安布罗斯强奸安东尼娅的企图被埃尔维拉发现后，他为了自己的名望和地位不受到威胁——

> 他做出了一个野蛮并且绝望的决定，突然转过身，一只手卡住埃尔维拉的喉咙以阻止她的叫嚷，用另外一只手把她推倒在地，然后拽着她向床走去。由于这意想不到的攻击，她几乎没有力量来挣脱他的魔爪。修道士从安东尼娅的床边抓起枕头，捂在埃尔维拉的脸上，用尽所有的力量把膝盖顶住她的肚子，企图置她于死地。她愤怒地拼命挣扎着，但毫无用处。在她死之前，安布罗斯一直用枕头使劲地捂住她，并用膝盖顶住她的胸膛，残忍地看着她在下面挣扎、痉挛。终于，她不再反抗了。安布罗斯拿掉枕头，盯住躺在地上的这个不幸的女人。她脸色黑青，表情可怖，脉搏已停止了跳动，体内的血液开始变冷；她的手已经僵硬、冰凉。安布罗斯看到，刚才还是高贵、威严的埃尔维拉，现在已变成一具死尸，令人厌恶。[1]

---

① 刘易斯：《修道士》，李伟昉译，上海译文出版社 2002 年版，第 227－228 页。

同样，作者对圣克莱尔女修道院长多米娜被愤怒的众人打死的可怕场面，也作了"录像式"的描写。当多米娜摧残生命的暴行被当众揭露后，愤怒的人群像洪水一般突破警戒线，冲到她跟前，把她拖过去，进行报复：

> 这个可怜的女人极度恐惧，也不知道自己说了些什么，只会尖叫着乞求同情。她辩解说不是自己害死阿格尼丝的，能够彻底证明自己的清白无辜。但骚乱的人群根本不理会这些，用各种方式侮辱她，往她身上扔泥巴和污秽的东西。用最恶毒的字眼来诅咒她。这个掐一下，那个拧一下，而且一下比一下狠。人群的吼叫和憎恶的谩骂淹没了她乞求的声音，他们把她拉过街道，啐她，踢她，用各种仇恨和愤怒所能产生的手段对待她。最后，不知谁用一块石头一下子把她打昏在地。她满身血污躺在地上，顷刻之间就一命呜呼。虽然她已经无法感觉到这些侮辱，骚乱的人群仍在这个毫无知觉的躯体上报复着。他们打她，踩她，蹂躏她，一直到她变成了一堆肉，难看，变形，恶心。①

六朝志怪小说中也有类似的例子。在《搜神记》中的《苏娥》篇里，苏娥与奴婢赁牛车赶往旁县卖缯帛，日暮时分到一亭外，"行人断绝，不敢复进，因即留止"。这时奴婢致富突然腹痛难忍，苏娥便到亭长舍"乞浆取火"。但亭长龚寿竟乘人之危，先调戏苏娥，遭拒后恼羞成怒，又将苏娥与奴婢残忍杀害，埋尸楼下，然后劫掠财物，杀牛烧车②。这是一起因好色劫财而杀人的典型例子。

---

① 刘易斯：《修道士》，李伟昉译，上海译文出版社2002年版，第263页。
② 干宝：《搜神记》，汪绍楹校注，中华书局1979年版，第194—195页。

《冤魂志》中的《徐铁臼》篇，则揭露了家庭内部因财产分配继承问题而导致骨肉相残、暴力凶杀的可怕恶行：

> 宋东海徐某甲，前妻许氏，生一男，名铁臼，而许亡。某甲改娶陈氏。陈氏凶虐，志灭铁臼。陈氏产一男，生而咒之曰：'汝若不除铁臼，非吾子也。'因名之曰铁杵，欲以杵铸铁臼也。于是捶打铁臼，备诸苦毒，饥不给食，寒不加絮。某甲性暗弱，又多不在舍，后妻恣意行其暴酷。铁臼竟以冻饿病杖而死，时年十六。……①

陈氏为了实现让自己的儿子独占家庭财产的私欲，竟狠心对后夫之子铁臼横加虐待，"备诸苦毒，饥不给食，寒不加絮"，最后将他活活折磨而死。小说对继母陈氏"志灭铁臼"的暴虐残酷做了淋漓尽致的渲染，令人发指。

《冤魂志》中的《江陵士大夫》篇，更为我们展示了一个肆意摧残、蹂躏生命的惨不忍睹的血腥场面：

> 江陵陷时，有关内人梁元晖，俘获一士大夫，姓刘。此人先遭侯景丧乱，失其家口，唯余小男，始数岁。躬自担负，又值雪泥，不能前进。梁元晖监领入关，逼令弃儿。刘甚爱惜，以死为请。遂强夺取，掷之雪中，杖棰交下，驱蹙使去。刘乃步步回顾，号叫断绝。辛苦顿毙，加以悲伤，数日而死。……②

---

① 李剑国：《唐前志怪小说辑释》，台湾文史哲出版社 1995 年版，第 672—673 页。

② 同上书，第 679 页。

作品中梁元晖的施暴行为，刘氏父子所遭受的摧残、蹂躏以及悲惨之死，足以让人怵目惊心，毛骨悚然，它赤裸裸、血淋淋地记录了人世间丧尽人性、最惨绝人寰的暴行。

二 非常环境的恐怖

人总是在一定的社会环境中生存和活动的，并且，人也总是在不断地寻求着与自身相和谐的令人愉快的自然常态的生存环境。但是人一旦被置于或被推入一种非常轨性的陌生的活动空间，就必然会引起一种可怕的恐怖感。英国哥特小说与六朝志怪小说都以展示非常态性环境为其显著特征。读着这些展示非常态性环境的文字，令人恍如置身其间，产生毛骨悚然的恐怖。在《瓦赛克》中就有一段令人触目惊心的恐怖描写，它展示的是野兽吃人的极端化场景：

> 更为糟糕的是，这时人们耳边传来不远处野兽的号叫声。很快，他们就看到树林中有闪闪发光的眼睛在游移，这只能要么是老虎、狼的眼睛，要么是魔鬼的眼睛。前面开路的人已经踩出一条道路，可他们还没弄清楚是怎么回事情，就被野兽吃掉了。他们的被吃掉引起后面一片恐慌。狼、老虎和其他动物，听到它们同伴的噪叫，从四面八方聚集过来。霎时间，处处可听到骨头被咬碎的格格声；接着，那些兀鹰也扑扑地扇动着翅膀从天而降，加入了捕食的行列。[1]

《修道士》中阿格尼丝被关进墓穴的场景，也同样令人感到恐怖可怕。我们不妨摘录两段感受一下：

---

① William Beckford, *Vathek and Other Stories*, Pickering Limited, 1993, p. 55.

整整一个小时过去了，我终于能看清自己的处境了。而发现自己的处境，令我惊骇不已。当我苏醒过来时，发现自己已被放在由柳条编制的床上，这种床由六根木棒撑着，无疑，修女们曾利用它把我送到墓穴。我看到此，心里感到多么的悲伤啊！我身上盖着一块亚麻布，几朵褪色的花撒在我身上，我的一边放着一个木制的十字架，另一边放着一串念玫瑰经用的念珠，四面低矮的墙壁把我禁闭起来，顶部也盖着，不过，顶部有一个小石格栅门，通过它，少量的空气可在这凄惨的棺材里流通。从格栅处射来的一抹晦暗的光线使我辨清了周围的恐怖。一股股令人窒息的恶臭味使我感到难受。我还看出格栅门没被锁上，以为也许能逃出去。当我怀着这种念头站起身时，手触到一些柔软的东西，我抓一把到光线下去看。天哪！我发现一具腐烂的尸体上面爬满了蛆虫，这是几个月前已死的修女的尸体。我感到多么的恶心，多么的害怕呀！于是我便把那尸体从我身边挪开，又好像死了般的倒在自己的棺材里。

　　当我的力气稍有恢复，并清醒地知道自己处在同伴们腐烂的尸体中，恶臭的气味令人窒息，我便产生了从这阴森恐怖的地狱中逃出去的愿望。我又向光线处移去，格栅门离我很近。也许我能从这里逃出地狱。于是我毫不费力地举起它，借助于不规则的墙壁上突出来的石头，设法爬上去，爬出这地狱。此时我发现自己处在一个较为宽阔的墓场里。一些外观和我刚爬出来的坟墓非常相似的坟墓，有序地分布在四周，看起来好像沉入地面。一盏阴冷的灯用铁链悬挂在穴顶上，为地狱发出阴森森的光。死的迹象随处可见。例如，颅骨、肩胛骨、股骨以及许多死亡者其他的残骸，都散留在这潮湿的地面上。每个坟墓都分别用一个大十字架装饰，在一角竖着一个圣克莱尔的木塑。开始我没注意到这些东西，只注意到门——逃出墓穴的惟一出口，我用裹尸布裹紧身体，急忙向门旁走去，奋力撞门，令我极度可怕的是发现门是从外面锁上的。①

《弗兰肯斯坦》中的同名主人公最初造人，也是在可怕的墓穴里进行的。请看他的描述：

当我半夜三更还在紧张急迫、屏息凝视地探索着自然最深处的奥妙时，唯有月亮在凝视着我。当我涉足于亵渎神明的墓穴的湿泥中，或者为了激活那毫无生命的泥土而折磨活着的动物时，谁能想象到我秘密的劳作所含的种种恐怖呢？现在想到那些情景，我的四肢便要发抖，不免头晕目眩。但在当时，却有一种不可抗拒的、几乎是疯狂的冲动驱使我往前走；要不是心里怀着这一个追求，我似乎就丧失了灵魂和任何感觉。这种感受实际上只是瞬间的心神恍惚，只要异常的刺激停止了作用，我回到惯常的状态以后，便觉得前所未有的敏锐。我从停尸房里收集骨头；我用亵渎神灵的手指去触摸人体的巨大秘密。被走廊和楼梯与其他房间分割开来的一个单独的房间，或者说是房子顶部的一间斗室，被我当作了进行污秽的创造的工作室。②

弗兰肯斯坦应怪物要求准备为其创造伴侣而选择的工作地点，却是在最偏僻的位于苏格兰奥克奈群岛上的一座荒凉小岛，那里岩壁高耸，土地贫瘠，海浪咆哮。这些描写都为小说染上了

① 刘易斯：《修道士》，李伟昉译，上海译文出版社 2002 年版，第 294－295 页。

② 玛丽·雪莱：《现代普罗米修斯》，伍厚恺译，四川人民出版社 1997 年版，第 44－45 页。

浓厚的恐怖色彩。

　　对地狱详细而直接的描写，也是增加英国哥特小说阴森恐怖感的重要因素之一。这一描写集中体现在《瓦塞克》中。这篇小说的结尾部分，也就是全书的高潮部分，就发生在地狱里。瓦塞克因追逐贪欲和努隆尼哈一起被引进地狱。"在这个巨厅的中间，人们在不停地来来往往。他们都用右手捂住心口，目不斜视，脸色苍白得像死人一般；而眼窝深陷，眼光像夜晚墓地里闪烁的鬼火。有的缓慢地行走着，沉浸在深思中；有的痛苦地尖叫着，像中了毒剑而四处乱窜的老虎；还有的咬牙切齿，口吐白沫，比世间可怕的疯子更甚。他们都相互躲避着，虽然人员众多，但每人都各行其是，宛若独行于无人的荒漠。"①瓦塞克和努隆尼哈穿过拥挤的人群，又看到堕落天使埃布里斯正痛苦而颓丧地坐在一团火球上，四周毒气弥漫，整个场景笼罩着丧葬似的气氛。他们还看到，"在两张结实的柏木床上，躺着两具最早的苏丹王的干枯的躯体。他们曾经是整个世界的主人，现在他们依然存留着一丝生命的气息，能够意识到自己现在可悲的处境。他们带着极度绝望的神情，转动着阴郁的眼睛，彼此打量着，并都用右手捂住心口，一动不动"。②地狱里的最高精灵索里曼看到瓦塞克，便张开他那苍白的嘴唇向瓦塞克讲述自己的贪欲史，而他的右手始终紧紧捂住心口。透过那水晶一样透明的心口便会看到，一团火正围着他的心脏在无情地燃烧着。瓦塞克和努隆尼哈被眼前的景象吓得心惊肉跳。他们恍惚中走过一厅又一厅，穿过一道回廊又一道回廊，随处见到的都是苦苦寻求安息和平静然而永远也得不到安宁的悲惨的人影。"因为他们每个人的内心都被烈火烤炙着。这些受难者看到瓦塞克和努隆尼哈都故意躲开，似乎是嫉妒他们

---

　　①　William Beckford, *Vathek and Other Stories*, Pickering Limited, 1993 p. 92.

　　②　Ibid. , p. 93.

犯了同样的罪却还没有受到惩罚。瓦塞克和努隆尼哈只好躲在一边，在恐惧的悬念中等待着可怕时刻的到来。"① 在地狱里，最让人感到恐怖的就是燃烧心脏的烈火，这烈火的意象正是地狱的象征，作者用它来作为对贪欲者和作恶者的惩罚手段。

同样，六朝志怪小说对洞穴、墓穴等非常态性环境、地点的选择，本身带有可恐怖性，令人望而生畏。当然，其后所发生的一切并非恐怖。这一点，我们稍后再谈。志怪小说中也不乏对地狱的描写。前面提到的《幽明录》中的《赵泰》、《康阿得》、《舒礼》、《石长河》等，以及《冥祥记》里的《刘萨荷》、《陈安居》等，都是刻意创造、细腻描绘阴森恐怖的地狱世界的典型篇目。六朝志怪小说和英国哥特小说在对地狱恐怖的描写与渲染上，其目的是一致的，均是透过地狱中种种恐怖残忍的刑罚的描述，来达到约束世人言行、扬善惩恶的目的。在《赵泰》中，地狱是这样的景象：

> ……东到地狱按行，复到泥犁地狱，男子六千人，有火树，纵广五十余步，高千丈，四边皆有剑，树上然火，其下十五五，堕火剑上，贯其身体，云："此人咒诅骂詈，夺人财物，假伤良善。"……复见一城，云纵广二百里，名为"受变形城"，云生来不闻道法，而地狱考治已毕者，当于此城受更变报。入北门，见数千百土屋，中央有瓦屋，广五十余步，下有五百余吏，对录人名作善恶事状，受是变身形之路，从其所趋去。杀者云当作蜉蝣虫，朝生夕死，若为人，常短命；偷盗者作猪羊身，屠肉偿人；淫逸者作鹄鹜蛇身；恶舌者作鸱鸮鸺鹠，恶声人闻，皆咒令死；抵债者为驴马牛鱼鳖之属。大屋下有地房北向，一户南向，呼从北户，又出

---

① William Beckford, *Vathek and Other Stories*, Pickering Limited, 1993, p. 95.

南户者，皆变身形作鸟兽。又见一城，纵广百里，其瓦屋，安居快乐。云生时不作恶，亦不为善，当在鬼趣，千岁得出为人。又见一城，广有五千余步，名为地中罚谪者，不堪苦痛，男女五六万，皆裸形无服，饥困相扶，见泰叩头啼哭。泰按行毕还，主者问："狱如法否？卿无罪，故相浼为水官都督；不尔，与狱中人无异。"……①

值得一提的是，王琰的《冥祥记》也记录了这篇小说，尤其是对地狱的描写更为详尽，更为恐怖，兹录片段如下：

所至诸狱，楚毒各殊。或针贯其舌，流血竟体。或被头露发，裸形徒跣，相牵而行。有持大杖，从后催促。铁床铜柱，烧之洞然；驱迫此人，抱卧其上。赴即焦烂，寻复还生。或炎炉巨镬，焚煮罪人。身首碎堕，随沸翻转。有鬼持叉，倚于其侧。有三四百人，立于一面，次当入镬，相抱悲泣。或剑树高广，不知限量。根茎枝叶，皆剑为之。人众相訾，自登自攀，若有欣意。而身首割截，尺寸离断。②

在《舒礼》中，巫师舒礼因杀人获罪，结果被"牛头人身"的怪物用"铁叉"叉着置于铁床上煎熬，"身体焦烂，求死不得"。其境惨不忍睹。如此恐怖的地狱描写，正如王琰借人物之口所说："已见地狱罪报如是，当告世人，皆令作善。善恶随人，其犹影响，可不慎乎？"③与刘义庆在《幽明录·庾宏》中所说

---

① 鲁迅：《古小说钩沉》，见《鲁迅全集》第 8 卷，人民文学出版社 1973 年版，第 425—427 页。
② 同上书，第 568 页。
③ 同上书，第 569 页。

的"善恶之报，其能免乎?"① 异曲同工。

对地狱的描写，使英国哥特小说与六朝志怪小说都烙上了恐怖的色彩，但在地狱与现世的连接的描写上以及对恐怖的接受上，两者仍有些微区别。前者中的人物是以活人的身份直接进入超现实的地狱世界，不仅恐怖地目睹旁人备受地狱之火煎熬的痛苦，而且自己也感同身受，所以从艺术的接受上说，它带给人的视觉冲击和心理感受更为直接，也更为恐怖；而后者中的人物多是死后在地狱世界旁观他人的受难，自己并未受难（当然，也有表现主人公自己受难的场景，但这类描写并不多见），加之地狱和现世之间经过了一个"死"的环节的过滤或缓冲，恐怖景象又是死而复生后的回忆，因此从接受上说，其恐怖的强度自然会有所减弱。

另外，英国哥特小说描写的地方常常是城堡和修道院，这里多有地下室、秘密通道、地牢、墓穴、暗设的窗户、活动门板装置等；而六朝志怪小说描写的地方，往往多选择在亭子里、墓穴、洞穴、旷野等。这些环境或地点的选择，本身就带有神秘性和恐怖性。当然，这与作品人物刻画、主旨表达等又都密切相关。英国著名文学评论家桑德斯就曾说过，《修道士》的叙事结构利用了密室、地下通道和封闭的地下室，巧妙地暗示了安布罗斯暗无天日的坟墓般生活的复杂性质。②

三　时间选择的恐怖

夜晚，是英国哥特小说与六朝志怪小说呈现故事情节时最多选择、也最青睐的一个时间段。在《奥特朗托城堡》中，凶杀就

---

① 鲁迅：《古小说钩沉》，见《鲁迅全集》第 8 卷，人民文学出版社 1973 年版，第 400 页。

② 安德鲁·桑德斯：《牛津简明英国文学史》，高万隆等译，人民文学出版社 2000 年版，第 501 页。

是发生在夜色昏暗的墓地，疯狂的曼弗雷德误杀了自己的女儿。在《修道士》中，安布罗斯一系列的罪恶活动都是发生在夜晚，是"天上没有月亮，也没有星星的漆黑的夜晚"，"一片死寂的"夜晚。安布罗斯在深夜凶残地杀死了埃尔维拉，又是在夜间的墓穴里强暴并杀死安东尼娅。马蒂尔德选择深夜的墓地和幽暗的地下室实施巫术；那个一手持刀一手拿灯、浑身流血的修女的幽灵也常在半夜的城堡与荒野游荡。还有，强盗们在寒冷的夜幕包裹下的荒地客栈与谷仓疯狂杀人掠财。这些无不让人惊恐万分，毛骨悚然。《弗兰肯斯坦》中的主人公最初造人同样是在半夜的墓穴里进行的。怪物是诞生在 11 月一个阴郁的夜晚；他也总是在夜间显身，又"在黑暗之中隐没"；他先后三次杀人均在夜晚。探险家沃尔顿又是在"午夜"亲睹怪物，并听其自白，最后目睹其"消失在黑暗的远方"。这些描写都为小说染上了浓厚的恐怖色彩。

需要指出的是，这里的时间，并非是孤立的时间，而总是含有特定空间的时间，恐怖氛围的营造也总是在特定时间与特定空间以及特定行动相互作用的基础上完成的，换言之，恐怖氛围的形成是特定时间、特定空间与特定行动互动的结果。英国哥特小说中的罪恶就发生在夜幕下的城堡、教堂墓穴、地牢、地下室、地下通道、荒野、地狱等地，这种非常的时间、非常的地点，再加上非常的行为，就构成了哥特小说特有的恐怖感。

六朝志怪小说中也有不少故事情节选择在夜晚，例如，何敞"夜犹未半"遇鬼魂诉冤；[①] 杨度"夜行"见鬼，惊惧几死；[②] 秦巨伯"夜行饮酒"，遭鬼捉弄而误杀其孙；[③] 宋定伯"夜行逢

---

① 干宝：《搜神记·苏娥》，汪绍楹校注，中华书局 1979 年版，第 194 页。
② 干宝：《搜神记·鼓琵琶》，汪绍楹校注，中华书局 1979 年版，第 197 页。
③ 干宝：《搜神记·秦巨伯》，汪绍楹校注，中华书局 1979 年版，第 198 页。

鬼"，以智捉之；① 一女鬼"夜半""来就生，为夫妇"；② 郑奇
"昏冥"时刻遇鬼，后死；③ 一人"骑马夜行"遇鬼，几被吓
死；④"至夜半时，忽有鬼来"亭中，宋大贤杀之；⑤ 伯夷"日既
暝"，亭中遇鬼，杀之；⑥"夜半后"，鬼至亭，书生杀之；⑦"至
三更竟"，鬼至亭，汤应杀之；⑧ 费生"日暮"遇女鬼，"缠绵在
今夕"⑨，等等，不一而足。

　　故事的作者所以把情节常常安排在夜间，乃是因为人们一向
认为鬼怪总是出没于夜晚的。"从原始社会开始，人们相信鬼灵
有三个特点：（一）鬼灵是虚幻不实的影像，（二）这个影像的活
动极为轻灵缥缈，（三）这种影像似的鬼灵总是在黑夜活动。"⑩
同时还因为，夜晚总是充满了无限的神秘感和恐怖感，因此更能
激发人们丰富的想象力。当然，志怪小说中的鬼怪不仅出没于夜
间，也常常变幻为人的形象，出现在光天化日之下大行其道。但
这本身，一般与揭示罪恶的意象没有必然联系。而英国哥特小说
中的鬼怪主要出没于夜间，一般不会在白天显现。而且，哥特小
说作者多选择夜晚作为展现故事情节的时间，究其根本原因，乃
在于它与暴露具有"黑色"性质的邪恶与罪行密切相关。在这

　　① 干宝：《搜神记·宋定伯》，汪绍楹校注，中华书局 1979 年版，第 199 页。
　　② 干宝：《搜神记·汉谈生》，汪绍楹校注，中华书局 1979 年版，第 202 页。
　　③ 干宝：《搜神记·汝阳鬼魅》，汪绍楹校注，中华书局 1979 年版，第 205－
206 页。
　　④ 干宝：《搜神记·顿丘鬼魅》，汪绍楹校注，中华书局 1979 年版，第 211 页。
　　⑤ 干宝：《搜神记·宋大贤》，汪绍楹校注，中华书局 1979 年版，第 223 页。
　　⑥ 干宝：《搜神记·到伯夷》，汪绍楹校注，中华书局 1979 年版，第 224 页。
　　⑦ 干宝：《搜神记·安阳亭书生》，汪绍楹校注，中华书局 1979 年版，第 229
页。
　　⑧ 干宝：《搜神记·汤应》，汪绍楹校注，中华书局 1979 年版，第 230 页。
　　⑨ 鲁迅：《古小说钩沉·幽明录·费生》，见《鲁迅全集》第 8 卷，人民文学出
版社 1973 年版，第 404 页。
　　⑩ 马焯荣：《中西宗教与文学》，岳麓书社 1991 年版，第 255 页。

里，黑夜的自然颜色，与邪恶、罪行的"黑色"已融为一体。因此，哥特小说中表现的"黑夜"本身，有助于我们深刻地认识和理解社会的黑暗与人性的丑恶。

四　体验痛苦、受难和死亡过程的恐怖

极力渲染、凸显痛苦、受难和死亡过程，是生成英国哥特小说恐怖感的又一表现形态。在这种小说里，无论正面形象还是反面角色，常常置于难以摆脱的痛苦受难状态，备受折磨。例如在《修道士》中，作者以极其敏感细腻的笔触，惊心动魄地描写了安布罗斯面对宗教与情欲的两难选择而引发的痛苦挣扎。特别是他杀害两条生命后，深知自己罪孽深重，永远不会得到上帝的宽恕，但又极为害怕永堕地狱，饱受惩罚，因此一直处于惊恐不安的痛苦状态，甚至害怕睡觉，因为他一闭上眼睛，就"发觉自己正处在一个燃烧着大火并散发着硫磺气味的洞穴里，魔怪命令他的打手将该洞团团围住，并把它扔进各种痛苦的熔炉中，每一种可怕的痛苦都胜过以往。在这种骇人的景象中，埃尔维拉和她女儿的鬼魂在徘徊漫游着，它们向魔怪列举着他的罪状，对他大加谴责，要魔鬼用更严酷的方式折磨他"[①]。他死亡前所遭受的缓慢而痛苦的死亡过程更为作者不厌其烦地详加渲染。他被魔鬼的魔爪深深插进头里，从高空扔下，摔在一块尖顶的岩石上，结果在悬崖间滚来滚去，最后滚落至河边——

> 这时，他已是伤痕累累，血肉模糊，气息奄奄。他还试图挣扎着站起来，然而他已不可能再站起来了。这时，太阳从地平线上冉冉升起，温暖的阳光照射在安布罗斯身上。他浑身都是血，一大群昆虫很快爬满了他全身，都纷纷叮在伤

---

① 刘易斯：《修道士》，李伟昉译，上海译文出版社 2002 年版，第 310 页。

口上吸吮他的血，而他却无力驱赶它们，只好遭受这种难以忍受的痛苦过程。栖息在岩石上的鹰也飞过来，争相撕裂着他的肉体，他的眼珠也被都鹰用钩形嘴啄出。他口渴难忍，听到身旁不远处有汩汩的流水声，便企图往河边爬，但丝毫也动弹不得。这时的他已眼瞎、乏力、无助、绝望。可他还在竭力发泄着胸中的盛怒和诅咒，但是在可怕的死亡来临之前，已注定要使他忍受更大的痛苦。这种痛苦他忍受了六天。第七天，狂风呼啸，飞沙走石，大雨倾盆。河水暴涨，不断地冲击着岸边的岩石。终于，安布罗斯的尸体也被卷进了湍急的河流里。①

小说中的另一个人物阿格尼丝也遭受了空前的痛苦磨难。因出逃修道院的计划失败，她被凶狠残忍、冷酷无情的多米娜院长打入修道院下面腐尸遍地、气味恶臭、暗无天日的墓穴，让她与腐尸蛆虫为伴，让她饱受饥饿、寒冷、病魔、早产丧子的悲惨痛苦。请看这两段凄怆的文字：

地牢里空气污浊、腐臭，阴冷潮湿。孩子出生后几小时便死了。我是怀着难以诉说的悲痛，无可奈何地目睹着孩子死去的啊！但我枉自伤悲，我的孩子死了，无论如何叹息，他也不能再活过来。我把孩子裹起来，搂在怀里，让他柔软的手臂搭在我脖子上，让他苍白冰凉的脸蛋贴在我脸上。我让他这样安息，我一千遍一万遍地吻他，同他说话，哭泣、哀伤。卡米拉每天来一次，给我送吃的。尽管她心冷如铁，看到这场面也不能无动于衷。她担心极度的哀伤会使我发疯，而实际上，我的确已处于疯狂的边缘。出于同情，她劝

① 刘易斯：《修道士》，李伟昉译，上海译文出版社 2002 年版，第 321 页。

我把孩子埋掉，但我决不同意。我发誓只要我活着，就决不同他分离。他是我惟一的安慰，无论如何我不会放弃。尸体腐烂了，人人看了都恶心、厌烦。但在一个母亲的眼里，他仍然是那么珍贵、可爱。我经受住了、压抑了那味道，仍然把他搂在怀里，爱他，为他哀伤。①

我就陷于这种悲惨的境地。地牢里寒冷刺骨，空气也更污浊不堪，令人窒息。我的身体更加虚弱，更加憔悴，不久开始发烧病倒，起不来床。虽然感到疲倦、衰弱，却难以入眠，因为时常被一些爬到身上的昆虫所侵扰。有时，癞蛤蟆在我胸膛上得意地爬来爬去，散发着令人恶心的气味；有时，粘滑的蜥蜴爬到我的脸上，并且缠绕在我那一团污脏散乱的头发里；早上醒来时，经常发现我的手指上爬满长长的虫子，它们在我孩子腐烂的肉体上繁殖。每次遇到这种情况，我都是带着厌恶和恐怖尖声叫喊，并竭尽一个有病虚弱的女人的全力把它们抖掉赶走。②

在《弗兰肯斯坦》中，我们同样为主人公所遭受的巨大痛苦和灾难压抑得喘不过气来。弗兰肯斯坦创造的魔鬼先后杀死了他的弟弟、朋友和新婚妻子，老迈的父亲也终因经受不住这连连的打击而伤心死去。弗兰肯斯坦痛悔万分，发誓追杀魔鬼，但最终还是被魔鬼活活拖垮，历经身心痛苦折磨后悲惨而死。《瓦塞克》中的瓦塞克永远遭受地狱之火的煎熬和焚烧，虽是咎由自取，罪有应得，但又是对痛苦受难本身的有意强化。

然而，我们在六朝志怪小说中，却很难看到作者对人物痛

① 刘易斯：《修道士》，李伟昉译，上海译文出版社 2002 年版，第 301 页。
② 同上书，第 302—303 页。

苦、受难和死亡过程的极力渲染与彰显，在这一层面又区分开了六朝志怪小说与英国哥特小说的不同。

应该说，六朝志怪小说与英国哥特小说在恐怖的表现形态上，的确有惊人的相似之处，然而，差异处又处处存在。在这里，我们以洞穴、墓穴为例，再作些差异的分析。

在六朝志怪小说里，不少发生在洞穴、墓穴里的故事，仅就故事发生的地点，颇让人有些恐怖，但在这里演绎出来的故事却不都是恐怖的，或者说，有些故事开始让人恐怖，但后来所发生的一切并不恐怖，而且散发出浓浓而温馨的人情味，如《搜神记》中的《紫玉》、《王道平》、《卢充》等，《搜神后记》中的《袁相根硕》、《仙馆玉浆》、《桃花源》、《韶舞》、《穴中人世》等，《幽明录》中的《洛中洞穴》、《黄原》等，都是这一类型的代表作品。在洞穴类志怪小说里，开始总有些让人紧张、压抑、恐怖，但随后就豁然开朗，别有洞天，真可谓柳暗花明又一村。

以《洛中洞穴》①为例。小说写洛下有一洞穴，深不可测。一妇女为杀其夫，便谎称从未见此洞穴，希望丈夫带自己去看一看。至穴边，当丈夫探头往穴内窥视时，妻子竟将其推下，"经多时至底"。随后，妻子又投掷食物于内以祭之。不言而喻，这个妻杀夫的情节是恐怖的。但问题在于，这个故事并未结束，其后发生的故事便把开头的恐怖给冲淡了，稀释了，化解了。那个丈夫被推入"其深不测"、"经多时至底"的洞穴后竟未死，此乃一奇。更为叫奇的是，此人在穴底又见一穴，便缘穴而行，"匍匐从就，崎岖反侧"，遂入"一都"：这里"郛郭修整，宫馆壮丽，台榭房宇，悉以金魄为饰，虽无日月，而明逾三光；人皆长三丈，被羽毛，奏奇乐，非世间所闻"。人物进入的这个境界，

---

① 鲁迅：《古小说钩沉》，见《鲁迅全集》第8卷，人民文学出版社1973年版，第369—370页。

简直就是一个人们梦寐以求的踏破铁鞋无觅处的美丽无比的天堂世界。此乃二奇。第三奇，则是此人在这里求得了"与天地等寿"的长生不老之"珠"。至此，原本悲剧的丈夫却获得了长生不老的大幸。可见，小说的关注点或曰着眼点并非开始的恐怖，而是结局的快乐。这是典型的以恐怖始以欢喜终的例子，从本质上说它不是恐怖作品。

英国哥特小说则完全不是这样，其恐怖贯穿始终。在《瓦塞克》这部哥特小说中，有一段非常类似于洞天福地类志怪小说的片段，但它从根本上并没有改变小说恐怖的整体特征。我们不妨分析一下这一片段的描写。当努隆尼哈与众伙伴吃晚饭时，发现远处山顶上有缕缕蓝幽幽的光在神秘地闪烁着，于是她好奇地寻着光亮的地方来到一处又窄又黑的峡谷里，接着又顺着波光粼粼的溪流走到峡谷的开口处，终于发现那光原是从一个洞穴内岩石缝隙里插着石蜡做的火把处发出的。而那些火把释放出的一种浓烈而幽香的气味，使她一度昏昏沉沉地倒在洞穴入口处。当她在昏蒙状态下走进洞穴后，意想不到的奇迹出现了——

> 她向里面望去，看到一个金色的大水池，里面蓄满了水，冒出的水蒸气在她脸上凝结成一层薄薄的玫瑰露。洞穴里不时传来一阵阵柔和的音乐声，宛如仙乐一般令人神往。水池边摆放有皇家的器物，精美的王冠和苍鹰的羽毛上缀满了光彩夺目的红宝石。正当她全神专注于这些高贵华丽的东西时，那令人销魂的音乐戛然而止了……①

很快，这一幕便消失了，努隆尼哈再次被融入浓浓的黑暗

---

① William Beck ford, *Vathek and Other Stories*, Pickering Limited, 1993, p. 69.

中。在这里，始而阴森恐怖、继而豁然开朗仙境顿出、终而消失的模式，的确与洞天福地类志怪小说非常相似。并且在某些细节描写上也颇为相同，例如人物在靠近洞穴过程中都伴随有淙淙的流水等。但这也仅仅是表面上的相似。这种相似中的内在旨趣却有天壤之别。首先，在洞天福地类志怪小说中，人物都是在白天发现并进入洞穴（当然在《洛中洞穴》里，主人公是在白天被推入洞穴的），而在《瓦塞克》中却是在夜晚进入洞穴；其次，《瓦塞克》中的这一幕是作为对人物贪欲的诱惑与刺激而设置的，它不是仙境，而是恐怖地狱的入口，它最终导向的依然是恐怖的地狱。其着眼点是恐怖，作品中"浓浓的黑暗"的环境描写已经透露出了这一信息。而《洛中洞穴》类志怪小说的价值指向则是理想世界。这是六朝志怪小说与英国哥特小说的本质区别之一。

墓穴，也是英国哥特小说与六朝志怪小说情有所钟的描写对象。墓穴，在两者那里，得到了典型的表现，成为最具特色、也最具意味的场景或意象。

不过，墓穴本身虽具有恐怖性质，但在六朝志怪小说与英国哥特小说中所表现出的墓穴意象却又大异其趣。志怪小说之所以把故事的发生地选择并安排在墓地，主要不是为了渲染恐怖效果，而是为了给阴阳两界的情人或夫妻提供一个再续情缘的地方，是互诉衷肠、表达相思的载体。它是一种自由之境，意味着生命、爱悦、温情，是爱情战胜死亡的象征。因此，六朝志怪小说中描写的墓穴从不涉及死人骨头等可怕的东西。墓穴内的景象和现实生活没有什么两样。作者借墓穴这一非常环境，既要表达对生死相恋、真诚忠贞的爱情的追求与渴盼、肯定与歌颂，又要借它显示对造成爱情婚姻悲剧的不合理的伦理道德规范和社会等级制度的不满与抗议。而英国哥特小说所以选择并安排墓穴作为展现人物活动的地方或背景，或者是为了暴露暴力、凶杀等罪恶的需要，因为墓穴本身就是死亡的象征；或者是为了达到与实现某项神秘的工作所需要的外部环境的和谐，以反衬其事件本身的神秘恐怖。为了配合这一旨意的完成，作者调动一切可以利用的艺术手段来极力渲染墓穴的可怕环境，展示这个腐尸遍地、毫无生命迹象的死人世界，以取得最佳的恐怖效果，来刺激、震撼读者的心灵。因此，英国哥特小说中的墓穴描写，更多地意味着爱情的扭曲、良知的泯灭、人性的堕落。

第二节　恐怖差异的文化探源

作为观念形态的叙事文学作品，都是一定的社会生活土壤培育出的花朵。"在不同的所有制形式上，在生存的社会条件上，耸立着由各种不同情感、幻想、思想方式和世界观构成的整个上层建筑。"①解析中西小说的不同特色，自然离不开各自社会历史文化的探源。探讨英国哥特小说和中国六朝志怪小说在恐怖表现方面的差异亦然。我们对英国哥特小说和中国六朝志怪小说恐怖差异的文化探源，将从社会经济形态的特征与文学理论、美学观念两大层面展开。

一

众所周知，谈到西方的文明与文化，不能绕过古希腊。黑格尔在《历史哲学》中曾说过，古希腊是西方人的精神家园。伯恩斯和拉尔夫在《世界文明史》中认为："在古代世界的所有民族中，其文化最能鲜明地反映出西方精神的楷模者是希腊人。"②汉密尔顿也指出："西方精神、现代精神是古希腊人的发现，希腊

①　马克思：《路易·波拿巴的雾月十八日》，见《马克思恩格斯选集》第 1 卷，人民出版社 1972 年版，第 629 页。
②　爱·麦·伯恩斯、菲·李·拉尔夫：《世界文明史》第 1 卷，罗经国等译，商务印书馆 1987 年版，第 208 页。

人是属于现代世界的。"① 利奇德同样指出："对于古希腊的文明史，我们甚至在今天，乃至将来，都对它怀有崇敬仰慕之情，并且永远都会将它牢记在心里；这是因为我们的现代文明与古代之精神须臾不可离。"② 英国著名浪漫主义诗人雪莱则更为清楚明确地宣称：我们全是希腊人的；我们的法律，我们的文学，我们的宗教，我们的艺术，根源都在希腊③。"归根结底，构成西方文明特别是近现代西方文明的许多重要或基本的因素仍来自古希腊，甚至基督教思想也深受古希腊文化的影响。因此，西方文明的真正源头是古希腊。"④

　　首先，经古希腊奠基的商业性经济特征，成为包括英国在内的西方社会的主导特征。尤其是随着资本主义的兴起，古希腊人的航海、经商、殖民活动更是成为西方主要国家赖以生存、发展的主要途径。英国这个近代西方大国的形成与发展，就与航海、经商、殖民活动密切相关。在这一整个过程中，征服大自然，特别是征服大海，就常常成为摆在商人们面前的必须面对的大问题。他们既要在茫茫大海上战狂风斗恶浪，却又随时有被巨浪掀翻、被巨鲨吞没的灭顶之灾。大自然是不以人的意志为转移的，它似乎处处与人为敌。凡此种种，形成了西方人与自然之间关系的尖锐对立。也因此，在挑战大自然的过程中，铸就了西方人那种不惧冒险、敢于进取、突出个性的民族性格。黑格尔在《历史哲学》中有一段话极为精彩地揭示了这一点。他说：

---

① 伊迪斯·汉密尔顿：《希腊方式》，徐齐平译，浙江人民出版社1988年版，第4页。

② 利奇德：《古希腊风化史》，杜之、常鸣译，辽宁教育出版社2000年版，第110页。

③ 转引自陈刚《西方精神史》上卷，江苏人民出版社2000年版，第83页。

④ 陈刚：《西方精神史》上卷，江苏人民出版社2000年版，第84页。

大海给了我们茫茫无定、浩浩无际和渺渺无限的概念；人类在大海的无限里感到他自己的无限的时候，他们就被激起了勇气，要去超越那有限的一切。大海邀请人类从事征服，从事掠夺，但是同时也鼓励人类追求利润、从事商业。平凡的土地、平凡的平原流域把人类束缚在土壤上，把他卷入无穷的依赖性里边，但是大海却挟着人类超越了那些思想和行动的有限的圈子。航海的人都想获利，然而他们所用的手段却是缘木求鱼，因为他们是冒了生命财产的危险来求利的。因此，他们所用的手段和他们所追求的目标恰好相反。这一层关系使他们的营利，他们的职业有超过了营利和职业而成了勇敢的、高尚的事情。从事贸易必须有勇气，智慧必须和勇敢结合在一起。因为勇敢的人们到了海上，就不得不应付那奸诈的、最不可靠的、最诡谲的元素。①

同时，商业活动中充满紧张而凶险的竞争，又使人与人之间的关系蒙上了厚厚一层冷漠敌对的冰霜。"这样，西方民族注重感性与理性、个人与社会、人与自然的对立与斗争，在审美理想上则崇尚冲突美，表现出激烈的冲突和残酷的结局。"②于是，自古希腊伊始的西方文学创作中，就具有了渲染、展示冲突、暴力、残酷的恐怖性的一面。18 世纪后期至 19 世纪初期的英国哥特小说，不过是其中颇为典型的一个代表而已。

其次，从西方文学理论、美学观念探讨英国哥特小说创作恐怖性特征的存在依据。这是本书最为强调的因素之一。我们知道，哥特小说最鲜明的审美特征就是恐怖、惊险、痛苦和罪恶，特别专注于不寻常的、极端的事件的描写，着力追求强烈的文学

---

①　黑格尔：《历史哲学》，王造时译，三联书店 1956 年版，第 134—135 页。

②　童庆炳：《文体与文体的创造》，云南人民出版社 1994 年版，第 190 页。

效果。如果我们从理论形态的层面来考察、探究哥特小说表现这些内容的学理依据、存在价值与审美特性，那么这一理论渊源可以追溯到两千多年前古希腊文学理论家亚里士多德的《诗学》以及西方的崇高理论。这些理论，为我们理解、接受哥特小说，提供了弥足珍贵的理论依据和强有力的理论支持。依据这些理论，我们来观照哥特小说这种所谓"黑色小说"，不仅能大大拓展我们阅读、鉴赏、思维的空间，更有助于清除我们意识中积存已久的"死角"，从根本上彻底改变对哥特小说的认识偏见。

1.《诗学》：英国哥特小说创作的理论渊源之一

英国哥特小说中的恐怖、惊险、痛苦和罪恶，不仅能引起读者的恐惧之情，而且引起读者的怜悯之情。亚里士多德就特别强调恐惧与怜悯之情。从西方文艺理论和美学史上看，亚里士多德是大力倡导文学作品表现恐怖、罪恶、凶杀、惊奇与苦难的，并对其描写价值与功用作理论探讨的理论先驱。在《诗学》中，他所以重视对这类内容的描写，就在于它们能最大限度地引起人们的恐惧与怜悯之情：

> 悲剧所摹仿的行动，不但要完整，而且要能引起恐惧与怜悯之情。如果一桩桩事件是意外的发生而彼此间又有因果关系，那就最能（更能）产生这样的效果。这样的事件比自然发生，即偶然发生的事件，更为惊人（甚至偶然发生的事件，如果似有用意，似乎也非常惊人……），这样的情节比较好。①

如何才能实现恐惧与怜悯之情呢？在他看来，"恐惧与怜悯

---

① 亚里士多德：《诗学》，见《诗学·诗艺》，罗念生译，人民文学出版社1984年版，第31—32页。

之情可借'形象'来引起，也可借情节的安排来引起"，不过以"后一办法为佳"①。真正的悲剧应该给我们"一种它特别能给的快感"，就是从痛苦之中，从恐惧之中激起我们的恐惧与怜悯之情，使之"惊心动魄"②。因为"恐惧乃是一种痛苦的或困恼的情绪"，"怜悯乃是一种痛苦"③。为此，他特别强调悲剧中的"苦难"并把"苦难"视为悲剧情节的三大重要成分之一（另外两个是"突转"与"发现"）。所谓"苦难"，就是"毁灭或痛苦的行动，例如死亡、剧烈的痛苦、伤害和这类的事件"④。为了表现这种"苦难"，并使观众或读者感到痛苦，研究哪些情节即哪些行动是可怕的或可怜的，就成为作家的当务之急。亚里士多德对此有清楚的说明。他认为，如果必需的谋杀发生在仇敌之间，则不能引起我们的怜悯之情，只是被杀者的痛苦有些使人难受罢了；如果仇杀的双方是非亲属非仇敌的人，也不行，因为这样的行动只是意外发生且无因果关系。因此，他明确主张：

> 只有当亲属之间发生苦难事件时才行，例如弟兄对弟兄、儿子对父亲、母亲对儿子或儿子对母亲施行杀害或企图杀害，或作这类的事——这些事件才是诗人所应追求的。⑤

由此可见，亚里士多德格外强调对足以引起恐惧与怜悯之情的苦难事件的摹仿，特别推重表现"惊奇"而又似乎不合情理的

---

① 亚里士多德：《诗学》，见《诗学·诗艺》，罗念生译，人民文学出版社1984年版，第42页。

② 同上书，第43页。

③ 亚里士多德：《修辞学》，转引自缪朗山《西方文艺理论史纲》，中国人民大学出版社，1985年版，第88页。

④ 亚里士多德：《诗学》，见《诗学·诗艺》，罗念生译，人民文学出版社1984年版，第36页。

⑤ 同上书，第44页。

亲人之间的血腥残杀，就在于它"更能产生悲剧的效果"，更能"使人惊心动魄"①，更能给人带来悲剧的审美快感，让人自我反省，取得教训，从而使人从中得到情感宣泄、思想陶冶和道德净化，并最终使人得到"善"或"美德"。显然，亚里士多德决不是主张为凶杀而凶杀，为邪恶而邪恶，他要揭示和提升的恰恰是"黑色"背后所蕴涵的功能和意义。他清醒地意识到，"衡量诗与衡量政治正确与否，标准不一样"②。"如果诗人写的是不可能发生的事，他固然犯了错误，但是，如果他这样写，达到了艺术的目的，能使这一部分或另一部分诗更为惊人，那么这个错误是有理由可辩护的。"③因此，文学的目的在于激起人们的情感，并使种种恐惧、痛苦、怜悯之情得到宣泄、发散，人们不仅从仇杀、乱伦、罪恶的艺术摹仿中获得了审美的快感，而且也得到了一种"净化"。

应该说，亚里士多德的探讨不仅具有巨大的理论价值，而且具有了不起的叛逆意识与开创性。指出这一点很重要。因为，众所周知，亚里士多德的老师、西方文艺理论史上第一个文学批评家柏拉图主张"以美为美"，坚决反对诗人描写邪恶、放荡、卑鄙和性欲等。因为描写这些内容，就是有伤风化，就是"培养发育人性中低劣的部分，摧残理性的部分"④。本来，这些内容"都理应枯萎"，而诗人"却灌溉它们，滋养它们"，"逢迎人心的无理性的部分"⑤，柏拉图据此作为诗人的"最大的罪状"，宣布将他们赶出他的理想国。所以，柏拉图认为，如果让读者接触罪

---

① 亚里士多德：《诗学》，见《诗学·诗艺》，罗念生译，人民文学出版社 1984 年版，第 22 页。

② 同上书，第 92 页。

③ 同上书，第 93 页。

④ 柏拉图：《理想国》，转引自伍蠡甫主编《西方文论选》上卷，上海译文出版社 1979 年版，第 38 页。

⑤ 同上书，第 38 页。

恶的形象，就有如牛羊卧毒草中咀嚼反刍，近墨者黑，不知不觉间就会使读者的心灵上铸成了大错。① 他甚至建议从《荷马史诗》乃至词汇中剔除可怕的"阴暗"、"凄惨"、"游魂幻影"、"阴间"、"地狱"、"死人"、"尸首"等词，因为"它们使人听了毛骨悚然"，更重要的是"我们担心这种恐惧会使我们的护卫者软弱消沉，不像我们所需要的那样坚强勇敢"②。故而，他倡导人们远离描写罪恶和性欲等作品，经常耳濡目染于优美的作品，"使他们如坐春风如沾化雨，潜移默化，不知不觉之间受到熏陶，从童年时，就和优美、理智融合为一"。③

而亚里士多德则从净化效果的独特角度，从其师拒斥和否定的内容中看出了价值和意义，并给予了精彩的理论阐释。曹顺庆曾指出："净化恐惧与怜悯之情，并非仅仅是悲剧效果之专利，而是文学艺术的普遍规律之一，是艺术的最佳效果。这是我们在论述亚里士多德效果论之时必须首先明确的。"④他认为，亚里士多德的效果论可分为两个层面，其一是对柏拉图"以美为美"的观点的继承和光大，即将现实中的美模拟、概括和集中起来，获得艺术的真实美、典型美，从而使读者获得审美的愉悦。"其二是'以丑为美'，即将现实中的丑转化为艺术中的美，令观众（读者）从'丑'、'痛苦'、'恐惧'之中得到情感上的陶冶、宣泄或净化，获得艺术的快感。"⑤这正是亚里士多德对柏拉图的超越与新创之处。显然，只注意到他的第一个层面是不够的，还应高度重视后一个层面的内容。

---

① 柏拉图：《理想国》，郭斌和、张竹明译，商务印书馆 1997 年版，第 107 页。
② 同上书，第 83—84 页。
③ 同上书，第 107 页。
④ 曹顺庆：《中外比较文论史》（上古时期），山东教育出版社 1998 年版，第 655 页。
⑤ 同上。

亚里士多德曾明确而深刻地提出过化丑为美的艺术观点：

　　经验证明了这样一点：事物本身看上去尽管引起痛感，但惟妙惟肖的图像看上去却能引起我们的快感，例如尸首或最可鄙的动物形象。（其原因也是由于求知不仅对哲学家是最快乐的事，对一般人亦然……我们看见那些图像所以感到快乐，就因为我们一面在看，一面在求知……）①

引起"痛感"的东西，甚至是"最可鄙"的形象，何以能转化为审美的快感呢？亚里士多德曾在《尼各马科伦理学》中解释说，"思维的快感"远比一切更为纯洁，"只要是一方面有被思想的东西、被感觉的东西，另一方面有判别力和思辨力，那么在活动中将有快感（快乐）存在"。②这里再清楚不过地表达了，所谓化丑为美的"审美的快感"，其实就是一种"思维的快感"，或者称之为"思想的快感"。以丑为美并非把丑本身视为美，而是当人们能从丑恶中看到最本质的东西，即思想到"被思想的东西"，感觉到"被感觉的东西"，同时又具备"判别力和思辨力"的时候，"丑"才能化为"美"，才能产生"快感"。这一"快感"是要达到一种合乎理性的和有价值的精神状态。柏拉图未能看到文学艺术中的"丑"所具有的这种特殊的审美转化功能，更未认识到其中那合乎理性的和有价值的精神内核与实质。因此，亚里士多德这一理论创见，不仅总结了古希腊文学艺术的实践，而且开启了西方文学艺术化丑为美的理论先河，其深刻的美学内涵，对西方后世产生了尤为深远持久的影响。19世纪后期象征主义先驱波

---

　　①　亚里士多德：《诗学》，见《诗学·诗艺》，罗念生译，人民文学出版社1984年版，第11页。

　　②　转引自范明生《西方美学通史》第1卷，上海文艺出版社1999年版，第490－491页。

德莱尔之论："丑恶经过艺术的表现化而为美，带有韵律和节奏的痛苦使精神充满了一种平静的快乐，这是艺术的奇妙的特权之一"①，正是亚里士多德思想的直接继承。

值得一提的是，德国当代著名哲学家伽达默尔对亚里士多德的"怜悯"与"恐惧"及其净化问题，做过独到而精深的阐释，对我们深入认识"怜悯"与"恐惧"以及哥特小说的实质内涵大有裨益，故在此一并略作论述。

伽达默尔认为，在亚里士多德那里，我们看到了悲剧性行为的表现对观众或读者具有一种特殊的作用。这种表现是通过Eleos 和 Phobos 而发挥作用的。传统上用"怜悯"（Mitleid）和"畏惧"（Furcht）来翻译这两种情感，可能使它们具有一种太浓的主观色彩。其实，

> 在亚里士多德那里，Eleos 与怜悯或历代对怜悯的不同评价根本不相关。Phobos 同样很少被理解为一种内在的情绪状态。这两者其实是突然降临于人并袭击人的事件（Widerfahrnisse）。Eleos 就是由于面临我们称之为充满悲伤的东西而使人感到的哀伤（Jammer）……同样，Phobos 不仅是一种情绪状态，而且正如亚里士多德所说的，也是这样一种寒噤（Kälteschauer），它使人血液凝住，使人突然感到一种战栗。就亚里士多德的悲剧定义把 Phobos 与 Eleos 联系在一起的这种特殊讲法而言，Phobos 是指一种担忧的战噤，这种战噤是由于我们看到了迅速走向衰亡的事物并为之担忧而突然来到我们身上是。哀伤和担忧（Bangigkeit）都是一种"神移"（Ekstasis），即外于自身存在（Ausser－sich－sein）的方式，这种方式证明了在我们面前发生的事

---

① 龚翰熊：《20 世纪西方文学思潮》，河北人民出版社 1999 年版，第 15 页。

件的魅力。①

但是，亚里士多德何以将这种状态称之为净化呢？什么是带有这种情感的或就是这种情感的非净化物，以及为什么这种非净化物在悲剧性的震颤中被消除了呢？他认为：

> 哀伤和战栗的突然降临表现了一种痛苦的分裂。在此分裂中存在的是一种与所发生事件的分离（Uneinigkeit），也就是一种对抗可怕事件的拒绝接受（Nichtwahrhabenwollen）。但是，悲剧性灾祸的作用正在于，这种与存在事物的分裂得以消解。就此而言，悲剧性灾祸起了一种全面解放狭隘心胸的作用。我们不仅摆脱了这一悲剧命运的悲伤性和战栗性所曾经吸住我们的魅力，而且也同时摆脱了一切使得我们与存在事物分裂的东西。②

可见，在伽达默尔看来，这种悲剧性的哀伤背后所表现出来的"对抗可怕事件的拒绝接受"，正是"一种肯定"，即"一种向自己本身的复归（Rückkehr）"③。然而，这种被观众或读者所肯定的东西究竟是什么呢？"显然，正是那种由某种过失行为所产生的不均衡性和极可怕的结果，才对观看者表现了真正的期待。悲剧性的肯定就是这种期待的实现。悲剧性的肯定具有一种真正共享的性质。它就是在这些过量的悲剧性灾难中所经验的真正共同物。观看者面对命运的威力认识了自己本身及其自身的有限存

---

① 伽达默尔：《真理与方法》，转引自朱立元总主编《二十世纪西方美学经典文本》第 3 卷《结构与解放》，复旦大学出版社 2001 年版，第 630 页。

② 同上书，第 631 页。

③ 同上。

在。"①因此，伽达默尔认为，那种突然降临的震惊和胆战"深化了观看者与自己本身的连续性"，"观看者在悲剧性事件中重新发现了自己本身，因为悲剧性事件乃是他自己的世界，他在悲剧里遇到了这个世界"，并从中获得了"自我认识"②。

感谢伽达默尔鞭辟入里的阐释，他让我们进一步从"不均衡性和极可怕的结果"，也就是恐怖性中，"认识了自己本身及其自身的有限存在"。这也是英国哥特小说恐怖性特征的审美价值之所在。

2. 崇高理论：英国哥特小说创作的理论渊源之二

同样，西方的崇高理论也是英国哥特小说创作的理论渊源之一。古罗马文论家朗吉弩斯是西方最早从审美的范畴提出崇高概念的批评家。他的《论崇高》对后来一系列崇高理论的发展产生了深远影响。这与英国哥特小说的兴起有密切联系。朗吉弩斯的《论崇高》虽然是从文学风格的角度谈起的，但它不限于只谈文学风格，更重要的是它涉及了崇高这一美学范畴的特征和本质问题。他认为：

> 我们赞赏——当然不是小溪，尽管它们清澈，有用——尼罗河、多瑙河、莱茵河以及远远高于这一切的大海。我们为自己点燃的小簇火焰一直明亮、稳定，然而我们并不因此就认为它比常常被遮暗的天堂的火焰光灿烂，或者认为它比爆发中的埃特纳火山口更壮观——从深深的内部抛掷出岩石和整座的小山，有时甚至喷射出巨大的火焰流。关于这一切

---

① 伽达默尔：《真理与方法》，转引自朱立元总主编《二十世纪西方美学经典文本》第 3 卷《结构与解放》，复旦大学出版社 2001 年版，第 632 页。
② 同上书，第 633 页。

事物，我只能这么说，有用的以及实际上很必要的东西是廉价的；赢得我们惊叹的永远是不寻常的事物。[①]

在朗吉弩斯看来，崇高就是那些巨大的、恢弘的、不同寻常的事物，以及人的心灵对这些不同寻常的事物的热烈追求和永恒惊叹！这一观点标志着西方文学理论发展中一个新的转折点，突出体现在他对文学的功能提出了迥异于前人的观点。他既不像柏拉图那样强调文学为政治服务，也不像贺拉斯那样偏重文学的"寓教"功能，而是进一步推进了亚里士多德所提出的文学的独特的审美功能："不平凡的文章，对听众所产生的效果不是说服而是狂喜，奇特的文章永远比只有说服力或是只能供娱乐的东西具有更大的感动力。"[②]这种对文学强烈效果的要求，像一根红线贯穿全书。不过，这一崇高理论在此后相当长的时期未引起重视。17世纪的布瓦洛虽将《论崇高》译为法语，并撰写《朗吉弩斯〈论崇高〉读后感》，开始把奇特、奇迹、惊人的东西与"崇高"联系起来，但因其思想倾向和当时盛行的古典主义美学要求相抵触，所以，崇高这一美学范畴还是未受到青睐。直至18世纪启蒙主义时代，新兴资产阶级在政治上反对封建专制制度，在艺术上反对新古典主义的虚伪纤巧，崇高的美学风格才如一股清新的风，四处飞扬。朗吉弩斯的《崇高论》也从此开始大受推崇，并产生深刻影响。

在18世纪启蒙主义时代的英国，艾迪生（1672—1719）和伯克（1729—1797）这两个经验主义美学家不仅深受朗吉弩斯崇高论美学思想的影响，而且又影响了德国康德的崇高理论，同时

---

① 朗吉弩斯：《论崇高》，转引自拉曼·塞尔登编《文学批评理论——从柏拉图到现在》，刘象愚、陈永国等译，北京大学出版社2000年版，第160页。

② 朱光潜：《西方美学史》上卷，人民文学出版社1984年版，第112页。

更与英国哥特小说的产生直接相关。艾迪生在《想象的快感》中，把"伟大"、"新奇"与"美"并列为三种引起快感的对象。他发现世间有些东西是如此骇人或不快，它引起的恐怖或厌恶可能压倒它产生的快感，但在它给予我们的厌恶中却又混杂着一点愉快。他已感觉到，神秘、恐怖与"可喜"、"快感"之间存在着一种内在的审美联系。

在朗吉弩斯和艾迪生的基础上，伯克进一步对崇高作了深入系统、别开生面的探讨和研究。他的《关于崇高与美的观念的根源的哲学探讨》（1757）被公认为是康德之前西方论述崇高与美这两种审美范畴的最重要的美学理论著作，为康德崇高理论思想的建立奠定了坚实的基础。伯克从人的生理、心理机制入手，把人类的基本情欲分为"自体保存"和"社会交往"两类。崇高感就与这种要求维持个体生命本能的"自体保存"相联系，它是产生崇高感的生理、心理基础。因为"自体保存"的情欲一般只在生命受到威胁时才被激发起来，激起它们的一定是某种痛苦和危险，它们在情绪上一般都表现为恐怖和惊惧，而这种恐怖和惊惧正是崇高感的主要心理内容。因此，伯克认为：

> 凡是能以某种方式引起苦痛或危险观念的事物，即凡是能以某种方式令人恐怖的，涉及可恐怖的对象的，或是类似恐怖那样发挥作用的事物，就是崇高的一个来源。[1]

不过，并非任何痛苦和危险都能产生崇高感。"如果危险或苦痛太紧迫，它们就不能产生任何愉快，而只是可恐怖。但是如果处在某种距离以外，或是受到了某些缓和，危险和苦痛也可以

---

① 朱光潜：《西方美学史》上卷，人民文学出版社 1984 年版，第 237 页。

变成愉快的。"①这就是说，实际的痛苦和危险只能令人恐怖，产生痛感，而崇高感却是一种夹杂着痛感的快感，它来自痛苦与恐怖的消除，是由痛感转化而来的审美快感。在论及欣赏能引发崇高感的痛苦和危险时，伯克十分注重"同情"这一因素在欣赏过程中的审美作用：

> 由于同情，我们才关怀旁人所关怀的事物，才被感动旁人的东西所感动。……同情应该看作一种代替，这就是设身处在旁人的地位，在许多事情上旁人怎样感受，我们也就怎样感受。因此，这种情欲可能还带有自身保存的性质。……主要地就是根据这种同情的原则，诗歌、绘画以及其他感人的艺术才能把情感由一个人心里移注到另一个人心里，而且往往能在烦恼、灾难乃至死亡的根干上接上欢乐的枝苗。大家都看到，有一些在现实生活中令人震惊的物绪。放在悲剧和其他类似的艺术表现里，却可以成为高度快感的来源。②

在他看来，"烦恼"、"灾难"和"死亡"之所以能产生快感，除与之保持有一定距离外，主要是"同情"在发挥作用。由于这种同情，我们根本不可能对他人的痛苦和灾难视而不见，无动于衷，而是设身处地地与他人一起感受。在感受中，还有"自身保存的性质"在里面，这使我们在看到他人遭受痛苦和厄运时能有所思，从而获得某种快感与启迪。

由此，伯克在他的美学中正式引入了"审美快感"这个概念，认为"任何堪称引起恐怖的事物都能作为崇高的基础"，"我也注意到任何产生快感——确定的和本原快感的事物都可以同美

---

① 朱光潜：《西方美学史》上卷，人民文学出版社1984年版，第237页。
② 同上书，第239页。

联系在一起"。① 这实质上也是一种净化说。因为伯克认为恐怖和痛苦"清除了感官中危险的讨厌的障碍物，所以能引起愉快"②。此说与后人对亚里士多德的"净化说"的阐释颇为一致，而且也为相类似的阐释开辟了道路。③ 例如，桑塔耶纳对恐怖中的审美快感做过这样的阐发："恐怖的提示使我们退而自守，于是随着并发的安全感或不动心，精神为之抖擞，我们便获得超尘脱俗和自我解放的感觉，崇高的本质就在于此。"④ 小泉八云也说："一点点恐惧的原质可以缔结大量的高贵的情感，特别地是能与更高形的唯美底情感的相缔结。"⑤ 他认为恐惧虽然是一种很原始的感情，一种与生俱来的本能，但其中却蕴藏着丰富的审美因素。

尤为难能可贵的是，伯克详细探讨了能产生快感的崇高本身的性质特征。首先，他认为崇高的对象都具有可恐怖性："凡是可恐怖的也就是崇高的"，"惊惧是崇高的最高度效果"⑥。崇高的对象之所以成为崇高，关键就表现在它能在人的心理上直接造成或引起压倒一切的恐怖感。这种恐怖感具有压倒一切的力量，它是非理性的、直觉的，不仅不能"由推理产生，而且还使人来不及推理"，因为当这种恐怖感独占心灵时，"心的一切活动都由某种程度的恐怖而停顿"⑦，从而完全丧失了任何进行推理等运用理性思维的能力。而这种恐怖感所以能使人丧失推理能力，乃

---

① 伯克：《崇高与美——伯克美学论文选》，李善庆译，三联书店 1990 年版，第 151 页。

② 鲍桑葵：《美学史》，张今译，商务印书馆 1985 年版，第 265 页。

③ 范明生：《西方美学通史》第 3 卷，上海文艺出版社 1999 年版，第 437 页。

④ 乔治·桑塔耶纳：《美感》，缪灵珠译，中国社会科学出版社 1982 年版，第 163 页。

⑤ 小泉八云：《美国文学杂谈》，转引自韩侍桁译《西洋文学论集》，上海北新书局 1929 年版，第 310 页。

⑥ 朱光潜：《西方美学史》上卷，人民文学出版社 1984 年版，第 242 页。

⑦ 同上。

在于它强烈害怕痛苦和死亡。因此，恐怖在一切情况下总是或隐或现地成为引发"崇高"的主导因素。接着，他对引起恐怖感的"崇高"在自然界和人类社会生活中所体现出来的种种具体的感性性质，作了独到而细腻的精彩分析。第一，体积无限巨大，例如无边无际的沙漠、一望无垠的天空、浩瀚深邃的大海等。第二，声响和寂静，例如滂沱的大雨、狂怒的风暴、雷电或炮击的轰鸣声，都足以引起恐怖感。"单靠声音的力量使想象力变得惊恐与混乱，精神处于犹豫与慌乱中，连最有修养的人也难免失去自我克制"①。那种具有强大力度的声音突然开始或突然停止，也足以令人毛骨悚然，危险感骤起②。还有一种在必要的位置上间歇出现的捉摸不定的声音，比完全寂静无声更令人恐惧③。第三，朦胧、晦暗、模糊不清的形象较之明朗清晰的形象更容易激发"崇高感"，因为它们具有更大的力量来唤起人的想象。所以，"黑暗比光亮更能产生崇高的观念"④，"黑夜比白天更显得崇高、庄严"⑤。与此相关，就颜色而言，崇高的对象不宜采用柔和、明亮的色彩，而必须偏重于黯淡的或深色的，如黑色、褐色、深紫色等。这也是"崇高"的根源之一。

此外，伯克已经意识到丑与崇高的某种内在联系。他说："虽然丑是美的对立面，它却不是比例和适宜性的对立面。因为很可能有这样的东西，它虽然非常丑，但却合乎某种比例并且完全适合于某种用途。我想丑同样可以完全和一个崇高的观念相协调。但是，我并不暗示丑本身是一个崇高的观念，除非它和激起

---

① 伯克：《崇高与美——伯克美学论文选》，李善庆译，三联书店 1990 年版，第 94 页。

② 同上书，第 95 页。

③ 同上书，第 96 页。

④ 同上书，第 90 页。

⑤ 同上书，第 92 页。

强烈恐怖的一些品质结合在一起。"①这一看法，实际上承认了丑的东西同样可以引起恐怖感即崇高感，因而具有"某种用途"。当然，这种用途，是审美意义上的。

在这里，我们需要特别指出的是，第一，伯克的崇高论与朗吉弩斯的崇高论有根本上的区别。朗吉弩斯是把"崇高"与"永恒的爱"、"真正的伟大"、"神圣的东西"、"惊心动魄"等积极的社会价值联系起来，因此，他对崇高的理解是积极的理性的。而伯克，虽然有时也把"崇高"与"伟大"联系起来，但从其具体论述来看，他主要是把"崇高"等同于"恐怖"，把"崇高感"等同于"恐怖感"；而且，他主要是从感觉出发，将感觉作为认识的泉源和基础，把"由客观的崇高事物而引起的崇高感，仅仅归结为心理-生理上的恐怖感，全然排除了崇高感中的理性因素，实质上将崇高感看作是非理性、更严格说是反理性的"。②其次，伯克在其崇高论中，明确反对法国美学家杜博斯的"画比诗较明晰，所以也较优越"的观点，崇尚朦胧、模糊、黑暗、孤独、不和谐，以及形式上的粗犷不羁、杂乱无序、庞大的体积、无法驾驭的力量等，强烈显示出他在价值观念上的反理性倾向与反常心态，表现出新兴的浪漫主义的审美趣味。因此可以说，伯克的崇高论具有颠覆主体的性质，是新起的浪漫主义者挑战古典主义文艺思想的一面旗帜，"从优美过渡到崇高，其最基本、最有力的因素是导致优美的和谐，瓦解的不和谐因素"③。从这里我们也可以清楚地看出，伯克的崇高论对反理性、反古典主义的哥特小说创作的理论支撑与明显影响。因为此后率先在英国出现的哥特小说就强烈地表现出了对"黑暗"、

---

① 伯克：《关于崇高与美的观念的根源的哲学探讨》，参见古典文艺理论译丛编辑委员会编《古典文艺理论译丛》第5册，人民文学出版社1963年版，第60页。

② 范明生：《西方美学通史》第3卷，上海文艺出版社1999年版，第439页。

③ 牛宏宝：《西方现代美学》，上海人民出版社2002年版，第58页。

"模糊"、"恐怖"、"孤独"、"不和谐"、"混乱无序"等的偏好与钟情。

作为德国古典美学的开创者和奠基人的康德（1724－1804），是西方美学理论史上崇高论的集大成者。有关这方面的论述集中体现在他前批判时期的《对美感和崇高感的观察》（1764）和批判时期的《判断力批判》（1790）两部著作中。《对美感和崇高感的观察》是康德在伯克美学思想的影响下完成的。在此文中，康德把崇高感分为"恐惧的崇高"、"高贵的崇高"、"壮丽的崇高"三种，这三种崇高都是把对象放在主体心灵中的反映的角度去理解的，依次反映了对象在主体心灵中引起震撼的强度。他还阐述了知性原则和道德品质在崇高中的地位，并且进一步阐述了知性原则和道德品质在崇高中的相互关系。这为批判时期审美的合规律与合目的性统一的基本原则作了有益探索。

在《判断力批判》中，康德不仅对伯克美学作了评述，认为伯克是用经验的方法去研究美学的人当中的"最优秀的作者"[1]，而且进一步系统接受伯克著作中关于崇高思想的论述，并在此基础上，把崇高分为"数学的崇高"和"力学的崇高"两种。他对于后者的分析尤为精到。他说："自然界当它在审美判断中被看作强力，而又对我们没有强制力时，就是力学的崇高。"[2]接着，他又这样描述"力学的崇高"及其审美心态：

> 险峻高悬的、仿佛威胁着人的山崖，天边高高堆聚挟带着闪电雷鸣的云层，火山以其毁灭一切的暴力，飓风连同它所抛下的废墟，天边无际的被激怒的海洋，一条巨大河流的

---

① 康德：《判断力批判》，宗白华译，商务印书馆1964年版，第119页。
② 杨祖陶、邓晓芒编译：《康德三大批判精粹》，人民出版社2001年版，第477页。

一个高高的瀑布，诸如此类，都使我们与之对抗的能力在和它们的强力相比较时成了毫无意义的渺小。但只要我们处于安全地带，那么这些景象越是可怕，就只会越是吸引人；而我们愿意把这些对象称之为崇高，因为它们把心灵的力量提高到超出其日常的中庸，并让我们心中一种完全不同性质的抵抗能力显露出来，它使我们有勇气能与自然界的这种表面的万能相较量。[①]

这就是说，一方面，对象的可怕，作为一种"强力"，是"力学的崇高"产生的不可缺少的条件；但另一方面又强调，只有在我们处于可怕的对象不能对我们造成实际的威胁和伤害的"安全地带"，并与对象发生审美关系时，才能产生"力学的崇高"。而且对象越是可怕，就越是吸引人。之所以如此，关键就在于它能把我们"心灵的力量提高到超出其日常的中庸，并让我们心中一种完全性质不同的抵抗能力显露出来"，从而"使我们有勇气能与自然界的这种表面的万能相较量"。这里所说的那种"完全不同性质的抵抗能力"，不是指实在的抵抗力，而是特指一种精神力量，一种"非感性的尺度"[②]，它使我们具有一种优越感，在这种优越感上又让我们建立起完全不同于受到外在自然的威胁和攻击时所产生的那种"自我保存"的"自我保存"。这种"自我保存"不是阻止或摆脱自然暴力的实际侵害，只是让我们面对危险时保持人格力量的伟大和自我尊严感的神圣！

总之，康德的崇高理论是在伯克的思想基础上发展起来的，但又突破了伯克从生理心理学角度进行研究的局限，把崇高放在

① 杨祖陶、邓晓芒编译：《康德三大批判精粹》，人民出版社 2001 年版，第478 页。

② 同上。

自己的批判哲学体系框架中进行研究，得出崇高不在物而来自主体心灵、崇高是表现道德情操的心意情调等结论。他把崇高感引向了主体的道德领域，在这里，崇高的鉴赏者"不再是一个纯粹静观的审美主体，而是一个具有实践意向的道德主体，一个在崇高的对象中体验到自身力量的能动主体，这个主体已经超越了自然的必然性领域，在内心里培植起了一种自由的、积极向上的人格力量"①。这体现了康德对人的主体性价值的肯定和高扬。因此，崇高理论到了康德那里得到了极大地充实和提高。难怪有学者认为，这是 18 世纪末期最完整深入的崇高理论，迄今为止，也没有发现哪一家在崇高理论方面超越康德的②。

席勒（1759—1805）的崇高理论也是 18 世纪末期西方重要的美学理论成果。这一成果主要体现在他 1793—1795 年完成的两篇《论崇高》的论文中。他认为，崇高是人的自由本质的体现。面对崇高的对象，我们的感性本性与理性本性呈现为相互矛盾的不协调性，即我们的感性本性感觉受到了限制，而理性本性却感觉到一种超越客体之上的独立性。崇高的产生就是这种主体独立性的结果。他还强调指出，"如果要使巨大的可怕的东西对我们具有审美价值，这种意识就绝对必须占压倒优势"③，因为在这样的表象面前，不是它征服了我，"而是我自己征服了自己"④，由此"精神才感到振奋并且感到高过了自己平常的水平"⑤。

席勒重新把崇高分为"理论的崇高"和"实践的崇高"两

①　吴琼：《西方美学史》，上海人民出版社 2000 年版，第 402 页。

②　曹俊峰、朱立元、张玉能：《西方美学通史》第 4 卷，上海文艺出版社 1999 年版，第 145 页。

③　席勒：《秀美与尊严——席勒艺术和美学文集》，张玉能译，文化艺术出版社 1996 年版，第 88 页。

④　同上书，第 99 页。

⑤　同上书，第 88 页。

种，并且进一步将能引起痛苦感的"实践的崇高"细分为"观照的崇高"和"激情的崇高"。他认为，一切异乎寻常的、神秘的、难以捉摸的东西，还有黑暗等，都是观照的崇高对象。与之相对的另一种对象，它对人的可怕性客观地表现为痛苦本身，而且使判断的主体将全部精力投诸道德状态中，同时从可怕的东西中创造出崇高来，这种客体就是激情的崇高对象。他认为，激情的崇高的产生依赖于两个先决条件：一是有一个生动的痛苦表象，以便引起适当强度的同情的情感激动；二是具备反抗痛苦的表象，以便在意识中唤起内在的精神自由。对象通过前者才能成为激情的，经由后者才能同时成为崇高的。从中产生出一切悲剧艺术的两个基本法则：一是表现受苦的自然；二是表现在痛苦时的道德的主动性。"痛苦本身从来就不可能是表现的最终目的，也从来就不可能是我们在悲剧作品中所感到的快感的直接源泉。激情的东西，只有在它是崇高的东西时才是美学的。"① 这样，席勒就把崇高与悲剧联系起来，使悲剧的本质在美学上获得了价值肯定，并开启了谢林和黑格尔关于悲剧论述的先河。这一分类显然有别于康德。康德的分类源于经验的概括，其崇高理论是要把审美引向道德领域，却又否认它们之间有必然的关联，因此他认为崇高只能是一种主体性意义上的道德的象征。而席勒的分类则是建立在主体对自然对象的不同关系之上的，他直接视崇高为自由的表现，是道德主体的力量的见证，因为崇高感就根源于理性的道德主体的介入。

对崇高的作用，席勒更是强调有加。在他看来，崇高是证实人心中超越感觉能力的感性手段，是证明人是具有理性能力的意愿着的生物，它能引导主体超越感性世界的界限，从现象世界进

---

① 席勒：《秀美与尊严——席勒艺术和美学文集》，张玉能译，文化艺术出版社1996年版，第160页。

入理念世界。他把崇高看作是"一面镜子","在这面镜子中他看出他心中绝对伟大的东西"①，从而使人成为真正自由的存在物。同时，崇高还是完整的审美教育的不可缺少的重要组成部分。因为"我们的使命是，即使在面临一切感性限制的情况下也要按照纯粹精神的法典行事，所以崇高就应该联合美，以便使审美教育成为一个完整的整体，并使人类心灵的感受能力按照我们使命的范围扩展，因而也就扩展到感性世界之外"②。他认为，只有将美与崇高结合为一个整体的审美教育，才能使人性真正趋于完整。至此，席勒一改以往把"崇高"与"美"视为截然对立的观念，开始将两者在自由的显现上有机地统一起来。

因此，席勒的崇高理论在康德的基础上推进了一大步，即始终立足于人的主体性的自由，将崇高看作是使人从自然向自由飞升的必由之路，是人实现其自我完善的必需③。这就是席勒崇高理论的重要价值之所在。

19 世纪后期以来关于崇高的论述，虽然与英国哥特小说的产生无关，却对我们理解英国哥特小说同样不无裨益，故值得一提。例如，英国文艺理论家布拉德雷（1851－1935），在论悲剧时也涉及崇高问题。他认为，悲剧的主人公理应是"崇高"的人，即使是反面主人公，比如像犯有可怕的弑君之罪的麦克白这样的人也不例外，他与哈姆莱特、李尔王处于同一水平，因为他有着可怕的勇气，处在内心的震颤之中。他说："崇高通过克服我们的有限或使之受到震荡而唤醒对无限或绝对的意识。"④ 在

---

① 席勒：《秀美与尊严——席勒艺术和美学文集》，张玉能译，文化艺术出版社1996 年版，第 208 页。

② 同上书，第 213 页。

③ 吴琼：《西方美学史》，上海人民出版社 2000 年版，第 469 页。

④ 转引自张玉能、陆扬、张德兴《西方美学通史》第 5 卷，上海文艺出版社1999 年版，第 689 页。

他看来，悲剧主人公所以是崇高的，主要是因为在各种崇高中没有伦理方面的差异，每一个主人公都有着崇高的无限性。应该说，他指出崇高是对有限的克服和对无限的意识，表明他是从精神的角度来审视崇高的，更强调崇高与主体的联系，这是对的；但认为在崇高中没有伦理方面的差别，则无疑是错误的。①不过，抛开他的这一错误观点不谈，认为反面人物身上也具有崇高性的看法，又无疑有助于我们对包括哥特式小说在内的文学作品中反面艺术形象或悲剧艺术形象的鉴赏与批判。

法国当代著名思想家、后现代理论代表人物之一的利奥塔（1924—1998）的崇高论也值得一提。他认为，崇高感是在自由形式表现的缺失时出现的，"它呼应着无形式"，"甚至正是当表现形式的想象力发现自己缺失时，这样一种感觉出现了"②。崇高感揭示出来的匮乏对于概念的力量来说，"是一个否定的符号"③；当崇高时，话语就易于受到内容的缺失和形式的破碎与不完善。这源于话语能力与存在的不相容，话语不能表达存在，它无法将自身的形式要素归属到某一对象上。他还强调认为："自然首先是显示某种东西的，故而它把自己传达给我们，其次，自然显示给我们不止一个，而是许多东西。"④ 由此，在崇高感中形成各种能力互相"异争"的局面，但它们总是围绕着某种"此在-现在"的刺激所引起、所展开。对于这种刺激来说，不仅应该发现多种解释的可能性，而且这些多种可能性是不可能一样的，每种解释都有其自身存在的理由，因为"对于通过自由的偶

　　① 转引自张玉能、陆扬、张德兴《西方美学通史》第 5 卷，上海文艺出版社1999 年版，第 690 页。

　　② 转引自朱立元、张德兴《西方美学通史》第 7 卷，上海文艺出版社 1999 年版，第 781 页。

　　③ 同上。

　　④ 同上书，第 783 页。

然性来说，则要考虑到条件系列中的异质的位置"①。因此，主体在刺激中，并非处于"被动性"状态，而是处于"易感性"状态，即对"此在-现在"的刺激的欢迎。"这种无序，对我来说，是一种易感性，一种强占。"② 这种"易感性"是与主动性、参与性紧密相连的。在这里，我们看到了康德对利奥塔的影响。

因此，我们认为，西方的崇高理论，虽然诞生于古罗马的朗吉弩斯，但直到18世纪中后期的伯克、康德、席勒那里，才真正产生世界性的影响，并且矗立起了一座崇高理论的高峰，此后其余脉仍绵延不断。而产生于18世纪后期的哥特式小说，从一开始就自觉不自觉地接受了崇高理论的影响，加之深受文学固有传统与当时社会历史背景的影响，遂极盛一时。

综上所述，从理论这一层面说，亚里士多德的《诗学》和崇高理论不仅是英国哥特小说创作的理论基础与思想资源，而且是帮助我们阅读、理解、鉴赏英国哥特小说的重要指南和向导，为我们真正走进哥特小说的世界，提供了绝好的理论依据和鉴赏的心理学的美学的基础。它启示我们，文学中表现恐怖、惊险、黑暗、邪恶等内容并非就是庸俗低级，并非就是仅仅在追求感官刺激，恰恰相反，因恐怖、惊险、黑暗等引起的痛感可以转化为审美快感。更为重要的是，它能在主体心中培植起一种自由的、积极向上的人格力量，是构成审美教育的一个不可分割的组成部分。

二

前面说过，中国六朝志怪小说具有局部的恐怖特征，但整体

---

① 转引自朱立元、张德兴《西方美学通史》第7卷，上海文艺出版社1999年版，第785页。

② 同上书，第786页。

上却呈现出温馨的情致。这种风格的形成与中国自身特殊的经济政治形态、历史文化传统、民族心理、诗性的思维方式、审美理想等都不无关系。中国是一个远离大海的以农业性经济为特征的国家。这种以农为本的经济，不存在海上冒险，"人们每天的生活，往往是日出而作，日入而息，天天在田园里劳作，在山野中憩息，听到的是'狗吠深巷中，鸡鸣桑树颠'，看到的是'桃之夭夭，灼灼其华'，唱出的是'七月流火，九月授衣'，向往的是'八月剥枣，十月获稻'。在这种农业性社会里，人们成天与田园山水相处，自然是'一叶且或迎意，虫声有足引心'。"① 这致使中国人认为，自然与人并不是对立的，天人可以合一："民之所欲，天必从之"②，"人与天调，然后天地之美生"③；"尽其心者，知其性也。知其性，则知天矣"④；"天地与我并生，而万物与我为一"⑤。因此，在人与自然的关系上，中国突出地表现为迥异于西方的和谐交融、亲密无间的关系，并产生了著名的"天人感应"的天人合一说。中国人那种乐天安命、安贫乐道、知足保守的民族性格，在很大程度上就是这种天人合一说的结晶。"也许正因为中国古代农业经济没有造成人与自然的尖锐对立，中国古人也就没有西方那种认识自然、战胜自然的迫切感，而是力倡天人合一，听天由命，安时处顺，无为而无不为。这种乐天安命的'怡然自乐'，与西方由天人尖锐对立而造成的宗教的毁灭感和努力认识自然、战胜自然的崇高感，恰恰形成极为鲜明的对比。"⑥

---

① 曹顺庆：《中西比较诗学》，北京出版社 1988 年版，第 8 页。

② 李学勤主编：《十三经注疏·尚书正义》，北京大学出版社 1999 年版，第274 页。

③ 《管子校正》，见《诸子集成》第 5 册，上海书店 1986 年，第 242 页。

④ 李学勤主编：《十三经注疏·孟子注疏》，北京大学出版社 1999 年版，第350 页。

⑤ 郭庆藩：《庄子集释》第 3 册，中华书局 1961 年版，第 79 页。

⑥ 曹顺庆：《中西比较诗学》，北京出版社 1988 年版，第 21 页。

在西方，航海、经商与殖民活动大大促进了自然经济向商品经济、血缘关系向契约关系的转变。而中国古代几千年的历史与文化始终未能摆脱自然经济和血缘关系的深刻影响。这不仅导致了上面所说的天人和谐，而且导致了人际关系的"和为贵"。由于中国不是商品经济社会，自然不以竞争为基础，而是强调血缘关系式的和谐。中国社会就是靠血缘家庭模式建立起来的。政治上的君为父，臣为子，以及力倡"孝悌"、"仁义"、"忠恕"的传统伦理道德体系，都是家庭关系的引申。所谓"天下之本在国，国之本在家，家之本在身"①，"心正而后身修，身修而后家齐，家齐而后国治，国治而后天下平"②，"有国有家者，不患寡而患不均，不患贫而患不安"③，"老吾老，以及人之老；幼吾幼，以及人之幼"④，等等，最终都是为了实现人与人的相亲相爱、人与社会的相互和谐。正是因为儒家的伦理道德十分适合于中国小农经济和宗法政治的实际，于是便取得了"独尊"的地位。

也正是在儒家伦理道德观念的深刻影响下，"正得失，动天地，感鬼神"，"经夫妇，成孝敬，厚人伦，美教化，移风俗"⑤，几乎被视为中国古代文学创作的根本任务，也因此成为衡量文学作品价值与意义的一个重要标准。而在文学作品具体表现的审美理想上，则要求保持"中和"之美，不可则止，拒斥过分、极

① 李学勤主编：《十三经注疏·孟子注疏》，北京大学出版社 1999 年版，第192—193 页。

② 李学勤主编：《十三经注疏·礼记正义下》，北京大学出版社 1999 年版，第1592 页。

③ 李学勤主编：《十三经注疏·论语注疏》，北京大学出版社 1999 年版，第221 页。

④ 李学勤主编：《十三经注疏·孟子注疏》，北京大学出版社 1999 年版，第21 页。

⑤ 《毛诗序》，见郭绍虞主编《中国历代文论选》1 卷本，上海古籍出版社 1979 年版，第30 页。

端，主张"温柔敦厚"、"乐而不淫，哀而不伤"，且"发乎情，止乎礼义"①。"中和"即中庸。《中庸》云："喜怒哀乐之未发谓之中，发而皆中节谓之和。中也者，天下之大本也。和也者，天下之达道也。致中和，天地位焉，万物齐焉。"②《论语·雍也》亦云："中庸之为德也，其至矣乎"③，"君子中庸，小人反中庸。君子之中庸也，君子而时中。小人之中庸也，小人而无忌惮也"。④总之，"致中和"就是要求人的感情、欲望、行为等都要符合儒家道德的礼节与规范，绝对不可以越界。

由此我们不难看到，受儒家伦理道德观念的影响，中国古代文论从一开始就强调文学作品应该从正面担当起载道的重任；而且，为了使文学发挥出最大程度的讽喻功能，《毛诗序》还具体提出了"主文而谲谏"⑤的重要批评原则，即用委婉深切的言辞表达自己的看法和倾向，微言谏净，切忌实话直说。这一批评原则，是儒家"温柔敦厚"的诗教观与审美理想的具体表述。尽管它表现了作者维护专制政体统治的政治观的褊狭，但从审美和艺术的角度说，它要求作家"风以动之，教以化之"，不直言相陈，看到了包括诗歌在内的文学对于社会政治的影响不是直接的，而是先借影响人的心理情绪进而影响社会政治，这又是符合文学艺

---

① 《毛诗序》，见郭绍虞主编《中国历代文论选》1卷本，上海古籍出版社1979年版，第30页。"乐而不淫，哀而不伤"，又见李学勤主编《十三经注疏·论语注疏》，北京大学出版社1999年版，第41页。

② 李学勤主编：《十三经注疏·礼记正义下》，北京大学出版社1999年版，第1422页。

③ 李学勤主编：《十三经注疏·论语注疏》，北京大学出版社1999年版，第82页。

④ 李学勤主编：《十三经注疏·礼记正义下》，北京大学出版社1999年版，第1424页。该页还注明："小人之中庸也"，王肃本作"小人之反中庸也"。

⑤ 《毛诗序》，见郭绍虞主编《中国历代文论选》1卷本，上海古籍出版社1979年版，第30页。

术以情感人的特点的①。既然文学作品应该遵循"主文而谲谏"的"温柔敦厚"，那么，像亚里士多德大力倡导的文学作品表现极端的痛苦、苦难、罪恶、凶杀等内容，以及崇高美学理论所强调的恐怖感、反常性，就非"君子之中庸"，而是"小人反中庸"，是"小人而无忌惮"的行为，不仅中国古代文论对此不屑一谈，缺少对"恐怖"与"极端"范畴作深层次的审美观照和探讨，而且在文学创作中也是被根本禁止的。因此，中国的文学作品中很少出现像英国哥特小说里那样极端恐怖、极端惨烈的描写。即便是六朝志怪小说里有些类似的描写，但并不具有普遍性，而且总体上其恐怖的程度也远不能与英国哥特小说相比。

其实，这种情况从并非现代意义上的"小说"一词出现在中国文献里的时候，它的载道使命就已经被确定了。据现有资料记载，"小说"最早见于《庄子·外物》篇：

> 饰小说以干县令，其于大达亦远矣。②

这里的"小说"，虽然包括了今天所说的小说的萌芽，但不全等于今天所说的小说的概念③，它在当时还主要是一个词组，

---

① 赖力行：《中国古代文论史》，岳麓书社2000年版，第59页。
② 郭庆藩著：《庄子集释》第4册，中华书局1961年版，第925页。
③ 有学者对庄子的"小说"另有解释。例如，杜贵晨在《传统文化与古典小说》中认为："先秦'小说'一词在'小'的前提下，乃指①故事的，②寓意的，③愉悦的谈话。其所谓'故事的'，可虚可实，一般为有虚有实；其所谓'寓意的'，即故事含有某种教训，说明一定的道理；其所谓'愉悦的'，即能引起人的兴趣，一般说为'故事的'属性。"因此，庄子的"小说"虽然"最终指的是'小道'，但这'小道'的存在形式是'饰'过的，即故事化的，实际指的是寓言小道的琐屑故事。"并认为包括庄子在内的先秦诸子实际上几乎皆为造作小说的专家。"《庄子·齐物》云：'予尝为女妄言之，女以妄听之。'今天看来毋宁就是他造作小说的自供。"而且结论说："先秦战国是小说发生的时代，也是中国小说理论奠基的时期。"参见杜贵晨《传统文化与古典小说》，河北大学出版社2001年版，第98－102页。

意指琐屑的言论、浅薄的道理①，即鲁迅认为的"乃谓琐屑之言，非道术所在，与后来所谓小说者固不同。"②作为文体意义的概念而加以使用，是东汉的桓谭和班固。桓谭说：

> 若其小说家，合丛残小语，近取譬论，以作短书，治身理家，有可观之辞。③

班固在《汉书·艺文志》中也说：

> 小说家者流，盖出于稗官，街谈巷语，道听途说者之所造也。孔子曰："虽小道，必有可观者焉，致远恐泥。是以君子弗为也。"然亦弗灭也。间里小知者之所及，亦使缀而不忘。如或一言可采，此亦刍荛狂夫之议也。④

从上述两段话里，我们不难发现"小说"观念从先秦至汉代的演变以及对它解说的发展：第一，认识到了小说是"道听途说者之所造"的性质；第二，在形式上，小说虽还被视为"丛残小语"，但已不是以往流诸口舌之间的言论，而是成为"短书"，并且已经"近取譬论"；第三，具有"治身理家"的社会作用。尤其需要指出的是，与治国平天下的"大道"相比，讲述"治身理

---

① 与庄子说法相近的，还有孔子《论语·子张》、荀子《荀子·正名》中所说的"小道"、"小家珍说"等。他们都把"小说"视为"小道"而加以鄙视。这种看法，长期制约了中国古代小说的发展和研究。

② 鲁迅：《中国小说史略》，见《鲁迅全集》第9卷，人民文学出版社1973年版，第151页。

③ 桓谭：《新论》，转引自黄霖、韩同文选注《中国历代小说论著选》（修订本）上册，江西人民出版社2000年版，第1页。

④ 班固：《汉书·艺文志》，转引自黄霖、韩同文选注《中国历代小说论著选》（修订本）上册，江西人民出版社2000年版，第3—4页。

家"的道理当然属于"小道"，但正是由于这种"致远恐泥"、"君子弗为"的"小道"终究还承担有一些"道"，所以才"有可观之辞"，"亦使缀而不忘"，"亦弗灭也"。这大概就是备受歧视的小说又未被极重功利的儒家文人全盘否定、摒弃而得以存在下去的重要原因了。

　　基于此，后世的小说理论为摆脱小说备受歧视的地位，便对小说的"载道"功能据理力争，用心最多。

　　加之"中国小说是在史传文学的母体内孕育的，史传文学太发达了，以至她的儿子在很长时期不能从她的荫庇下走出来，可怜巴巴地拉着史传文学的衣襟，在历史的途程中踽踽独行"。①因此，小说的价值和意义，从一开始就不在现今意义上所说的"小说性"，而在于它被看作是"稗官野史"、"正史之余"和"六经国史之辅"。小说要得以存在，就必须追求"历史旨趣"，必须证明自己的"历史性"，所谓"文参史笔"、"班、马史法"、"良史之才"就是对小说叙事的最高评价②。夏志清在《中国古典小说史论》中也曾这样说："在中国的明清时代，如同西方与之相应的时代一样，作者与读者对小说里的事实都比对小说本身更感兴趣。……他们对虚构故事的不信任表明，他们相信故事和小说不能仅仅作为艺术品而存在：无论怎样加上寓言性的伪装，它们只有作为真事才能证明自己的价值。它们得负起像史书一样教化民众的责任。"③因此，中国历代批评家、作家都十分强调小说"得负起像史书一样教化民众的责任"。六朝干宝创作《搜神记》，明言其目的为"明神道之不诬也"④。唐代柳宗元提出了小说类

---

① 石昌渝：《中国小说源流论》，三联书店 1994 年版，第 1 页。

② 饶芃子等：《中西比较文艺学》，中国社会科学出版社 1999 年版，第 114 页。

③ 夏志清：《中国古典小说史论》，胡益民等译，江西人民出版社 2001 年版，第 14 页。

④ 干宝：《搜神记序》，汪绍楹校注，中华书局 1979 年版，第 2 页。

文字应"皆取乎有益于世者也"①的命题。小说家李公佐则声称其创作《谢小娥传》的目的是"儆天下逆道乱常之心","观天下贞夫孝妇之节"②。

特别是明代的批评家、作家，为了提升小说的社会地位，就格外突出强调小说的重要作用，甚至把它与经史相提并论。例如，凌云翰在《剪灯新话序》说："是编虽稗官之流，而劝善惩恶，动存鉴戒，不可谓无补于世。"③张尚德也主张小说应在"了然于心之下，裨益风教"④。蒋大器在《三国志通俗演义序》中同样指出：

> 夫史，非独纪历代之事，盖欲昭往昔之盛衰，鉴君臣之善恶，载政事之得失，观人才之吉凶，知邦家之休戚，以至寒暑灾祥、褒贬予夺，无一而不笔之者，有义存焉。……若读到古人忠处，便思自己忠与不忠，孝处，便思自己孝与不孝。至于善恶可否，皆当如此，方是有益。⑤

连创作《西游记》的吴承恩也说："吾书名为志怪，盖不专明鬼，时纪人间变异，亦微有鉴戒寓焉。"⑥值得注意的是，吴

① 柳宗元：《读韩愈所著毛颖传后题》，转引自黄霖、韩同文选注《中国历代小说论著选》（修订本）上册，江西人民出版社 2000 年版，第 48 页。

② 李公佐：《谢小娥传》，转引自黄霖、韩同文选注《中国历代小说论著选》（修订本）上册，江西人民出版社 2000 年版，第 54 页。

③ 凌云翰：《剪灯新话序》，转引自黄霖、韩同文选注《中国历代小说论著选》（修订本）上册，江西人民出版社 2000 年版，第 106 页。

④ 张尚德：《三国志通俗演义引》，转引自黄霖、韩同文选注《中国历代小说论著选》（修订本）上册，江西人民出版社 2000 年版，第 115 页。

⑤ 蒋大器：《三国志通俗演义序》，转引自黄霖、韩同文选注《中国历代小说论著选》（修订本）上册，江西人民出版社 2000 年版，第 108—109 页。

⑥ 吴承恩：《禹鼎志序》，转引自黄霖、韩同文选注《中国历代小说论著选》（修订本）上册，江西人民出版社 2000 年版，第 126 页。

承恩强调，即使创作志怪小说，也不能仅仅满足于"奇"和"怪"，同样应该"有鉴戒寓焉"，要像禹铸九鼎一样使读者接受教育。他的《西游记》就贯彻了这一精神宗旨。

作为通俗小说的理论家和作家，冯梦龙把小说抬到了与儒家经典等量齐观的地位。他认为，好的小说能使"怯者勇，淫者贞，薄者敦，顽钝者汗下。虽小诵《孝经》、《论语》，其感人未必如是之捷且深也"①。在封建传统时代，他居然把小说的意义与教化作用看得比四书五经还重要，确是胆大惊人。在《警世通言叙》中，他认为小说的目的，就是"令人为忠臣，为孝子，为贤牧，为良友，为义夫，为节妇，为树德之士，为积善之家"。并举例说："里中儿代庖而创其指，不呼痛，或怪之。曰：吾倾从玄妙观听说《三国志》来，关云长刮骨疗毒，且谈笑自若，我何痛为！夫能使里中儿有刮骨疗毒之勇，推此说孝而孝，说忠而忠，说节义而节义，触性性通，导情情出。视彼切磋之彦，貌而不情；博雅之儒，文而丧质，所得而未知孰赝孰真也！"②他将自己编撰的三部短篇小说集题名为《喻世明言》、《警世通言》和《醒世恒言》，就是为了劝谕、警戒、唤醒世人，起到明确的社会教化作用："明者，取其可以导愚也。通者，取其可以适俗也。恒则习之而不厌，传之而可久。三刻殊名，其义一耳。"③

大理论家胡应麟，不仅从古今小说发展的总体演变上深入辨析了小说的概念，使小说概念更明朗化、准确化，而且论述了小说的社会作用和审美特征。在论及小说的作用时，他说：

---

①　绿天馆主人：《古今小说序》，转引自黄霖、韩同文选注《中国历代小说论著选》（修订本）上册，江西人民出版社 2000 年版，第 225—226 页。

②　无碍居士：《警世通言叙》，转引自黄霖、韩同文选注《中国历代小说论著选》（修订本）上册，江西人民出版社 2000 年版，第 230 页。

③　可一居士：《醒世恒言序》，转引自黄霖、韩同文选注《中国历代小说论著选》（修订本）上册，江西人民出版社 2000 年版，第 233 页。

小说者流，或骚人墨客游戏笔端，或奇士佚人搜罗宇外，纪述见闻无所回忌，覃研理道务极幽深，其善者足以备经解之异同、存史官之讨核，总之有补于世，无害于时。①

并在充分肯定小说"有补于世，无害于时"的基础上，提出要更定九流，给小说以独立的文体地位，将其独立为一流，置于道、释之上，与儒、兵、农诸家平起平坐②。这不能不说是胡应麟对提高小说地位、建立小说理论所作出的一大贡献。

清代以降，对小说教化功能的重视依然不减。静恬主人（不详）《金石缘序》开篇明义：

小说何为而作也？曰以劝善也，以惩恶也。夫书之足以劝惩者，莫过于经史，而义理艰深，难令家喻而户晓，反不若稗官野乘福善祸淫之理悉备，忠佞贞邪之报昭然，能使人触目儆心，如听晨钟，如闻因果，其于世道人心不为无补也。③

闲斋老人在《儒林外史序》中曰：

稗官为史之支流，善读稗官者，可进于史，故其为书，亦必善善恶恶，俾读者有所观感戒惧，而风俗人心，庶以维持不坏也。④

---

① 胡应麟：《少室山房笔丛》，上海书店出版社 2001 年版，第 283 页。
② 同上书，第 261 页。
③ 静恬主人：《金石缘序》，转引自黄霖、韩同文选注《中国历代小说论著选》（修订本）上册，江西人民出版社 2000 年版，第 436 页。
④ 闲斋老人：《儒林外史序》，转引自黄霖、韩同文选注《中国历代小说论著选》（修订本）上册，江西人民出版社 2000 年版，第 467 页。

自怡轩主人（许宝善）《娱目醒心编序》之与众不同处，是结合着"娱目"而谈论"醒心"的，显出了寓教化于美感之中的真知灼见：

> 即可娱目，即以醒心。而因果报应之理，隐寓于惊魂眩魄之内。俾阅者渐入于圣贤之域而不自知。于人心风俗，不无有补焉。①

把小说的教化功能推向极致的是近代的梁启超。他在《论小说与群治之关系》一文中说：

> 欲新一国之民，不可不先新一国之小说。故欲新道德，必新小说；欲新宗教，必新小说；欲新政治，必新小说；欲新风俗，必新小说；欲新学艺，必新小说；乃至欲新人格，必新小说。何以故？小说有不可思议之力支配人道故。②

尤为难能可贵的是，梁启超对小说社会作用的描述，并没有停留在经验认识的水平，而是运用心理学理论与方法，在一种崭新的阐释策略理性思维下，对小说影响人的"熏"、"浸"、"刺"、"提"等四种力作了精彩的分析。他的分析"超越了在小说社会作用问题上既有的经验认识，使他的小说批评具有了明显的知识和学理的深度"。③ 但是，他的立足点仍然未能摆脱儒家的教化理念，仍然强调的是小说对世道人心和群治的影响力量与载道功

---

① 自怡轩主人：《娱目醒心编序》，转引自黄霖、韩同文选注《中国历代小说论著选》（修订本）上册，江西人民出版社 2000 年版，第 524 页。

② 梁启超：《论小说与群治的关系》，转引自黄霖、韩同文选注《中国历代小说论著选》（修订本）下册，江西人民出版社 2000 年版，第 41 页。

③ 赖力行：《中国古代文论史》，岳麓书社 2000 年版，第 286 页。

能，从而服务于他的改良政治。

近现代以来的中国历史环境，更是让小说淋漓尽致地发挥出了它特有的战斗力，扮演了栩栩如生的载道角色！

综上所述，正是由于小说在中国独特的历史境遇，也由于我们太在乎、太看重小说的教化功能，因此我们的小说多了几分严肃性和使命感，而少了几分愉悦性和游戏感。这样，较之西方对小说功能的探讨所表现出的多元性与开放性的特点，中国对小说功能的探讨明显地表现出了单一性和封闭性的特征。自然，在这种情况下，也就不能容许让极端的、血腥的恐怖污染我们文学的神圣！这不仅是六朝志怪小说总体上未能出现像英国哥特小说那样强烈的、带有普遍特征的恐怖性的主要原因，也是英国哥特小说迟迟未能像其他优秀的外国文学作品那样名正言顺地在中国得到广为译介和研究的主要原因。

第 四 章
主 题 论

我们这里所说的主题论，是比较文学意义上的主题学研究（thematics 或 thematology），而不是一般意义上的主题研究（study of theme）。主题学探索的是相同主题在不同时代以及不同作家作品中的处理，据以了解时代的特征和作家的用意①。主题学研究有两大层面，一是比较研究某一个或若干个有着广泛影响的主题经流传后在不同民族或国家的作家那里所获得的不同处理；二是比较研究无影响情况下不同民族的作家对共同主题的不同表现。我们的研究在后一个层面上展开。

由于人类共同生活在同一个地球上，自然就会面临着一些相同的问题和相同的困境，这决定了人类文学创作必然有对相同的问题和困境的共同思索。文学作品的主题，大都就是人类面对一系列相同的生存困境时而对它们做出的意思表达。作为鬼怪小说的英国哥特小说与中国六朝志怪小说，也概莫能外。它们同样可以，并且能够表现出重大而深刻的相同主题，尽管是通过怪诞曲折、隐秘象征的方式。正如黑格尔指出的那样："遇到一件艺术作品，我们首先见到的是它直接呈现给我们的东西，然后再追究它的意蕴或内容。前一个因素——即外在的因素——对于我们之所以有价值，并非由于它所直接呈现的；我们假定它里面还有一

---

① 　陈鹏翔：《主题学研究论文集》，台湾东大图书公司 1983 年版，第 15 页。

种内在的东西，即一种意蕴，一种灌注生气于外在形状的意蕴。那外在形状的用处就在指引到这意蕴。因为一种可以指引到某一意蕴的现象并不只是代表它自己，不只是代表那外在形状，而是代表另一种东西，就像符号那样，或者说得更清楚一点，就像寓言那样，其中所含的教训就是意蕴。"而且这种意蕴"总是比直接显现的形象更为深远的一种东西"，那是"一种内在的生气，情感，灵魂，风骨和精神"①。当然，由于民族信仰、文化传统等背景的不同，相同的主题之中必然会有个性差异。

因此，从动机上说，任何作家的创作都是有感而发，决非无病呻吟。作家在讲述故事的时候自然会赋予自己的故事一个意义系统，因为"任何故事都必须有一个目的"②，这就是主题。"主题是某种统一。它由若干微小的相互之间发生一定关系的主题成分构成"③。小说的主题是通过一个或若干个艺术形象展示出来的，而愈是内涵丰富的艺术形象就愈会表现出丰富的主题意义。在这种主题意义的构成上，各个部分之间既可能相互包容、相互关联，又可能互有矛盾、彼此排斥，这种既对立又统一的状态恰恰透出小说的张力和开放性，后人可以不断地赋予它们新的解读意义和生命力，使之历久弥新。特别是接受者的主观性特征，不可避免地会引起阅读的多样化与差异性。这样，不同的读者就会根据自身的经验与体认，即"伦理取位"④，对同一部作品作出各不相同的阐释。因此，丰富含蓄而不是单一浅薄的主题，往往能带给读者一种动人心魄的剪不断、理还乱的阅读魅力。任何认

① 黑格尔：《美学》第 1 卷，朱光潜译，商务印书馆 1984 年版，第 24—25 页。
② 弗里德里克·尼采：《1873 年笔记》，转引自希利斯·米勒《重申解构主义》，郭英剑等译，中国社会科学出版社 1998 年版，第 36 页。
③ 鲍里斯·托马舍夫斯基：《主题》，转引自方珊编译《俄国形式主义文论选》，三联书店 1989 年版，第 119 页。
④ 戴卫·赫尔曼主编：《新叙事学》，马海良译，北京大学出版社 2002 年版，第 35 页。

为小说只有一个主题或者一种解释的观点都不利于小说的阅读，甚至会使小说的魅力荡然无存。所以任何对小说的概括与归纳，都是相对的，从不同的角度、不同层面看，就会得出不同的主题。小说作为"一个既未解释也未隐藏的符号"①，及其必然带来的意义的多元性与复杂性的特点，决定了我们在探讨不同主题时，会涉及同一部作品。

第一节　问题的提出

应该说，从主题研究的角度看，六朝志怪小说与英国哥特小说似乎都不该有什么问题，因为要谈论它们就不可能回避其所反映的主题思想。然而，事实似乎并非如此。它们存在的具体问题虽不相同，但主题研究中所显出的薄弱性则是相同的。只要对它们主题研究的现状作一考察和梳理，我们就会发现，对其主题的研究的确仍有进一步探讨的必要。

综观对已有的六朝志怪小说主题的探讨，主要呈现为两种情况：一种是直接归纳概括六朝志怪小说的主题思想；另一种是依据志怪小说所反映的题材内容将其划分为若干主题。前者可以李剑国的《唐前志怪小说史》和齐裕焜主编的《中国古代小说演变史》为代表。李剑国将六朝志怪小说的主题分为四个方面：(1) 广泛反映了六朝社会现实的黑暗和混乱以及人民遭受的苦难；(2) 表现了当时人民群众的反抗斗争以及人民与进步人士的理想和愿望；(3) 反映了宗教迷信的种种情况；(4) 反映了当时其他社会状况和社会风气②。齐裕焜也把六朝志怪小说的主题分为四个方面，

---

① 希利斯·米勒：《解读叙事》，申丹译，北京大学出版社 2002 年版，第 14 页。

② 李剑国：《唐前志怪小说史》，南开大学出版社 1984 年版，第 238－243 页。

与李剑国的观点基本一致：（1）真实反映了当时社会现实的黑暗和人民遭受的苦难，鞭挞了封建统治阶级的凶残暴虐和荒淫无耻，表现了人民英勇顽强的反抗精神；（2）热情歌颂纯真美好的爱情，表达被压迫人民对婚姻自由的强烈追求；（3）突出表现了人民群众对和平幸福生活的渴望与憧憬；（4）渗透着宗教迷信的糟粕，如宣扬佛家的灵魂不灭、轮回报应、天堂地狱之说等等①。后者以王国良的《六朝志怪小说考论》为代表。王国良认为，六朝志怪小说具有代表性的主题有十三类：（1）神话、传说；（2）阴阳数术；（3）民间信仰；（4）精怪变化；（5）鬼神灵异；（6）殊方异物；（7）服食修炼；（8）仙境传说；（9）异类婚姻；（10）宗教灵验；（11）冥界游行；（12）因果报应；（13）佛道争胜。②

我们还发现，这两种情况不仅反映在对志怪小说主题的总体研究上，也贯穿在对具体某一部志怪小说主题的研究上。以六朝志怪小说的经典代表作《搜神记》为例，采用归纳概括法的有刘大杰的《中国文学发展史》（上册）、吴志达的《中国文言小说史》、苗壮的《笔记小说史》等。刘大杰认为《搜神记》"揭露了封建统治者压迫人民的残暴罪行，歌颂了人民的纯洁爱情和他们对压迫者、对迷信思想的反抗精神，通过丰富巧妙的幻想，反映人民追求美好幸福生活的愿望"③。吴志达认为《搜神记》最有价值的主题体现在六个方面：（1）描写人民反抗残暴统治、至死不屈的精神；（2）歌颂人民勇敢机智，为民除暴灭害的胆略和品

---

① 齐裕焜主编：《中国古代小说演变史》，敦煌文艺出版社 1999 年版，第 38—42 页。

② 王国良：《六朝志怪小说考论》，台湾文史哲出版社 1988 年版，第 14—34 页。

③ 刘大杰：《中国文学发展史》上册，上海古籍出版社 1982 年版，第 248—249 页。

质；（3）反映人民改造自然或消除灾害的愿望；（4）表现青年男女要求婚姻自主和生死不渝的爱情；（5）描写人与神鬼婚恋生育的怪诞故事；（6）从因果报应中体现人民对生活的理想与善恶是非观念①。苗壮认为《搜神记》的思想意义和认识价值主要体现在四个方面：（1）歌颂美德；（2）肯定爱情和美好婚姻；（3）同情弱者，揭露残暴；（4）降妖伏鬼，无所畏惧②。以内容划分主题的有李剑国的《唐前志怪小说史》，王增斌、田同旭的《中国古代小说通论综解》（上册）等。李剑国对《搜神记》作了九大方面的总结：（1）神仙术士及其法术变化之事；（2）神灵感应之事；（3）妖祥卜梦之事；（4）物怪变化及灵奇之物；（5）鬼事及还魂事（又细分人鬼恋爱、死而复生、鬼魂显验和作祟事等）；（6）精怪事；（7）报应故事；（8）神话和其他怪异传说；（9）历史传说③。王增斌等将《搜神记》的主要内容分为五个方面：（1）神仙术士及法术变化；（2）人神互感故事；（3）妖祥卜梦及物怪变化；（4）鬼事与精怪（又分人鬼人精恋爱、人死而复生、鬼魂精怪显验作祟等三类）；（5）神话与历史传说。④

　　从上述主题研究现状的罗列中，我们看到，这两种主题研究对于我们从纷繁复杂、斑斓多姿的六朝志怪小说中把握其主题，无疑大有裨益，功不可没。不过，存在的问题也是显而易见的。就前一种主题研究而言，尚停留在问题的表面形态，显得肤浅空泛，缺乏深入探讨，且带有过强的社会学分析色彩和传统思维定势；特别是将志怪小说中所反映出来的一些重要思想简单地归为宗教迷信而加以谨慎排斥的做法，在很大程度上又妨碍了人们对

---

　　① 吴志达：《中国文言小说史》，齐鲁书社 1994 年版，第 146—155 页。

　　② 苗壮：《笔记小说史》，浙江古籍出版社 1998 年版，第 66—72 页。

　　③ 李剑国：《唐前志怪小说史》，南开大学出版社 1984 年版，第 292—308 页。

　　④ 王增斌、田同旭：《中国古代小说通论综解》上册，中国文联出版社 1999 年版，第 86—88 页。

志怪小说主题的认识。而后一种主题研究，其实是把主题与题材混为一谈了。主题与题材是不同的，题材是作品所反映的内容，而主题则是从题材中所抽取、提炼出来的主要问题和意义。由于这种研究是以小说所反映的内容为依据来划分主题，因此不仅造成题材与主题的相互混淆，而且致使主题淹没在题材内容中，显得繁琐混乱，难以让人透过繁复纷纭的表象，从更高的层次或从宏观的角度来清理和认识六朝志怪小说真正的主旨内涵和精髓所在。

就英国哥特小说而言，由于国内研究界长期所持的冷漠与偏见态度，造成对其具体文本观照与宏观研究都极为不够的状况，在此情况下，自然也就更缺少对这类所谓恐怖无聊之作所表现的主题作总体研究和深入开掘。其实，英国批评家赫德早在 1762 年就已经十分注意将"古典"与"哥特"加以区分，特别是他的以哥特艺术规则来判断哥特艺术的观点，迄今仍很有启迪意义。他认为，"古典"与"哥特"分属于两个完全不同的艺术世界，不可以说其中一个优于另一个。"当一位建筑家用希腊的规则审察一个哥特式结构时，他只能发现畸形。但哥特建筑运用它自己的规则，用这些规则来审视它时，就可以看到，它跟希腊建筑一样有它的优点。"只有遵照哥特概念而不是古典概念来阅读和批评，才能"因为是哥特式的而更富有诗意"①。当然，现代西方学者已经公认哥特小说代表了一种趣味，一种审美形态②。我们对英国哥特小说及其主题的研究，依据的正是哥特艺术的概念，并将它视为一种特殊的审美形态。

中国六朝志怪小说与英国哥特小说各有自己的表达主题。例

---

① 理查德·赫德：《论骑士制度与罗曼司信札》，转引自马泰·卡林内斯库《现代性的五副面孔》，顾爱彬、李瑞华译，商务印书馆 2003 年版，第 43 页。

② Robert Miles, *Gothic Writing*, *1750 — 1820*：*A Genealogy*, Routledge, 1993, p. 1.

如，因果报应、爱情、复仇、反对暴政、歌颂理想世界、表现长生欲望等，常常是六朝志怪小说表现的主题；而反对贪欲、揭露残暴与罪恶、因果报应、爱情、复仇、强奸、乱伦等，则是英国哥特小说常见的主题。下面，我们从比较文学主题学的角度，仅就中国六朝志怪小说与英国哥特小说表现出来的三大共同主题，即因果报应主题、爱情主题、复仇主题，作一番考察。

第二节　因果报应主题比较

宗教问题总是和道德问题相关联，世界各种重要宗教无不以劝善戒恶为其一重要内容[①]。英国哥特小说与中国六朝志怪小说创作与宗教的密切关系，使它们都共同具有惩恶扬善的思想精神。这尤为突出地体现在因果报应主题的表达上。两者均是通过这一主题彰显了鲜明的道德伦理观念与善恶是非的价值评判，因此，这一主题在英国哥特小说与中国六朝志怪小说中灼然醒目，占据着十分重要的地位。

在六朝志怪小说中，因果报应主题几乎居于压倒一切的主导位置。这种果报集中体现在善报与恶报上。例如，《搜神记·丁姑祠》[②] 中的丁姑，十六岁出嫁，被残酷的婆婆迫害致死。死后显灵，誓做伸张正义之事。当她"从一婢，至牛渚津，求渡"时，两男子不怀好意，恶言调戏："听我为妇，当相渡也。"丁姑当即予以恶报，使其"覆水中"；而对不嫌麻烦、乐于助人的善良老翁，则以"鱼千数"相报答。正因为她在人世间赏善罚恶，爱憎分明，所以江南人民立祠纪念她。在她身上，体现了鲜明的善恶是非价值观念。因此，善报与恶报的基本内涵也自然成为我

---

① 汤一介：《佛教与中国文化》，宗教文化出版社 2000 年版，第 162 页。
② 干宝：《搜神记》，汪绍楹校注，中华书局 1979 年版，第 61—62 页。

们认识评价六朝志怪小说意义与价值的关键。

六朝志怪小说中的善突出体现在仁爱和信义方面。在儒学衰微佛道兴起的动荡时代里，儒家思想中的道德伦理观念并没有被抛弃和遗忘，依然以其强大的生命力主宰着关于"人"的理想塑造模式，依然是人们为人处世的最高准则。《搜神记·董永》[①]和《搜神后记·白水素女》[②]都是善有善报的代表作，故事因深得民心，流传极广。董永父亡，因贫穷"无以葬，乃自卖为奴，以供丧事"，是至孝之人，所以天帝就派仙女下凡帮助他。作者借仙女之口表达了善有善报的思想："缘君至孝，天帝令我助君偿债耳。"而《白水素女》中的谢端，本是个"少丧父母，无有亲属，为邻人所养"的青年，但为人善良，谨慎勤恳。虽"躬耕力作，不舍昼夜"，却仍不能改变贫困处境，天帝怜其少孤而又能"恭谨自守，不履非法"，便派银河中的白水素女为他"守舍炊烹"，助其致富。

重义守信也能获得善报。《论语·为政》云："见义不为，无勇也"[③]；《论语·里仁》又云："君子喻于义，小人喻于利。"[④]《搜神记·李寄》[⑤]是张扬见义勇为善举的名篇。小说写庸岭中一大蛇凶残异常，不仅强迫当地人为其"祭以牛羊"，而且"欲得啖童女年十二三者"。在大蛇已吃掉九女、众人无可奈何之际，少女李寄不顾父母阻拦，挺身而出，勇斩大蛇，为民除害。《搜神记·张璞》[⑥]称赏的也是张璞的义举。因婢女戏指神像配主，使得庐君托梦致婚聘。船至中流，颠簸不前，张璞知情后，虽有

① 干宝：《搜神记》，汪绍楹校注，中华书局 1979 年版，第 14—15 页。
② 陶潜：《搜神后记》，汪绍楹校注，中华书局 1981 年版，第 30—31 页。
③ 李学勤主编：《十三经注疏·论语注疏》，北京大学出版社 1999 年版，第 26 页。
④ 同上书，第 51 页。
⑤ 干宝：《搜神记》，汪绍楹校注，中华书局 1979 年版，第 231—232 页。
⑥ 同上书，第 49 页。

不忍之心，可为守信，毅然使妻沉女于水。但妻竟"以璞亡兄孤女代之"。璞知后大怒曰："君何面目于当世也！"乃亲投己女。张璞在关键时刻，视信义高于生命，经受住了人性的考验，故作者借吏之口说："庐君谢君。知鬼神非匹，又敬君之义，故悉还二女。"作为义行的报偿。《搜神记·三王墓》[①] 中的侠客以生命维护承诺的义举惊天地泣鬼神，令人肃然起敬。《搜神记·盘瓠》更将信义置于关乎国家社稷名誉安危的高度来看待：

> 时戎吴强盛，数侵边境，遣将征讨，不能擒胜。乃募天下有能得戎吴将军首者，购金千斤，封邑万户，又赐以少女。后盘瓠衔得一头，将造王阙。王诊视之，即是戎吴。"为之奈何？"群臣皆曰："盘瓠是畜，不可官秩，又不可妻，虽有功，无施也。"少女闻之，启王曰："大王既以我许天下矣，盘瓠衔首而来，为国除害，此天命使然，岂狗之智力哉！王者重言，伯者重信，不可以女子微躯，而负明约于天下，国之祸也。"王惧而从之，令少女从盘瓠。[②]

足见信义之神圣！像这类作品举不胜举。

六朝志怪小说中的恶报则集中表达了对人性之恶、社会之黑暗的暴露与抨击。在《搜神记·三王墓》，干将莫邪为楚王精心铸剑，三年乃成，楚王竟以耗时太久就将其残忍杀害。但恶有恶报，这位暴君最终落了个被仗义之士砍杀的可耻下场；在《搜神记·苏娥》[③] 中，龚寿趁柔弱的苏娥与奴婢日暮投宿亭外之机，

---

① 干宝：《搜神记》，汪绍楹校注，中华书局1979年版，第128－129页。

② 李剑国：《唐前志怪小说辑释》，台湾文史哲出版社1995年版，第256－257页。

③ 干宝：《搜神记》，汪绍楹校注，中华书局1979年版，第194－195页。

先是调戏苏娥，遭拒后恼羞成怒，杀娥及婢，掠走财物，烧毁牛车。但苏娥鬼魂显灵诉冤，最终让因色财而杀人的龚寿以及包庇他的家人皆被斩之。不守信义也是人性恶的表现之一。我们前面讲过，志怪小说的作者视儒家信义为待人处世的最高准则，对其大加称颂。相反，对失信之举则痛力谴责。《搜神记·女化蚕》①借神话表达了这一思想。父亲从军远征，在家的女儿极为"思念其父"，就对自己喂养的马戏言道："尔能为我迎得父还，吾将嫁汝。"马听此言，便绝缰而去，果引父归。不料，女儿不顾马的绝食悲鸣，背信忘义，不肯履行诺言，还具以告父，父竟"伏弩射杀之，暴皮于庭"。而女儿还足踏马皮说："汝是畜生，而欲取人妇耶？招此屠剥，如何自苦？"该女不仅不守信义，而且目的一经达到，就翻脸不认账。更有甚者，她反过来还对有恩于她的马极尽侮辱摧残之能事。最后落了个被马皮卷走、尽化为蚕、"绩于树上"的悲剧。这就是背义的代价。《周式》②表达的也是同样的思想。周式违背诺言，"盗发视书"，虽感于他"远相载"之善，故告诉他"还家，三年勿出门，可得度也"。然而他不听相劝，再次食言，故遭惩罚。

因果报应主题在南北朝志怪小说中尤为突出。胡应麟曾云："齐、梁弘释典，故多因果之谈。"③鲁迅也认为南北朝志怪小说是"释氏辅教之书"④。其中最典型的作品当数颜之推的《冤魂志》和王琰的《冥祥记》。《冤魂志》表达的主旨就是"引经史以证报应"，并"开混合儒释之端"⑤。颜之推在其《颜氏家训·归

---

　　① 干宝：《搜神记》，汪绍楹校注，中华书局1979年版，第172—173页。

　　② 同上书，第65页。

　　③ 胡应麟：《少室山房笔丛》，上海书店出版社2001年版，第283页。

　　④ 鲁迅：《中国小说史略》，见《鲁迅全集》第9卷，人民文学出版社1973年版，第194页。

　　⑤ 同上。

心篇》解释说："好杀之人，临死报验，子孙殃祸。"① 《四库全书总目》对《冤魂志》的评价也是："此书所述，皆释家报应之说。"② 同样，《冥祥记》"所记皆善恶报应之事"③。

以《冤魂志》为例，《冤魂志》中的《太乐伎》、《孙元弼》、《江陵士大夫》、《徐铁臼》是揭示因果报应主题最为典型的篇章。《太乐伎》④ 无情抨击了县令对无辜者宝贵生命的漠视与践踏。秣陵县令陶继之，在"不详审"的情况下，将抓错的太乐伎列于死囚名单中随例上报。事后他明知太乐伎冤枉，却"以文书已行"为其昏庸怠懒做借口，不予纠正而滥杀之。后来太乐伎的鬼魂夜夜潜入县令的梦中控诉之，致使县令"状若疯癫"，"辄夭矫头反著背，四日而亡"。而且"亡后，家便贫悴，一儿早死，余有一孙，穷寒路次"。

《孙元弼》⑤ 中的丁丰、史华期两人与县令王范之妾有通奸之事。丁、史惧怕同僚孙元弼告发，遂反诬告元弼与桃英有私，而陈超更是落井下石，助纣为虐，造成孙元弼被枉杀的悲剧。弼鬼魂遂寻机复仇，杀范及妾，亲睹弼鬼魂的陈超，惊恐万状，连夜"逃走长干寺"，隐姓埋名，躲避追杀。最终他还是一命呜呼，在劫难逃。

在《江陵士大夫》⑥ 中，梁元晖无端逼迫刘氏扔掉自己才几岁的儿子，"刘甚爱惜，以死为请"，但梁元晖"遂强夺取，掷之

----

① 颜之推：《颜氏家训·归心篇》，见《诸子集成》第 8 册，上海书店 1986 年版，第 31 页。

② 纪昀等撰：《四库全书总目》第 142 卷，中华书局 1965 年版，第 1209 页。

③ 袁行霈、侯忠义：《中国文言小说书目》，北京大学出版社 1981 年版，第 25 页。

④ 李剑国：《唐前志怪小说辑释》，台湾文史哲出版社 1995 年版，第 670－671 页。

⑤ 同上书，第 674－675 页。

⑥ 同上书，第 679 页。

雪中，杖棰交下"，活活将孩子打死。"刘乃步步回顾，号叫断绝。辛苦顿毙，加以悲伤，数日而死。"作品为我们展示了一个肆意摧残、蹂躏生命的惨不忍睹的血腥场面。梁元晖的施暴行为和刘氏父子所遭受的摧残、蹂躏以及悲惨之死，足以让人怵目惊心，毛骨悚然。它赤裸裸、血淋淋地记录了人世间最丧尽人性、最惨绝人寰的暴行。这个杀人魔王最终经受不住刘氏冤魂的追讨，"载病，到家而卒"。

《徐铁臼》① 则揭露了家庭内部因财产分配继承问题而导致骨肉相残、暴力凶杀的可怕恶行。陈氏为让自己的儿子独占家庭财产，竟狠心对年仅 16 岁的后夫之子铁臼横加虐待。她给自己的儿子"名之曰铁杵，欲以杵铸铁臼也。于是捶打铁臼，备诸苦毒，饥不给食，寒不加絮"，最后将他活活折磨而死。铁臼虽死不屈，执意惩罚恶人。其鬼魂还家，悲愤控诉曰："我铁臼也，实无片罪，横见残害。我母诉怨于天，今得天曹符，来取铁杵。当令铁杵疾病，与我遭苦时间。将会自有期日，我今停此待之。"铁杵遂病，"体痛腹大，上气妨食。鬼屡打之，处处青黵，月余而死"。

同样，英国哥特小说讲述的故事及其结局也鲜明地呈现出了因果报应主题。《奥特朗托城堡》就是写曼弗雷德一家因承受先祖篡位杀人之罪而遭到报应的故事。阿方索原是奥特朗托城堡的主人，被管家里卡多残忍毒死。里卡多伪造虚假遗嘱篡夺了城堡。然而圣尼古拉斯显灵，宣布在真正合法的主人长大后，里卡多的后代必须交出城堡继承权。但篡位者的后代曼弗雷德为达到长期霸占城堡的目的，企图安排年仅 15 岁的儿子早婚以便延续后嗣，继续保持对城堡的继承权。但事实上适得其反，曼弗雷德

---

① 李剑国：《唐前志怪小说辑释》，台湾文史哲出版社 1995 年版，第 672－673 页。

开始遭到一系列的报应：儿子在举行婚礼前被从天而降的神秘巨盔突然砸死；女儿又被自己误杀；最后阿方索的幽灵撞毁城堡护墙，向众人宣谕神秘青年西奥多是自己的后嗣，城堡终于重新回到主人手中。曼弗雷德为继续霸占城堡，挖空心思，绞尽脑汁，无所不用其极，但最终还是竹篮打水一场空，家破人亡的他，只得在修道院的忏悔中聊度残生，凄凄惨惨戚戚。

《瓦塞克》中的同名国王，狂妄自大，骄横跋扈，为了满足对人间地狱奇珍异宝的贪欲和控制欲，竟不惜滥杀无辜，暴行累累，罄竹难书，但最终落入地狱，永远备受烈火的烤炙与煎熬。这种因果报应已由谴责瓦塞克的精灵道出："被引入歧途的国王啊，真主将众多的臣民交给你，希望你带领他们过幸福安康的日子，可你完成自己的使命了吗？你犯下那么多的罪恶，现在就要受到惩罚了。你知道，这座山脉那边，是魔鬼和他的追随者的世界，是一个地狱般的王国。而你，受一个居心叵测的幽灵的诱惑，正在走向自己的毁灭！现在是你最后的机会。抛弃你狂妄邪恶的野心……坦白你的罪孽吧。"①曼弗雷德和瓦塞克这两个人物，在获取财富、满足贪欲的过程中完全丧失了人性与良知，变成了十足的暴君和恶魔，理应遭到恶报。

《修道士》中滴血修女的故事、多米娜院长的故事、安布罗斯院长的故事，使得作品因果报应主题的表达更为鲜明，更为强烈。那位年轻英俊却阴险歹毒的奥托，为夺取哥哥的城堡，先怂恿修女杀死哥哥，然后杀人灭口，将凶杀罪责完全嫁祸于修女，并顺利继承哥哥的城堡。但这场谋杀的真正策划者和主谋并未因此逃脱惩罚，最终还是被流着血的修女的幽灵折磨而死。圣克莱尔修道院院长多米娜的死也是恶有恶报，咎由自取。身为一个女院长，她非但没有仁爱之心，而且胸襟狭隘，凶狠残忍，报复心

① William Beckford, *Vathek and Other Stories*, Pickering Limited, 1993, p. 89.

极强。由于阿格尼丝的恋爱行为让她在安布罗斯这位偶像面前丢了面子，便将阿格尼丝打入非人境地，残酷折磨。她的冷酷与罪行激起了民众的义愤，最终被当场打死。而作为主人公的安布罗斯神父，心猿意马，意志不坚，在上帝与情欲之间，最终背叛誓约，抛弃信仰，沉溺肉欲，接连犯下强奸、乱伦和凶杀大罪。既然他已背弃上帝，便不再得到上帝的庇护，等待他的也不再是天国的灵光，而是地狱的死亡惩罚。他的死是自作自受，罪有应得。作品中最后出现的那个魔鬼实际上代表了惩罚邪恶的正义力量，因为是他在作品里集中而无情地揭露了安布罗斯犯下的种种罪恶，愤怒谴责他是一个"杀人犯"，一个"背信弃义的伪君子"，一个"没有人性的忤逆之辈"，一个"地狱里都再也找不到"的"更恶毒的恶棍"①。而后又是他让这个恶棍历经无比痛苦的折磨后死去，客观上起到了惩恶和报应的作用。

从某种程度上说，《弗兰肯斯坦》也是一部表现因果报应主题的哥特小说。因为弗兰肯斯坦为满足好奇与虚荣，违背自然规律，盲目创造，结果付出了惨痛的巨大代价，牺牲了几乎全家人的性命以及友人的性命。他所创造而又被他鄙视、遗弃的怪物，像幽灵一般地跟踪着他，威胁着他，让他无法摆脱，而且不断出现在他的梦魇中，使他承受着难以想象的精神折磨和痛苦，永远走不出"你是我的创造者，但我是你的主人"②的怪圈和魔掌，直至最后成为魔鬼的牺牲品。这是大自然对弗兰肯斯坦盲目而恶心的创造行为的惩罚和报应。这报应同样是咎由自取。弗兰肯斯坦对沃尔顿的一席话，也道出了小说的教训和劝诫意义：

---

① 刘易斯：《修道士》，李伟昉译，上海译文出版社 2002 年版，第 319 页。

② 玛丽·雪莱：《现代普罗米修斯》，伍厚恺译，四川人民出版社 1997 年版，第 159 页。

你也许不难看出，我曾经遭遇过无可比拟的巨大不幸。我一度下定了决心，要让有关那些灾难的记忆随着我的一死而归于消灭；可是你使我改变了自己的决定。你正像我曾经做过的那样，追求着知识和智慧；而我却热切地希望在你的愿望实现的时候，它不会像我所经受的那样，成为噬伤你的毒蛇。我不知道讲述自己的灾难是否对你有所裨益；不过，当我想到你正走着和我同样的道路，正面临着把我弄成今天这副模样的相同的危险时，我猜想你也许会从我的故事中引出适当的教训；要是你在事业上获得了成功，它可以指导你的行动，万一你失败了，它也可以安慰你。①

从这个角度说，"这个故事并不单纯是关于弗兰肯斯坦的，还是他的创造物即怪物的"。②

不过，英国哥特小说与中国六朝志怪小说虽然都表现了因果报应这一共同主题，但是，其内在的具体含义则又有着很大的差异。这完全是各自文化传统的不同使然。英国哥特小说表现出来的因果报应主题，与基督教思想文化传统密切相关，而中国六朝志怪小说的因果报应主题，则与儒家传统与佛教观念息息相连。

众所周知，六朝志怪小说的兴盛同此时期的宗教有甚深关系，如佛教的因果报应观念不仅对六朝志怪小说，而且对中国儒家文化传统都产生了至为深远的影响。不过，因果报应观念决非完全来自佛教。实际上，六朝时期人们接受的因果报应观念，是中国固有的善恶报应或赏善罚恶的思想传统与印度佛教因果报应观念相互糅合的产物。

---

① 玛丽·雪莱：《现代普罗米修斯》，伍厚恺译，四川人民出版社 1997 年版，第 18—19 页。

② Glen Cavaliero, *The Supernatural and English Fiction*, Oxford University Press, 1995, p. 62.

佛教传入之前，善恶报应观念在中国传统思想中就早已存在。《尚书》中就有"天道福善祸淫"[①]、"天降丧于殷"[②] 之说。《周易》也云："积善之家，必有余庆；积不善之家，必有余殃"[③]；"鬼神害盈而福谦"[④]；"善不积，不足以成名；恶不积，不足以灭身。"[⑤]此外，《诗经·大雅·大明》中的"维此文王，小心翼翼。昭事上帝，聿怀多福。厥德不回，以受方国"[⑥]，《老子》的"天网恢恢，疏而不失"[⑦]，"天道无亲，常与善人"[⑧]，以及《左传》成公五年中的"神福仁而祸淫"[⑨] 等，讲的都是这个道理。这种劝善惩恶、因果报应的观念，具有极为震慑人的道德规范力量。道教经典《太平经》也有"承负说"："凡人之行，或有力行善，反常得恶，或有力行恶，凡得善，因自言为贤者非也。力行善反得恶者，是承负先人之过，流灾前后积来害此人也。其行恶反得善者，是先人深有积畜大功，来流及此人也。能行大功万万倍之，先人虽有余殃，不能及此人也。因复过去，流其后世，成承五祖。"[⑩]道教的"承负说"，实是《周易》"余庆"和"余殃"说的发展[⑪]，它对行恶得善、行善得恶的社会现实作

---

① 李学勤主编：《十三经注疏·尚书正义》，北京大学出版社 1999 年版，第 200 页。

② 同上书，第 439 页。

③ 李学勤主编：《十三经注疏·周易正义》，北京大学出版社 1999 年版，第 31 页。

④ 同上书，第 80 页。

⑤ 同上书，第 307 页。

⑥ 李学勤主编：《十三经注疏·毛诗正义下》，北京大学出版社 1999 年版，第 969 页。

⑦ 陈鼓应：《老子注译及评介》，中华书局 1984 年版，第 334 页。

⑧ 同上书，第 354 页。

⑨ 李学勤主编：《十三经注疏·春秋左传正义中》，北京大学出版社 1999 年版，第 719 页。

⑩ 王明编：《太平经合校》，中华书局 1960 年版，第 22 页。

⑪ 汤一介：《佛教与中国文化》，宗教文化出版社 2000 年版，第 166 页。

了理论上的探索，进一步丰富了因果报应观念。明代大思想家李贽也曾说过："释氏因果之说，即儒者感应之说。……天下之理，感应而已。感则必应，应复为感；儒者盖极言之。且夫上帝何尝之有？作善降之百祥，作不善降之百殃。故曰：'获罪于天，无所祷也。'"① 可见，中国的善恶报应思想与佛教的因果报应思想是相贯通的。只是佛教传入之后，对我国善恶报应思想的发展产生了推波助澜的巨大影响，中国的因果报应小说也随之应运而生，并由最初的自神其教，逐渐演变为融合儒家道德伦理而实施人间正道的维护。从此，因果报应便成为中国古典小说的一大重要思想主题。

佛教的善恶观是与业报轮回的宗教学说相联系而产生作用的。"业"与"轮回报应"的观念，不仅是佛教伦理学说的理论基础之一，而且是佛教伦理学说的重要构成。佛教所说的"轮回报应"皆由"业"即行为所造成，行为所引发一个人命运的好坏，称为"业报"。人生的善恶报应，都是人事因果，皆非无端而来，正所谓"种瓜得瓜，种豆得豆"。"业"既决定今生，也决定来世；今生的福祸由前世的"业"决定，今世的所作所为又决定来世的福祸。而轮回乃是因果的演进，因果又是轮回的现象，宇宙一切事物，均为因果所支配。"由于这种道德伦理强调善恶报应的前世——今世——来世的因果锁链性，对教徒形成了一种无形的心理威慑力，因此，它对人们思想言行的约束作用，在某种程度上远远超过了世俗的道德说教。"② 所以，佛教的因果报应观以其理论上的系统阐释以及所提供的地狱这种理想的惩恶手段，获得了当时中国人的心理认同，并借着中国固有的思想和信

---

① 张建业主编：《李贽文集》第 7 卷，社会科学文献出版社 2000 年版，第 263 页。

② 朱贻庭主编：《中国传统伦理思想史》，华东师范大学出版社 1994 年版，第 300 页。

仰日渐盛炽。这种因果报应，本质上是当时处于战乱、动荡、黑暗的社会环境中的人们共同心愿的集中表达与诉求，是人们在善与恶冲突中所持有的价值立场。卡西尔说："一切较成熟的伦理宗教——以色列先知们的宗教、琐罗亚斯德教、基督教——都给自己提出了一个共同的任务。它们解除了禁忌体系不堪承受的重负，但另一方面，它们发现了宗教义务的一个更为深刻的含义：这些义务不是作为约束或强制，而是新的积极的人类自由理想的表现。"①六朝志怪小说作家对因果报应思想的大力表现，更多地应该被视为是对"新的积极的人类自由理想的表现"，即便里面不乏一些迷信色彩与宣教成分，却也深深寄托着他们弘扬善义、惩罚邪恶、建立和谐人际关系的理想情怀。正如恩格斯所言："即使是最荒谬的迷信，其根基也是反映了人类本质的永恒本性，尽管反映得很不完备，有些歪曲。"②

让鬼魂复仇，充当正义的化身，让恶人遭到恶报，实现正义的要求，志怪小说中诸如此类的表现，都是这一理想情怀的具体而形象地展现。《冤魂志》中《太乐伎》、《孙元弼》、《徐铁臼》等莫不如此。《徐铁臼》中的铁臼死后，其鬼魂"还家"，向陈氏母子讨还血债，悲愤诉说自己"实无片罪，横见残害"的事实，发出"汝既杀我，安坐宅上以为快也"的复仇之声。作为恶报，陈氏之子铁杵"鬼至便病"，"月余而死"③。在《太乐伎》中，遭枉杀的太乐伎的鬼魂来到陶县令的梦中，谴责他说："昔枉见杀，实所深忿，诉之得理，今故取君。"致使县令精神崩溃，四日而亡④。在《孙元弼》中，陷害、枉杀孙元弼的凶犯也均遭到

①　恩斯特·卡西尔：《人论》，甘阳译，上海译文出版社 1985 年版，第 139 页。
②　恩格斯：《英国状况——评托马斯·卡莱尔的"过去与现在"》，见《马克思恩格斯全集》第 1 卷，人民出版社 1956 年版，第 651 页。
③　李剑国：《唐前志怪小说辑释》，台湾文史哲出版社 1995 年版，第 673 页。
④　同上书，第 671 页。

孙元弼鬼魂的复仇，特别是陷害孙元弼的陈超，虽然他隐姓埋名，千方百计躲避追杀，但最终还是在劫难逃①。这一点，德国著名社会学家马克斯·韦伯都注意到了。他在其《儒教与道教》一书中写道："鬼神并没有道德评判资格，相反的，在中国以及在埃及，非理性的司法是建立在这样的信仰上：受压迫者的大声疾呼会引来鬼神的报复，当受害者由于自杀、忧伤、绝望而死时，尤其如此。这种坚定的信仰，最晚起于汉代，其基础是对官僚体制与向天投诉之权利的理想化反映。……对于鬼神在这方面作用的信仰，是中国平民大众唯一的，但却非常有效的和正式的大宪章。"②

这些表现因果报应的作品，特别是在"恶报"的方式上，或遭冤魂复仇，或遭明官法办，或两者兼而有之，无一侥幸漏网。此外，还有一种理想的惩罚手段，便是《孙元弼》中提到的，并且在《幽明录》、《冥祥记》中有典型表现的"地狱"。六朝志怪小说中所反映的地狱观念，也是外来佛教地狱观与我国古代原有的"泰山治鬼"信仰相互杂糅的产物。佛教地狱观有着鲜明的善恶果报色彩，它专指有罪之人死后遭受惩罚的地方。我国的泰山信仰本来是不同于佛教地狱观念的。据文献载，我国自先秦至汉，皆以为人死后所归之处有黄泉、幽都、幽冥、蒿里、泰山等，其内容虽不尽相同，但所指对象及功能基本一致，即人死后鬼魂之归处，"用以构想我们的生命能够有另一面超形骸的存在，或永恒的安息。至于这一超形骸的存在，与先世人生的善恶行为有何相关，却似乎考虑不多"③。关于"泰山治鬼"的民间传说，据清代顾炎武《日知录·泰山治鬼》中考证：

　　①　李剑国：《唐前志怪小说辑释》，台湾文史哲出版社1995年版，第675页。

　　②　马克斯·韦伯：《儒教与道教》，洪天富译，江苏人民出版社1995年版，第195－196页。

　　③　薛惠琪：《六朝佛教志怪小说研究》，台湾文津出版社1995年版，第63页。

尝考泰山之故，仙论起于周末，鬼论起于汉末。《左氏》、《国语》未有封禅之文，是三代以上无仙论也。《史记》、《汉书》未有考鬼之说，是元成以上无鬼论也。《盐铁论》云："古者庶人鱼菽之祭，士一庙，大夫三，以时有事于五祀，无出门之祭。今富者祈名狱，望山川，椎牛击鼓，戏倡舞像。"则出门进香之俗，已自西京而有之矣。自哀平之际，而谶纬之书出，然后有如《遁甲开山图》所云："泰山在左，亢父在右；亢父知生，梁父主死。"《博物志》所云："泰山一曰天孙，言为天帝之孙，主召人魂魄，知生命之长短者。"其见于史者，则《后汉书·方术传》："许峻自云尝笃病，三年不愈，乃谒泰山请命。"《乌桓传》："死者神灵归赤山，赤山在辽东西北数千里，如中国人死者魂归泰山也。"《三国志·管辂传》："谓其弟辰曰：但恐至泰山，治鬼不得治生人，如何？"而古辞《怨诗行》云："齐度游四方，各系泰山录；人间乐未央，忽然归东狱。"陈思王《驱车篇》云："魂神所系属，逝者感斯征。"刘桢《赠五官中郎将诗》云："常恐游岱宗，不复见故人。"应璩《百一诗》云："年命在桑榆，东狱与我期。"然则鬼论之兴，其在东京之世乎？[①]

可见，人死魂魄归于泰山，其统治者是泰山神之说应兴起于东汉。

随着佛经的传译，佛教地狱观念也便被带入我国。"地狱"一词，在梵语中原称为 NIRAYA，音译为"泥犁耶"或"泥犁"，

① 纪昀总编纂：《四库全书》第858册，上海古籍据台湾省商务印书馆影印的文渊阁本编印1987－1989年版，第1066页。

意译为"苦器"——受苦之地。人死后落入此处受苦，毫无喜乐可言，故名"泥犁耶"。南朝真谛译《佛说立世阿毘昙论》卷六中对此有清楚解释：

> 云何地狱名泥犁耶？无戏乐故；无喜乐故；无行出故；无福德故；因不除离业故于中生。复说此道于欲界中最为下劣，名曰非道。因是事故，故说地狱名泥犁耶。[①]

由于我国古人向有人死归泰山地下的观念，因此汉魏六朝时期常常将"泥犁耶"或"泥犁"译为"太山"、"太山狱"、"太山地狱"，"以附合中国原有的泰山信仰，地狱之说遂与泰山治鬼混合而难以分辨了"。[②] 萧登福在其《汉魏六朝佛道两教之天堂地狱说》中也认为："地狱的观念是从印度引进来的，经过六朝的长期酝酿，地狱之说便逐渐为国人所接受。但佛经在传入之时，译者为适应国情，方便传教，因而也掺杂了不少国人固有的思想，以及道教的说法。有些僧徒不仅以此来译述佛经，甚至伪篡经典。今以地狱说而言。早期的译者，有时以'太山'来代替地狱，便是受中土泰山治鬼观念的影响。"[③]

因此，六朝志怪小说中所表现的"地狱"，都含有明确的善恶果报的价值评判，它一再显示着因果报应的公正、公平及其必然性。作者用地狱来惩罚恶人，一切在现实中得不到惩罚的邪恶、不公、不义都可以拿到地狱里接受审判。这是对社会的黑暗残暴强烈不满而又无可奈何的情绪的表达，是人们渴望恶人终将

---

① 转引自萧登福《汉魏六朝佛道两教之天堂地狱说》，台湾学生书局 1989 年版，第 66 页。

② 王国良：《六朝志怪小说考论》，台湾文史哲出版社 1988 年版，第 166 页。

③ 萧登福：《汉魏六朝佛道两教之天堂地狱说》，台湾学生书局 1989 年版，第 188 页。

得到惩罚、善义终将战胜邪恶的幻想，在那里，寄托着人们对真、善、美的执著追求与热情向往。

同时，我们还要指出，六朝志怪小说中所表现的因果报应思想，是受中国传统伦理道德观念支配的，这也有别于英国哥特小说。中国古代哲学思想以儒家哲学思想为主体，儒家哲学思想又是以伦理道德为本位的实践理性哲学。这种哲学思想的伦理化倾向，决定了它所关注的焦点必然是世俗社会人的行为准则、人与人的关系准则，以及人对社会、国家、家庭等的义务，目的在于维持人际和谐、社会稳定。儒家伦理道德观念强调的不是人的个性的自由发展，而是群体力量的价值，认为个体只有在融入群体时才能获得其价值的实现。因此，它特别重视个体的道德修养，主张以克制人的自然性来适应群体、适应社会，视人的道德修养为齐家治国平天下的基础。《大学》曰："古之欲明明德于天下者，先治其国。欲治其国者，先齐其家。欲齐其家者，先修其身。欲修其身者，先正其心。"[1] 于是，儒家伦理道德始终不离社会政治。"盖政治之大端为教育，教育之大本为礼乐，刑法则所以弼教而辅礼，礼施未然之前，法禁已然之后；圣哲在位，以身作则，而民皆化之；其政治重在养成道德之人格，纠正不道德之行为；故曰：'政，正也，政所以正不正者也。六政谓道、德、仁、圣、礼、义也。'是伦理外殆无所谓政治。"[2]由此，仁义、孝悌、忠恕、诚信、智勇、贞节等，构成了儒家伦理道德体系中的重要规范。相反，残忍、奸诈、不睦、不孝、不恤、淫佚、背信弃义、见利忘义等，则都是被抨击、被否定的对象。这种儒家伦理道德规范的正极与反极，在六朝志怪小说中均得到了鲜明的

---

① 李学勤主编：《十三经注疏·礼记正义下》，北京大学出版社1999年版，第1592页。

② 黄建中：《中西道德之异同》，转引自郁龙余编《中西文化异同论》，三联书店1989年版，第171页。

表现。而且，由于受儒家思想的世俗性、伦理性特征的影响，六朝志怪小说在表现鬼怪世界的时候，也是立足于今生和现世，流露出了强烈的对现实生活的无限眷恋。这从众多的死而复生的志怪作品的描写中，可以清楚地感到，并深切地感受到。六朝志怪小说所反映的矛盾冲突，也多是人与人之间的矛盾冲突，它旨在通过这种矛盾冲突，暴露、批判人性的丑恶与社会的黑暗，倡导和谐的人际关系，探求平等、自由、幸福的理想社会。

英国哥特小说则不同于六朝志怪小说。它所表现的因果报应主题，受基督教思想文化传统的强大支配。基督教是构成西方文化的三大支柱之一（另外两个为科学与法制），对西方文化的兴起与发展产生了尤为深远的影响，因此，通常又称西方文化为基督教文化。西方文化与基督教的关系一如中国文化与儒家思想的关系。而西方的伦理道德作为文化的重要组成部分，自然与基督教水乳交融地结合在一起。"远西伦理，初固原于希伯来之教义、希腊之哲学、罗马之法典。顾自基督教会兴，经院哲学起，糅合以上三种思想而变其质，道德遂专属于宗教。虽柏拉图认政治学为伦理学之一部，亚里士多德认伦理学为政治学之一部；卒之政治自政治，伦理自伦理，道德亦遂不出自政府而出自教会。自中世以后：教会操教育之权者千余年，近世虽科学昌明，教育渐脱教会而属国家；然中小学犹定宗教为常课，大学犹存宗教之仪节，即伦理学家著述讲论，犹多皈依上帝。"①

如果说中国的伦理观念是一种与世俗功利紧密相连的道德学说，那么包括英国在内的西方伦理观念，则是一种与基督教密不可分的道德学说。恩格斯曾深刻地指出："在所有的英国学校里，

---

　　① 黄建中：《中西道德之异同》，转引自郁龙余编《中西文化异同论》，三联书店 1989 年版，第 171—172 页。

道德教育总是和宗教教育连在一起。"① 这种与宗教教育连在一起的道德教育，旨在让人们获得一种理想的基督教式的完满人生。这种完满人生决不简单同于一般意义上的世俗成功，它不以金钱、财富、地位、名望、权势等欲望的满足为根本标准，而是以内心的充实和努力行善来衡量。"这种完满人生将以真正提高我们人格的生活经验获得报偿，而不管这些经验愉快还是不愉快。"②这是一种超越世俗、超越功利的终极人生追求，"它引导人们走向一种更高的、更加广袤的实在境界，而不是走向政权和经济秩序所归属的有限而无常的世界。因而，它给人类生活注入了一种精神自由的因素，这种因素可以对人类社会的文化和历史命运，以及对人的内在个人经验产生创造性的、潜移默化的影响"③。

依基督教的观点来看，人是上帝的创造物，其人性中具足了神性，但自人类始祖亚当夏娃背叛上帝，偷食禁果，犯下罪孽后，人类便有了与生俱来的"原罪"，人本身具有的神性被罪恶障蔽。人要消除"原罪"，再显神性，就需要用基督的生命改变自己的生命，重新建立起与上帝疏离已久的和谐关系，认识到自我生命中的神性与基督的生命皆同源于上帝，从而在信仰中获得救赎，在信仰中获得完满人生的永恒价值。"在耶稣的人生中，宗教与生活不是两回事，而是一回事。企图把基督的伦理思想同他的宗教分开是令人费解的。"④ 基督耶稣正是为了让人类与上

---

① 恩格斯：《英国工人阶级状况》，见《马克思恩格斯全集》第 2 卷，人民出版社 1957 年版，第 399 页。

② 詹姆士·里德：《基督的人生观》，蒋庆译，三联书店 1989 年版，第 4—5 页。

③ 克里斯托弗·道森：《宗教与西方文化的兴起》，长川某译，四川人民出版社 1989 年版，第 4—5 页。

④ 詹姆士·里德：《基督的人生观》，蒋庆译，三联书店 1989 年版，第 19—20 页。

帝重新和好，取得和谐一致，才来到这个世界的。信仰上帝最有力的证明，就是基督耶稣的人格。"没有哪一个对耶稣的解释比圣约翰在他的福音书中对耶稣的解释更能够令人信服。'道成肉身，住在我们中间，我们看见了上帝的荣耀——这荣耀来自天父，充满着恩典与真理'。"①

詹姆士·里德在其《基督的人生观》一书中对完满人生与上帝信仰的关系作了精彩的阐述。他认为，衡量基督教完满人生的标准有三个：（1）生活必须要有一个囊括一切人生活动的终极目标。这是我们必须面对、必须追问的一大人生问题，也是获得完满人生所必不可少的一个至关重要的方面。一个人如果没有确立这个终极目标，尽管他可以实现人生中其他一系列所谓从属性的正当的合乎道德的目标，生活也可以过得相当满足，但生活本身终究没有方向，缺乏一个统帅一切的总的意义。"只有一个目的可以满足这一要求，那就是上帝的目的。基督教的信仰相信，存在着这样一个贯穿一切的总的目的；并相信我们每一个人都可以在这一总的目的中找到我们自己的归宿。这是因为这一总的目的不仅包含着上帝企图完善我们每个人的那种东西，也包含着在实现这一总的目的上我们的能力单独地和共同地所能达到的那种东西。"②（2）"爱人如己"。这是《新约》中所说的爱，也是基督对"爱"的内涵的表述。它要求人不能只关心自己，以自我为中心，而是要"意识到爱他人就是使他人成为同我们自己一样的我们的一部分"③。（3）必须具有应付各种生活、正视人生的精神力量。这是因为我们生活的世界是一个充满着罪恶、充满着许多生活假象的世界，这些罪恶与假象随时都在腐蚀、败坏着我们。

---

① 詹姆士·里德：《基督的人生观》，蒋庆译，三联书店 1989 年版，第 32 页。
② 同上书，第 6 页。
③ 同上书，第 8 页。

如果缺乏这种精神力量，"我们就不能完满地解决人生问题，不可能避免道德堕落的危险"①。这种精神能力无疑来自对万能上帝的信仰。

当然，这种完满人生只是人们终身所不断追求、不断接近的一种理想境界。事实上，要真正达到这一境界是异常困难的。生活在现实中的人们，总是不断地受到金钱、财富、地位、名望、权势等欲望的诱惑，总是摇摆于信仰与欲望和虚名之间，意志稍不坚定，便会为欲望和虚名所累，走向道德的堕落，走向生命的毁灭，一失足成千古恨。于是有了人与上帝的冲突，有了"原罪"与"救赎"的人生历程。当人完全为欲望和虚名所主宰，不能与上帝达成和谐一致时，便背离了上帝，也便与上帝有了不可调和的矛盾冲突，于是也就产生了遭到上帝惩罚的因果报应结局。基督教义中关于生前行为将在当世或死后受到报偿或者惩罚的一套观点，千百年来一直为西方人所信奉。英国哥特小说所展示的人性邪恶就是因为背离上帝所致，作品中的那些主人公所遭到的报应，也是上帝惩罚的结果。显然，这与中国六朝志怪小说所表现的因果报应有着内涵上的本质差异。

因此，西方道德的宗教化特征，使得英国哥特小说更多地强调人与上帝的关系，所展示出来的矛盾冲突也往往是人性中的魔鬼与上帝的矛盾冲突。即使表现人与人矛盾冲突的内容，也是以上帝的内涵指向作为内在精神参照。

我们也必须指出，相对而言，英国哥特小说与中国六朝志怪小说虽然都具有鲜明的因果报应主题，但在这一主题的表现中所反映出来的认识生活的广度与深度上，两者又迥然相异。后者多集中于人际关系的伦理规范，故而显得内容狭窄，简单明了，缺乏启迪人心、引人回味的厚重感和思想哲理上的阅读魅力。而前

---

① 詹姆士·里德：《基督的人生观》，蒋庆译，三联书店1989年版，第11页。

者在表现这一主题时，则具有相当的超越性，换言之，它除了关注、探索人与上帝的关系问题以及在此基础上的人与人之间的关系外，还将人与自然的关系、人与客观规律和宇宙法则的关系也纳入到创作的视野，"努力达到将生活表象上升到思辨哲理层次的高度，而不仅仅是从局部的道德或功利标准来评事论人"①，从而增强了作品的理性精神和哲学思辨的品质。这在玛丽·雪莱的《弗兰肯斯坦》中表现得尤为突出。《弗兰肯斯坦》在鲜明的因果报应的大主题架构中，分明又蕴涵着其他一些重要的思想主题。这些思想主题从某种程度上说，同样深刻鲜明，惹人注目。它们与因果报应的大主题既相互生发，相互作用，又互有抵触，互有排斥，形成一个对立统一、色彩斑斓的立体式主题群网络。这给小说增添了极为诱人的艺术张力和说不尽的阅读魅力。我们以《弗兰肯斯坦》为例阐释一二。

其一，小说艺术地、创造性地表现了盲目发明创造必将导致灾难性的异化的悲剧。

《弗兰肯斯坦》的主要矛盾冲突，是由弗兰肯斯坦与他的创造物之间的矛盾冲突所构成的，这一矛盾冲突所反映出来的主题，是英国哥特小说对西方近现代文学史上的一大贡献。它不仅开创了西方近现代科学幻想小说的先河，而且无疑也是以揭示现代社会严重异化问题为主要特征的西方现代派文学的滥觞。其主题思想的预见性令人惊叹！"它的里面潜藏着未来思想的胚芽、尚未为人知晓和梦想到的艺术、哲学和科学的未显现的开端。"②英国当代著名学者安德鲁·桑德斯精辟地指出："《弗兰肯斯坦》决不是对历史、绘画和神话中的恐惧的沉思；它的魅力和力量在

---

① 饶芃子等：《中西小说比较》，安徽教育出版社1994年版，第26页。

② 梅尔茨：《十九世纪欧洲思想史》第1卷，周昌忠译，商务印书馆1999年，第59页。

于它的预见性的思考"①，"它是对责任和现在被称为'科学'的知识体系的一种道德上的探索"②。

《弗兰肯斯坦》的问世，标志着英国哥特小说发展的新阶段。它有别于其他哥特小说的重大之处，是融进了创造生命的科学实验的大胆奇幻情节，这使它赢得了西方文学史上第一部科幻小说的美誉，"但其主题的重大、思想内蕴的丰富、对人性剖析的深刻、心理分析和景物描写的出色，都远非一般的哥特式小说或科幻小说所能比拟"③。就小说要表现的主题思想而言，作者借"现代普罗米修斯"这一副标题，已作了明确的悲剧暗示。在古希腊神话中，普罗米修斯因创造人类，并盗天火于人间而遭主神宙斯的惩罚。显然，作为"现代普罗米修斯"的弗兰肯斯坦，也必将担当其行为所带来的悲剧结果。

弗兰肯斯坦年轻气盛，血气方刚，求知欲强，终日幻想科学发明，渴望成为向世界展示创造力的最幽深的奥秘的科学家。他常常问自己："生命的本源到底从何而来?"④ 他决定追溯死亡，从观察人体的衰朽和腐坏过程，来探知生命的起源。他选择在墓穴和停尸房，开始了他的奇思异想。经过无数个日夜的细致观察后，他终于以为已经掌握了赋予生命的本领，并雄心勃勃地开始了创造人的工作，他坚信："既然我能将生命赋予无生命的物质，那么随着时间的推移，我或许能（虽然我现在发现这是不可能的）在显然已经被死亡腐蚀了的躯体上复活生命。"⑤ 终于，"就

---

① 安德鲁·桑德斯：《牛津简明英国文学史》，高万隆等译，人民文学出版社2000年版，第506页。

② 同上书，第505页。

③ 伍厚恺：《现代普罗米修斯·译序》，四川人民出版社1997年版，第2页。

④ 玛丽·雪莱：《现代普罗米修斯》，伍厚恺译，四川人民出版社1997年版，第41页。

⑤ 同上书，第44页。

在 11 月一个阴郁的夜晚"①，弗兰肯斯坦亲眼目睹了自己创造的成果——一个丑陋的怪物和魔鬼。他万万没想到，自己备尝艰辛，勤奋创造，竟会是如此令其恐惧和憎恶的结果。刹那间，他美丽的梦想幻灭了，心灰意冷、痛苦悔恨到了极点。他怀着无比的恐惧极力躲避着他创造的怪物。然而恐惧和躲避是无济于事的，灾祸与不幸注定降临。怪物先是杀了他的弟弟威廉，并嫁祸于年轻的姑娘于斯丁，使其死于无辜，以示对弗兰肯斯坦躲避他的惩罚；接着便要求弗兰肯斯坦为他创造一个与他一样丑陋、且可以相亲相爱的异性伴侣："你必须为我创造一个女性，和我一起生活，彼此交流我必不可少的同情。这只有你才能做得到；我有权来要求你这样做，你不能拒绝。"②并且威胁说："如果我不能唤起爱，我就制造恐惧；首先是针对你，我的头号仇敌，因为你是我的创造者，我对你怀有不可消除的仇恨。"③"如果拒绝我，那只是滥用权力和横施暴虐而已"④。为了不使怪物继续横施暴虐，弗兰肯斯坦经过复杂痛苦的内心斗争后，决定答应怪物的要求。然而，就在他即将完成那令他憎恶的创造的时候，他不能不再一次深怀忧虑与恐惧地考虑"目前所做的事可能产生什么后果"：

> 三年以前，我也曾像这样努力工作过，并创造出了一个魔鬼，他无比野蛮地摧残了我的心，使我永远充满了苦涩的悔恨。现在，我又要创造出另一个生命了，对她的性情我同样一无所知；她也许比她的男伴恶毒一万倍，而且以杀人作

① 玛丽·雪莱：《现代普罗米修斯》，伍厚恺译，四川人民出版社 1997 年版，第 47 页。

② 同上书，第 136 页。

③ 同上书，第 137 页。

④ 同上书，第 138 页。

恶本身为乐事。男魔鬼曾经立誓将远离人类，躲到荒无人烟的地方去；可是她并没有立过誓；而且她很可能是个能思想、会推理的动物，或许会拒绝服从在她诞生之前订下的契约。他们可能彼此产生憎恨；现在活着的那个家伙憎恶自己的畸形相貌，那么当他眼前出现了同样丑陋的一个异性时，难道他不会产生更强烈的憎恶吗？她也可能会厌恶他，转而爱上人类更加美好的形象；她可能离开他，而他便再次陷于孤独，便会因为受到新的刺激，即因被自己的同类所抛弃而变得万分恼怒。①

从这一段自白中，我们清楚地看到，弗兰肯斯坦已经陷入令人恐怖的两难困境与无法摆脱的悖论之中。首先，他突然意识到，男魔鬼的起誓根本不可能约束这个即将产生的女魔鬼，她完全有可能"拒绝服从在她诞生之前订下的契约"。其次，男魔鬼之所以作恶，正是因为"憎恶自己的畸形相貌"，因此当他看到与他同样丑陋的异性时，会陡增更强烈的憎恶之情；第三，当女魔鬼看到男丑怪时，一定会离他而去，"转而爱上人类更加美好的形象"，一旦遭遇到与男丑怪相同的歧视经历后，也会横施暴虐。同时，男魔鬼则更因"受到新的刺激"而"变得万分恼怒"。这样一来，他不仅不能解决问题，反而可能使他们"彼此产生憎恨"，又增加了一个危害人类的祸根。因此，他第一次如此清醒地意识到"自己的许诺的邪恶性质"："想到未来的人类把我当作祸害来诅咒，因为我的私心，为了自己的安宁，竟然毫不犹豫地付出了整个人类生存的代价，我不寒而栗。"②于是他毅然将制作

---

① 玛丽·雪莱：《现代普罗米修斯》，伍厚恺译，四川人民出版社1997年版，第156—157页。

② 同上书，第157页。

206

的东西撕得粉碎，发誓决不给世界再造出一个以死亡和作恶为乐的魔鬼。但是，看到这一切的怪物，怀着无比的仇恨咆哮道："你胆敢破坏你的许诺吗？"[1] "你将在恐惧和悲伤中度过你的岁月，雷霆不久就会降临在你头上，并将永远夺走你的欢乐。难道我在悲惨境况中饱受凌辱之时，你竟会快乐吗？你可以摧残我的其他感情，但复仇之心绝不会消亡——复仇，从今以后将比阳光和食物更宝贵！我也许会死；但我先要让你，我的暴君和折磨者，诅咒那看着你受罪的太阳。"[2] 怪物接着将弗兰肯斯坦的好友克莱瓦尔杀害，使他成为复仇欲望的又一牺牲品，后又在弗兰肯斯坦新婚之夜残忍杀害新娘伊丽莎白。弗兰肯斯坦为了他的创造，付出了惨痛的巨大代价，牺牲了几乎全家人的性命以及友人的性命。怪物像幽灵一般地跟踪着他，威胁着他，让他无法摆脱，而且不断出现在他的梦魇中，使他承受着难以想象的精神折磨和痛苦，永远走不出"你是我的创造者，但我是你的主人"[3] 的怪圈和魔掌，直至最后成为魔鬼的牺牲品。

"你是我的创造者，但我是你的主人。"这就是弗兰肯斯坦与他的创造物之间不可调和的悲剧性的矛盾冲突之所在，也可以将这句话看成是小说主题之一的形象化表达。弗兰肯斯坦心怀善良创造的"人"，不仅不听命于自己，而且完全走向了自己的反面，走向了异己，不仅给他自身、他的家庭、他的朋友带来了致命的打击，也使人类面临着空前的灾难。更为可怕的是，这种打击和灾难一经出现是防不胜防、难以根除的！"如果西方人按照自己的意愿去征服自然的大革命，竟然以失掉自己的精神自由而告

---

① 玛丽·雪莱：《现代普罗米修斯》，伍厚恺译，四川人民出版社 1997 年版，第 158 页。

② 同上书，第 159 页。

③ 同上。

终，这将是一种奇怪的命运。"① 如果说，古希腊神话中的普罗米修斯的故事还有其浓厚的英雄、圣者与殉道者的悲壮感的话，"现代普罗米修斯"弗兰肯斯坦的故事则带有强烈的荒诞感、警世性与反讽性！在这里，我们深刻地感受到了动机与效果错位的悲剧，以及盲目创造必遭惩罚的不容藐视的客观规律。作者当年以科幻的方式所揭示的问题，的确具有惊人的预见性，它所引出的对科学创造与道德责任的关系的思考，也是严肃的、迫切的。创造者在创造的同时，自然也义不容辞地担当着创造的道德责任与历史使命。如果创造者的发明创造不能完全为自己所控制并造福于人类，而是变成失控于人类、危害人类安全的异己和敌人，那就从根本上背离了科学创造的初衷，抛弃了科学创造的道德责任与历史使命，必然产生无法预料的灾难性后果。这是一个不能忘却、应该铭记在心的历史教训，更是一个异常严峻、不容回避的现实问题。这使人清醒地认识到，当代飞速发展的科学技术在造福人类社会的同时，又不断引发了诸如人类生态环境的恶化、战争中使用高科技武器消灭人、核泄漏、"克隆人"等一系列的负面影响，这些负面影响使人类陷入新的生存困境，面临着前所未有的严峻挑战。《弗兰肯斯坦》这一主题的现实意义就在于此，其警世作用也在于此。作为哥特式科幻小说的《弗兰肯斯坦》，成功地将科学幻想的形态结构与表现人性、人类生存困境的思想结构有机地融为一体，这使其根本性价值主要不是科学性和知识性，而是小说"形象的审美特性，是表意结构的思想力和艺术力"②。

其二，小说浸透着追求知识、执著探索大自然奥秘的精神。

---

① 克里斯托弗·道森：《宗教与西方文化的兴起》，长川某译，四川人民出版社1989年版，第4页。

② 马振方：《小说艺术论》，北京大学出版社1999年版，第254页。

如果换个角度看，我们就不难发现，追求知识、探索大自然奥秘的主题在《弗兰肯斯坦》中有着极为突出的表现，具体表现在探险家沃尔顿、科学家弗兰肯斯坦和怪物这三个主要艺术形象身上。

　　小说中的沃尔顿，胸怀大志，从小就对探险充满无限向往与眷恋。为完成探索北极的茫茫大海和人类未曾涉足之地，他不仅强身健体，而且潜心学习数学、医药理论以及航海冒险家可以从中获得最大实效的那些自然科学学科。他在致姐姐的信中说："我强烈的好奇心，将因为看到人类从未造访过的这个世界的一部分而得到满足……就是这一切使我心醉神迷，它们足以让我克服一切关于危险和死亡的恐惧，并引诱我欢欣鼓舞地开始这一次艰难竭蹶的航程……我将弄清楚磁力的奥秘，假如这个奥秘可以弄清的话，也只有通过我这样的事业才能实现，这样，我将为整个人类直至子孙万代带来不可估量的益处。"[1]沃尔顿北极探险的过程，就是作者对追求知识、拓展人类认知领域的行为的肯定。

　　在科学家弗兰肯斯坦的身上，更是体现了人类追求知识、借探索自然奥秘实现改造世界的伟大愿望。他自幼便如饥似渴地学习数学、物理、化学和语言学；读大学时，更是对"生命的本源到底从何而来？"这一被社会普遍关注的问题饶有兴趣，情有独钟。他对沃尔顿说："我所渴望学习的乃是天体和地球的奥秘；让我倾心的不论是事物的外部实体，还是自然界的内部精神，或者是人的神秘莫测的灵魂，总之我所要探究的是这个世界上的物质的秘密。"[2]为揭开生命起源的奥秘，向世界展示创造力的神奇，同时也为了造福于人类，他夜以继日，潜心研究，终于创造

　　① 　玛丽·雪莱：《现代普罗米修斯》，伍厚恺译，四川人民出版社 1997 年版，第 4 页。

　　② 　同上书，第 27 页。

出了一个有生命、能思考、会学习的"怪人"。这一创造过程本身，就是对人类渴望掌握大自然奥秘而探索、创造的精神的肯定，也是人类试图摆脱必然王国、走向自由王国的大胆想象的一次展示。

弗兰肯斯坦身上那种不屈不挠的献身理想的执著与浪漫精神，还典型地体现在他临死前的一席话中。这种执著精神，体现着与沃尔顿一致的人格禀性。当航船陷于北极冰山的重重包围、多名水手死于严寒、其他水手纷纷要求沃尔顿返航时，弗兰肯斯坦却激动地劝阻他们道：

> 你们这是什么意思？你们要求队长做什么？难道你们就这样轻易放弃自己的计划吗？难道你们没把这称为光荣的探险吗？它的光荣何在呢？并不在于这里的航道如南方的海洋那样顺畅平静，而在于它充满了危险和恐惧；在于每一个新的意外事件都要求你们坚韧不拔，显示自己的勇气；在于处处关系生死存亡，需要你们勇往直前，克服困难。正因为如此才叫做光荣，正因为如此才叫做荣誉的事业。你们日后将作为人类的恩人而接受欢呼；你们的名字将会像拼死争取荣誉和人类利益的勇敢者那样备受崇敬。……要坚忍不拔地追求你们的目标，要像磐石般地坚定。冰山和你们的心并不是用同一种材料做成的；冰山是会移动的，只要你们说它不能阻挡你们，它就阻挡不了你们。不要在额头上带着耻辱的烙印回去见你们的家人。要像奋战和胜利了的英雄、像面对敌人绝不逃避的勇士那样载誉凯旋。[1]

---

① 玛丽·雪莱：《现代普罗米修斯》，伍厚恺译，四川人民出版社1997年版，第207—208页。

本来，弗兰肯斯坦讲述自己经历的目的是让沃尔顿从中吸取教训，放弃探险，但他这时却一改初衷，表面上看似矛盾，但矛盾的背后，体现出的却正是主人公内在的执著禀性。这一席话实是小说这一主旨的浓缩性表达，显示了人类向自身的有限性、极限提出挑战和超越的气概。不过，作者显然又十分清楚，人不可能无限度地挑战自身的有限性，否则将付出惨重代价。这一矛盾不仅体现了作者对人类在宇宙自然中的地位与有限性的思考，而且也是小说魅力产生的所在。

　　在怪物这一艺术形象的塑造中，同样体现着鲜明的追求知识、探询人的生命本质的精神。小说在第 11—15 章中详细描写了怪物观察、模仿人类生活方式并刻苦学习知识的过程。他发现，德·拉舍一家人是通过清晰的声音来交流他们的经验和感情的，于是惊叹"这真是一种神气的学问"，"热切地渴望要了解它"①。渐渐地，他从这家人的相互交流中模仿学会了发音、说话，并掌握了他们的语言。强烈的求知欲使他常常躲在暗处偷听费利克斯给陌生女人讲解人类社会历史等知识，这使他获益匪浅。尤其当他精心研读了歌德的《少年维特之烦恼》、普鲁塔克的《名人传》和弥尔顿的《失乐园》这三部名著后，精神世界产生了质的飞跃。《少年维特之烦恼》所以能引起他的共鸣，乃是"它所描写的那种温柔而富于家庭气氛的言谈风度，以及追求自身之外更崇高的目标的高尚情怀，和我在我的保护者当中获得的体验相吻合，也和我自己心中一直存在的渴望相一致"②。而维特的痛苦与自杀，更激发起他对"我是谁？我是什么？我从哪里来？我到哪里去？"③这些主体本质意识的追问。普鲁塔克的

---

①　玛丽·雪莱：《现代普罗米修斯》，伍厚恺译，四川人民出版社 1997 年版，第 104 页。

②　同上书，第 119 页。

③　同上书，第 120 页。

《名人传》带给他的却是崇高的思想，"他使我超越了有关自己思绪的可怜的范围，而去崇敬爱戴往昔时代的英雄们"①。《失乐园》则再次引发他对自身感情、处境与社会不公的思考，萌生了强烈的反叛精神。因此他说，这些书"在我心中激起了无穷无尽的新的想象和感情"，"我在其中找到了永不枯竭的思考和惊奇的源泉"②。总之，作者对怪物的学习心得作如此浓墨重彩的描写，就是为了强调知识对人的思想启蒙和精神塑造的重要性，深刻地反映了欧洲启蒙运动前后的时代精神与价值追求。

应该承认，一部道德探索的哥特小说中蕴涵着如此丰厚的科学精神与求知精神，是中国六朝志怪小说，乃至于整个中国古典小说中所罕见的。这不能不说是它们之间的一大重要区别。究其原因，科学精神本是西方文化传统中的重要组成部分。西方哲学自古希腊起，虽然也受到政治学说、伦理观念的影响，但更多地发端于自然科学，往往以对自然普遍原理的求索肇始，正如古希腊哲学家亚里士多德所说，哲学是从对自然万物的惊异而发生的，希腊人探索哲学只是为了想脱离愚蠢，他们为求知而从事学术，并无任何实用目的③。在中世纪，基督教世界的精神统一，已经在作为西方修道院制度传统的共同信仰和共同的道德或克己的训练方面得到了实现。随着大学的兴起，西方文化又获得了它后来的成就所依赖的那种新的理智的与科学的训练。如果西方思想没有经过中世纪的理智训练的准备，以便用宇宙的理性和人类智力的力量来探索自然的秩序，那么现代科学本身几乎不可能产

---

① 玛丽·雪莱：《现代普罗米修斯》，伍厚恺译，四川人民出版社1997年版，第120页。

② 同上书，第119页。

③ 饶芃子等：《中西小说比较》，安徽教育出版社1994年版，第26页。

生①。西方近代以降，科学发展突飞猛进，更是培养了人们追求知识、探索自然的科学与理性精神。特别是 19 世纪，其思想的一个突出特征就是科学精神。19 世纪英国著名哲学家梅尔茨曾指出："实际上，有些人可能倾向于把科学看作是这个时代的主要特征。因此，本世纪可以恰当地称为科学的世纪，就像上世纪称为哲学的世纪，或者 16 世纪称为宗教改革的世纪，15 世纪称为文艺复兴的世纪。"② 作为生活在这个世纪的玛丽·雪莱，在《弗兰肯斯坦》中描写科学创造，想象科学创造可能带来的负面影响，自然是不足为怪的事情。

而中国文化传统，则主要以儒家的伦理本位主义为核心，重在强调人伦实践，对自然世界不感兴趣，相形之下，知识本身没有独立价值，它只是为人伦或德行服务的婢女。尤其在六朝时期，儒学已和功名利禄结合在一起。儒家这种过分重视伦理实践的精神，妨碍了科学精神的发展。道家虽然对自然感兴趣，却又不相信理智和逻辑的力量。"西方思想史上既没有和儒家相当的思潮，在顽固地拒绝研究客观世界；同时也没有与道家相当的思潮，对理智和逻辑采取鄙弃的态度。而科学发展的必要条件，正是对自然的兴趣与理智和逻辑相结合。"③ 即使古人研究自然，也总是有意识地将自然置于社会政治伦理的框架之内，从现实的利益需要来看待自然。"正是在这种功利主义驱使和压力之下，中国文化才走上了以政治实用功利为目的的'教化中心论'，走向了一条与西方科学理性完全不同的道路。"④因此，在缺乏科学

① 克里斯托弗·道森：《宗教与西方文化的兴起》，长川某译，四川人民出版社 1989 年版，第 217－218 页。

② 梅尔茨：《十九世纪欧洲思想史》第 1 卷，周昌忠译，商务印书馆 1999 年版，第 79 页。

③ 何兆武：《中西文化交流史论》，中国青年出版社 2001 年版，第 279 页。

④ 曹顺庆：《中外比较文论史》（上古时期），山东教育出版社 1998 年版，第 592 页。

精神的古代中国，自然不可能真正产生有科学创造想象的小说。

第三节　爱情主题比较

爱情是人类文学创作中写不尽、说不完的永恒主题，自然也是英国哥特小说与六朝志怪小说所共同关涉的主题。

六朝志怪小说以超现实的虚构想象，从不同层面、多角度、全方位地为我们描绘了一个奇幻而多姿的艺术的爱情世界。只要走进这个世界，就会迎面碰到形态各异的形象，尤其是少女形象，随处可感受她们哀婉不幸的遭遇，聆听她们对爱情执著追求的心灵倾诉。这个艺术的爱情世界的表现可以分为两大层面。

第一个层面，主要以饱满的生命激情，讴歌和赞美男女青年对自由、平等、美好爱情婚姻的追求与向往。《搜神记》中的《弦超》、《紫玉》、《河间郡男女》、《王道平》、《汉谈生》、《卢充》、《驸马都尉》、《韩凭夫妇》、《董永》、《杜兰香》、《河伯婿》等，《拾遗记》中的《皇娥》等，《搜神后记》中的《徐玄方女》、《李仲文女》、《袁相根硕》等，《幽明录》中的《买粉儿》、《庞阿》、《刘晨阮肇》、《黄原》等，都是反映这一主题的经典佳作。《弦超》[①] 中的同名主人公弦超夜梦一神女来从，望之如十五六岁，姿容美丽，自称天上玉女，"见遗下嫁，故来从君。……然我神人，不为君生子，亦无妒忌之性，不害君婚姻之义"。遂与弦超做夫妻七八年。超父母为之娶妇后，他们仍暗中往来，"分日而燕，分夕而寝，夜来晨去"。后因弦超无意中泄露此事，神女不得已而离去。小说将他们分别时的场面写得柔情缠绵，如泣如诉，细腻动人："又呼侍御，下酒饮啖。发簏，取织成裙衫两

---

① 李剑国：《唐前志怪小说辑释》，台湾文史哲出版社 1995 年版，第 221－223页。

副遗超，又赠诗一首。把臂告辞，涕泣流离，肃然升车，去若飞迅。超忧感积日，殆至委顿。"两人再度相遇，复续旧情的结局，无疑是对自由恋爱的一种肯定。

《紫玉》① 写吴王女儿紫玉与韩重相互爱慕，私订终生，却因横遭父王阻碍忧伤而死。韩重游学归来，到紫玉墓前"哭泣哀恸"。紫玉显魂与韩重相见，并邀韩重到墓中欢聚；临别时紫玉还"取径寸明珠以送重，曰：'既毁其名，又绝其愿，复何言哉！时节自爱。若至吾家，致敬大王。'"韩重持珠去见吴王，吴王却认为他是"发冢取物"，"玷秽亡灵"，要处治他。紫玉的魂灵又还家中，面对父王直陈所爱，为韩重辩护。小说通过家长专制与人鬼阴阳两界都不能拆散恋人相守决心的描写，生动地张扬了自由恋情的可贵，表达了对生死不渝的爱情的执著追求。

在《河间郡男女》② 中，女主人公与恋人"许相配适"，却被父母逼迫改嫁他人，结果郁疾而亡。然而她却在恋人返家哭冢后死而复生。她的丈夫闻知后，"乃往求之"。恋人坚持不还，说："卿妇已死，天下岂闻死人可复活耶？此天赐我，非卿妇也。"于是，两人引发相讼。郡县不能裁决，便上呈廷尉。"秘书郎王道奏：'以精诚之至，感于天地，故死而更生。此非常事，不得以常礼断之。请还开冢者'。"朝廷在这一诉讼中支持了恋人，并让有情人终成眷属。这在封建礼教一统天下的当时，虽然只是一种幻想的结局，却有力地张扬了爱情至上的精神，大有令人耳目一新之感。

《买粉儿》③ 在众多故事中可说是别具一格。它写一男子因

---

① 李剑国：《唐前志怪小说辑释》，台湾文史哲出版社1995年版，第283—285页。

② 同上书，第272—273页。

③ 同上书，第493—494页。

爱上一个卖胡粉的女子，却又"不敢自达"，便每天借买粉"以观姿耳"。女子知情后，大为感动，"遂相许以私，克以明夕"。然而就在相会之时，男子"不胜其悦"，"欢踊遂死"。前两篇小说中的女主人公均因爱情横遭阻碍不能如愿而死，而这篇小说中的痴情男主人公却是在赢得卖粉女子的爱情后喜极而死，这里的死简直是对男主人公欢喜心情抒写的极致，蕴含着为实现自由爱情不惜殉情的执著。

第二个层面突出体现在对性欲这一人类基本感官需求赤裸裸的追求上。这类作品主要集中在精怪类志怪小说中，例如《搜神记》中的《阿紫》、《张福》、《猪臂金铃》、《贾偶》、《辛道度》、《丁初》、《虞定国》等，《搜神后记》中的《虹化丈夫》、《李仲文女》、《徐玄方女》、《何参军女》等，《幽明录》中的《淳于矜》、《费升》、《紫鹄女》、《庾崇》、《常丑奴》、《戴渺》、《薛重》、《丁诤》、《江淮妇人》、《钟道》等。在这些作品中，大胆地张扬着对性欲的要求与享受。

在《阿紫》中，狐狸巧化妇人阿紫将王灵孝带进墓冢，大行"云乐无比"之事。①在《张福》中，一容色甚美的女子，以"日暮畏虎，不敢夜行"为借口来投张福。于是该女子与张福"因共相调，遂入就福船寝"②。《何参军女》中的刘广偶遇一女子，自称是"何参军女，年十四而夭，为西王母所养，使与下土人交"。刘广遂"与之缠绵"③。《淳于矜》中的淳于矜"逢一女子，美姿容，矜悦之，因访问；二情既和，将入城北角，共尽欣好，便各分别"④。《雌鹄女》写一甚丽女子唱歌挑逗苏琼作"桑中之欢"，

① 干宝：《搜神记》，汪绍楹校注，中华书局1979年版，第222—223页。
② 李剑国：《唐前志怪小说辑释》，台湾文史哲出版社1995年版，第311页。
③ 陶潜：《搜神后记》，汪绍楹校注，中华书局1981年版，第34—35页。
④ 鲁迅：《古小说钩沉》，见《鲁迅全集》第8卷，人民文学出版社1973年版，第390页。

遂"尽欢"①。《丁诔》写一姿形端媚之妇人，在丁诔面前"放琵琶上膝抱头，又歌曰：'女形虽薄残，愿得忻作婿；缱绻观良觌，千载结同契。'"声气婉媚，令人绝倒，"便令灭火，共展好情"。② 更有甚者，在《江淮妇人》中，作者直接描写该妇人"为性多欲，存想不舍日夜"。后见两少童，"甚鲜结，如宫小吏者，妇因欲抱持"。文中"尝醉"二字，写尽了妇人为情欲所苦、借酒消闷的心理世界③。在这些作品中，绝大多数情况下是女子积极主动，当然也不乏男子占主动的描写，她们或以美色诱人，或以歌言相调情，来获得性满足，而且作者在描写中毫不回避，而是极力渲染性行为带给她们的快感、陶醉感与幸福感。其实，即使表现最纯真的爱情，作者也毫不回避性爱。例如前面提到的结气而死化为鬼魂的紫玉，明明自己的爱情遭到父王的粗暴干涉，未能终成眷属，却并不觉得自己的行为是"淫奔"之举，是羞、丑、秽、亵之事，而是勇敢地邀前来凭吊的恋人入墓，"与之饮宴，留三日三夜，尽夫妇之礼"。这种描写在中国小说史上实属罕见，其意义是非常巨大的。应该指出，在以往对六朝志怪小说主题的研究中，我们看重的是对爱情婚姻自由追求的这一层面，而对小说中所反映出来的性意识这一层面往往有所忽视或重视不够。其实，这一时期的作者们借助志怪小说这一形式，不仅高扬爱情自由、婚姻自主的大旗，而且强调、追求性爱的满足与享受。正是这两个层面的结合，汇成了一股巨流，对中国封建礼教传统的大堤造成了强有力的冲击。

值得一提的是，六朝志怪小说中多出现女性主动示爱的情景，既是男性性压抑导致的结果，又是女性性意识觉醒的表现。

---

① 鲁迅：《古小说钩沉》，见《鲁迅全集》第8卷，人民文学出版社1973年版，第395—396页。

② 同上书，第418页。

③ 同上书，第419—420页。

它对后来的文学创作特别是蒲松龄的《聊斋志异》影响很大。

追求和享有美好的爱情,是每个人心中圣洁的愿望和不容剥夺的权利。然而,在中国封建等级社会中,在所谓男不自专娶,女不自专嫁的"父母之命,媒妁之言"的传统婚姻制度的氛围里,男女双方根本没有自由交往的权利,更无自由选择、决定恋人的权利,自由的表达与追求成为禁忌。《孟子·离娄章句上》云:"男女授受不亲,礼也。"① 《孟子·滕文公章句下》也曰:"不待父母之命,媒妁之言,钻穴隙相窥,逾墙相从,则父母国人皆贱之。"② 即使被规定下来的爱情婚姻,也居于次等的位置上,完全受父母意志、事业、忠于国家诸义务的左右。例如《礼记·内则》云:"子甚宜其妻,父母不悦,出。子不宜其妻,父母曰'是善事我',子行夫妇之礼焉,没身不衰。"③ 可见,若父母不悦,做人子的也得将自己的爱妻"出"掉;若父母悦之,则哪怕是怨偶,这一不和谐的婚姻也须终身维系,不得更改。于是夫妻之间并不要求床第和谐,自由随性,重要的是相敬如宾、举案齐眉式的恩爱。尽管早期儒家也重视情欲,对情欲持开明态度,例如《礼记·礼运》中云:"饮食男女,人之大欲存焉"④;孟子也说过:"好色,人之所欲"⑤,"食、色,性也"⑥。但是作为一种生活观念,情欲在此后两千多年的实际生活中,却从未得

---

① 李学勤主编:《十三经注疏·孟子注疏》,北京大学出版社 1999 年版,第204 页。"男女授受不亲",又见李学勤主编《十三经注疏·礼记正义下》,北京大学出版社 1999 年版,第 1420 页。

② 李学勤主编:《十三经注疏·孟子注疏》,北京大学出版社 1999 年版,第164 页。

③ 李学勤主编:《十三经注疏·礼记正义中》,北京大学出版社 1999 年版,第839 页。

④ 同上书,第 689 页。

⑤ 李学勤主编:《十三经注疏·孟子注疏》,北京大学出版社 1999 年版,第244 页。

⑥ 同上书,第 296 页。

到过统治者真正的倡导和张扬，"而且似乎是越往后越坏"①。所以，遭到压抑、窒息的情爱与性欲，必然在文学幻想的世界里挣脱羁绊，自由挥洒。于是，也就有六朝志怪小说中所展示的生动形象、惟妙惟肖的情欲世界。

俞汝捷曾对六朝志怪小说中爱情故事与被现实的压抑的情欲的关系，作过这样精彩的剖析：

> ……现实生活中无由实现的愿望在虚构和幻想的情境中获得了实现。而唐传奇产生前，中国人在创作领域找到的表现性爱的最佳形式，乃是志怪。志怪向来被排除在正统文学之外，其受道德观念的约束也就松弛得多；志怪中展现的是妖狐鬼怪的生活，按逻辑也就可以不受人间道德的藩篱。在志怪的天地里，中国人压抑过甚的性欲获得了畅行无阻的权利。②

这是六朝志怪小说中充斥如此众多的情欲描写的主因。小说中描写的所有鬼神怪妖，都只不过是一种象征，一种符号，一种人的本质的对象化。"作者真正关注的是人的欲望、人的命运。不论故事多么奇诡荒诞，不可思议，实质上都是人的性意识的外显。"③ 即使是像《刘晨阮肇》、《袁相根硕》这类仙境志怪小说，也染上了强烈的情欲满足的梦想色彩。这种欲望或者符号的背后，正是对压抑、阻挠、摧残自由平等爱情的封建等级制、封建礼教、包办婚姻制等不合理制度的大胆挑战，是典型的个性解放的先声，文学的自觉的标志。

---

① 江晓原：《性张力下的中国人》，上海人民出版社 1995 年版，第 25 页。

② 俞捷汝：《幻想与寄托的国度：志怪传奇新论》，台湾淑馨出版社 1991 年版，第 52 页。

③ 同上。

如果说，六朝志怪小说爱情主题的表现与反对封建等级制、封建礼教、包办婚姻制等相联系，那么在英国哥特小说中，其爱情主题的表现则与批判修道院的教育和生活对人性的扭曲、戕害相关，流露出强烈的反宗教情绪。"在西方传统中，涉及宗教主题的文艺作品，凡是得以流传并成为了经典的，一般都有离经叛道的倾向。"① 刘易斯的《修道士》正是其中最著名的代表作之一。

既然是修道院的生活与原则剥夺了安布罗斯爱的权利，并最终将其毁灭，那么就不能回避修道院独身制的问题。修道院实行独身制，并非像许多启蒙书籍认为的那样，是人类心智的谬误，而是特定社会条件必然的产物②，不仅与信仰有关，更与经济原因密切相连。德国的傅克斯在完成于 20 世纪初期的文化史名著《欧洲风化史：文艺复兴时代》中，对修道院诞生及其发展变化的历史作过详细的梳理。在此，我们对他的观点做一简介，以便更好地认识安布罗斯的悲剧。

众所周知，僧侣和修道院是罗马教会的中坚，罗马教会对基督教世界的统治首先是通过僧侣和修道院来实施的。不过，修道院最初是穷人为了有利于生存斗争而结合的经济组织，它力求依靠成员的力量解决一定人群的社会问题，其组织形式本身要求共同使用生产资料和消费品。修道院是产生最初手工业的地方，第一批织工就诞生于此。僧侣酿酒最早，推行土地合理耕作制也最早。僧侣把这些都教给了寺院周围的民众。为了自身的生存，修道院还最早修桥铺路，砍伐森林，治理沼泽，建筑堤坝。修道院不仅因劳动的集中而成为技术进步的发源地，而且渐渐还成为文

① 希利斯·米勒：《解读叙事》，申丹译，北京大学出版社 2002 年版，第 12 页。

② 爱德华·傅克斯：《欧洲风化史：文艺复兴时代》，侯焕闳译，辽宁教育出版社 2000 年版，第 345 页。

化学术活动的中心。修道院加固的院墙是早期的要塞，每当敌人入侵，附近的居民可在此避难。修道院和教堂不仅成为同魔鬼作斗争的堡垒，而且是抵抗人间敌人的堡垒。这一切都给它们的教义增加了分量，注入了强大的活力。由于修道院是靠共同劳动共同消费的原则来维系的，所以坚决反对个人私有制。因为凡是企图保存私人使用生产资料的地方，整个组织会很快解体。而产生于私有财产权和继承权都很完备时代的修道院，为了避免血缘关系对修道院内共同生活这一人为结构的颠覆，就要求僧侣和修女弃绝婚姻，以社团为家，不得再有别的家庭。

修道院对当时其他经济组织的经济优势，逐渐使其获得了极大的权势和财富。而权势和财富无非表示占有他人劳动的权利。僧侣和修女渐渐不再靠自己的劳动，而是靠别人的劳动而生活。修道院也由最初生产者的组合与乐善好施变成了剥削者的组合，并拼命地把请求加入的穷人吓跑，愈来愈致力于把那些能带来财产或其他宝贵物质利益的人拉进来，愈来愈汲汲于谋得布施、遗赠、特权。就这样，"教会从公益互助体系变成了庞大的、遍及全世界的剥削体系，其规模之大，为历来所无。因为它披着宗教的外衣，因为宗教到头来成了更成功的剥削工具，所以它是人们所见过的最可怕的机构。"[①] 而独身制恰恰是教会将积累起来的财富得以集中，得以代代相传不致消失的最重要的统治手段。不过，需要说明的是，这种独身，一开始并不要求彻底放弃性生活，只是修正婚姻这种性关系的一般社会形式。但后来仍是出于经济的以及使僧侣绝对听命于上帝的考虑，一度悉听自便的节欲逐渐变成了必须执行的法律，被推向极其严格的禁欲主义，绝色的誓愿被宣布为最高的德行。

---

① 爱德华·傅克斯：《欧洲风化史：文艺复兴时代》，侯焕闳译，辽宁教育出版社 2000 年版，第 350 页。

然而，绝色誓愿的背后却隐藏着僧侣的道德败坏，隐藏着背誓、通奸、强奸、乱伦、暴力、谋杀等可怕的事实。"中世纪末及文艺复兴时代，大多数修道院不是神圣的场所，不是在那里持斋、戒色、祈祷，而是在那里拼命享受生活的乐趣。"[①] 《修道士》通过对恶魔修道士安布罗斯的塑造，便形象生动地再现了这惊心动魄的一幕。

不过，作者并未对安布罗斯作简单的否定，而是在暴露与批判的同时，又从资产阶级人道主义出发，详细而动人地表现了他对人性的爱情生活的追求与向往。坚持修道院誓约与人性欲望满足之间的矛盾冲突构成了这部小说的主要特色。安布罗斯是16世纪西班牙首都马德里著名的卡普琴斯修道院的院长，相貌不凡，英俊倜傥，学识渊博，极富辩才，颇受西班牙人的敬慕和崇拜，许多达官贵人都以他做忏悔师为荣。他正直善良，信守誓约，忠于上帝，一直过着修道士的隐居生活。从表面上看，除了献身上帝的幸福外，他不知道还会有什么其他的幸福，更不知道女人能给他带来快乐。但是，正如叔本华所说："这种平静和幸福只是开在被征服的意志之上的鲜花。培植鲜花的土壤是与生命意志永恒的斗争。"[②] 在安布罗斯的灵魂深处，其实早已潜藏着另一种声音。这种声音，我们是从他参加完盛大的布道回到其住处后的一段扪心自问中听到的——

> 我的讲道对听众的影响是多么巨大！有多少人围在我身旁！他们对我是多么崇拜……但且慢！我会不会经不起诱惑，偏离我一直遵循的正道？难道我不是一个有七情六欲的

---

① 爱德华·傅克斯：《欧洲风化史：文艺复兴时代》，侯焕闳译，辽宁教育出版社2000年版，第375页。

② 转引自奥托·基弗《古罗马风化史》，姜瑞璋译，辽宁教育出版社2000年版，第162页。

人，也会犯错误？我必须放弃修道院寂寞的生活。马德里有那么多漂亮的贵妇都要来修道院，不愿用别的忏悔神父，都指明让我做她们的忏悔神父。但是，我必须习惯于这些人的诱惑，抵制奢侈和欲望的引诱。我应当在这注定要我来的地方遇到这么多漂亮的女性，正像圣母你一样漂亮！①

他禁不住把视线移向对面墙上的一幅圣女像，又自言自语道：

她的表情多么漂亮！她转头的姿势多么诱人！……我要能用手抚弄她那金色的卷发，亲吻她那白皙的胸脯该多好！上帝啊，我必须抵挡这种诱惑吗？难道我就不能用30年的痛苦来换取对她的一次拥抱吗？我不能放弃……我多么傻！究竟为什么我要因爱慕这画而痛苦呢？滚开，这些可耻的想法！我得记住，我与女人永远无缘。没有一个凡人能如此完美。但即使真有这样一个人的话，也绝对抵抗不了这种诱惑，除了我安布罗斯。我说的是诱惑吗？它对我来说又算什么。当我被信奉为超凡脱俗的人后，那些妇人违反道德的举止使我恶心。当然不是这圣人的美貌吸引了我，而是这画家的技巧打动了我，我喜欢的是这幅画展示的圣洁的神性！②

从这段心理独白中，我们不难看到，安布罗斯本质上和其他普通人一样具有七情六欲，他从根本上不能做到对自己周围那么多"漂亮的女性"视而不见，无动于衷，其内心深处也藏有不愿意过"修道院寂寞的生活"的念头，但是他那超群出众、高人一

---

① 刘易斯：《修道士》，李伟昉译，上海译文出版社2002年版，第28—29页。
② 同上书，第29页。

等的傲慢感和神职身份又使他清楚地意识到"我与女人永远无缘",必须抑制肉欲的诱惑。然而,他对圣女像的赞美与感受又分明充满着世俗的渴望,不过,为了驱赶"这些可耻的想法",他又自欺地违心认为吸引、打动他的并不是"这圣人的美貌",而是"画家的技巧"和那幅画展示出的"圣洁的神性"。因此,这段极具内在张力的心理独白给我们揭示出了一个既克制压抑又敏感脆弱的充满着心灵骚动和人格分裂的矛盾形象。

安布罗斯对人性爱情的向往,在他得知马蒂尔德女扮男装的真实身份后变得更为强烈。最初,他意识到了马蒂尔德真实身份暴露后问题的严重性和后果的不堪设想,也试图下决心将她赶出修道院。但当马蒂尔德撕开衣服,把匕首直逼胸膛以自杀相威胁时,他心软了;而且就在这一时刻,他第一次看到了马蒂尔德柔嫩洁白的乳房。一种以前从未有过的难以名状的混合着渴望与快感的感觉充塞心头。一股猛烈的不可抵挡的欲火顿时燃遍全身,他热血沸腾,千万种欲望诱惑着、激荡着他的狂想。他开始陷入极度的矛盾痛苦中,挣扎在"罪的沉沦与上帝的拯救的中间状态"[1]:

> 他的心里乱极了,各种情绪在相互厮杀、彼此争搏,他说不清哪一种能占上风。他打不定注意应该怎样处理这件事。他意识到,谨慎、宗教、得体强制使他必须让马蒂尔德离开修道院;但另一方面,他也有足够理由同意她留下,而且他非常愿意她留下。他无法回避马蒂尔德对他的赞美,她的爱使他的虚荣心得到了极大的满足,因为他无意中征服了一颗全西班牙最高贵的骑士也征服不了的心。他不禁回忆起曾和她在一起的幸福时刻,然而一想到即将面临的分别,他

---

① 刘小枫:《拯救与逍遥》,上海三联书店 2001 年版,第 6 页。

的心里又空荡寂寞，充满忧伤。为了使马蒂尔德留下来，他居然还想到，鉴于她的富有，如若留下她，那么她的赐予对修道院将是一笔必不可少的财源。[①]

注意，这是安布罗斯第一次遭遇到的具体的、活生生的人的苦恼问题。丹麦基督教思想家克尔凯郭尔曾这样说过，只有当人在内心提出一个苦恼的问题，即"他自身之隶属于这个世界对于他意义何在，以及由此他对于这个世界意义何在"时，"内在的人才在这些苦恼中降临了"[②]。也唯有"在这种苦恼中"，他才"要求一个解释，一种证明"，这种证明能向他阐明"一切存在物的意义，以及他自己的意义"。[③]现在，安布罗斯就突然意识到了他身边的马蒂尔德这个女人对于他的意义，以及他自身存在的意义。作者将笔触深入到他的内心世界，让他自我拷问：

　　留下她又会给我带来什么呢？我当然可以相信她的话。忘掉她的性别，仍视她为自己的朋友和信徒，不是很容易的事吗？显然，她的爱一如她描绘的那样纯洁。如果是出于情欲，那她怎么能隐匿这么长的时间呢？难道她不能使用计谋去获得满足吗？不，恰恰相反，她竭力掩饰着她的性别；仅仅因为害怕暴露，也出于对我的信任，她才吐露了自己的秘密。她遵守教规同我一样严格。在此以前，她没有企图唤起我潜伏的感情，更没有与我谈过爱的话题。如果渴望得到我的爱，而不是尊重，她就不必如此小心地隐藏自己的妩媚。直到现在我还没有看到她的面容。噢，仅从我看到的来判

　　① 刘易斯：《修道士》，李伟昉译，上海译文出版社 2002 年版，第 48 页。
　　② 克尔凯郭尔：《基督徒的激情》，鲁路译，中央编译出版社 2001 年版，第23—24 页。
　　③ 同上书，第 25 页。

断，那张脸一定很可爱，那身体一定很漂亮！①

这两段精神世界的剖析是小说的关键处，是理解安布罗斯命运转折的点睛之笔，因为它决定了安布罗斯日后为爱情所付出的沉重代价。如果说，开始他还在考虑马蒂尔德的去留问题，那么接下来的自言自语，就是在为留下她寻找合理的依据。所有这些都表明，马蒂尔德已经主宰了他的灵魂。他的"醒悟"已经注定了他的毁灭。就这样，他在魔鬼派来的美女马蒂尔德的诱惑下，体验了从未体验过的人生快乐，他那潜伏在灵魂深处的强烈欲望便如开闸的洪流势不可当，昔日牢不可破的宗教的屏障顷刻间土崩瓦解。在灵与肉的搏杀中，情欲战胜了誓约，他沉溺于肉欲中而无力自拔。

但是，出于掩饰心中的渴望而不被外人发现的目的，此时的他，表面上装得比任何时候都更为虔诚、更为圣洁，内心却要背弃誓约，不愿意再献身上帝，甚至愤怒地把他崇拜的圣母画像从墙上扯下，扔在地上，并用脚践踏。他变得表里不一，口是心非。

然而，很快他就对马蒂尔德性格和情绪的突然变化而百思不解，并从心理上开始疏远她，厌恶她。因为她常常摆出一副傲慢的神情，说话时不再含蓄委婉，而是命令式的，他几天前所认识的那个温柔多情、体贴顺从的假罗萨里奥，开始变得冷酷可怕。已经尝到了甜蜜爱情滋味的安布罗斯再也无法压抑自己，更无法回到原来的宁静状态，于是又开始了新的爱情渴求。

因此，当安东尼娅进入他的视线时，就深深为她的纯朴和天真所打动。那时，她在他心中丝毫没有引起欲望的撩拨和骚动，他所感到的是一种交集着温柔、赞赏和尊敬的情感。她纯洁羞

---

① 刘易斯：《修道士》，李伟昉译，上海译文出版社 2002 年版，第 48 页。

涩，与放纵、淫荡的马蒂尔德迥然不同，他甚至感到，吻一下她那玫瑰般的红润嘴唇，也比享有马蒂尔德的肉体千百次要甜蜜得多。他遐想着能和她在一起，欢乐时与她共享，痛苦时给她安慰，如果世界上有这样的幸福，那就是他的运气。然而当他意识到，所有这些幸福的遐想都是可望而不可即的虚无缥缈的幻景时，他痛苦而又绝望地扪心自问："难道我不能解除誓约，对着天地宣布我的爱吗？"[①] "一颗眼泪落在了他的面颊上。"[②] 从作者对这一人物细腻而精心的塑造中，我们不难看到，宗教法规和修道士的神职身份不仅葬送了安布罗斯作为人理应具有的人性本能特征的情感渴求与幸福享受，而且还毒害了他的善良天性。这种内在的剧烈冲突造成了他精神的极度痛苦和近乎疯狂的变态心理，最终久受压抑的情感演变成为可怕的淫欲，由一个清心寡欲的修道士变成了阴险狠毒的杀人恶魔。作者由此尖锐地揭露、批判了宗教法规的反人道性和荼毒、残害生灵的本质，触目惊心地揭示出了"人生的潜在可能性恰恰在于光明变黑暗、天使变魔鬼的辩证法"[③]，更细腻而感伤地展示了安布罗斯追求、向往爱情幸福的心路历程，形象地表明了叔本华曾说过的一个人生真理："对人类的大多数来说，过那种苦行生活是不可能的"[④]。

当然，需要指出的是，《修道士》毕竟是一个年仅 19 岁的作者的处女作，存在一些不足之处，也是不足为奇的。譬如，在刻画安布罗斯这一形象过程中，刘易斯始终对他不能享受正常性爱快乐而深表惋惜和同情，他对这种压抑所导致的行为，态度也越来越模糊。尽管他有强烈的反叛宗教的意识，但又难以承受宗教

---

① 刘易斯：《修道士》，李伟昉译，上海译文出版社 2002 年版，第 179 页。

② 同上书，第 180 页。

③ 刘小枫：《拯救与逍遥》，上海三联书店 2001 年版，第 6 页。

④ 转引自奥托·基弗《古罗马风化史》，姜瑞璋译，辽宁教育出版社 2000 年版，第 162 页。

与社会环境的压力，最终把安布罗斯的堕落与犯罪归咎于魔鬼的诱惑，这无疑是为安布罗斯开脱罪责，一定程度上削弱了小说的思想性。这也反映了作者的困惑与矛盾。

另外，在《修道士》中，与安布罗斯这条主情节同时交织发展的还有雷蒙德与阿格尼丝历经痛苦和死亡的磨难后终成眷属的感人故事。这个故事同样表现了男女青年打破宗教桎梏、执著追求自由幸福的爱情主题。阿格尼丝纯洁无瑕，情感真挚，为人善良，但不幸的是，她一生下来就注定要被送进修道院接受教育。然而本能告诉她不应该成为修女。她向往青春的自由和乐趣，鄙视修女们那些荒唐可笑的仪式。她因与豪爽侠义、英俊潇洒的侯爵雷蒙德的爱情，先是遭到自己姑妈的阻挠，后又失去自由，被强行送入圣克莱尔修道院，从此开始了苦难而悲惨的人生折磨。后经雷蒙德在外的不懈努力，绝境中的阿格尼丝终于被营救出来，有情人终成眷属。摧残阿格尼丝的女修道院长多米娜也受到了应有的惩罚。

总之，从上述比较来看，英国哥特小说与六朝志怪小说中都有着鲜明的爱情主题，而且所呈现出来的爱欲描写，都是久受压抑的结果，因此都张扬着对合理的爱欲追求的肯定以及反传统的叛逆精神。换言之，两者所表现出来的爱情主题都具有一个共性的思想价值特征，即：它们的作用并不是为了"加强占统治地位的意识形态，而是在显示其威力的同时，对它提出质疑"①。不过，它们受压抑的原因又互不相同，显示出各自文化传统内涵的差异。所以，由于上已述及的原因，中国六朝志怪小说爱情主题的表现多与反对封建等级制、封建礼教、包办婚姻制等相联系，而在英国哥特小说中，其爱情主题的表现则突出地与批判修道院

---

① 希利斯·米勒：《解读叙事》，申丹译，北京大学出版社 2002 年版，第 12 页。

的教育和生活对人性的扭曲、戕害相关，流露出强烈的反宗教情绪。同时我们还应指出，相比较而言，因为志怪小说旨在对理想生活的诉求，故而作为理想生活重要组成部分的爱情主题，在志怪小说中获得了淋漓尽致的集中表现；而哥特小说则旨在彰显黑暗，因此除《修道士》外，虽然每部都描写有爱情，但并非最突出的内容。惟其如此，"显露传统"①，比较才显出意义。

第四节　复仇主题比较

复仇主题也是中外小说创作中的一个常见主题。道理很简单，只要有不公、不人道、残暴等社会现象的存在，就必然会有表现反抗这些社会存在的复仇主题的文学创作。英国哥特小说与中国六朝志怪小说，由于都反映了各自社会中黑暗不公的丑恶现实，也自然就有复仇主题的表现。

在我们探讨的四部英国哥特小说中，有三部都明显含有复仇主题。《奥特朗托城堡》就是写曼弗雷德一家因承受先祖以血腥手段夺取他人城堡而遭到受害者幽灵复仇、最终城堡重回主人后嗣手中的故事。《修道士》也交织着两个复仇故事：一个是充满凶杀恐怖的滴血修女的复仇故事，一个是洛伦左为受难的妹妹复仇的故事。滴血修女生前是一个轻佻放荡的修女，叫比阿特丽斯，她先是爱上林登男爵，后又同男爵的弟弟奥托暗中来往。奥托为夺取哥哥的城堡，怂恿比阿特丽斯杀死哥哥，然后杀人灭口，将凶杀罪责完全嫁祸于修女，并顺利继承哥哥的城堡。但修女的幽灵为了惩罚这场谋杀的真正策划者和主谋，从此夜夜站在奥托床前，一手攥着沾满她情夫血迹的匕首，一手拿着照路的蜡

---

　　①　苏其康：《中西比较文学的内省》，转引自黄维梁、曹顺庆编《中国比较文学学科理论的垦拓》，北京大学出版社1998年版，第134页。

烛。奥托经受不住这般恐惧的折磨而死去。而阿格尼丝仅因为恋爱竟遭到多米娜院长的残害，洛伦左为给妹妹报仇，多方奔走，誓将凶犯告上法庭接受审判。多米娜终于在被捉拿的过程中为激怒的民众所打死。不过，复仇主题最为突出的还是体现在《弗兰肯斯坦》中怪物的故事。

这是一个因丑陋、畸形而遭到了他的创造者的遗弃以及人类的歧视而奋起反抗、复仇的故事。在小说中，弗兰肯斯坦创造的怪物，是一个颇为复杂的艺术形象。他既是弃儿，又是复仇者，同时还是"恶"的化身。被遗弃是复仇的原因，"恶"又是复仇的极端化表现。小说的第十一章至第十六章，作者让怪物详细自述了其不幸经历与复仇原因。这个怪物从诞生的时刻起，就注定了自己不可挽回、无法更改的被遗弃、遭歧视的悲剧性命运。然而，他具有正常人的知觉，丰富细腻的感情世界，聪敏好学，乐于人助。他渴望加入人类的生活，更渴望获得人类的认同和理解。当他从清澈的池水中发现自己的丑怪时，心里充满了沮丧和屈辱的痛苦："难道我是一个谁也要逃避、谁也不接纳的怪物，是大地上的一个污点吗？"[1]一种强烈的自我归属意识使他想知道"我是什么"，然而，对这个一再出现在心中的疑惑，"我只有用呻吟来回答"[2]。他渴望朋友和亲情，"可是，我的朋友和亲戚又在哪里？在我的婴儿时期没有父亲照看过我，也没有母亲用微笑和抚爱来祝福过我"[3]。

他长期潜伏在生活于偏僻处的一户农舍人家的周围，暗中观察该人家的生活起居，一举一动，渐渐从他们的相互交流中模仿学会了发音、说话，并掌握了他们的语言。当他了解了这户人家

---

① 玛丽·雪莱：《现代普罗米修斯》，伍厚恺译，四川人民出版社1997年版，第112页。

② 同上书，第113页。

③ 同上。

的不幸经历后，深表同情，以暗中帮他们捡柴火、清扫小路上的积雪为乐事。他还常常躲在暗处偷听费利克斯给陌生女人讲解人类历史等知识，这使他获益匪浅。他开始认识到：

> 难道人类，一方面如此强大，如此高尚和健美，另一方面却又如此邪恶和卑鄙？他们一会儿似乎纯粹是罪恶原则产下的后裔，一会儿又是一切可以想象到的高贵的、神明般的品德的体现者。做一个伟大而具有美德的人，对于任何一个感觉敏锐的生命而言，似乎应该是最高的荣誉；做一个卑鄙邪恶的人，就像许多在历史上记载的人那样，则应是最低贱的堕落，那种状况比瞎眼的鼹鼠或无害的蠕虫还要卑鄙。有很多时间，我没法设想一个人怎么能去杀害他的同类，甚至不懂为什么要有法律和政府；可是当我听见了许多罪恶和流血的具体细节之后，我就不再惊奇了，而是怀着厌恶和鄙弃掉过头去。……我懂得了人类社会那奇怪的制度。我听到了财产分配，巨大的财富和悲惨的贫穷；我听到了等级，家系和血统。……你的同类们最为珍视的占有物乃是与财富联系在一起的高贵而纯正的血统。一个人只要拥有了这两种有利条件中的一件，就会受到尊敬；可是，假如他一件也没有，除了极为罕见的例外情况之外，他就会被视为流浪汉或者奴隶，注定要为少数特别选出的人的利益而耗费他的精力。[①]

他对认识到的人类文明社会的黑暗、罪恶、野蛮、不公怀有极大的憎恶，而对农舍一家人所表现出来的仁义的美德、温柔的举止、和蔼的性格，却充满了由衷的敬意。正如他所说："从它

---

① 玛丽·雪莱：《现代普罗米修斯》，伍厚恺译，四川人民出版社1997年版，第111—112页。

所展示的社会生活景象，我懂得了应该钦佩他们的美德，唾弃人类的罪恶。"①

值得注意的是，作者在塑造怪物这一复仇型性格时，特别将歌德的《少年维特之烦恼》、普鲁塔克的《名人传》和弥尔顿的《失乐园》等三部名著对他的影响，作了浓墨重彩的描写。作者单单提出这三部著作而不是其他，显然不是随意为之，而是精心的安排，有深意存焉。这三本书都同时能让怪物联想并激发起对自身感情和处境的思考。《少年维特之烦恼》所以能引起怪物的共鸣，乃是"它所描写的那种温柔而富于家庭气氛的言谈风度，以及追求自身之外更崇高的目标的高尚情怀，和我在我的保护者当中获得的体验相吻合，也和我自己心中一直存在的渴望相一致"②。而维特的痛苦与自杀，更激发起他对"我是谁？我是什么？我从哪里来？我到哪里去？"这些主体本质意识的追问。如果他从维特中了解到的，更多的是消沉和阴郁的话，而普鲁塔克的《名人传》带给他的却是崇高的思想。"他使我超越了有关自己思绪的可怜的范围，而去崇敬爱戴往昔时代的英雄们。"他说：

> 这本书却展示出全新的、更为宏大有力的人类活动场景，我谈到许多卷入公共事务的人物，他们管理或屠杀自己的同类。我想到心中升腾起对美德的巨大热情和邪恶的憎恶，就我对这两个词的理解，尽管它们的涵义是相对的，我却把它们只当作欢乐和痛苦的意思来使用。受这些感情的引导，我当然就会敬仰努马、梭伦和卢克古斯这些和平的立法者，而不喜欢罗慕路斯和泰修乌斯了。我的保护者一家的族

---

① 玛丽·雪莱：《现代普罗米修斯》，伍厚恺译，四川人民出版社1997年版，第118页。

② 同上书，第119页。

长制式的生活方式也使这种见解在我心里扎了根；假如我接触人类的第一个人是个渴望荣誉和杀人的年轻士兵，或许我就会感染上不同的感情了。①

然而，《失乐园》又进一步使他不能不再次联想到自己：

> 我就像亚当，和世上的任何生命都毫无联系；不过就其他各方面来看，他的情况和我又极不相同。他是经上帝之手诞生的完善的创造物，既快乐又幸运，受到他的创造者的特别呵护，允许他和更高级的生命交谈，向他们取得知识；而我却是悲惨的，孤立无援，形只影单。有很多次，我觉得撒旦就是我的境况的恰当象征；因为我就像他一样，在见到我的保护者得到幸福的时候，心里常常产生怨恨的嫉妒。②

这三本书，连同此前学到的知识，对他起到了重要的思想启蒙，使他理性地认识到，人世间也充满了贫穷、歧视、压迫、欺诈和杀戮。然而，他一直相信，小屋的主人以他们的美德与慈祥，是不会嫌弃他的，"难道他们会把一个恳求他们的同情和友谊的人赶出门外吗？"③"他们相爱着，彼此情感相通；他们的欢乐依赖于相互间的关系，并不因周围环境发生事变而受到惊扰。我越是看着他们，就越是渴望得到他们的保护和关怀；我的心渴求着让这些可爱的人知道我和爱我；我最大的奢望便是看到他们用慈爱的目光瞧着我。"④然而，悲剧的不幸还是发生了。当他进

---

① 玛丽·雪莱：《现代普罗米修斯》，伍厚恺译，四川人民出版社1997年版，第120—121页。

② 同上书，第121页。

③ 同上书，第122页。

④ 同上书，第123页。

入这一家人的视野，并渴望同情与理解的时候，竟遭到毒打和驱逐！他无法想象，像这样善良的一家人也如此惧恨他，如此歧视他！更令他不能容忍的是，他曾在激流中救出一位姑娘，但救人后反被击伤。他不只一次地想接近人类，与人类交朋友，并获得人类的认同和理解，但每次都要遭到拒斥、唾弃和伤害，甚至连他想救助的孩子都骂他是"妖怪"、"丑八怪"、"吃人魔"。他内心充满了孤独和痛苦。他找到了他的创造者，向他索要公道，要求平等与爱的权利。但这一要求又遭弗兰肯斯坦拒绝。

悲愤与绝望之余，他立誓与人类为敌，要用从人类那里学到的"人类血淋淋的法律"报复人类，并在报复中讨回自己被剥夺的尊严和权利。拉法格曾说，人一旦使自己的激情神圣化，特别是当这些激情可以帮助他在个人的和社会的关系上保存自己的时候，"'对血的无厌的渴求'，被提升为神圣义务的复仇变成义务的第一位"。[①]具有人格象征意义的怪物就处在这种状态。

至此，怪物原本仁慈而温柔的感情，已完全让位于恶魔般的狂怒和"对血的无厌的渴求"。他说："我狠毒是因为我不幸。"[②]"如果我不能唤起爱，我就制造恐惧；首先是针对你，我的头号仇敌，因为你是我的创造者，我对你怀有不可消除的仇恨。你当心；我将慢慢地让你毁灭，不到你伤心欲绝我不会住手，我要让你诅咒你降生到这个世上来的那个时刻。"[③]他真的为复仇而不择手段：不仅使弗兰肯斯坦在遭受了巨大的精神折磨和极度的痛苦之后死去，而且无情地将弗兰肯斯坦一家人引向不可避免的死亡悲剧，更为可怕的是，他还殃及其他无辜者的宝贵生命。通过复仇，也通过与小说最初叙述者——探险家沃尔顿船长——的倾

---

① 拉法格：《思想起源论》，王子野译，三联书店1963年版，第69页。

② 玛丽·雪莱：《现代普罗米修斯》，伍厚恺译，四川人民出版社1997年版，第136页。

③ 同上书，第137页。

诉，他获得了一种客观真实的身份，找回了一种能引起怜悯的要素①。但是，他完成这一系列的血腥复仇的同时，也变成了一个杀人恶魔，完成了由"善"至"恶"的转变。他的一段可怕独白再清楚不过地勾勒了这一变化轨迹：

> 我发现他，我生命的创造者，同时又是我无法形容的痛苦的制造者，竟想获得幸福；他一面在不断给我制造不幸和绝望，自己却企图享受我永远被禁止获得的种种美好感情；这时候，无可奈何的嫉妒和狠毒的愤怒便充溢了我的心，唤起了我难以满足的复仇欲望。……我已成了这种冲动的奴隶而不是主人，我尽管厌恶它，却又无力反抗它。……在我眼里，恶从此以后变成了善。……罪恶已经使我堕落到连最卑贱的动物也不如的地步了。找不到任何罪过，任何危害，任何邪恶，任何苦难，能和我的所作所为相比拟。……堕落的天使变成了狠毒的魔鬼。②

有学者指出，从怪物的不幸经历这一视角看，《弗兰肯斯坦》"可以作为一个不公正的创造的寓言来阅读。但小说在这个方面直至结束也没有进展，甚至怪物的形象是模糊的、多义的"③。的确，怪物身上的"人性"与"魔性"相混融的特征，使他的内涵具有一定程度上的含糊性，也使作者对他的态度充满了矛盾。不过，基本的倾向性还是清楚的。对于"人性"的怪物，作者对

---

① Glen Cavaliero，*The Supernatural and English Fiction*，Oxford University Press，1995，p. 63.

② 玛丽·雪莱：《现代普罗米修斯》，伍厚恺译，四川人民出版社1997年版，第213—214页。

③ Glen Cavaliero，*The Supernatural and English Fiction*，Oxford University Press，1995，p. 63.

他寄寓了深深的同情，肯定了他的追求平等、理解、爱人的权利，并通过他谴责了歧视人、压迫人、仇恨人的黑暗社会现实。小说结尾，作者安排怪物自愿前往北极冰海焚身自杀，也明显透露出对黑暗现实的悲愤抗议。而对"魔性"的怪物，无疑又充满了憎恶和批判，显示了作者对人性的深度探讨。其中值得深思的问题一如小说的开放式结构一样"开放"给了我们。

同样，复仇主题在中国六朝志怪小说里也有鲜明而深刻的反映。《搜神记》中的《韩凭夫妇》、《三王墓》等，《冤魂志》中的《孙元弼》、《徐铁臼》等，均是表现这一主题的名篇。在《韩凭夫妇》中，宋康王荒淫好色，残暴霸道，不仅强占韩凭之美妻何氏，而且囚禁怨愤的韩凭，致使其恩爱夫妻双双殉情。更为天理难容的是，宋康还滥施淫威，拒不允许死后的韩凭夫妇葬在一起，硬是让其葬于两处。然而，"宿昔之间，便有大梓木生于二冢之端，根交于下，枝错于上。又有鸳鸯，雌雄各一，恒栖树上，晨夕不去，交颈悲鸣，声音感人"。这是一种道义上的复仇方式，是作为弱者的韩凭夫妇的冤魂向强者的荒淫无道的康王表示抗议的一种奇特方式，但有所遗憾的是，我们没能看到宋康王受惩罚的应有结局。不过，这种结局在下面的作品中则不再出现。

在《三王墓》中，干将莫邪为楚王精心做剑，楚王却嫌莫邪做剑费时太长而竟杀之。莫邪死前叮嘱妻子，让儿子长大后为其复仇雪恨。长大后的赤比，日夜思盼为父复仇，然而这个意图却被楚王梦中察觉，并下令捉拿赤比。赤比只得走上逃亡之路。就在赤比一筹莫展之际，却得一山中侠客相助。不过，侠客为了保证复仇万无一失，提出借赤比之头取信于楚王，然后近而杀之。赤比竟毫不迟疑地"自刎，两手捧头及剑奉之，立僵"。侠客持赤比头进入宫中，楚王闻之大喜说："此乃勇士头也，当于汤镬煮之。"可是"煮头三日三夕，不烂。"侠士抓住时机，骗楚王说："此儿头不烂，愿王自往临视之，是必烂也。"就在楚王上前观奇时，侠客迅速"以剑拟王，王头随落汤中"。那位侠客"亦自拟己头"，慷慨就义。我们为赤比为父复仇的执著与献身精神所感佩，更为侠客的抗击暴政、舍生取义的壮举而肃然起敬，赞叹不已。侠客在作品中的出现，具有双重的意义：即使赤比为父复仇的目的得以实现，又深化了作品的主旨——暴君人人可得而诛之。

《孙元弼》则是描写刚直不阿的孙元弼被枉杀后，化为鬼魂向昏庸的县令王范、卑鄙邪恶的王范妾、丁丰、史华期以及助纣为虐的陈超等人复仇的故事，尤其是陈超连夜"逃走长干寺"，隐姓埋名，企图躲避追杀，但最终还是在劫难逃。《徐铁臼》中的徐铁臼被继母陈氏母子活活折磨而死后，也是化鬼还家，向陈氏母子讨还血债，愤怒控诉他们对"实无片罪"的自己"横见残害"的罪行，并烧毁其房屋，屡打铁杵，使他身体处处黑青，"月余而死"。

不过，尽管英国哥特小说与六朝志怪小说都共同表现着复仇的主题，但其存在的差异同样是显而易见的。在英国哥特小说中，复仇往往伴随着人物强烈的个性意识、对自我本质的追问以及对知识的渴求等，复仇者多是为了捍卫自身的名誉、尊严和权利而实施复仇行为。这充分体现了西方文化中以重视、实现个人幸福、尊严、权利为目的的价值取向。而六朝志怪小说中人物的复仇行为则主要是基于"孝"和"义"，特别是无辜者死后化为鬼向作恶者讨还公道，显示正义，不会出现像哥特小说那样采取残忍的殃及无辜的复仇行为。这实与中国传统伦理文化对正义内涵的合"礼"解释以及文化的中和精神有关①。

---

① 杨经建等：《复仇母题与中外叙事文学》，载《外国文学评论》2003年第4期。

另外，英国哥特小说常常在较为广阔的范围内来表现复仇，对复仇内涵的揭示上较六朝志怪小说更丰富、更复杂，特别是在人性层面的开掘上，表现出了相当的深度和厚度。这在我们前面已经分析过的《弗兰肯斯坦》中怪物的故事里表现得十分突出。而六朝志怪小说表现复仇往往集中在一个方面，难以有更多层次的丰满展示。在这一点上，因果报应主题与爱情主题的表现都具有这样的特征。当然，这与六朝志怪小说的文体特征有关，但更为重要的是受自先秦史传开始的简洁的叙事风格传统影响的结果。唐代史学家刘知几在《史通·叙事》说："夫史之称美者，以叙事为先"[1]；"夫国史之美者，以叙事为工；而叙事之工者，以简要为主。简之时义大矣哉！历观自古，作者权舆，《尚书》发踪，所载务于寡事；春秋变体，其言贵于省文。"[2]他还援引《左传》、《春秋经》来进一步阐明自己的观点："叙事之省，其流有二焉：一曰省句，二曰省字。如《左传》宋华耦来盟，称其先人得罪于宋，鲁人以为敏。夫以钝者称敏，则明贤达所嗤，此为省句也。《春秋经》曰：'陨石于宋五。'夫闻之陨，视之石，数之五。加以一字太详，减其一字太略，求诸折中，简要合理，此为省字也。"[3]在这里，刘知几不仅把"简要"视为叙事之美，而且把"寡事"，也就是简要叙事作为其叙事之美的重要特征。可见，六朝志怪小说叙述故事皆为一人一事、决不枝蔓的叙事风格，正是这一叙事之美重要特征的具体体现。

---

[1] 刘知几撰、浦起龙释：《史通通释》上册，上海古籍出版社 1978 年版，第165 页。

[2] 同上书，第 168 页。

[3] 同上书，第 170 页。

第 五 章

人 物 论

本书已从情节、主题的层面对英国哥特小说与六朝志怪小说作了比较和论析，本章将再从人物的角度对它们加以比较和阐释。小说创作或以故事情节为旨趣，或以人物刻画为中心，或以描写人物的心灵意识为要务等。通常认为重故事情节的小说，在人物形象的刻画方面往往是苍白的，扁形的，缺乏深度的，难以取得为人称道的较大的艺术成就。其实这是一种误解和偏见。因为有不少以故事情节取胜的小说同样也写出了令人深刻难忘的人物形象，并且在人物形象的刻画艺术上有骄人的成就。我们在研究英国哥特小说与六朝志怪小说时，就不能忽视这一点。我们设此专章，就表明了我们对这个问题的重视。

本章将从三个方面展开：（1）人物类型划分；（2）人物类型特征分析；（3）人物形象描写艺术探解。这里的"人物"，既包括人类，也包括异类。

第一节　人物类型划分

六朝志怪小说与英国哥特小说中出现的人物形象可谓形形色色，林林总总，不过，在这两种小说中有四类人物形象不仅是其共有的，而且也最突出，最引人注目，即：（1）暴君形象；（2）教徒形象；（3）不幸女子的形象；（4）鬼怪形象。总的来看，前两类集中揭露人性的邪恶、人性的贪欲，实际上是从道德的角度对人性问题所进行的思考与探索。后两类则更多地反映了人性的正常要求。在本章中，我们将以这四类形象作为人物形象论重点探讨的对象。需要说明的是，六朝志怪小说有不少是描写少女死后化为鬼魂的故事，也有不少是描写由鬼怪变为少女形象的故事，前者描写重点虽然是鬼魂，但这主要是由于少女生前的不幸遭遇所引起的，这种人鬼合而为一的形象，我们将放在不幸少女类的形象里面来谈，而后者虽然重点是描写少女对人的诱惑，但本质上是鬼怪，所以我们将这类形象放在鬼怪形象里面来谈。在英国哥特小说中，恶棍英雄（villian—hero）的塑造十分突出，这也是英国哥特小说的重要特征之一。自《奥特朗托城堡》塑造出曼弗雷德亲王这一恶棍英雄后，几乎每部哥特小说中都有这类形象出现，而且多是作为重要形象出现的。例如《瓦塞克》中的国王瓦塞克、《修道士》中的安布罗斯、《弗兰肯斯坦》里的怪人等。但这些恶棍英雄如果从身份上看，又主要可分为国王或亲王与修道士两大类。由于我们是从身份的层面来划分形象类型并加以分析的，故将其中的修道士形象归入第二类，而国王或亲王形象自然放在第一类。《弗兰肯斯坦》里的怪人形象，虽然从其残忍性角度来看，他是一个典型的恶棍英雄，但我们还是按照其自然身份将其归入鬼怪形象。

第二节　人物类型特征分析

综观世界小说人物画廊，无论复杂抑或简单的性格，都呈现着善恶分明的两极。这大概与基督教、佛教、儒家思想均强调神魔对立、善恶分明的观念的影响有关。这种善恶分明的两极，不仅体现在人物之间的鲜明对比上，而且体现在人物内部的自比上，更包括在作家对"亦善亦恶"人物评价态度的鲜明上："作家批判这些人物'恶'的一面，但同情、怜悯其'善'的一面。"① 六朝志怪小说与英国哥特小说中的人物塑造，就典型地呈现着这种善恶分明的两极。所不同的是，志怪小说创作中没有"亦善亦恶"的人物，它着重表现的是人的伦理道德属性，不大注意对人的本质的丰富性、微妙性、多面性的开掘与表现，这使志怪小说的人物形象在构成上具有浓重的伦理道德色彩，成为一种伦理道德的化身。这种在儒家政教工具论的文学观念影响下的创作，又对后世中国古典小说创作的伦理道德化倾向产生了深刻影响。而哥特小说中，不仅有性格单一的人物形象，更有"亦善亦恶"的人物形象。不过，两者中的人物虽有简单与复杂之别，但基本上又都是作者"围绕着一个单独的概念或者素质创造出来的"，"可以用一句话来概括"②。我们在此重申，这样说并不否认哥特小说人物的丰富性与复杂性，只是想强调其善恶分明方面的特征罢了。"英国的哥特小说肯定社会的道德规范，用好与坏来判断人物，甚至用来判断超自然的人和事。"③

下面，就让我们依次走进上述四类人物画廊，去探寻其构成特征。

一 暴君形象特征分析

专横残暴，冷酷无情，为达目的，不择手段，是六朝志怪小说与英国哥特小说塑造暴君形象的共同性格特征。在哥特小说中，《奥特朗托城堡》里的曼弗雷德亲王和《瓦塞克》里的同名

① 曹顺庆等：《中外文学跨文化比较》，北京师范大学出版社 2000 年版，第 514 页。

② 福斯特：《小说面面观》，朱乃长译，中国对外翻译出版公司 2002 年版，第 175 页。

③ 沃尔夫冈·凯泽尔：《美人和野兽：文学艺术中的怪诞》，曾忠禄、钟翔荔译，华岳文艺出版社 1987 年版，第 149 页。

国王就是这样的暴君形象。为了长期霸占奥特朗托城堡，阻止预言的实现，曼弗雷德视儿子虚弱多病的身体于不顾，急于安排儿子结婚，致使儿子被活活砸死。面对这一惨剧，他非但毫无悲伤之情，而且居然胁迫儿媳与自己结婚。他曾经所以爱儿子，主要是因为儿子是继续占有城堡的砝码，他骨子里爱的根本不是儿子，而是城堡的继承权。对女儿也是毫不关心，从来是恶声恶气，盛气凌人；对在一起生儿育女生活了大半辈子的妻子更无感情，说遗弃就遗弃。对他来说，城堡就是他的生命，占有欲就是一切。因此儿子死后，他马上便不加掩饰地对伊莎贝拉说："你已经失去了一个配不上你天生魅力的丈夫，而你的魅力现在将有更好的归宿……既然我不能把儿子给你，我就把自己给予你。"当伊莎贝拉表示将像对待父母那样对待他及其夫人时，曼弗雷德愤怒地打断她："该死的希波莉塔！不要提到那个女人的名字：从此刻起，她对你来说应该是个陌生人，就像对我来说是个陌生人一样。……希波莉塔再也不是我的妻子了；我从此刻起便断绝了同她的婚姻关系。"① 总之，他仇恨一切人，既包括他的家人，也包括西奥多、罗杰姆修道士，对伊莎贝拉更是穷追不舍，当得知她与别人约会时，便恼羞成怒，欲杀之解恨，不料却酿成错杀女儿的人间悲剧。在整个事件发展过程中，曼弗雷德给人最深刻的印象就是专横冷酷，刚愎自用，一意孤行，不啻一个恶魔般的暴君。但最终却落了个孤家寡人，在修道院痛苦地聊度残生。

与曼弗雷德相比，瓦塞克更是有过之而无不及。他英俊倜傥，纵情声色，为了享受奢华，不惜巨资，大兴土木，建造"不散的宴席"、"神曲之所"、"视觉的快乐"、"香宫"、"欢乐隐蔽

---

① 贺拉斯·瓦尔蒲尔：《奥特朗托城堡》，伍厚恺译，四川人民出版社2001年版，第9页。

处"等五大宫殿以满足其五种感官需求①。他荒淫纵欲，不理朝政，致使民不聊生，怨声载道。为了野心和贪欲，不惜实施血腥的祭献，将五十个活泼可爱孩子的生命供那个魔鬼享用。为了占有地下宫殿的金银财宝，他组织了庞大的出行队伍。行前，他和母亲王太后大肆搜刮民脂民膏，将全城及邻近地方的裁缝和刺绣工都招集起来，为远行制作帐篷、轿子、沙发、华盖等，用尽了全国所有的印花棉布和细纱棉布②。王太后为助儿子出行成功，施展魔法，让高塔周围火焰冲天。善良的臣民不明真相，纷纷前来救火以营救国王，却均遭杀戮献祭，变成最稀奇的美味佳肴，供国王食用。在这里，一边是臣民的忠诚虔诚，一边是国王与王太后的狠毒凶残，强烈的对比凸显了血腥恐怖的悲惨一幕，无情地揭露了统治者的暴虐无道。国王一行在夜色笼罩、暴风骤雨肆虐下的荒野突遭饿狼猛虎的吞食，简直就是对瓦塞克荒唐行为的大嘲弄、大惩罚！国王所到之处，肆意劫掠，暴行不断，惨不忍睹，恐怖之极。凡此种种让人感到，瓦塞克就是人间的凶怪和恶魔，他统治下的国家就是人间的活地狱！但最终也是落了一个在地狱里备受烈火煎熬的悲惨下场。

恶棍英雄是英国哥特小说的创造，这种小说"常常以恶棍英雄既引诱别人又自遭苦难、既迷人又邪恶为主题"③。这些恶棍英雄的塑造，对后来英国小说中类似的形象塑造影响很大，例如对《呼啸山庄》中的希斯克利夫这一恶棍英雄形象的影响。

同样，《搜神记·蒋子文》④中的蒋子文也是一个十足的暴

---

① William Beckford, *Vathek and Other Stories*, Pickering Limited, 1993, pp. 29—30.

② Ibid., pp. 50—51.

③ Marie Mulvey—Robert, ed., *The Handbook to Gothic Literature*, New York University Press, 1998, pp. 111—112.

④ 干宝：《搜神记》，汪绍楹校注，中华书局1979年版，第57页。

君形象。虽然他在小说中不是国王身份，仅是一个秣陵尉，但他唯我独尊，刚愎自用，荒淫残暴，掠夺民脂民膏，大讲奢华排场，贪图享受，为了野心和贪欲，可以不择手段，无所不用其极，不是国王胜似国王，与瓦塞克具有本质的相似。两者的不同仅在于，瓦塞克是现实中暴君，蒋子文为阴曹地府中的暴君。蒋子文生前"嗜酒好色，挑达无度"，死后还要作威作福，其幽魂公然宣称："我当为此土地神，以福尔下民。尔可告百姓，为我立祠。不尔，将有大咎。"只因当地百姓没有及时为其立祠建庙，未能满足其贪欲，就大施淫威，降下三大骇人听闻的灾难：先是大瘟疫，接着"使虫入人耳"而皆死，"医不能治"，后又引发大火，"一日数十处"，直至百姓被逼无奈，为其"立庙堂"，且被封为中都侯，其"次弟子诸为长水校尉，皆加印绶"后，"自是灾厉止息，百姓遂大事之"。足见其贪婪残暴的暴君面目。

《搜神记》中的《三王墓》、《韩凭夫妇》等都是对暴君的揭露和批判。在前篇中，干将莫邪受命为楚王做剑，楚王不仅不体察莫邪做剑的精心与艰苦，竟然以"三年乃成"而怒杀之。十足的草菅人命，残暴无道；在后篇中，身为一国之君的宋康王，仅因一己之好色，便无端霸占他人之妻，将一对恩爱幸福的夫妻活活拆散逼死，还不让这对死后夫妻葬在一起，不仅荒淫暴虐，而且卑鄙无耻！

王嘉《拾遗记》中对诸如殷纣王、秦始皇、汉成帝、汉哀帝、汉灵帝等帝王的残暴与荒淫生活多有暴露和讥讽。这一内容所占篇幅虽不算多，却很显眼。卷五所载《怨碑》就大胆揭露了最高统治者秦始皇为造冢而犯下的"生殉工人"的残暴罪行及其"敛天下瑰异"于冢中的奢侈与贪欲。作者强调指出，此碑皆是被"生埋匠人之所作也"，"后人更写此碑文，而辞多怨酷之言，乃谓为'怨碑'。《史记》略而不录"。① 作者特别记录下怨碑的故事，显然是对"《史记》略而不录"的做法的不满。因此，他之所以要弥补"《史记》略而不录"的缺憾与不足，目的是十分清楚的，就是要暴露秦始皇的残暴、贪欲于天下。卷七中的《魏明帝》描写魏明帝建造凌云台，"天阴冻寒，死者相枕"，此种惨相竟至于让"洛、邺诸鼎，皆夜震自移"，"宫中地下"也闻"有怨叹之声"。群臣进谏，"帝犹不止，广求瑰异，珍赂是聚，饬台榭累年而毕"。这种描写"同样抨击了统治者不恤民艰，为一己之私欲，置万姓于水火沟渎而不顾的残暴肆虐"②。卷六中的《汉灵帝》对汉灵帝骄奢淫逸的生活也作了大胆曝光。小说写他"起裸游馆千间，采绿苔而被阶，引渠水以绕砌，周流澄彻"；"盛夏避暑于裸游馆，长夜饮宴"，且让"宫人年二七以上，三六以下，皆靓妆，解其上衣，唯着内服，或共裸浴"；还用外邦所献异香煮汤洗毕后，"以余汁入渠，名曰'流香渠'"；更有甚者，让内宦作鸡鸣驴叫声以取乐，极尽奢靡淫荡之能事。总之，对历代帝王特别是当代统治者的针砭，是《拾遗记》的重要思想价值所在③。

　　显然，将君王形象作为批判和暴露对象纳入小说创作领域，是六朝志怪小说在中国小说史上的一大贡献。在中国以往的诸如《左传》、《史记》、《汉书》历史著作中，揭露和抨击帝王专横残暴、荒淫奢侈的内容并不少见。这些著史者本着不虚美、不隐恶的历史精神书写着历史上实有的人物与所发生的事件，并通过这些人物和事件记录体现出鲜明的惩恶扬善的思想倾向。从另一方面说，为历代帝王将相树碑立传又是中国史传的一大传统，且一定程度上遵循着"为尊者讳"的古训和原则。六朝志怪小说既继

　① 李剑国：《唐前志怪小说辑释》，台湾文史哲出版社1995年版，第369—370页。
　② 王枝忠：《汉魏六朝小说史》，浙江古籍出版社1997年版，第98页。
　③ 杜贵晨：《中国古代短篇小说史》，中州古籍出版社1991年版，第93页。

承了史传批判、揭露暴君的文化精神传统，又从根本上突破了史传"为尊者讳"的原则规范和传统格局。这突出表现在，它不仅首次大胆地旗帜鲜明地把一些古代帝王作为专横荒淫、奢侈糜烂的暴君形象移入到小说领域内，而且有意识地把一些历史传说中的暴君形象也移入到小说领域内，放在被批判被揭露的位置上来描写，丝毫不避讳他们的身份，也丝毫不避讳他们的所作所为。这种选择显然表明了志怪作者的一种强烈的政治意识与道德价值倾向，即对统治者的失望、鄙视与不信任。正如王嘉对"《史记》略而不录"的空缺的弥补所显示的那样，六朝志怪小说表现出了对以往有关帝王及其历史的解构与颠覆的努力方向。因此，它不仅标志着小说创作对君王形象描写蕴涵的拓展，而且一定程度上也意味着对中国史传文学某些传统的突破。虽然六朝志怪小说主要以情节取胜而不以人物塑造为要务，但其对君王形象描写蕴涵的拓展为后世文学提供了一种极有价值的范式，也就是说，它对后世有关小说中暴君类人物描写选择的范式影响极深。后来小说中一再出现的暴君形象以及草菅人命的酷吏形象的塑造，都与六朝志怪小说有着割不断的渊源联系。

需要说明的是，英国哥特小说中的暴君形象具有既迷人又邪恶的性质，有其两面性，而六朝志怪小说中的暴君形象则完全是邪恶的化身。

二 教徒形象特征分析

谈论教徒形象自然要涉及宗教以及宗教与文学的关系问题。"在人类创造的各种文化形式中，宗教和文学恐怕是历史上最能潜移默化大众心灵的两种形式"，而"宗教和文学，从起源到发展，都一直互为表里，相互交融"①，两者"浑然一体，密不可

---

① 海伦·加德纳：《宗教和文学·中译本序》，四川人民出版社 1989 年版，第 1 页。

分，文学往往是宗教的载体，而宗教的传播过程往往也是文学的展示过程"①。六朝志怪小说（主要指南北朝志怪小说）与佛教关系密切，鲁迅称其为"释氏辅教之书"②；英国哥特小说则与基督教密不可分。然而，在对待宗教的具体态度上，这两种小说却表现出了相当大的不同。而这种不同首先就体现在教徒形象性格特征的描写上。教徒形象是六朝志怪小说与英国哥特小说形象序列中出现的又一共同性表征。不过，这类形象在两种小说里所承载的功能及其寓意却是大异其趣，具有天壤之别。概括起来说，六朝志怪小说中的教徒形象承载着宣教的功能，寓意着善；而英国哥特小说中的教徒形象承载的则是反教功能，寓意着恶。

在英国哥特小说中，作为教徒出现的修道士形象多是邪恶之徒，《奥特朗托城堡》里的杰罗姆是一个少有的例外。在安·拉德克利夫创作的《阿斯林与丹贝城堡》（*The Castles of Athlin and Dunbayne*，1789）、《西西里传奇》（*Avsicilian Romance*，1790）、《森林传奇》（*The Romance of the Forest*，1791）、《尤道弗的秘密》（*The Mysteries of Udopho*，1794）、《意大利人》（*The Italian*，1794）等五部哥特小说中，后三部作品都直接描写了修道院的凶险和修道士的邪恶。例如《森林传奇》里的修道院院长蒙托尔特就是一个十足的邪恶之徒，他不仅残杀其兄长，而且后来在修道院卑鄙引诱、惊吓和折磨他的侄女艾德琳。当他知道自己与艾德琳的血缘关系后，怕乱伦遭到报应，便欲杀人灭口。因其罪恶被及时揭露，艾德琳才幸免于难，而蒙托尔特这一恶棍和凶手终于落了个服毒自杀的可耻下场。《尤道弗的秘密》中的那个修女也是一个贪婪淫荡的女恶棍。她曾为了霸占财富而

① 马佳：《十字架下的徘徊》，学林出版社1995年版，第1页。

② 鲁迅：《中国小说史略》，见《鲁迅全集》第9卷，人民文学出版社1973年版，第194页。

杀人，小说里的另一个恶棍蒙托尼的尤道弗城堡就是通过她的邪恶之手从他人那里攫夺来的。如果说拉德克利夫的小说揭露了修道士的邪恶和修道院的凶险的话，那么刘易斯的《修道士》通过对恶魔修道士形象的塑造，更将批判锋芒直接指向宗教本身。

在这部作品里，作者通过安布罗斯和多米娜两个院长的形象，大胆无情地揭露和批判了宗教对人性的扭曲、戕害与教会的残暴内幕，表现了鲜明的反宗教情绪。安布罗斯的毁灭就是修道院的教育和生活对他良好天性、心理、人格的破坏、扭曲所致。作者在小说中指出，安布罗斯"生来有进取心，有魄力、无所畏惧，如果在军营里，甚至可能会立下赫赫战功"。他也不缺乏慷慨和宽厚。"他思维敏捷，才能卓尔不群，判断果敢稳健，这些品质如果用在治国上，本可以使他青史留名。"总之，如果他的青年时代在世间度过，他一定会显示出许多光辉品质。然而，不幸的是，还是孩子时他就失去了父母，被辗转遗弃在修道院门口。后来他被卡普琴斯修道院院长收留。正是这位院长，竭力诱导孩子相信，幸福就在修道院里。于是，留在修道院就成为安布罗斯的最大抱负。在这里，"他的教员们竭力压抑他身上天生的美德……他们拒绝人世间的仁慈，而把自私视为圭臬。他们教育安布罗斯把对他人的错误的同情看作是滔天大罪，并竭力使他性格中的直率变为奴性的谦卑。……那些修道士们在根除他的善德、禁锢他的感情的同时，又让各种罪恶在他身上达到极限。让他傲慢、自负、虚荣、野心勃勃；让他妒忌所有与他地位同等的人，并蔑视他们的长处；当受到冒犯时决不宽容，残酷报复。"[①]作者将批判的锋芒直指修道院的教育，并从根本上给予了否定。因此，当发现阿格尼丝的私奔信件时，安布罗斯不顾阿格尼丝的

① 刘易斯：《修道士》，李伟昉译，上海译文出版社 2002 年版，第 175—176 页。

苦苦哀求，无情地将信件交给多米娜院长。正是他的冷酷，让阿格尼丝陷入苦难悲惨的深渊。身为神职人员，他又经不起情欲诱惑，耽于肉欲，最后犯下强奸、乱伦和凶杀大罪，在遭受身心的惩罚后死去。作者以无可辩驳的事实揭示了这样一个触目惊心的"发现"，即在常人看来最安全的修道院，实际上是滋生罪恶与黑暗的最危险之地；而最值得人们景仰的"圣徒"，竟然是一个伪君子、强奸犯、杀人凶手！

在西方，表现"僧侣与世俗人的二元对立，天国与地上王国的二元对立，灵魂与肉欲的二元对立"① 的作品不计其数，例如，在中世纪，著名教父奥古斯丁就在其《忏悔录》中，以赤诚的态度袒露了其自身追求情欲的罪恶以及战胜罪恶的心灵历程；小说《阿伯拉与爱洛绮丝的情书》更是直接表现了宗教与情欲的剧烈冲突。不过，这两部作品的价值指向是真、爱、美，前者表现出的真诚和忏悔精神充溢着一种诗意葱茏的美德，而后者则把罪恶与爱悦水乳交融般地结合在一起，成为抒发"甜蜜的罪恶"的范本。而真正塑造出在宗教与情欲的激烈冲突中，直取罪恶与暴行的恶魔形象的作品，则应该始于刘易斯的《修道士》。修道士安布罗斯是一个从善到恶、直至罪恶深重、不能自拔的彻底堕落的恶魔形象。他从被动诱惑到主动犯罪、直至走向毁灭深渊的过程，都深深打上了"哥特式"的烙印。

圣克莱尔修道院院长多米娜是作品中宗教化身的另一个代表人物。作为一院之长，她非但没有仁爱之心，而且胸襟狭隘，凶狠残忍，报复心极强。由于阿格尼丝的恋爱行为让她在安布罗斯这位偶像面前丢了面子，所以为了挽回面子，更为了让安布罗斯知道她的院规的严厉，竟将阿格尼丝打入非人境地，残酷折磨。

---

① 罗素：《西方哲学史》上卷，何兆武、李约瑟译，商务印书馆 2001 年版，第 377 页。

由此，我们看到了与男修道院毗邻的女修道院的令人发指的残暴内幕。为达到长期惩罚阿格尼丝的目的，多米娜对前来探视阿格尼丝的哥哥，先是拒绝，后又以病死加以敷衍。她的冷酷与罪行激起了民众的义愤，最终在混乱中被打死，她的修道院也遭焚烧。作者形象地揭示出，不管是男修道院还是女修道院，都是压抑人性、摧残生命的渊薮；不管是男修道院长还是女修道院长，一样是残忍冷酷、罪不容诛的恶魔。强烈的反宗教倾向从安布罗斯和多米娜两个人物的可耻结局以及圣克莱尔修道院的被焚毁中清楚地流露出来。

作者反宗教的倾向，还明显地表现在对《圣经》的态度上。《圣经》本是基督教的经典，但在作品中却被看成是一部诲淫诲盗之书。作品中有一段安布罗斯和安东尼娅的母亲埃尔维拉谈论《圣经》的描写。作者这样写埃尔维拉的态度："这位谨慎的母亲虽然赞赏《圣经》的美，但认为青年女子绝不该读。她觉得《圣经》中的许多叙述会对她们产生坏的影响。一切都叙述得那么明白、直露，一家妓院的记录也未必能包含更多不堪入目的词语。但这却是推荐给青年女子读的书，是让孩子读的书，而孩子除了能理解那些他们不该理解的部分外，其余的什么也不理解。而这些部分往往给他们灌输了最初的邪恶念头，唤醒了他们仍然沉睡的欲望。这一切，埃尔维拉都确信无疑，认为把《圣经》交到女儿手中等于把《高卢的阿马狄斯》或《风流王白提兰特》交给她，等于同意她阅读《唐·盖拉尔》的淫荡冒险，或《狄弥维达普莱查小姐》的情史。"[①] 而安布罗斯的见解竟与埃尔维拉完全相同。难怪安布罗斯到安东尼娅家拜访时，看到安东尼娅正在读《圣经》，显得颇为兴奋，因为在他看来，这为勾引安东尼娅提供了条件。但当知道她读的是母亲亲手誊抄并删除、修改过的《圣

---

① 刘易斯：《修道士》，李伟昉译，上海译文出版社 2002 年版，第 192 页。

经》时，他才"发觉自己弄错了"。如果说一个百姓这样评价《圣经》还情有可原，那么，作为修道士、作为"圣徒"的安布罗斯也持同见，则显得异乎寻常，值得细细玩味。显然，作者这么写是有目的和深意的，即对宗教的叛逆。当年作品发表后，曾引起过轩然大波，被教会和虔诚的信徒斥责为是一部违背道德、亵渎神灵的坏书，甚至有人扬言要将作者告上法庭。这种反应可以反证作品的主旨。

英国哥特小说中出现反宗教倾向的主题并非出自偶然，它既是对西方反宗教文学传统的继承与发扬，又是当时社会历史状况所使然。众所周知，基督教文化意识传统，诸如"原罪"、"忏悔"、"救赎"等观念，深刻地影响着西方文学的创作，但基督教会内部存在的黑暗、残暴、邪恶以及禁欲主义掩盖下的荒淫纵欲的丑行，自文艺复兴伊始又不断成为西方资产阶级作家揭露和批判的内容。文学与宗教之间这种相互影响渗透、又相互矛盾斗争的复杂格局，构成了西方文学史上颇具特色的一个侧面。至18世纪，特别是随着反封建反教会的启蒙运动的蓬勃展开，宗教作为意识形态的绝对统治力量已是一落千丈，今非昔比。借用伊格尔顿的话说就是"宗教的衰落"。他在《二十世纪西方文学理论》中曾说，宗教"这个一向可靠的、无限强大的意识形态陷于深刻的困境。它不再能赢得群众的心，在科学发现和社会变化的双重冲击下，它原先那无可怀疑的统治处于消亡的危险之中"[①]。既然"旧的宗教意识形态已经丧失力量，因此，一种更微妙的道德价值标准的传达方式，一种不靠讨厌的抽象而借'戏剧性的体现'来发挥作用的方式，就被准备好了"。于是这些使人深切感受到的道德价值在任何其他方式都无法比拟的文学中得到了最生

---

① 伊格尔顿：《二十世纪西方文学理论》，伍晓明译，陕西师范大学出版社1987年版，第25页。

动、最淋漓尽致的表现①。刘易斯和拉德克利夫正生活在 18 世纪后期至 19 世纪初期"宗教的衰落"的时代，他们的思想感情及其小说创作必不可免地会烙上时代的印记。尤其是刘易斯，他以资产阶级人道主义思想对教会的信条和修道院的教育作了较为彻底的颠覆与解构。

相比较而言，六朝志怪小说里的教徒形象所承载的功能主要是宣教，这与在当时大动荡环境下人们对宗教的心理需求和接受有关，它寄托着人们对真善美的追求和对假丑恶的否定。道徒形象多是自神其教的载体，他们身怀种种绝妙法术，大显异能，能驱妖除怪，化灾成祥。而佛教自传入中国后，能迅速得以传播、发展并深深扎下根来，固然离不开僧团的传教活动，但更与佛经的文学表现和自觉利用文学形式加以传播发扬紧密关联。志怪小说无疑是当时宣传佛教思想的重要文学形式之一。可以说，佛教为志怪小说输入了新鲜的内容和新鲜的形式，没有佛教，就不会出现志怪小说后来的发展风貌，没有志怪小说的加盟，佛教在中国的影响自然也会大打折扣。因此，为配合佛教思想的传播，志怪小说也开始有意识地描写一些承载佛教思想的佛徒形象。在这些形象所承载的佛教思想中，强调最多也最突出的当属因果报应思想了。这主要集中在刘义庆的《宣验记》、无名氏的《祥异记》、王琰的《冥祥记》等志怪书中。例如，《宣验记·刘遗民》中描写了这样一个形象：

> 刘遗民，彭城人。少为儒生，丧亲，至孝以闻。家贫，卜室庐山西林中。体常多病，不以妻子为心，绝迹往来，精思禅业。半年之中，见眉间相，渐见佛一眼，及发际二色，

　　① 伊格尔顿：《二十世纪西方文学理论》，伍晓明译，陕西师范大学出版社 1987 年版，第 31 页。

又见全身。谓是图画。见一道人奉明珠,因遂病差。①

小说中刘遗民突出的性格特征就是"至孝以闻","精思禅业",他的至孝和虔诚终于使他得到疾病痊愈的善果。又如《祥异记·释慧进》:

> 前齐永明中,杨都高坐寺释慧进者,少雄勇游侠。年四十,忽悟非常,因出家,蔬食布衣,誓诵法华,用心劳苦,执卷便病。乃发愿造百部,以悔先障。始聚得一千六百文,贼来索物,进示经钱,贼惭而退。尔后遂成百部,故病亦愈。诵经既广,情愿又满,回此诵业,愿生安养。空中告曰:"法愿已足,必得往生。"无病而卒,八十余矣。②

释慧进出家奉佛,用心劳苦,忏悔发愿,诵经造经,功德圆满,所以"无病而卒,八十余矣"。上述两个形象都说明了敬佛奉法可得福的道理,是善因善报的典型例子。下面再举两个寓意恶因恶报的例子。请看《冥祥记·沙门道志》:

> 宋沙门道志者,北多宝僧也。尝为众僧令知殿塔,自窃帐盖等宝饰,所取甚众。后遂偷像眉间珠相,既而开穿垣壁,若外盗者,故僧众不能觉也。积旬余而得病,便见异人以戈矛刺之,时来时去,来则惊嗽,应声流血。初犹日中一两如此其后疾甚,刺者稍数,伤痍遍体,呻呼不能绝声。同寺僧众,颇疑其有罪,欲为忏谢,始问犹讳而不言,将尽二

---

① 鲁迅:《古小说钩沉》,见《鲁迅全集》第 8 卷,人民文学出版社 1973 年版,第 558 页。

② 同上书,第 546 页。

三日，乃具自陈列，涕泣请救，曰："吾愚悖不通，谓无幽途，失意作罪，招此殃酷。生受楚拷，死萦刀镬。已糜之身，唯垂哀恕。今无复余物，唯衣被毡履，或足充一会，并烦请愿，具为忏悔。昔偷像相珠有二枚，一枚已属妪人，不可复得，一以质钱，在陈照家，今可赎取。"道志既死，诸僧合集赎得相珠，并设斋忏。初，工人复相珠时，展转迥趣，终不安合，众僧复为礼拜烧香，乃得著焉。年余而同学等于昏夜间，闻空中有语，详听即道志声也。自说云："自死以来，备萦痛毒，方累年劫，未有出期；赖蒙众僧，哀怜救护，赎像相珠，故于苦酷之中，时有间息。感恩罔已，故暂来称谢。"言此而言。闻其语时，腥腐臭气，苦痛难过，言终久久，臭乃稍歇。此事在泰始末年，其寺好事者，已具条记。①

道志是一个典型的违背佛教"五诫"中不偷盗条律的佛徒形象。身为佛徒，道志不守戒律，为贪婪所驱使，利欲熏心，竟盗宝物，又制造外盗假象，企图掩盖事实真相，但是，自以为神不知鬼不觉的他最终还是原形毕露，遭此报应。小说塑造这个形象的目的是十分清楚的，那就是诚实为人，万不可作恶，否则必遭惩罚。又如《宣验记·郭宣与文处茂》篇：

> 晋义熙十一年，太原郡郭宣与蜀郡文处茂先于梁州刺史杨收敬为友。收敬以害人被幽。宣与处茂同被桎梏。念观世音十日已后，夜三更，梦一菩萨慰喻之，告以大命无忧。亦觉而锁械自脱，及晓还著。如是数遍。此二人相庆发愿，若

① 鲁迅：《古小说钩沉》，《鲁迅全集》第 8 卷，人民文学出版社 1973 年版，第 637—638 页。

得免罪，各出钱十万，与上明寺作功德。共立重誓。少日，俱免。宣依愿送钱向寺。处茂违誓不送。卢循起兵，茂在戎，于查浦为流矢所中。未死之间曰："我有大罪。"语讫而死也。[1]

佛教由诵经灵验神迹，解救了郭宣与文处茂，两人同时立誓要"各出钱十万，与上明寺作功德"，以虔诚信教作为对佛的报答。而文处茂却"违誓不送"，结果被流矢射死。小说通过对两个信徒不同命运的对比描写，对那种出尔反尔、不守信用的行为给予了严厉的惩戒。

从上引各篇不难看出，这些志怪小说分别从正反两面的形象描写，鲜明地彰显了崇佛护法的主题，与表现反宗教主题的英国哥特小说形成了明显的差异和对比。另外，值得一提的是，哥特小说在表现反宗教主题时，直接涉及宗教与情欲的矛盾和冲突，志怪小说则不存在这方面的情况。

三 不幸女子的形象特征分析

不幸女子的形象是六朝志怪小说与英国哥特小说中又一类相似的人物类型。在这一类型的形象中，作者都十分突出地描写了她们身上共有的两大特征：（1）经历不幸，个人的权利、尊严得不到保障，饱经痛苦或磨难；（2）性格倔强不屈，具有反抗精神。但作品在具体描写造成这类人物不幸的原因上却又具有明显的不同。

在志怪小说中，不幸女子的形象中最突出的有两类：第一类是封建等级婚姻制度下的受害者，这类形象的寓意显然是对封建

---

① 鲁迅：《古小说钩沉》，《鲁迅全集》第8卷，人民文学出版社1973年版，第557页。

婚姻制度的不满，《紫玉》里的紫玉和《王道平》里的父喻可以作为代表。紫玉和韩重自由相爱，因遭父王强横干涉结气而死；父喻与王道平倾心相爱，却被父母逼迫"出嫁刘祥"。父喻"忽忽不乐，常思道平，忿怨之深，悒悒而死"。[①] 这两个女子死后都化为鬼魂继续追求自己的幸福。第二类是为专制暴政、封建法制制度所扼杀的受害者，其批判锋芒直指专制暴政的惨无人道与封建吏治的昏庸黑暗和草菅人命，《韩凭夫妇》中的何氏与《东海孝妇》中的周青可以作为代表。何氏因为长得美丽，就被康王专横霸占，她不愿屈服于淫威，以死相抗；周青善良勤苦，"以孝闻彻"，却被诬告杀人而入狱。太守不辨真伪，一意孤行，对周青"拷掠毒治"，周青"不堪苦楚，自诬服之"后被枉杀。死前她倔强立誓，以鸣冤屈："青若有罪，愿杀，血当顺下；青若枉死，血当逆流。"[②] 后来，关汉卿据此创作了著名悲剧《窦娥冤》。

　　而在英国哥特小说中，不幸的女子多是或因争夺财产继承权或因维护教义或因疯狂肆虐而成为受害者，揭露矛头直指人性的丑恶与阴暗。《奥特朗托城堡》中的伊莎贝拉，先是丈夫在婚礼上被砸死，接着又受到公公曼弗雷德的威逼、骚扰和追逐。她宁愿在惊恐与躲避中度日，也决不答应曼弗雷德的乱伦要求。她的不幸就起因于曼弗雷德对城堡继承权的贪婪占有。在拉德克利夫的《尤道弗的秘密》中，艾米丽被专横跋扈的恶棍姑父蒙托尼带至其尤道弗城堡，不断地受到威逼和惊吓的折磨。蒙托尼妄图借此卑鄙手段攫取艾米丽继承的财产。而同时，孤立无助的艾米丽还面临着蒙托尼一个凶残淫荡的朋友强奸的危险。《修道士》中的阿格尼丝则是因为违背教规、偷偷与情人私奔之事被发现后，

_____

① 干宝：《搜神记》，汪绍楹校注，中华书局 1979 年版。第 178 页。
② 同上书，第 139 页。

便从此开始遭受修道院野蛮残酷的非人折磨，其状之惨烈，令人发指。而《弗兰肯斯坦》里的于斯丁姑娘更是无端成为了受害者。怪人杀人后，将重要杀人物证放在于斯丁的衣服口袋里嫁祸于她，使她最终难以辩白，无辜被杀。

从志怪小说与哥特小说对这些不幸女子形象的描写中，我们发现，作者对她们的遭遇都寄寓了无限深切的同情，并且尽最大可能地甚至采用超自然的方法安排这些女子在经历痛苦磨难后得到善终。例如，在志怪小说里，紫玉和恋人得以在墓穴中结合，尽夫妇之礼，以此凸显紫玉对封建传统婚姻制度的挑战与反抗；父喻也死而复生与恋人喜结良缘。在《奥特朗托城堡》中，伊莎贝拉最后柳暗花明，与城堡真正继承人西奥多完婚；《尤道弗的秘密》中的艾米丽后来也与恋人结合，并得到城堡；《修道士》中的阿格尼丝最后也与恋人终成眷属。尽管这种大团圆式的结局在哥特小说中表现为一种现实的存在，而在志怪小说中表现为一种虚幻的存在，但都无疑反映出作者所共有的善良愿望与审美文化心理。

四　鬼怪形象特征分析

鬼怪形象是人类形象思维和宗教观念共同作用的产物。作为艺术表现，这是一个可以让丰富神奇、瑰丽迷人的想象力尽情自由驰骋的领域。既然志怪小说与哥特小说都是鬼怪小说，那么鬼怪形象自然都是它们的作者着力表现的重要内容之一。不过，相比较而言，在鬼怪内容表现的丰富多彩性方面，哥特小说远不及志怪小说，而且鬼怪形象在两种小说里的地位及其作用也大不相同。志怪小说多以鬼怪描写为主体，其中尤以女性情鬼形象居多，这与我国儒家礼教思想对女性的苛刻禁锢与压抑有很大关系，它们常常构成作品情节主干与思想主题。哥特小说则一般不以鬼怪形象作为作品的主要形象。作为作品情节的重要组成部分，它们的主要作用除了为小说中的人物活动营造怪异的环境、神秘的气氛、恐怖的感觉外，还通过幻想让人物使用魔术与恶魔、幽灵发生关系，"并借他们的帮助来达到贪婪、野心和肉欲的目的"①。因其强调作用于人的心灵感受，所以又"常常与心理分析搅在一起，渲染罪恶与惩罚的心理效应，其中不乏非理性的因素和畸形的心理状态"②。

把握志怪小说与哥特小说中鬼怪形象的特征，有必要先认识这类形象的一般性特征。刘仲宇在《中国精怪文化》一书中将鬼怪形象的特征总结为三大方面：（1）人与非人、幻形与原形的统一。这类形象在作品中有着人的外形，说着人的语言，和人一样具有七情六欲，喜怒哀乐，但又总是带着其原形本身所赋予的某些特点。（2）变幻莫测。这种变幻莫测不仅表现在它们出没无常，来无踪去无影，不受时空束缚，而且还可以超越其原形以及人世间一切现实能力的局限。（3）具有强烈的反主流文化的倾向。鬼怪形象本来就是异类，它们完全可以自由地按照自己的逻辑来行事。因此它们常常作为人们生活秩序的破坏者、挑战者的面貌出现，表现出对主流文化所维护的价值观念和行为规范的背离③。刘仲宇的总结有助于我们对鬼怪形象一般性特征的认识。那么，志怪小说与哥特小说中鬼怪形象的性格特征又主要有哪些具体表现呢？志怪小说与哥特小说在这一点上旨趣殊异。前者侧重描写鬼怪对人的正常情欲的追求，虽然常常颇具诱人性，但均在可理解的合理范畴内，温情可爱，人情味十足，是典型的以鬼怪写人，寄寓着作者对合理的人性要求、欲望的肯定，以及对不合理却居于主流地位的封建礼教、价值观念和行为规范的叛逆。

---

① 布克哈特：《意大利文艺复兴时期的文化》，何新译，商务印书馆1979年版，第516页。

② 梁工等主编：《比较文学概观》，河南大学出版社2000年版，第247页。

③ 刘仲宇：《中国精怪文化》，上海人民出版社1997年版，第372—381页。

简而言之，志怪小说中的鬼怪形象主要是表达爱情理想与生活理想的载体。后者则重在描写鬼怪的作恶行为，其诱惑性常常无限膨胀人的贪婪与野心，最后陷人于痛苦和死亡的境地，惊心动魄，恐怖骇人。简而言之，哥特小说中的鬼怪形象"是上帝的工具，起警告、引诱或者惩罚的作用"①，其倾向是对 18 世纪西方古典主义、理性主义主流思想文化传统的反动，弥漫着鲜明强烈的非理性色彩。不过，两者尽管各有侧重，但通过鬼怪形象来探讨社会与人性问题，又是它们的相同之处。

恶鬼形象虽然在志怪小说里也有表现，但与情鬼相比，并不是志怪小说的主导特色，故在此略而不论。在志怪小说的情鬼形象里，除了我们前面已经提到的属于接续"在世姻缘"类的情鬼形象外，大量存在的则是幻化为人形或借托梦方式而与人相识相恋的情鬼形象。《搜神记》里的《汉谈生》、《搜神后记》里的《李仲文女》、《徐玄方女》都是描写女情鬼寻求复生、渴望爱情幸福的故事。《汉谈生》②里的那个女鬼夜半来到谈生住处，主动与他做夫妻，并生下一子。不幸的是，谈生因好奇未能履行三年内不以灯火照之的诺言，致使妻子求生不得而与之惜别。《李仲文女》③写李仲文女儿的鬼魂托梦表达对青年子长"心相爱乐，故来相就"的炽热心愿。但同样好景不长，梦幻一场。《徐玄方女》④则写女鬼借托梦方式与自己所钟情的马子相爱，待依马子死而复生后，两人遂为夫妇，幸福相伴。《搜神记》中的《阿紫》、《张福》、《猪臂金铃》等，《幽明录》中的《紫鹄女》、《淳于矜》、《费升》、《庾崇》、《常丑奴》、《戴渺》等，都大胆地

---

① 沃尔夫冈·凯泽尔：《美人和野兽：文学艺术中的怪诞》，曾忠禄、钟翔荔译，华岳文艺出版社 1987 年版，第 28 页。

② 干宝：《搜神记》，汪绍楹校注，中华书局 1979 年版，第 202—203 页。

③ 陶潜：《搜神后记》，汪绍楹校注，中华书局 1981 年版，第 27 页。

④ 同上书，第 24—25 页。

张扬着对性欲的要求与享受。巧化妇人的狐狸阿紫将王灵孝带进墓冢，大行"云乐无比"之事①；《张福》中那个容色甚美的女子，以"日暮畏虎，不敢夜行"为借口来主动委身于张福②；《紫鹄女》写一甚丽女子唱歌挑逗苏琼作"桑中之欢"，遂"尽欢"③。《丁晔》写一姿形端媚之妇人，在丁晔面前"放琵琶上膝抱头，又歌曰：'女形虽薄残，愿得忻作婿；缠绻观良觐，千载结同契。'"声气婉媚，令人绝倒，"便令灭火，共展好情"。④我们在前面探讨主题的章节里已经指出过，在这些作品中，都是女子积极主动，她们或以美色诱人，或以歌言相调情，来获得性满足，而且作者在描写中毫不回避，而是极力渲染性行为带给她们的快感、陶醉感与幸福感。作者借助鬼怪这一异类，尽情表达了对两情相悦的自由幸福爱情的追求与渴望，同时也在虚构怪异的艺术世界里解构了中国封建礼教传统，对封建时代没有父母之命媒妁之言、不具备门当户对而私自结合的所谓"淫奔"、"野合"给予了充分的肯定。因此，志怪小说中的女性情鬼形象"实乃封建时代不堪礼教束缚，追求人性解放的钟情女子形象"，"这种钟情女鬼形象，形成了中国鬼灵文学区别于西方鬼灵文学的一个特色。这个艺术特色乃是中国特有的儒教意识造成的，是对儒教意识的逆反"。⑤

作为开启哥特小说先河的《奥特朗托城堡》，其最大价值就在于以一系列难以置信但令人恐怖的鬼怪形象，如身着僧服四处游荡的骷髅、滴血的雕像、变成活人的画像、阿方索的幽灵等，

---

① 干宝：《搜神记》，汪绍楹校注，中华书局1979年版，第222—223页。

② 李剑国：《唐前志怪小说辑释》，台湾文史哲出版社1995年版，第311页。

③ 鲁迅：《古小说钩沉》，见《鲁迅全集》第8卷，人民文学出版社1973年版，第395—396页。

④ 同上书，第418页。

⑤ 马焯荣：《中西宗教与文学》，岳麓书社1991年版，第268页。

在当时读者中引起了巨大的轰动效应。著名墓园派诗人托马斯·格雷（1716—1771）曾这样评价《奥特朗托城堡》："它极大地吸引了我们的注意力，有些人甚至被吓哭了，大家晚上谁都不敢上床睡觉。"①不过，这些鬼怪幽灵虽然充斥在作品中，但毕竟只是作为冤魂的象征和惩罚邪恶、预示复仇的物化存在而参与情节，作者并未真正塑造出栩栩如生、令人难忘的鬼怪形象。其后的几部作品在鬼怪形象的塑造上显然有了突破。神秘的印度人、少女努隆尼哈（《瓦塞克》），少女马蒂尔德（《修道士》），都是以人形出现的鬼怪形象或称为魔鬼形象，而怪物（《弗兰肯斯坦》）则是一个由人创造的具有人的思想情感和欲望要求的魔鬼形象。在这些形象中，前三者的特征是诱惑他人作恶堕落，后者则是因欲望未被满足而穷凶极恶，连连杀人，他们均象征着欲望、罪恶和惩罚。正如《彼得前书》第五章第八节所说："魔鬼，如同吼叫的狮子，遍地游行，寻找可吞吃的人。"②

需要进一步指出的是，在鬼怪世界与人的关系的表现上，六朝志怪小说也大异于英国哥特小说。前者所展示的主要是一个鬼怪与人融为一体的和谐理想的世界。生活在这样一个和谐理想的社会，正如歌德所说，"也就是要把不可能的东西当作仿佛是可能的东西来对待"③，其目的是想让人们更深地来认识人生、社会与现实。这种表现与该观念有关，即：中国人一向把冥间看成是人人都要去的一个熟稔的异乡，一如人间那样充满着温馨的人情味，并且完全将人们现实中的生活，甚至是人们在现实中难以实现的生活理想熔铸于其中。因此，中国六朝志怪小说里的鬼怪

<hr />

① Lionel Setevenson, *The English Novel*, Houghton Mifflin Company, 1960, p. 138.

② 《圣经》启导本，中国基督教协会印发 1998 年版，第 1817 页。

③ 转引自恩斯特·卡西尔《人论》，甘阳译，上海译文出版社 1985 年版，第 77 页。

形象也是"多具人情，和易可亲，忘为异类"①。这是中国六朝志怪小说最重要的特色。而后者表现的则主要是一个鬼怪与人对立的世界，界限十分明确。它常常被哥特小说家用来揭示人性的丑陋与邪恶。这种表现与西方人对死亡的看法有关。西方基督教是一神教，其中设有"天堂"与"地狱"，但"天堂"与"地狱"的观念，纯粹是宗教生活的一个象征符号，明确而且抽象地成为善与恶的神圣疆界。善人死后入天堂，有罪孽的人死后下地狱。这种赏罚全由冥冥之中的上帝来判决。特别是有罪孽之人死后的鬼魂，在阴森恐怖的地狱里备受折磨，形同骷髅一般，十分可怕。基督教的地狱观念把人对死亡的恐惧强化到了极点。这使人一想起死亡，一想到地狱，便毛骨悚然，不寒而栗。"在所有的重要教派中，基督教是焦虑最多，最强调死亡的恐怖的教派。宗教改革时期的神学进一步加强了这方面的强调。"②在欧洲的民间传说中，死亡也是非常可怕的事情。泰纳谢在《文化与宗教》中指出，象征着作为超自然物的死的最流行也最典型的想象是"骷髅"。这种最阴郁的想象乃是起于对死亡的恐怖。"在《死的胜利》这幅画里，死亡不是被描绘成抽象的单一的象征，而是一群数不清的骷髅。他们从地层深处爬出来，毁坏和消灭一切，制造了恐怖，进行拷打和处决。"③ 欧洲传说中的鬼正是这种"骷髅"般的死人的再现，而且相信"死人变成的鬼普遍都是凶恶的"④。因此，鬼怪是最令人恐怖的异物。

---

① 鲁迅：《中国小说史略》，见《鲁迅全集》第 9 卷，人民文学出版社 1973 年版，第 356 页。

② 弗兰克·克默德：《结尾的意义：虚构理论研究》，刘建华译，辽宁教育出版社、牛津大学出版社 2000 年版，第 25 页。

③ 泰纳谢：《文化与宗教》，张伟达译，中国社会科学出版社 1984 年版，第 32 页。

④ 布克哈特：《意大利文艺复兴时期的文化》，何新译，商务印书馆 1979 年版，第 514 页。

因此有学者认为，中西鬼怪小说在社会功能与审美感情上差异很大。其实，差异仅仅是其中的一个方面。在看到差异的同时也不可忽视其潜在的相同之处。就六朝志怪小说与英国哥特小说来说，在社会功能方面，两者都有力地表现了因果报应观念，劝惩倾向极为鲜明，充满着惩恶扬善的思想精神，而决不能认为中国的鬼怪小说表现了这一点，包括英国哥特小说在内的西方小说则"凡写鬼怪者，就很难说它有什么深刻题旨"，"只是表达一种恐怖而已"[①]，也不能说"欧洲鬼怪小说不像中国小说那样具有现实意义"[②]。同样，在审美感情上，除了志怪小说具有哀婉的情调、哥特小说主要表现对神秘的恐怖外，它们又都是借鬼怪来反映社会与人生，都是对人所面临的生存困境的揭示，所以又具有审美价值上的共通性。

第三节　人物形象描写艺术探解

英国哥特小说与六朝志怪小说不仅在人物类型的表现上有共通点，而且在刻画人物的艺术方法上也有不谋而合之处，主要反映在三大方面：（1）简笔勾勒人物外貌与性格特征；（2）以诗歌表现人物的心理状态与思想情感；（3）在冲突中刻画人物。下面分别比较这三大共同之处。当然，同时也会指出它们存在的差异。

一　简笔勾勒人物外貌与性格特征

在人物描写上，哥特小说与志怪小说都有以简洁的笔墨描绘

---

① 乐黛云主编：《中西比较文学教程》，高等教育出版社1988年版，第297页。
② 应锦襄等：《世界文学格局中的中国小说》，北京大学出版社1997年版，第119页。

人物外貌、性格的特点，使读者一目了然并对人物产生最直接的感性认识。例如，《紫玉》开篇就说"吴王夫差小女，名曰紫玉，年十八，才貌俱美"①。《弦超》写天上玉女"姿颜容体，状若飞仙"②。《汉谈生》描写深夜来就谈生的少女"姿颜服饰，天下无双"③。《王道平》写少女父喻"容色俱美"，其性格特征是与恋人"誓为夫妇"的倔强④。而《白水素女》中的男主人公谢端的性格特征则是"恭谨自守，不履非法"⑤。《拾遗记》中的《翔风》写翔风之美是"无有比其容貌，特以姿态见美。妙别玉声，巧观金色"⑥。这一点在哥特小说中也较为突出。例如，《奥特朗托城堡》一开头就让读者对奥特朗托城堡的主人曼弗雷德一家人及其性格特征有了大概了解：曼弗雷德"有一个儿子和一个女儿；女儿是个美丽的少女，年方18岁，名叫玛蒂尔达；儿子康拉德比她年轻3岁，性格平和朴实，体质羸弱多病，看不出来在未来人生中能有任何作为"。而曼弗雷德则"性格严酷"，对儿子钟爱有加，乃是另有企图，而对于女儿，"他则从不显示出一丝关爱的迹象"；他的妻子希波莉塔却是一个"性情温和的贵夫人"⑦。《瓦塞克》也是开篇就简笔交代了同名国王的外貌与性格特征：身材魁伟，有君王的威仪，又有讨人喜欢的性格，但荒淫好色，唯我独尊，残暴吓人。不过，哥特小说在描绘主要人物外貌和性格的特点时常常具有反讽的味道，这一点有别于志怪小说。例如，《瓦塞克》在揭示国王的性格特征时，特别提到他有

---

① 李剑国：《唐前志怪小说辑释》，台湾文史哲出版社1995年版，第283页。
② 同上书，第222页。
③ 干宝：《搜神记》，汪绍楹校注，中华书局1979年版，第202页。
④ 同上书，第178页。
⑤ 李剑国：《唐前志怪小说辑释》，台湾文史哲出版社1995年版，第433页。
⑥ 同上书，第376页。
⑦ 贺拉斯·瓦尔蒲尔：《奥特朗托城堡》，伍厚恺译，四川人民出版社2001年版，第1页。

一只可怕的眼睛："他发怒时，他的一只眼睛会射出极为凶狠的光芒，变得异常可怕，没有谁敢正视它。凡是有谁不幸接触了这一目光，谁就注定要倒霉：立即向后倒在地上，昏迷不醒；有时甚至还会气绝身亡。"不过，作者又极有深意地说："瓦塞克担心他治下的国家因此人丁减少，宫廷冷落，所以他并不轻易发怒。"明明写他荒淫残暴，却说他不像前任哈里发那样，"认为要把今世变成地狱才能在来世进入天堂"。① 介绍的语气中充满了对瓦塞克的反讽。

除了上面所谈的由作者或叙述者直接描绘人物的外貌外，间接的或通过他人的眼光来描绘人物，也是哥特小说与志怪小说的共同特点。例如，在《修道士》中，作者对安东尼娅和安布罗斯的外貌描绘就是通过他人的视线引出来的。首先，安东尼娅的面貌是从洛伦左的视线中被描绘出来的，这里既包含着洛伦左初见安东尼娅时留下的深刻印象，也预示着后来他对安东尼娅的爱情：

　　这是一副多么美丽的面容啊！洛伦左啧啧称叹！安东尼娅与其说是漂亮，不如说是有魅力。从她的五官格局来看，每一部分都称不上漂亮，但是把它们组合在一起，就显示出一种诱人的独特魅力。看上去，她只有十五岁，白皙的面容上，略带雀斑；眼睛不太大，眼睫毛也不太长，却很有神韵，那双温柔的蓝眼睛转动起来像水晶般那样明澈，闪烁着钻石般的愉快的光辉；她的嘴唇也显得尤为红润，嘴角流露出掩饰不住的快乐；那满头鬈曲的秀发用一条丝带束着，蓬松地披垂至腰部；手臂匀称完美；嗓音圆润悦耳，她显然活

① 　William Beckford，*Vathek and Other Stories*，Pickering Limited，1993，p. 29.

泼，只是被过于的腼腆压抑住了……①

而安布罗斯的外貌描绘是通过前去听讲道的利奥娜拉和安东尼娅的眼睛表现出来的，但其中又渗透着叙述者的声音和意识：

> 他，一副贵族派头，身体高大，相貌不凡，英俊倜傥，长着一个鹰钩鼻，黑亮的眼睛炯炯有神，那两道黑黑的眉毛几乎连在一起。他皮肤黝黑；学习和祈祷已完全使他的脸色变得苍白。他的光滑的无皱纹的前额透着宁静和安详，他面貌的每一部分都洋溢着满足感，似乎在显示着他是一个无忧无虑的、逍遥自在的人。他向听众谦卑地鞠了一躬，但在他的面容和举止上仍有些足以让听众敬畏的严厉。②

注意，观者或者说是叙述者在这里用"鹰钩鼻"、"黑亮"、"黑黑的眉毛"、"黝黑"、"似乎"等几个词是颇为耐人寻味的。"鹰钩鼻"给人的感觉是阴鸷、孤傲、严厉、自以为是，"黑亮"、"黑黑的眉毛"、"黝黑"则给人以幽暗、深不可测的神秘感，而"似乎"则更带给人一种似是而非之感，其潜台词似乎是要将"无忧无虑"、"逍遥自在"、"宁静和安详"消解掉。作为目击者之一的利奥娜拉，道出了她当时的某种不愉快的心理直觉："我一点也不喜欢这位安布罗斯先生。他长着一副令我毛骨悚然的阴森的面孔！如若让他做我的忏悔神父，无论在什么情况下，我一点也不敢坦率地承认我的过错。我真不愿意看到人世间竟会有这副铁板面孔，而且也希望不看到第二个这样的人。"③其实，在这

---

① 刘易斯：《修道士》，李伟昉译，上海译文出版社 2002 年版，第 6 页。
② 同上书，第 11 页。
③ 同上书，第 13—14 页。

段对安布罗斯外貌特征的描绘中，不仅已经暗示了安布罗斯的主要性格特征，而且显示出叙述者或隐含作者对他的基本态度。

同样，志怪小说中也有许多借他人眼光来描绘人物外貌的例子。例如，《搜神后记》中的《袁相根硕》写袁相、根硕追山羊至一穴，发现里面住有二女子，"年皆十五六，容色甚美，著青衣"①。《幽明录》中的《刘晨阮肇》写刘晨、阮肇二人入山迷路，忽在一溪边遇到"二女子"，她们皆"姿质妙绝"②。《黄原》写黄原追鹿至一穴，发现里面房子里"皆女子，姿容妍媚，衣裳鲜丽"③。不过，这些作品借人物目光描写所见女子的美丽，主要反映的是主人公对自由情爱生活的向往，还不可能像哥特小说那样在人物外貌描写里蕴涵着更深的揭示性格本质的东西。我们在这里只是想说明，在对人物外貌的描绘上，作为丛残小语的六朝志怪小说具备着和英国哥特小说相同的方法。

由于英国哥特小说与六朝志怪小说均为鬼怪小说，所以两者又都十分注意勾画异类形象，突出他们作为异类的身份特征，给人以强烈的神秘幻异色彩。例如在志怪小说《紫玉》中，作者写紫玉的鬼魂隐现自如："王妆梳，忽见玉"；母亲听到女儿说话的声音，急忙"出而抱之"，而"玉如烟然"④。《弦超》写天上玉女成公知琼，"虽居暗室，辄闻人声，常见踪迹，然不睹其形"；而且，她"倏忽若飞，唯超见之，他人不见"⑤，文字不多，却活灵活现地写出了鬼神的奇谲迷离，变幻莫测。即使是写精怪变为人形时，也还是巧妙地保留下精怪的某种外形特征与习性，例如《苍獭》中写水獭化成的美女，常在雨时出现，"上下青衣，

---

① 陶潜：《搜神后记》，汪绍楹校注，中华书局1981年版，第2页。

② 李剑国：《唐前志怪小说辑释》，台湾文史哲出版社1995年版，第462页。

③ 同上书，第469页。

④ 同上书，第284—285页。

⑤ 同上书，第222页。

戴青幧"，其衣服和伞都由荷叶做成。① 这里所描写的颜色和雨天出现的特征，都显示出水獭的外部特征与习性。在哥特小说中也是这样。《弗兰肯斯坦》中写怪物时，特别注意他行动迅速敏捷、瞬间即逝的特点，例如写他在闪电下瞬间爬上高耸垂直的悬崖后，接着就消失不见了②；他"比老鹰飞翔的速度还快，即刻就消失在起伏不平的冰海里了"③。"我看见他在夜里爬上了一艘驶往黑海的船，藏在船上。我也登上了这艘船；可是他又逃走了，我不知道他是怎么逃掉的。"④《瓦塞克》写魔鬼化为美少女的努隆尼哈的特点是"飘忽不定，富于变化，难以捉摸"⑤。《修道士》写魔鬼变成的马蒂尔德，前半部写她人性的美丽，后半部则强调其魔性的阴冷与超自然力的诡秘。正是由于作者准确地把握住了这些人物的异类特征，同时又赋予异类以一定的人性特征，才使得这些形象烙上了真真假假、奇幻神秘的色彩。

二 以诗歌表现人物的心理状态与思想情感

在小说中，刻画人物自然离不开心理描写。众所周知，中西小说在对人物的心理描写方面差别是很大的，英国哥特小说与六朝志怪小说当然也不例外。不过，就两者相比较而言，它们之间有一个最大的共同点，即以诗歌表现人物的心理状态与思想情感。

中国一向有"诗国"之美誉，诗歌是中国古代历史最悠久、也最重要的文学传统。中国"在他开宗第一声歌里，便预告了他

---

① 干宝：《搜神记》，汪绍楹校注，中华书局 1979 年版，第 228 页。

② 玛丽·雪莱：《现代普罗米修斯》，伍厚恺译，四川人民出版社 1997 年版，第 68 页。

③ 同上书，第 140 页。

④ 同上书，第 195 页。

⑤ William Beckford, *Vathek and Other Stories*, Pickering Limited, 1993, p. 65.

以后数千年间文学发展的路线。《三百篇》的时代，确乎是一个伟大的时代，我们的文化大体上是从这一刚开端的时期就定型了。文化定型了，文学也定型了，从此以后二千年间，诗——抒情诗，始终是我国文学的正统的类型，甚至除散文外，它是惟一的类型"。因此"从西周到宋，我们这大半部文学史，实质上只是一部诗史①。而且，"即使唐传奇、宋话本、元杂剧以至明清小说兴起之后，也没有真正改变诗歌二千年的正宗地位"②。在这个以诗文取士的国度里，小说家没有不能诗善赋的，以此才情转而为小说时，有意无意之间总会显露出其诗才③。

　　中国古代小说创作——无论是文言小说还是白话小说创作，都明显地受到了强大的诗歌传统的影响。应该说，仅就小说的角度看，这一影响真正始于六朝志怪小说创作，并通过六朝志怪小说发其端的影响，使小说与诗歌的融合成为中国古代小说创作中灼人眼目的一大特色。诗歌进入小说所带来的审美效果是多方面的。洪顺隆认为，诗歌的穿插"有补充、弥缝情节的作用，更有刻画人物心理，表现人物情绪的功能，更要者，由于诗歌对于情节的重复往来，可以写出变化，又写变化于不变之中，以造成回环往复之美，突出重点，对故事产生深化、对比、贯穿、渲染、铺垫等作用"④。正是由于小说与诗歌的融合，使小说整体上具有了诗的风采，摇曳着诗的情致，获得了诗情画意的审美效果。不过，我们这里重点所谈是诗歌刻画人物心理与情感世界的功能。我们知道，六朝志怪小说创作处于繁荣鼎盛之际，也是六朝诗歌

---

① 闻一多：《神话与诗》，北京古籍出版社 1956 年版，第 202－203 页。
② 陈平原：《中国小说叙事模式的转变》，北京大学出版社 2003 年版，第 211 页。
③ 同上。
④ 转引自颜慧琪《六朝志怪小说异类姻缘故事研究》，台湾文津出版社 1994 年版，第 209 页。

正值发展巅峰之时。无疑，诗歌的影响自然会在小说创作中留下印迹。打开六朝志怪小说的一些名篇，都可以找到诗歌的印迹。尽管这种印迹此时在六朝志怪小说中还并非普遍现象，却具有预示未来小说创作趋向的重要意义和价值。《搜神记》中的《紫玉》、《弦超》、《刘根》，《拾遗记》中的《翔风》、《李夫人》，《幽明录》中的《费升》、《丁诨》，《冤魂志》中的《徐铁臼》，等等，均为这方面的代表作。

例如，在《紫玉》中，作者用下面这首四言诗为读者撩开了紫玉鬼魂丰富的情感世界："南山有鸟，北山张罗。鸟既高飞，罗将奈何！意欲从君，谗言孔多。悲结生疾，没命黄垆。命之不造，冤如之何！羽族之长，名为凤凰。一日失雄，三年感伤。虽有众鸟，不为匹双。故见鄙姿，逢君辉光。身远心近，何当暂忘！"[①] 面对久别重逢的恋人，紫玉以诗为媒，以鸟为喻，尽情倾诉了自己哀婉悲凄的一腔幽怨，酣畅抒发了自己刻骨铭心的相思情愫，缠绵表白了自己"身远心近"、欲与恋人再续前缘的悠悠心语。如果再将这首四言诗放在整个作品语境中来看，我们就会发现，它实际上又是作品主干情节的诗化浓缩，换言之，它是对紫玉故事诗化的重复叙述，正是这种重复性，进一步强化了对紫玉悲情世界的揭示和渲染。

在《翔风》中，作者借用一首五言诗表达了石崇之爱婢翔风失宠后的哀怨与感伤之情："春花谁不美，卒伤秋落时。突烟还自低，鄙退岂所期。桂芳徒自蠹，失爱在娥眉。坐见芳时歇，憔悴空自嗤。"[②] 而《李夫人》则用了一首小赋《落叶哀蝉之曲》："罗袂兮无声，玉墀兮尘生。虚房冷而寂寞，落叶依于重扃。望

①　李剑国：《唐前志怪小说辑释》，台湾文史哲出版社1995年版，第284页。
②　同上书，第377页。

彼美之女兮安得，感余心之未宁"①来表达汉武帝对早逝的李夫人的怀恋与眷念。在《费升》中，作者干脆用一首分为上、中、下三部分的曲子来含蓄表达少女对男子的痴迷恋情和愿与之共度良宵的心意："精气感冥昧，所降若有缘；嗟我遘良契，寄忻霄梦间"；"成公从义起，兰香降张硕；苟云冥分结，缠绵在今夕"；"伫我风云会，正俟今夕游；神交虽未久，中心已绸缪。"②这首曲子占据作品约三分之二的篇幅，所以十分突出，并给作品增添了缠绵不尽的回环往复之美。在《徐铁臼》中，铁臼被残害后化为鬼魂奋起复仇，并歌云："桃李花，严霜落奈何！桃李子，严霜早落已！"这"声甚伤切"的诗歌，实是"自悼不得长成"的悲愤惨戚心声的表诉③。总之，这些诗句确实起到了揭示人物心理与情感的作用，获得了直笔描写所难以达到的诗意葱茏的佳境。

英国哥特小说也有援诗入文的现象。在《弗兰肯斯坦》中，弗兰肯斯坦因自己的创造物造成弟弟和于斯丁姑娘的惨死，心情万分沉重悲痛，于是来到阿尔卑斯山大峡谷，企求在山景的崇高和自然的永恒中忘却痛苦，忘却自我。然而，从峡谷的河面上冉冉升起的茫茫雾霭，以及从乌黑的天空倾注而下的滂沱大雨，更加重了他从周围景物里得到的那种阴郁的印象。他随口吟出的这首短诗，就是他当时阴郁低沉心境的写照，更是他跌宕顿挫的思绪的外显：

> 我们休憩；梦境毒害我们的睡眠。
> 我们起身；缠绵思绪污染了白日。

---

① 李剑国：《唐前志怪小说辑释》，台湾文史哲出版社1995年版，第363页。

② 鲁迅：《古小说钩沉》，见《鲁迅全集》第8卷，人民文学出版社1973年版，第404页。

③ 李剑国：《唐前志怪小说辑释》，台湾文史哲出版社1995年版，第673页。

我们感觉，想象，推理；大笑或哭泣，

或耽于哀伤，或摒弃忧虑；

全都一样：因为无论欢乐或痛苦，

到头来都必然消失。

人的昨天绝不同于明日；

万事不可永存，变易本是常理！①

　　不过，这种现象在《修道士》中最为典型。小说讲述的故事虽然恐怖骇人，但却诗文并茂，不仅叙述语言富有诗歌特点，而且穿插长篇幅的诗歌达 11 处之多。"点缀在这名声远扬的小说中的一些诗篇，特别像'朗斯萨拉斯的战斗'与'流亡'，有一种浪漫而快乐的和谐，那情调像月夜行走的朝圣者唱出的歌声，或者说像使夏天海上的水手入梦的催眠曲。"②诗歌，已然成为小说作者刻画人物、揭示心理、营造氛围的重要手段。所以出现这种现象，乃是因为作者刘易斯本就是一个颇有造诣的诗人，他曾出版过《诗集》。贝里曼说，刘易斯作为诗人曾得到过柯勒律治的称赞与雪莱的喜爱。司各特也说刘易斯是一个特别有前途的诗人，而且终其一生都对韵律语言有出色把握，称赞他对诗歌节奏的敏感甚至超过了拜伦。③特别还值得注意的是，小说三卷共 12 章，每章开头都录有英国诗人的一段诗歌作为引子，其中四处引用的是莎士比亚的戏剧诗。这些诗歌片段，均非可有可无的摆设，同样与作品主旨的表达、人物心理的暗示等密切相关。举两

---

　　① 玛丽·雪莱：《现代普罗米修斯》，伍厚恺译，四川人民出版社 1997 年版，第 89 页。

　　② 赫士列特：《论英国小说家》，转引自《古典文艺理论译丛》第 4 辑，人民文学出版社 1962 年版，第 210 页。

　　③ 吴景荣、刘意青主编：《英国十八世纪文学史》，外语教学与研究出版社 2000 年版，第 317 页。

例说明。第二卷第 4 章开头，作者引用的是罗伯特·布莱尔（1699－1746）《墓地》中的诗句。该诗人因《墓地》一诗影响并导致了英国著名"墓园诗派"的产生：

啊！这巨大而荒凉的废弃之地是多么黑暗，

除了黑暗，夜晚的黑暗之外，就是静寂，死一般的静寂；

黑得就像太阳这个婴儿尚未降生，

它的光还没有照射到天边的浑浊状态。

那微弱的烛光，在低矮潮湿的墓穴里摇曳，

墓穴里发霉的潮气和一缕缕粘滑的动物分泌物，

更增添了莫名的恐怖，

使夜晚变得更令人厌恶。①

在这一章，马蒂尔德为帮助安布罗斯占有安东尼娅，深夜带安布罗斯进入墓穴，实施魔法，以获得神木，正式拉开了惨绝人寰的血腥谋杀的恐怖帷幕。因此，作者非常恰当地选用了布莱尔《墓地》中的上述诗句。这些诗句与小说所展示的情节内容有着内在的契合，也与对马蒂尔德和安布罗斯阴暗可怕心理的暗示密切相关。同时，它又极为准确地揭示了哥特小说的特质：黑暗、荒凉、死寂、浑浊、墓穴、恐怖、厌恶。在这里，我们看到了"墓园诗派"的创作倾向对哥特小说创作的明显影响。也可以从刘易斯的创作中，感受到浪漫主义诗歌与哥特小说的联系。因为，哥特小说极力表现的情感、直觉、神秘、超自然现象以及任想象自由驰骋，深刻地"影响了浪漫主义诗歌"②。

---

① 刘易斯：《修道士》，李伟昉译，上海译文出版社 2002 年版，第 189 页。
② 李赋宁等主编：《欧洲文学史》第 1 卷，商务印书馆 1999 年版，第 438 页。

第三卷第 4 章开头，作者引用的是马修·普莱尔（1664—1721）《所罗门》中的诗句：

> 苍天哪！你的创造物——人是多么脆弱啊！
> 他被自己出卖而且毫无知觉！
> 我们靠自己的力量处于不幸的安全中，
> 觉察不到敌对力量的强大，
> 懒散地滑向快乐诱人的边缘。
> 狂野的激情像疾风暴雨，
> 搅得天昏地暗，日月无光，
> 把我们推向那无边的海洋。
> 我们懊悔自己愚蠢的自信已为时太晚，
> 海浪拍击着我们虔诚的脑袋，
> 海岸在我们不安的视野里越退越远。①

在这一章里，安布罗斯不仅贪婪、野蛮地强奸了安东尼娅，而且残忍、凶恶地将她杀害。他已经意识到自己犯下了十恶不赦的罪孽，彻底堕入不可救药的死亡深渊，并且开始为此不寒而栗，后悔不已。作者录引该诗，既巧妙地预示了主人公即将做出的可怕行为，又将自己的道德评判寓于其中，更为重要的，是它对陷入不可自拔的罪恶泥潭后主人公无限悔恨的内心世界的揭示。

不过，在对人物的心理描写上，六朝志怪小说与英国哥特小说又迥然相异。其最大区别就是，前者心理描写十分简洁，且常常在行动和对话中表现人物心理，而后者则常常在静态中不厌其详地细腻展示人物的心路历程。

---

① 刘易斯：《修道士》，李伟昉译，上海译文出版社 2002 年版，第 277 页。

例如，在志怪小说《三王墓》①中，复仇是被表现的重点，而对人物复仇心理的揭示则多是在行动和对话中完成的。首先，作者通过莫邪对妻子的细加叮嘱和母亲对儿子的详细诉说，曲折地表现了莫邪夫妻共同的复仇心理。其次，作者对赤比心理的描写，直接的仅有一句："日夜思欲报楚王"，其余均通过他的言行来揭示，即主要通过他的两句话（"楚王杀吾父，吾欲报之"与"幸甚"）和三个行动（"自刎，两手捧头及剑奉之，立僵。"）来揭示。惟其如此，一个"哭之甚悲"、"日夜思欲报楚王"的复仇者的强烈情感才纤毫毕现，展露无遗。第三，作品中那位侠肝义胆的客面对献出头颅的赤比所说的"不负子也"，与"持头往见楚王"时所说的"此乃勇士头也"，同样折射出了侠客对赤比的由衷感佩之情。这一感佩之情，正是窥视侠客"以剑拟王"、"亦自拟己头"的壮举的心灵之窗。因此，《三王墓》所以能成为千古传诵的感人名篇，其奥秘就在于：不仅展示了一个由人物言行构成的外部世界，而且伴随着这个外部世界，更让我们看到了蕴涵在其中的丰富细腻的心灵世界的舞动。这正是中国古代小说人物描写的一大特色，也是"不著一字，尽得风流"，寓无限于有限的中国传统审美理想的体现。

《搜神后记·伯裘》②中的心理描写也较为突出。陈斐被任命为"每太守到官，无几辄死"的酒泉郡太守后，忧恐不乐，就卜者占其吉凶。卜者曰："远诸侯，放伯裘。能解此，则无忧。"斐不解此语，卜者答曰："君去，自当解之。"这里先写陈斐的迷惑不解的心理。接着便写他对"远诸侯"的"心悟"："斐既到官，侍医有张侯，直医有王侯，卒有史侯、董侯等，斐心悟曰：

---

①　干宝：《搜神记》，汪绍楹校注，中华书局 1979 年版，第 128－129 页。

②　李剑国：《唐前志怪小说辑释》，台湾文史哲出版社 1995 年版，第 447－448 页。

'此谓诸侯。'乃远之。"然而，"放伯裘"又是何意呢？"即卧，思'放伯裘'之义，不知何谓。至夜半后，有物来斐被上，斐觉，以被冒取之，物遂跳踉，訇訇作声。外人闻，持火入，欲杀之。魅乃言曰：'我实无恶意，但欲试府君耳。能一相赦，当深报君恩。'斐曰：'汝为何物，而忽干犯太守。'魅曰：'我本千岁狐也。今变为魅，垂化为神，而正触府君威怒，甚遭困厄。我字伯裘，若府君有急难，但呼我字，便当自解。'"在经历了一场紧张的奇遇后，陈斐终于豁然开朗，乃大喜曰："真'放伯裘'之义也。"这段心理描写，同样与人物的行动和对话有机地融在一起，相得益彰。

《冤魂志·太乐伎》[①] 写陶继之滥杀无辜后，心虚不宁，遂梦见太乐伎的冤魂向其索命，并入其口、落其腹中的可怕景象。"陶即惊寤，俄而倒绝，状若风颠。良久方醒。有时而发，辄矫头反着背。四日而亡。"这篇作品对县令陶继之恐惧心理的描写，由于伴随着强烈的动作性与视觉冲击性，所以也显得十分生动逼真，历历在目。

英国哥特小说则不仅在行动和对话中表现人物心理，而且更直接关注人物的精神世界。普罗提诺曾说过："我们每一个人都是一个精神的世界。"[②]细腻表现人物心理世界是小说，特别是西方小说极为关注的重要课题。雨果曾诗意盎然地说，世界上最广阔的是海洋，比海洋更广阔的是天空，比天空更广阔的是人的心灵。物质世界在小说里受逻辑的物理时空限制，而人的内心世界则可以超越它，进入一个飘忽不定、没有界限的心理时空，小说在叙述心理世界上有无限的可能性。黑格尔在论"冲突"时特别

---

① 李剑国：《唐前志怪小说辑释》，台湾文史哲出版社1995年版，第671页。

② 转引自安德鲁·洛思《神学的灵泉》，孙毅译，中国致公出版社2001年版，第190页。

强调人物"心灵性的差异",认为这才是"真正重要的矛盾"。①他甚至极端地说:"只有心灵才是真实的,只有心灵才涵盖一切,所以一切美只有涉及这较高境界而且由这较高境界产生出来时,才真正是美的。"② 陀思妥耶夫斯基也认为,"描绘人的内心深处的全部隐秘",才是"最高意义上的现实主义"③。综观我们讨论的四部哥特小说,虽然都以情节取胜,但对人物心理描写的笔墨呈愈来愈多之势。在《奥特朗托城堡》中,心理描写虽然不多,但作用不可忽视,尤其是对曼弗雷德的心理描写,让读者看到了这一残暴性格较为详细的内心世界。小说中有一段对他的心理描写较为细腻,这段描写把他内心深处所面临的困惑与不安、选择与对策淋漓尽致地和盘托出了:

> 曼弗雷德细细思量杰罗姆的一言一行,总觉得这个修道士同伊莎贝拉与西奥多的相爱有关系。不过杰罗姆现在的傲慢态度跟他以前的温顺大相径庭,这更使他深感忧虑。曼弗雷德甚至怀疑修道士是因为得到弗雷德里克的支持而变得有恃无恐的,因为弗雷德里克的到来恰巧与西奥多怪异的出现几乎同时,其中似乎存在某种相互联系。更使他心神不安的是西奥多在相貌上与阿方索的肖像极为相似。据他所知,后者绝对无疑是没留下后嗣就去世了。弗雷德里克却又同意将伊莎贝拉许配给他。……这种种相互矛盾的情况使他内心骚动不宁,极度痛苦。他觉得自己只有两个办法来摆脱目前的困境。一个办法是把封邑让给侯爵,而他的骄傲和野心却难以接受,况且古老预言曾说他可能保存封邑传给后代,也与

---

① 黑格尔:《美学》第 1 卷,朱光潜译,商务印书馆,第 262 页。
② 同上书,第 5 页。
③ 巴赫金:《陀思妥耶夫斯基创作问题》,见《巴赫金全集》第 5 卷,白春仁、顾亚铃译,河北教育出版社 1998 年版,第 366—367 页。

这种想法相冲突；另一个办法则是竭力设法与伊莎贝拉结婚。他一边默默地同希波莉塔走回城堡，一边焦虑不安地对这些想法反复掂量，最后终于与妻子谈起了自己如何忧虑重重，并竭尽转弯抹角、花言巧语之能事，想诱劝她同意甚至许诺同他解除婚姻关系。[①]

这段描写让我们从他外表的残暴冷酷，看到了他内心的骚动不宁，更进一步看清了他接下来威逼妻子与其离婚的真实的心理动机。

《瓦塞克》中，作者对瓦塞克、努隆尼哈的心理也多有一些揭示。《弗兰肯斯坦》由于是第一人称叙述的小说，因此人物对自我心理的描写与情感的抒发自然处处可见，惟妙惟肖。

这里，我们重点分析《修道士》。刘易斯创作的《修道士》在对人物心灵世界的开拓和挖掘方面取得了很高的艺术成就，在当时的小说界独树一帜，不同凡响。这集中体现在作者对安布罗斯形象的塑造中。安布罗斯先是作为圣徒，继而是卢梭式英雄，再到哥特式坏蛋，成为种种隐秘的矛盾复杂体的化身[②]。作者巧妙化用变相的浮士德题材，表现了安布罗斯的堕落和犯罪，为我们精心塑造了一个被毁灭性的矛盾冲突所扭曲和异化的性格鲜明而复杂的艺术典型。在塑造这一形象时，作者尤为关注和表现他的精神世界层面，也可以说，安布罗斯这一形象主要是通过精神世界层面的揭示得以完成的。对这个不顾道德、两度杀人，并把灵魂出卖给魔鬼的人物，作者没有一味丑化他，而是把他表现得立体丰满，矛盾复杂。他一方面虔诚可敬，道貌岸然，理性使他

① 贺拉斯·瓦尔蒲尔：《奥特朗托城堡》，伍厚恺译，四川人民出版社 2001 年版，第 88 页。

② Maggie Kilgour, *The Rise of The Gothic Novel*, Routledge, 1995，p. 145.

充满魅力；另一方面又虚荣自负，兽欲十足，非理性使他面目可憎。在他身上，宗教与情欲相冲突，理性与非理性相交织，人性与兽行相杂陈。在小说中，刘易斯不仅详细地描述了矛盾的安布罗斯走向毁灭的全过程，而且还将他那隐秘曲折、复杂微妙的深层精神世界淋漓尽致地和盘托出，展露无遗，从而使我们清晰地窥见他在每一次命运的重要抉择关头所伴随的心理骚动、感受和变化。这种心理骚动、感受和变化的描写，使安布罗斯这一形象具有相当的心理深度和厚度。正是这种心理深度和厚度，让小说获得了极大的心理学意义和很高的审美价值。我们在前面爱情主题比较一节里，曾对安布罗斯这方面的心理变化有过详尽的分析，兹不赘述。

　　需要指出的是，刘易斯并非仅仅停留在一般心理学意义上去描写安布罗斯的心理世界，而是特别强调对他痛苦与恐惧的精神世界的揭示和渲染，深入挖掘了沉潜于他心灵深处因羞涩感和罪恶意识而产生的痛苦与恐惧，以及因痛苦与恐惧而丧失理智、泯灭人性的过程。我们不难发现，安布罗斯每一次偷欢、每一次作恶后，总会情不自禁地想起他曾经一往情深的上帝，上帝的严厉惩罚就像立即降临似的顷刻引起了他的恐惧与不安。譬如，初尝禁果后的安布罗斯旋即被羞耻心所占据，"迷惘混乱与懊悔自责交织，淫逸放纵与焦虑不安杂错。他无限悔恨地回想起他曾拥有的安详的心态和崇高的德行。他已经沉溺于罪孽，而二十四小时前还对这种罪孽深恶痛绝。他不安地想到，无论是他抑或马蒂尔德，只要稍有不慎就会将他用三十年的时间树立起来的名声和威望毁于一旦，使他成为曾把他作为偶像来崇拜的人们所唾骂的对象。良知为他清晰地展示了他的假誓和错误，他情不自禁地设想身陷囹圄后所遭受的可怕惩罚"①。又如，安布罗斯杀害埃尔维拉

　　① 刘易斯：《修道士》，李伟昉译，上海译文出版社 2002 年版，第 169 页。

仓皇逃回修道院后，就"陷入痛苦的悔恨和即将被发现的惊恐不安中"①。他"一想到自己朝罪恶的深处越滑越快，就浑身战栗。他刚刚犯下的滔天罪行使他内心充满了真正的恐惧。被害的埃尔维拉不断地在他眼前出现，而且他已经在遭受良心的巨大折磨了"②。

　　事实上，安布罗斯从第一次堕入情欲之网直到死亡，始终生活在灵魂的分裂和精神的恐惧之中。虽然他也不断地有过片刻的快乐，但瞬间又被背叛上帝的羞耻感、忏悔意识和罪恶感所淹没。当他愈是接近上帝的时候，便愈能够意识到自己的罪行以及拯救自己的必要性。本来，"羞愧感是人在背离神圣生命陷入罪的沦落之中后对自己存在的破碎的直接感悟，确认自己本然生命的欠缺和有限性。羞愧感已经在启发生命感觉的转向，对本然生命的忘恩负义豁然开悟，向上帝重新敞开心扉"③。而"罪感意向引发的不是生命的自弃感，而是个体生命修复自身与神圣生命的原初关系"，"是把人与上帝重新联系起来的第一个环节……沦落要走向赎回，罪人只有回到上帝身边才能重生"④。但是，我们丝毫没有看到忏悔后的安布罗斯有任何"回到上帝身边""修复自身与神圣生命的原初关系"的"转向"，相反，在内心原始冲动的巨大作用下，他的灵魂愈来愈趋向混沌和黑暗，也愈来愈远离上帝和誓约，投入到变本加厉的疯狂和兽性的残暴之中。被缉拿打入地牢后，他拒不认罪，遂遭到刑具拷打。然而，"脱臼的四肢，血肉模糊的手指，以及撕裂着的指甲所带给他的剧痛远远比不过他心灵上所受到的痛苦。他明白不管承认与否，法官们都不会放过他，他这才感觉到，他的固执和不合作使他付出了极

①　刘易斯：《修道士》，李伟昉译，上海译文出版社 2002 年版，第 228 页。
②　同上书，第 229 页。
③　刘小枫：《拯救与逍遥》，上海三联书店 2001 年版，第 149 页。
④　同上书，第 157－158 页。

大代价，一想到还要遭此酷刑，便不禁毛骨悚然，这促使他想接受忏悔。可是，忏悔后又怎样呢？""他一想到将临的宗教审判所的公开判决，以及被活活烧死的惨象更惊恐万状，不寒而栗。而且死后也要永受火焰炙烤，他不安地把注意力全集中在死亡以后的问题上，这也不能使他回避，他非常害怕上帝的惩罚。"① "他极为哀痛，为他犯罪所受到的惩罚而哀痛，并不是因为罪孽本身。""他害怕入眠，因为他一闭上眼睛，白天留在脑海里的可怕的幻像就不期而至。现在，幻像又出现了。他发觉自己正处在一个燃烧着大火并散发着硫磺气味的洞穴里，魔怪命令他的打手将该洞团团围住，并把他扔进各种痛苦的熔炉中，每一种可怕的痛苦都胜过以往。在这种骇人的景象中，埃尔维拉和她女儿的鬼魂在徘徊漫游着，它们向魔怪列举着他的罪状，对他大加谴责，要魔鬼用更严酷的方式折磨他。这种幻像一直浮现在他的睡梦中，直至被惊醒才消失。他从地上站起，伸直身子，他的额头上冒着冷汗，眼睛里流露出惊恐之色。而现实中，他的境遇与梦中相比也好不了多少。他焦虑不安地来回踱着，眼睛直直地盯着周围的黑暗，不时地叫道：'哦！对有罪的人来说，夜晚太恐怖了！'"② 他深知自己罪恶累累，永远不会得到上帝的宽恕，但又极为害怕永堕地狱，饱受惩罚，最后在执行"火刑"的关键时刻，竟把自己的灵魂出卖给魔鬼，以此想换取生命和自由，但最终还是痛苦地死于魔爪之下。作者以极其敏感细腻的笔触，惊心动魄地描写了安布罗斯面对宗教与情欲的两难选择而引发的痛苦与骚动、死亡与恐惧、变态与疯狂。

刘易斯对痛苦、恐怖、邪恶心理的描写，对沉溺于孤独、自恋情绪状态下的彷徨矛盾世界的剖析，对潜意识畸形变态心理与

---

① 刘易斯：《修道士》，李伟昉译，上海译文出版社 2002 年版，第 309 页。
② 同上书，第 310 页。

罪恶意识的挖掘等，对后世许多著名作家的文学创作都产生了深远的影响。这正是刘易斯对心理世界描写的开拓性贡献。19世界美国著名作家、被誉为世界推理探案小说鼻祖的爱伦·坡，其作品中对恐怖、痛苦与邪恶乐此不疲的玩味，对变态心理与罪恶意识的探讨，以及对疯狂与死亡的价值取向，都明显受到刘易斯的影响。而爱伦·坡又以自己的作品深深影响了后来许多文学大家。俄国的陀思妥耶夫斯基就曾惊叹道："爱伦·坡几乎总是撷取最不寻常的现实，总是把自己塑造的主角置放于那最不寻常的外在的或心里的情境当中，真是难以想象，他是以怎样的一种洞察力，以怎样令人折服的一种准确性，去传神叙写这种不寻常人物的心理状态呀！"①陀思妥耶夫斯基的创作就具有这种鲜明特征。巴赫金就曾这样说过："陀思妥耶夫斯基总是把人放在门槛上来描绘，或者换句话说，放在危机状态中来描绘。"②雨果的浪漫主义小说经典《巴黎圣母院》中的克罗德·孚罗诺副主教就是直接从安布罗斯这一形象中脱胎而出的。特别是雨果对克罗德·孚罗诺副主教内心冲突的细腻描写，几乎疯狂的精神心理变态的探幽抉微，以及最终由渴望情感生活的爱欲走向毁灭的淫欲的过程的展示，都清晰地留下了《修道士》的影响痕迹。

法国比较文学的泰斗梵·第根在其《比较文学论》中曾说，比较文学应该让一个大位置给那些在文学史上只稍稍提到或竟不提的二、三流作家，因为他们在作为"放送者"或"传递者"时，也扮演着一个重要角色③。刘易斯正是这样一个不占主流地位而又分明扮演着一个"放送者"和"传递者"的重要角色。

① 转引自《爱伦·坡的诡异王国》，朱璞煊译，中国对外翻译出版公司2000年版，第88页。

② 巴赫金：《关于陀思妥耶夫斯基一书的修订》，见《巴赫金全集》第5卷，白春仁、顾亚铃译，河北教育出版社1998年版，第386页。

③ 梵·第根：《比较文学论》，戴望舒译，台湾商务印书馆1995年版，第65页。

三 在冲突中刻画人物

将人物置于特定的矛盾冲突中来表现人物的性格与命运，这是六朝志怪小说与英国哥特小说在刻画人物上的又一共同点。不过，志怪小说所表现的冲突往往在人物与人物之间的外部冲突的层面展开，很少涉及人物内部的自我冲突。例如，《三王墓》的矛盾焦点突出集中在为父复仇心切的赤比与残暴狡猾的楚王身上，而且，干将之子心中所想与所为之间保持着高度的统一，其中不存在任何相互矛盾抵触的因素。《紫玉》的冲突集中在追求恋爱自由的紫玉和粗暴干涉女儿自由婚姻的吴王之间。紫玉本人也是坚贞不渝，为爱殉情，表现出了纯洁透明的心地和果敢无畏的叛逆精神。《韩凭夫妇》所反映出来的矛盾冲突同样集中在荒淫霸道的宋康王与誓死不渝的韩凭夫妇之间。被拆散的韩凭夫妇，相互恩爱，彼此信赖，以死相抗，用忠诚捍卫了人格的尊严和爱情的圣洁！

相比之下，英国哥特小说则不仅表现人物与人物之间的外部冲突，而且更注意呈现人物内部的自我冲突，让人物在内外双重冲突的挤压下去驰骋拼搏，去展示生存还是毁灭的惊心动魄！安布罗斯就是生活在这种内外双重冲突中的人物。宗教原则与世俗生活的冲突构成了他与外部世界的矛盾，但其内心又经常处在紧张不安的斗争与冲突中。这后者特别明显地表现在如何对待安东尼娅的问题上。一方面，他因爱而千方百计想引诱安东尼娅，另一方面又总觉得这是一种很卑鄙的犯罪行为。但是，不愿放弃她的心理，终又变成疯狂的情欲，使他孤注一掷，铤而走险。尤其是当他强暴安东尼娅后，看着她心碎肠断、悲泣可怜的样子，听着她"让我回家吧"①的哀求，他确实不想再折磨她了，并动了恻隐之心，开始考虑她的去留问题。然而，也仅仅是瞬间，他清

---

① 刘易斯：《修道士》，李伟昉译，上海译文出版社 2002 年版，第 282 页。

醒地意识到，放她出去，就等于自我曝光，等于自掘坟墓，因此他不得不把这个他心里真爱着、却又被他残酷蹂躏的安东尼娅囚禁在地牢里，决不能给其自由。

在《弗兰肯斯坦》中，弗兰肯斯坦除了与怪物的直接的不可调和的尖锐冲突外，其内心同样充满着紧张的自我冲突。例如，当怪物要求他创造一个可以相亲相爱的异性伴侣时，他就陷入了令人恐怖的两难困境与无法摆脱的内心斗争之中，因为他不愿意再亲手创造出一个令其恶心痛苦的魔鬼。可一想到只有满足怪物的要求，才能使怪物停止横施暴虐时，他又不能不答应怪物的要求。但就在他即将完成那令他憎恶的创造的时候，他又一次清醒地意识到"自己的许诺的邪恶性质"，不能不再一次深怀忧虑与恐惧地考虑他的行为可能导致的更为可怕的后果。这种对人物所作的内外双重冲突下的极具层次感的动态描写，自然给人留下了深刻难忘的印象。

不过，需要说明的是，就六朝志怪小说代表作品中所刻画出的人物而言，虽然在外部冲突描写中，人物肖像、心理等描写还显得简略、模糊，但同样形象生动，个性鲜明，如闻其声，如见其人。其奥妙主要在于，作者善于敏锐捕捉、选择和精心提炼最富于特征性的一些细节来突出人物的个性特征与精神风貌。例如，在《三王墓》中，当侠客向赤比提出"闻王购子头千斤，将子头与剑来，为子报之"时，干宝只让赤比说了"幸甚"两个字，并且毫不迟疑地慨然"自刎，两手捧头及剑奉之，立僵"。这一蕴涵隽永丰富的简洁细节，一下子使赤比这个"日夜思欲报楚王"的复仇者形象跃然纸上，栩栩如生，精彩传神。

综上所述，我们在这一章中，主要考察了六朝志怪小说与英国哥特小说所塑造的人物类型特征以及人物塑造的艺术方法，旨在于比较中显示其在这些方面所取得的成就和各自所具有的特色，从而见出其各自背后所属的文学传统，达到互通互识的目的。

第 六 章

叙事形态论(上)：叙事视角的
选择与运用

由于小说是对有意义的情感体验的连贯叙述，自然就遇到由谁来叙述故事的问题。正因为逐渐对这一重要问题的自觉意识，因此，20世纪以来，在文学理论与批评领域，对视角的理论探讨和批评实践，首先兴起于西方而后影响至中国，成为备受瞩目的一大热点，"尤其在'诗学'探讨的名义下，视角成为文本批评的第一要素，被看作是揭示叙事文学美的规律的一大发现"①。难怪马克·柯里认为，"对视角的分析是20世纪文学批评的伟大胜利之一"，"它是一种新的系统性的叙事学的开端"②。

现有叙事学视角理论的研究成果通常将叙事视角归纳为三大类型：（1）全知叙事。叙述者居于故事之外，以旁观者的身份讲述故事，他操纵着整个事件的发展过程，无所不知，无所不在，既能任意透视故事中所有人物的内心世界，又可以随时根据需要在情节中插入自己的诠释或评论，使读者在接受故事的同时始终感到有一个讲述者的存在。热奈特称之为"无聚焦或零聚焦叙

---

① 孙先科：《颂祷与自诉》，上海文艺出版社1997年版，第9页。
② 马克·柯里：《后现代叙事理论》，宁一译，北京大学出版社2003年版，第22页。

事"，托多罗夫称之为"叙述者＞人物"，普荣称之为"后视角"，罗兰·巴特称之为"用居高的视点，即上帝的视点传发故事"。（2）限知叙事。叙述者的视野在这里受到了限制，他和人物知道得一样多，不能说出人物所知范围外的事。叙述者可以是一个人，也可以是由几个人轮流充当。这种模式，即可以第一人称叙述者"我"出现，也可以第三人称的形式出现。卢伯克称之为"视点叙事"，热奈特称之为"内聚焦叙事"，托多罗夫称之为"叙述者＝人物"，普荣称之为"同视角"。（3）客观叙事。叙述者只描写人物所见所闻，不做主观评价，也不分析人物心理，他"自我隐退，放弃了直接介入的特权，退到舞台侧翼，让他的人物在舞台上去决定自己的命运"。①卢伯克称之为"戏剧式"，热奈特称之为"外聚焦叙事"，托多罗夫称之为"叙述者＜人物"，普荣称之为"外视角"。需要指出的是，我们这里避免使用"视点"（point of view）一词，因为它确实"有一种潜在的误导作用，暗示着有关某一话题所持的观点或立场。将该词的叙事学上的意义理解成某种视角隐喻会更准确，也就是说，在叙事中有一个点，叙述者似乎真的从视觉上由这个点去观察小说中的事件和人物"②。

在这一章中，我们将依据上述叙事学的视角理论，来展开对六朝志怪小说与英国哥特小说在叙事视角的选择与运用上的比较研究，并探讨它们的同异、规律及其文化审美蕴涵。

第一节　全知叙事视角

以全知视角为叙述角度，是古今中外最具普遍性、发展最成

---

① 布斯：《小说修辞学》，华明等译，北京大学出版社1987年版，第9页。
② 马克·柯里：《后现代叙事理论》，宁一中译，北京大学出版社2003年版，第22页。

熟的一种传统叙事模式，是一种文学创作中的惯例，自然也是六朝志怪小说与英国哥特小说普遍采用的最基本的叙事模式。志怪小说普遍采用这一叙事模式，主要是受中国史传著作记言记事叙事传统深刻影响的结果。在六朝志怪小说中，我们可以看到，叙述者不仅对所有人物的姓名籍贯、身世背景、气质性情了如指掌，而且对神仙鬼怪的所作所为也能如数家珍，不仅能透视人物和鬼魂的内心，讲出他们的意愿欲求，而且操纵着整个事件的发展进程，但他永远处于故事情节之外，不充当小说中的任何角色，只是站在旁观者、局外人的全知视角来叙述故事的发生、发展和结尾。在叙述时，通常不称"他"，而是直称人物的名或身份。《搜神记》是六朝志怪小说的代表作，我们试以其中的几篇为例说明之。如《紫玉》：

> 吴王夫差小女，名曰紫玉，年十八，才貌俱美。童子韩重，年十九，有道术。女悦之，私交信问，许为之妻。重学于齐鲁之间，临去，属其父母，使求婚。王怒，不与女。玉结气死，葬阊门之外。
>
> 三年重归，诘其父母。父母曰："王大怒，玉结气死，已葬矣。"重哭泣哀恸，具牲币，往吊于墓前。玉魂从墓出，见重，流涕谓曰："昔尔行之后，令二亲从王相求，度必克从大愿，不图别后遭命奈何！"玉乃左顾宛颈而歌曰："南山有鸟，北山张罗。鸟既高飞，罗将奈何！意欲从君，谗言孔多。悲结生疾，没命黄垆。命之不造，冤如之何！羽族之长，名为凤凰。一日失雄，三年感伤。虽有众鸟，不为匹双。故见鄙姿，逢君辉光。身远心近，何当暂忘！"歌毕，嘘唏流涕。要重还冢，重曰："死生异路。惧有尤愆，不敢承命。"玉曰："死生异路，吾亦知之，然今一别，永无后期，子将畏我为鬼而祸子乎？欲诚所奉，宁不相信！"重感

其言，送之还冢。玉与之饮宴，留三日三夜，尽夫妇之礼。临出，取径寸明珠以送重，曰："既毁其名，又绝其愿，复何言哉！时节自爱。若至吾家，致敬大王。"

重既出，遂诣王，自说其事。王大怒曰："吾女既死，而重造讹言，以玷秽亡灵。此不过发冢取物，託以鬼神。"趣收重。重走脱，至玉墓所诉之。玉曰："无忧，今归白王。"王妆梳，忽见玉，惊愕悲喜，问曰："尔缘何生？"玉跪而言曰："昔诸生韩重，来求玉，大王不许，玉名毁义绝，自致身亡。重从远还，闻玉已死，故赍牲币诣冢吊唁。感其笃终，辄与相见，因以珠遗之。不为发冢，愿勿推治。"夫人闻之，出而抱之，玉如烟然。①

在这篇小说中，叙述者不仅对紫玉、韩重的身世、性格与吴王的威严一清二楚，而且对事件的发展，从私定终身、求婚被拒，到玉结气死、韩重哭冢，乃至于他们在墓穴里尽三昼夜夫妇之礼等事，都能一清二楚，娓娓道来，全无阻碍，是典型的全知视角叙事。

在《三王墓》② 中，干将莫邪为楚王精心铸剑，楚王却嫌其铸剑"三年乃成"，且藏雄剑献雌剑而杀之。莫邪临死前叮嘱妻子，将来若生下儿子一定让其为父报仇。后来莫邪之子长大成人，果然完成复仇使命。叙述者显然是从全知视角来叙事的。首先，楚王还未有杀莫邪行动时，叙述者已经知道"王怒，欲杀之"。其次，莫邪对妻子的嘱咐、母与子之间的问答、赤比与客的对话、客对楚王所言，这些只可能是有当事人所知的事情，叙

---

① 李剑国：《唐前志怪小说辑释》，台湾文史哲出版社 1995 年版，第 283－285 页。

② 干宝：《搜神记》，汪绍楹校注，中华书局 1979 年版，第 128－129 页。

述者却能明白清楚地叙述出来。再次，叙述者不仅能洞悉赤比"日夜思欲报楚王"的心理所想，而且还能知晓楚王做梦及所梦内容，等等。在《韩凭夫妇》①里，宋康王霸占了韩凭妻子何氏，并囚禁愤怒反抗的韩凭后，叙述者接着写道："妻密遗凭书，缪其辞曰：'其雨淫淫，河大水深，日出当心。'"既然是"密遗凭书"，那就是极为隐秘的行为，外人无从知晓，更不可能了解信的内容；当何氏知道丈夫的死讯后，死意已决，乃"阴腐其衣"，后"王与之登台，妻遂自投台下，左右揽之，衣不中手而死"。同样，这里的"阴腐其衣"也属个人隐私，何氏不说，他人岂能知晓？但叙述者偏偏知道。可见，这里的叙述者是一个无所不知的全能者。

再如《搜神后记·伯裘》：

> 宋酒泉郡每太守到官，无几辄死。后有渤海陈斐见授此郡，忧恐不乐。将行，就卜者占其吉凶，卜者曰："远诸侯，放伯裘，能解此，则无忧。"斐不解此语，答曰："君去，自当解之。"

> 斐既到官，侍医有张侯，直医有王侯，卒有史侯、董侯等，斐心悟曰："此谓诸侯。"乃远之。即卧，思"放伯裘"之义，不知何谓。至夜半后，有物来斐被上。斐觉，以被冒取之，物遂跳踉，訇訇作声。外人闻，持火入，欲杀之。魅乃言曰："我实无恶意，但欲试府君耳。能一相赦，当深报君恩。"斐曰："汝为何物，而忽干犯太守？"魅曰："我本千岁狐也。今变为魅，垂化为神，而正触府君威怒，甚遭困厄。我字伯裘，若府君有急难，但呼我字，便当自解。"斐乃喜曰："真'放伯裘'之义也"即便放之。小开被，忽然

①　李剑国：《唐前志怪小说辑释》，台湾文史哲出版社 1995 年版，第 247 页。

有光，赤如电，从户出。

明夜有敲门者，斐问是谁，答曰："伯裘"。问："来何为?"答曰："白事。"问曰："何事?"答曰："北界有贼奴发也。"斐按发则验。每事先以语斐，于是境界无毫发之奸，而咸曰"圣府君"。

后经月余，主簿李音共斐侍婢私通。既而惧为伯裘所白，遂与诸仆谋杀斐。伺傍无人，便与诸侯仆持仗直入，欲格杀之。斐惶怖，即呼："伯裘来救我!"即有物如曳一疋绛，割然作声。音、侯伏地失魂，乃以次缚取。考询皆服，云斐未到官，音已惧失权，与诸仆谋杀斐，会诸仆见斥，事不成。斐即杀音等。伯裘乃谢斐曰："未及白音奸情，乃为府君所召。虽效微力，犹用惭惶。"后月余，与斐辞曰："今后当上天去，不得复与府君相往来也。"遂去不见。①

这篇作品中的全知叙事特征也是相当突出的。叙述者高居于故事之上，操控着事件的整个发展过程。无论是写陈斐还是写伯裘，其观察点都明显出自叙述者。他不仅知道"至半夜，有物来斐被上"，而且知道这个"物"就是"魅"，不仅知道"主簿李音共斐侍婢私通"，而且洞悉李音与"诸仆谋杀斐"的阴谋，更重要的是，叙述者能自由透视斐的内心活动，写斐到任后，发现身边"侍医有张侯，直医有王侯，卒有史侯、董侯等"，就知道"斐心悟曰：'此谓诸侯'"。写陈斐"即卧"，就知道他是在"思'放伯裘'之义"。可见，叙事者不受任何观察点的限制，可以全方位地来叙事。

此外，《搜神记》中的《王道平》、《弦超》、《丁姑祠》、《女

①　李剑国：《唐前志怪小说辑释》，台湾文史哲出版社 1995 年版，第 447－448页。

化蚕》、《阿紫》等，《搜神后记》中的《徐玄方女》等，《幽明录》中的《买粉儿》、《庞阿》等，也都是全知视角叙事的翘楚之作。

需要补充说明的是，我们之所以认为全知视角叙事是志怪小说的基本叙事模式，除了因为这类作品数量多之外，还在于，不少带有限知视角叙事特征的作品也多以全知视角叙事为先导，叙事过程中还不时显露出全知叙事的话语痕迹。例如《搜神记·卢充》：

> 卢充者，范阳人。家西三十里，有崔少府墓。充年二十。先冬至一日，出宅西猎戏，见一獐，举弓而射，中之。獐倒复起，充因逐之，不觉远。忽见道北一里许，高门，瓦屋四周，有如府舍。不复见獐。门中一铃下，唱"客前。"充问："此何府也？"答曰："少府府也。"充曰："我衣恶，那得见少府？"即有一人，提一补新衣，曰："府君以此遗郎。"充便著讫。

> 进见少府，展姓名。酒炙数行，谓充曰："尊府君不以仆门鄙陋，近得书，为君索小女婚，故相迎耳。"便以书示充。充父亡时虽小，然已识父手迹，即唏嘘，无复辞免。便敕内："卢郎已来，可令女郎妆严。"且语充云："君可就东廊。"及至黄昏，内白女郎妆严已毕。充既至东廊，女已下车，立席头，却共拜。时为三日，给食。三日毕，崔谓充曰："君可归矣。若女有娠相，生男当以相还，无相疑；生女当留自养。"敕外严车送客。充便辞出。崔送至中门，执手涕零。

> 出门见一犊车，驾青衣，又见本所著衣及弓箭，故在门外。寻传教将一人，提补衣与充，相问曰："姻缘始尔，别其怅恨，今复致衣一袭，被褥自副。"充上车，去如电逝。

须臾至家，家人相见悲喜。推问，知崔是亡人而入其墓，追以懊惋。

别后四年，三月三日，充临水戏。忽见水旁有二犊车，乍沉乍浮，既而近岸，同坐皆见。而充往开车后户，见崔氏女与三岁男共载。充见之忻然，欲捉其手。女举手指后车曰："府君，见之。"即见少府，充往问讯。女抱儿还充，又与金鋺，并赠诗曰："煌煌灵芝质，光丽何猗猗。华艳当时显，嘉异表神奇。含英未及秀，中夏罹霜萎。荣耀长幽灭，世路永无施。不悟阴阳运，哲人忽来仪。会浅离别速，皆由灵与祇。何以赠余亲？金鋺可颐儿。恩爱从此别，断肠伤肝脾。"充取儿、鋺及诗，忽然不见二车处。充将儿还，四坐谓是鬼魅，金遥唾之，形如故。问儿："谁是汝父？"儿径就充怀。众初怪恶，传省其诗，慨然叹死生之玄通也。

充后乘车入市卖鋺。高举其价，不欲速售，冀有识者。欻有一老婢识此，还白大家曰："市中见一人乘车，卖崔氏女郎棺中鋺。"大家即崔氏亲姨母也。遣儿视之，果如其婢言。上车叙姓名。语充曰："昔我姨嫁少府，生女，未出而亡。家亲痛之，赠一金鋺著棺中。可说得鋺本末。"充以事对，此儿亦为之悲咽。赍还白母，母即令诣充家，迎儿视之。诸亲悉集。儿有崔氏之状，又复似充貌。儿、鋺俱验，姨母曰："我外甥三月末间产。父曰：'春暖温也。愿休强也。'即字温休。'温休'者，盖'幽婚'也。其兆先彰矣。"

儿遂成令器，历郡守二千石，子孙冠盖，相承至今。其后植，字子干，有名天下。①

---

① 李剑国：《唐前志怪小说辑释》，台湾文史哲出版社 1995 年版，第 288—291 页。

作品从第四句"见一獐"始，主要写主人公卢充在崔少府墓中完成冥婚的经历以及婚后所发生的一切，具有明显的限知视角叙事特征。但是作品却是以全知视角叙述开始的，而且文中"歘有一老婢识此，还白大家曰：'市中见一人乘车，卖崔氏女郎棺中鋺。'大家即崔氏亲姨母也"等句也都大大超越了限知视角范围，是典型的全知视角。

同样，采用第三人称全知视角叙事是英国哥特小说最重要的叙事特征。在我们重点讨论的四部哥特小说中，除《弗兰肯斯坦》外，《奥特朗托城堡》、《瓦塞克》、《修道士》均采用第三人称全知视角叙事。我们不妨看看这三部小说的开头。《奥特朗托城堡》是这样开头的：

> 曼弗雷德，奥特朗托城堡的亲王，有一个儿子和一个女儿；女儿是个美丽的少女，年方18岁，名叫玛蒂尔达；儿子康拉德比她年轻3岁，性格平和朴实，体质羸弱多病，看不出来在未来人生中能有任何作为。不过父亲仍对儿子钟爱有加，而对于玛蒂尔达，他则从不显示出一丝关爱的迹象。曼弗雷德已经为儿子订下与维森萨侯爵的女儿伊莎贝拉的婚约，而她本人也已被她的保护人送到了曼弗雷德家里。这样，当康拉德不稳定的健康状况一旦允许的时候，她就可以尽快同他举行婚礼。①

仅从小说对人物的直接介绍这一传统方式上，我们就可以看出是典型的全知叙事。叙述者不仅知道曼弗雷德子女的年龄、健康状况、曼弗雷德的厚子薄女，而且知道曼弗雷德为儿子订婚之

---

① 贺拉斯·瓦尔蒲尔：《奥特朗托城堡》，伍厚恺译，四川人民出版社1997年版，第1页。

事，更知道他对儿子婚事的迫切期待。

《瓦塞克》的开头略不同于《奥特朗托城堡》：

> 瓦塞克是阿巴西帝斯族的第九代哈里发。他是莫塔塞姆的儿子，哈龙·阿里·拉什德的孙子。他年纪轻轻就登上了王位，并且显露出治理国家的非凡才能，他的臣民也都期望在他的统治下，能过上长治久安、幸福快乐的太平日子。瓦赛克身材魁伟，既有君王的威仪，又有讨人喜欢的性格。不过他发怒时，他的一只眼睛会射出极为凶狠的光芒，变得异常可怕，没有谁敢正视它。凡是有谁不幸接触了这一目光，谁就注定要倒霉：立即向后倒在地上，昏迷不醒；有时甚至还会气绝身亡。不过，瓦赛克担心他治下的国家因此人丁减少，宫廷冷落，所以他并不轻易发怒。
>
> 瓦赛克很喜欢女人，还嗜好大饱口腹之乐。因为他和蔼可亲，所以身边有不少中意的伙伴；又因为他慷慨大度，做任何事情都不遗余力，所以总能心想事成。他不像前任名叫欧玛·本·阿布达拉兹的哈里发那样，认为要把今世变成地狱才能在来世进入天堂。[①]

这个全知叙事中融进了十分明显的讽刺色彩。这种讽刺色彩透露了叙述者对人物未来行为的所知，并大大拉开了他与叙述对象的距离，让读者强烈感受到故事中"权威"的存在。随着故事的进展，我们便发现，这个瓦赛克不仅没有给他的臣民带来长治久安，而且其所作所为正是要把今世变成地狱。

再看《修道士》的开头：

---

① William Beckford, *Vathek and Other Stories*, Pickering Limited, 1993, p. 29.

教堂的钟声刚刚响过五分钟，卡普琴斯教堂就已挤满了听众。不过，不要认为他们是因虔诚的动机或是渴求知识而来，很少有几个人受这些原因所支配。在马德里这座迷信专横残暴统治的城市里，寻找真正的虔诚几乎是徒劳无益的尝试。现在这些听众是因各种原因才聚集于此的，但他们决非为信仰而来。女人来这里为了显示她们的姿容，男人则是为看女人而来。有些人受好奇心驱使来听著名演说家的演讲，有些人是因为戏剧开演前没有更好的消遣来打发时间，还有些人自信教堂里不可能有他们的位置。马德里的一半人是为了见另一半人而来。仅有的渴望听修道士布道的是几个上了年纪的教徒，还有些互相竞争的演说者，是为寻衅和嘲笑对方而来。对于剩下来的听众，即使将布道内容全部省略，他们也必定不会失望，而且也许根本意识不到省略。无论怎么说，至少可以肯定，卡普琴斯教堂还从未出现过这么多人的集会。教堂里座无虚席，角落里也挤满了人。……①

这个开头不仅体现了全知叙事的视野，例如他同时透彻了解所有来教堂的男人和女人的心态，而且表现出强烈的评论干预。总之，从上引三部小说的开头看，全知叙事特征十分明显，无须多议。

然而，仅仅指出六朝志怪小说与英国哥特小说"是以第一人称或第三人称来讲述的，并没有告诉我们什么重要的东西，除非我们更精确一些，描述叙述者的特性如何与特殊的效果有关"。②为了厘清"叙述者的特性如何与特殊的效果有关"的问题，我们

---

① 刘易斯：《修道士》，李伟昉译，上海译文出版社 2002 年版，第 3—4 页。
② 布斯：《小说修辞学》华明等译，北京大学出版社 1987 年版，第 168 页。

必须首先要认识叙述者在志怪小说与哥特小说中的差异，然后才能探讨其效果问题。

关于叙述者的问题，中外许多理论家都作过精辟论述，因为它是叙事学中一个极为重要的理论问题。英国理论家比尔兹利指出："文学作品中的说话者不能与作者画等号，说话者的性格和状况只能由作品的内在证据提供，除非作者提供实在的背景或公开发表声明，将自己与叙述者联系在一起。"① 法国理论家罗兰·巴特认为，叙述者是"纸上的生命"，"一部叙事作品的（实际的）作者绝对不可能与这部叙事作品的叙述者混为一谈"。② 德国理论家凯瑟也认为："对于叙事艺术来说，叙事人从来就不是作者，无论人们知道与否，叙事人只是一个作者创造并接受了的角色。"③ 我国学者赵毅衡也指出："小说叙述文本是假定作者在某场合抄下的故事。作者不可能直接进入叙述，必须由叙述者代言，叙述文本的任何部分，任何语言，都是叙述者的声音。叙述者既是作品中的一个人物，他就拥有自己的主体性，就不能等同于作者，他的话就不能自然而然当作作者的话。"④ 那么，何以要如此认真地区分叙述者与作者呢？道理很简单，两者对叙述的人物和事件所持有的态度、价值观念等有可能并不相互吻合。可见，就叙事理论而言，对真实作者和叙述者的区分是非常重要的，前者是写作主体，后者则是叙述主体，这一叙述主体只是一个作者创造并接受了的角色，是所谓"'表达出构成文本的语言

① 比尔兹利：《美学》，转引自罗钢《叙事学导论》，云南人民出版社 1994 年版，第 213 页。

② 罗兰·巴特：《叙事作品结构分析导论》，转引自张演德编选《叙述学研究》，中国社会科学出版社 1989 年版，第 29 页。

③ 沃尔夫冈·凯瑟：《谁是小说叙事人?》，转引自王泰来等编译《叙事美学》，重庆出版社 1987 年版，第 111 页。

④ 赵毅衡：《苦恼的叙述者》，北京十月文艺出版社 1994 年版，第 26－27 页。

符号的那个行为者'或其他媒介中与之相当的行为者"。①

无疑，英国哥特小说中的叙述者就是作者在文本中创造的角色，是"纸上的生命"，这一点已无须再论。但六朝志怪小说中的叙述者则不然，也就是说，叙述者在六朝志怪小说与英国哥特小说中的含义迥然相异。在六朝志怪小说中，叙述者和作者基本上是一致的。这是由于志怪小说是在史传文学的母体内孕育而出的，并受史传文学"无征不信"的"实录"原则的深刻影响，所以叙述者在讲述虚构的故事时，也总是依照"史官"历史的叙述法则来完成小说的叙述。王平在其新著《中国古代小说叙事研究》一书中，称志怪小说的叙述者为"史官式"叙述者，并对"史官式"叙述者的特征作了详细举例阐发。他认为，"史官式"叙述者主要有三大特征：（1）作者与叙述者相同一，因而对于所要叙述的人或事无所不知，无所不晓，并且这种叙述不需要借助任何中介，完全由叙述者独立完成；（2）叙述者在叙述时，心中并没有确定的读者群，所以叙述者几乎不向读者提问，不与读者交谈，他只是真实客观地把某人某事讲述出来，有时偶尔对某些问题做简洁的解释；（3）叙述者不直接对所叙述的人或事做出评价，仅仅在结尾处偶尔发些议论或做些解释。他分析生成第三个特征的原因时谈到，受孔子修《春秋》的影响，史官们在修史时，往往采取"不隐恶，不溢美"的客观公允态度，叙述中一般不直接进行道德的评价和主观的议论。或许是后来的史官们感到这样做无法表达出自己的观点和态度，于是开始在篇末以史官身份做简短的评价，《左传》较早运用了这一模式。例如《郑伯克段于鄢》，叙述者在叙述过程中未做任何议论，但在文末却表达了自己的态度：

---

① 谭君强：《叙事理论与审美文化》，中国社会科学出版社 2002 年版，第 50—51 页。

君子曰："颍考叔，纯孝也。爱其母，施及庄公。诗曰：'孝子不匮，永锡尔类。'其是之谓乎！"①

司马迁以降，几乎所有的历史学家都相沿成习地采用了这一模式来修撰历代史书，由此便决定了"史官式"叙述者的第三个特征。自然，这一特征也影响到早期志怪小说的创作②。王平对"史官式"叙述者特征的分析和探讨颇为精到，大有助于我们认识六朝志怪小说的叙述者与英国哥特小说叙述者的差异。

由于叙述者的差异，也导致六朝志怪小说与英国哥特小说中全知视角叙事的同中之异。其最大之异处突出表现在叙述者的干预行为上。志怪小说的全知视角叙事对故事不进行干预，决不随意在情节进展中插入议论，不公开表明自己的观点，而是将故事按照生活实际发生的那样一幕幕展现给读者，读者在接受故事时几乎没有感觉到有一个叙述者的存在。叙述者只是偶尔在故事结尾处仅仅做些简单的评论或解释，呈现出最大程度的隐蔽。哥特小说的全知视角叙事则不同。叙述者对自己的身份毫不掩饰，常常中断情节插入自己的评论或诠释，呈现出最大程度的显露，使读者在接受故事的同时始终强烈地感到有一个讲述者的在场。这种叙述者的内隐与外显，最终决定了志怪小说与哥特小说迥然不同的叙事特征和接受效果：前者表现为明显的客观性叙事特征，后者则表现为强烈的主观性叙事特征。

从理论上说，叙述干预一般是通过叙述者对人物、事件甚至文本本身加以评论、解释的方式来进行的。查特曼将干预分为对

---

① 李学勤主编：《十三经注疏·春秋左传正义中》，北京大学出版社1999年版，第56页。

② 参见王平：《中国古代小说叙事研究》，河北人民出版社2001年版，第11—18页。

故事的干预和对话语的干预两种。赵毅衡认为查特曼的分法"忽视了叙述者对内容的控制能力",故又将它分为"指点干预"(对叙述形式的干预)和"评论干预"(对叙述内容的干预)两种。[①]评论干预直接涉及道德规范、文化精神、价值信仰等意识形态方面的判断。志怪小说中出现的主要是评论干预,但不多见。如上所述,志怪小说的评论干预主要放在文本末尾,其优长就是不会造成叙述流的中断,能够使叙述自然顺畅地一气呵成,且能彰显主旨。例如在《搜神记》中的《王道平》篇里,叙述者讲完女主人公死而复生与恋人终成眷属的故事后,才发表"实谓精诚贯于天地,而获感应如此"的评论,显得水到渠成,画龙点睛,没有丝毫累赘之嫌,而且整体的客观性叙事特征及其效果并未受损。至于小说中出现的一些证实性和解释性的文字,本来就是叙述者应有的证实性和解释性评论功能的具体表现,在此不多论述。

我们前面分析过的几篇六朝志怪小说都具有明显的客观性叙事特征。当然,这种客观叙述决不意味着作者对其讲述的故事和人物持超然于是非爱憎之外的冷漠态度。"在小说创作中,作者的彻底的客观态度显然是一种幻象"[②],叙述者或者代表作者的叙述者,叙述什么以及如何叙述,其实都是有所选择的,这种叙述选择本身就带有一定的主观倾向性。况且,"叙述"这一概念就暗含着鉴别、判断、阐释等因素[③],说到底,它是意识形态在话语中的反映,或者说是意识形态生成的重要手段。因此,叙述者"对于自己笔下的人物和事件都有自己的观点,并且在叙述中

---

① 赵毅衡:《当说者被说的时候:比较叙述学导论》,中国人民大学出版社 1998 年版,第 29 页。

② 塞米利安:《现代小说美学》,宋协立译,陕西人民出版社 1987 年版,第 38 页。

③ 希利斯·米勒:《解读叙事》,申丹译,北京大学出版社 2002 年版,第 44 页。

渗透着自己的美学评价，客观叙述只不过将自己的评价隐藏在情节结构和隐喻象征中，让读者通过情节自己去领悟而已"。① 中国史传叙事传统中所谓"秉笔直书"、"直书其事，褒贬自现"，实际上从材料组合、修辞方法、语境语调等方面均隐含着一定的思想价值取向，也就是说文本自身内部存在着一个"既有视界"，读者必须通过对情节、人物言行、细节、象征寓意、语境语调等进行多角度、多层面的细读，方能与文本视界沟通，达成一致，于隐晦微妙处读出作者的思想倾向。《左传·成公十四年》在评价《春秋》时说："《春秋》之称：微而显，志而晦，婉而成章，尽而不汙，惩恶而劝善。"② 讲的就是这个意思。

以《韩凭夫妇》为例。

　　宋康王舍人韩凭，娶妻何氏美，康王夺之。凭怨，王囚之，论为城旦。妻密遗凭书，缪其辞曰："其雨淫淫，河大水深，日出当心。"既而王得其书，以示左右，左右莫解其意。臣苏贺对曰："'其雨淫淫'，言愁且思也；'河大水深'，不得往来也；'日出当心'，心有死志也。"俄而凭乃自杀。

　　其妻乃阴腐其衣。王与之登台，妻遂自投台下，左右揽之，衣不中手而死。遗书于带曰："王利其生，妾利其死。顾以尸骨，赐凭合葬。"王怒弗听，使里人埋之，冢相望也。王曰："尔夫妇相爱不已，若能使冢合，则吾弗阻也。"宿昔之间，便有大梓木生于二冢之端，旬日而大盈抱，屈体相就，根交于下，枝错于上。又有鸳鸯，雌雄各一，桓栖树上，晨夕不去，交颈悲鸣，音声感人。宋人哀之，遂号其木曰相思树。相思之名，起于此也。今睢阳有韩凭城，其歌谣

①　石昌渝：《中国小说源流论》，三联书店1994年版，第45页。
②　杜预：《春秋经传集解》第2册，上海古籍出版社1988年版，第735页。

至今犹存。①

在《韩凭夫妇》中，开头两句"宋康王舍人韩凭，娶妻何氏，美，康王夺之。凭怨，王囚之，论为城旦"，概述了故事的人物关系、背景、起因。接下来故事主要由三个场景组成：失去自由的韩凭读了妻子写给他的信后伤心而死；何氏闻知丈夫自杀，也趁"与王登台"之机跳楼自杀；两株盘根错节、互相盈抱的大树与树上一对哀鸣的鸳鸯。最后又概述"相思树"的来历，并以"睢阳有韩凭城，其歌谣至今犹存"为证，说明所述故事的真实性。总之，小说的"概述"与"场景"部分，均保持着叙述的客观性，作者没有站出来发表评论，阻断情节，使情节能够连贯发展，一气呵成。然而，作者的倾向性却是十分清楚的。首先，作者采用了史家惯用的"春秋笔法"，一字寓褒贬。小说中的"夺"、"怨"、"囚"、"怒"四个字字字千斤，爱憎在焉。夺妻囚夫，掠要私书，还不允许夫妻死后葬在一起，足宋康王之荒淫好色，残暴霸道。其次，冢墓生树相依相抱、魂化鸳鸯交颈悲鸣的意象，既寄寓着对韩凭夫妻不幸遭遇的满腔同情，又是对他们爱情忠贞壮烈的礼赞，更是对造成这一悲剧的杀人暴君的愤怒抗议！这一意象，借用欧内斯特·鲍曼的话说就是"修辞幻象"。"修辞幻象唤醒了参与者的情感，因此幻想主题分析过程也说明了情感感应过程。"② 尤值一提的是，《韩凭夫妇》重点是写韩凭的妻子，即何氏，因此她写给丈夫的书信和留下的遗书，就成为我们解读其心理世界与性格特征的最重要、也是唯一的依据。前

① 李剑国：《唐前志怪小说辑释》，台湾文史哲出版社 1995 年版，第 246—247 页。

② 鲍曼：《想象与修辞幻象：社会现象的修辞批评》，转引自宁等《当代西方修辞学：批评模式与方法》，常昌富等译，中国社会科学出版社 1998 年版，第 91 页。

者含蓄地抒发了一个柔弱不幸的妻子对丈夫的思念之苦与抗拒淫威的必死之志；后者表达了死后的愿望。但是，对这一重要内心世界的清晰解读，却是在"王得其书，以示左右，左右莫解其意"的情况下，由朝臣之口完成的。这在客观上就不仅是对国王粗野无知、缺乏人性的讽刺与嘲弄，而且借朝臣之口又为描写何氏内心世界的凄苦添加了浓浓的一笔，同时又不失其叙述的客观性特征。这不能不说是作者的精心安排，充分显示了作者叙事技巧的精湛。塞米利安在评论福楼拜时曾说："福楼拜在《包法利夫人》这部小说的写作中，提出了一种小说美学：作品中处处都可应窥见作者的影子，但处处又看不到他的出现。"[①] 借用这段话说明包括《韩凭夫妇》在内的六朝志怪小说的叙事效果，也是颇为精当的。

英国哥特小说的主观性叙事特征同样体现了西方小说的叙事传统。这种主观性叙事，自文艺复兴伊始至19世纪前，一直是西方小说里一种特别突出的叙事特征。许多小说家都乐于在作品中发表自己的见解，拉伯雷的《巨人传》、塞万提斯的《堂吉诃德》、卢梭的《新爱洛绮丝》、班扬的《天路历程》、菲尔丁的《汤姆·琼斯》等，莫不如此。在英国，最突出的例子要数18世纪现实主义小说奠基者之一的菲尔丁了。他常常毫不掩饰自己地任意介入小说情节，发表议论，表达自己对读者的忠告，阐发他的道德概念及小说见解，从不放弃与读者交流的机会。这一叙事传统与西方的文化传统有关。西方小说地位高，不亚于哲学、伦理学著作，没有人反对小说论哲学谈伦理。在西方作家看来，小说的功能就包括议论在内，小说不一定全是讲故事的，也可以用作议论。因此，西方的小说往往有两个作者，一个作者讲述故

---

① 塞米利安：《现代小说美学》，宋协立译，陕西人民出版社1987年版，第38页。

事，一个作者发表议论①。这一传统自然会影响到哥特小说的创作。哥特小说的主观性叙事特征不仅表现在指点干预上，更集中表现在评论干预上。在哥特小说的某些作品中，每当在叙述对象之间发生转换时，就会出现叙述者的指点干预，这种干预"表现出一种强烈的'自觉性'，似乎是叙述者时时提醒叙述接受者注意他在'讲故事'，而且这故事是他编出来的"，从而"使指点变成了套语，使叙述方法程式化"②。《瓦塞克》中的几例就很能说明这个问题：

现在让我们暂时撇开心事重重的哈里发，看看山崖那一边的努隆尼哈与她所爱的古尔真奴见面后的情况。③

现在，让我们回过头，看看哈里发和他一心钟爱的努隆尼哈的情况。④

现在，让我们暂时离开她们，回到哈里发那里，看他究竟怎么样了。⑤

在《修道士》中，类似的指点干预也不少。例如：

当埃尔维拉和女儿谈话的时候，洛伦佐正和侯爵为第二

---

① 曹顺庆等：《中外文学跨文化比较》，北京师范大学出版社 2000 年版，第542 页。

② 赵毅衡：《当说者被说的时候：比较叙述学导论》，中国人民大学出版社1998 年版，第 31 页。

③ William Beckford, *Vathek and Other Stories*, Pickering Limited, 1993, p. 66.

④ Ibid. , p. 79.

⑤ Ibid. , p. 60.

次营救阿格尼丝做着准备。①

> 就在他们密谋的时候（指安布罗斯与马蒂尔德密谋占有
> 安东尼娅——引者注），不幸的安东尼娅正处在丧母的巨大
> 悲痛中。②

至于评论干预，在哥特小说中表现得更为明显，叙述者常常以公开的方式对人物和事件发表评论，几乎变成了一种叙事常规。我们随意举几例。在《修道士》中，安布罗斯得到魔女马蒂尔德的帮助，准备利用护身符实施深夜占有安东尼娅的罪恶行动。接着作品写道：

> 半夜两点时，好色的神父悄悄来到安东尼娅的住所。我
> 们前面已提到过，修道士和安东尼娅居住的那条街相距不
> 远。他没被发现就来到了房前。③

在这里，标有重点号的两处显然都来自叙述者的声音，前者是叙述者对人物所作的道德评价，体现着叙述者的爱憎褒贬，而后者则是叙述者插入行进着的情节中的阐释性话语，分明是想提醒读者，修道士离安东尼娅的住所很近，实施犯罪行为并不困难，从而唤起读者对安东尼娅命运的无比担忧之情。这些提示均让我们强烈地感受到叙述者的在场。

《瓦塞克》中有这么一段话：

---

① 刘易斯：《修道士》，李伟昉译，上海译文出版社 2002 年版，第 153 页。
② 同上书，第 230 页。
③ 同上书，第 224 页。

这一可怕的景象不仅没有吓倒法克雷丁的女儿，反而更加激发了她的勇气。她来不及向皎洁的月光和晴朗的夜空告别，就迫不及待地跟着瓦塞克，跳入那散发着异香的阴暗的乌烟瘴气的洞穴之中。这两个对真主不敬的叛逆者，他们忘记了一切，顽固地追逐注定要沉沦的东西。当他们往下面越走越深时，他们彼此的凝视里满含着相互的崇拜。①

　　同样，标有重点号的这句话是出自叙述者之口。其实如果将这句话删掉，一点也不妨碍读者对瓦塞克和法克雷丁的女儿努隆尼哈这两个人物的认识。然而叙述者偏偏要站出来干预情节的正常进行，向"这两个对真主不敬的叛逆者"加以道德评判，表明自己的倾向。更为典型的是，在这部小说的结尾，叙述者干脆直接站出来总结全书主题，表达惩戒谕旨：

　　　　这就是对毫无收敛的情欲和违背神谕的残忍行为的严厉惩罚！也是对那种妄自尊大的盲目好奇心的惩罚，这种好奇心妄图超越创世者为人类的知识规定的界限；这也是那些内心躁动不安、野心勃勃的人必然要遭受的惩罚，这些人妄图看见那些只有神灵才能看到的东西，明白神灵才能明白的道理。野心将他们引入歧途，他们忘记了一个最根本的法则，即：人生一世本来就意味着卑微，意味着无知。就这样，瓦塞克这个曾经不可一世的哈里发，为了虚荣和权势而犯下罄竹难书的罪行，到头来落得无尽的悔恨，永远遭受地狱之火的痛苦煎熬，永无出头之日……②

---

①　William Beckford, *Vathek and Other Stories*, Pickering Limited, 1993, p. 91.
②　Ibid. , p. 97.

显然，叙述者对小说中的人物与事件所作的这一评价性评论，就是试图让隐含读者接受其所作的判断与评价，按照他所给定的意义去评价人物与事件，以使隐含读者与隐含作者保持价值判断上的一致性①。这种评论干预的大量存在，使哥特小说染上了浓厚的主观性叙述色彩。

第二节　第三人称限知叙事视角

　　从比较的角度看，在第三人称限知视角的选择与运用上，六朝志怪小说与英国哥特小说没有什么相同点，倒是表现出了很大的不同面貌。众所周知，欧洲小说出现第三人称限知视角的叙事模式是 19 世纪后期的事，一般认为肇因于福楼拜、托尔斯泰、詹姆士等小说家。在我们讨论的有代表性的四部英国哥特小说中，没有发现对这一视角的选择和运用。倒是六朝志怪小说在这个方面颇为突出，充分显示了它在这一视角运用上的超前性。

　　我们前面说过，全知视角是六朝志怪小说的主导性叙事模式，但是限知视角叙事在六朝志怪小说中也同样有着相当广泛、自然的应用。它主要是站在作品中某一人物的角度，即通过他的眼光和意识来叙述其他的人物和事件。《搜神记》中的《宋定伯》、《赵公明参佐》、《都尉驸马》、《卢充》、《汉谈生》、《秦巨伯》等都是这一视角叙事的代表作。以《宋定伯》为例：

　　　　南阳宋定伯，年少时，夜行逢鬼。问之，鬼言："我是鬼。"鬼问："汝复谁？"定伯诳之，言："我亦鬼。"鬼问："欲至何所？"答曰："欲至宛市。"鬼言："我亦欲至宛市。"

---

　　① 谭君强：《叙事理论与审美文化》，中国社会科学出版社 2002 年版，第 81 页。

遂行数里。鬼言:"步行太迟,可共递相担,何如?"定伯曰:"大善。"鬼便担定伯数里。鬼言:"卿太重,将非鬼也?"定伯言:"我新鬼,故身重耳。"定伯因复担鬼,鬼略无重。如是再三。定伯复言:"我新鬼,不知有何所畏忌?"鬼答言:"惟不喜人唾。"于是共行,道遇水,定伯令鬼先渡,听之,了然无声音。定伯自渡,漕漼作声。鬼复言:"何以有声?"定伯曰:"新死,不习渡水故耳。勿怪吾也。"行欲至宛市,定伯便担鬼著肩上,急执之,鬼大呼,声咋咋然,索下,不复听之。径至宛市中,下著地,化为一羊,便卖之。恐其变化,唾之。得钱千五百乃去。当时石崇有言:"定伯卖鬼,得钱千五。"①

在这篇脍炙人口的降鬼名篇中,作者一开始就将叙事聚焦在主人公宋定伯身上,并且始终以他的视角为叙事视角。宋定伯和鬼"共递相担",作者只写宋定伯担鬼的感受——"鬼略无重",而不写鬼担宋定伯的感受;鬼的感受是通过宋定伯听鬼说"卿太重,将非鬼也?"的描写而实现的。同样,宋定伯与鬼一起渡河,"定伯令鬼先渡,听之,了然无声音",而"定伯自渡,漕漼有声",也是写他自己耳中所闻。小说始终保持着一元化的人物视角。作者借这一视角,不仅写了鬼,而且塑造了宋定伯这个不怕鬼、以智勇胜鬼的生动形象,相比而言,后者给人的印象更为深刻。

这一叙事特征在洞穴仙境类志怪小说中表现得最为典型,是洞穴仙境志怪小说通行的叙事模式。《搜神后记》中的《桃花园》、《袁相根硕》和《幽明录》中的《黄原》、《刘晨阮肇》就是其代表作品。例如《黄原》:

---

① 干宝:《搜神记》,汪绍楹校注,中华书局1979年版,第199页。

汉时太山黄原，平旦开门，忽有一青犬在门外伏守，守备如家养。原绁犬，随邻里猎。日垂夕，见一鹿，便放犬，犬行甚迟，原绝力逐，终不及。行数里，至一穴，入百余步，忽有平衢，槐柳列植，行墙回匝。原随犬入门，列房栊户可有数十间，皆女子，姿容妍媚，衣裳鲜丽，或抚琴瑟，或执博棋。

至北阁，有三间屋，二人侍直，若有所伺。见原，相视而笑："此青犬所致妙音婿也。"一人留，一人入阁。须臾，有四婢出，称太真夫人白黄郎："有一女年已弱笄，冥数应为君妇。"既暮，引原入内。内有南向堂，堂前有池，池中有台，台四角有径尺穴，穴中有光映帷席。妙音容色婉妙，侍婢亦美。交礼既毕，宴寝如旧。

经数日，原欲暂还报家。妙音曰："人神异道，本非久势。"至明日，解珮分袂，临阶涕泗："后会无期，深加爱敬。若能相思，至三月旦，可修斋洁。"四婢送出门。半日至家，情念恍忽。每至其期，常见空中有軿车，仿佛若飞。①

这是一篇相当规范的第三人称限知视角叙事作品。在这里，叙事者的视角就是人物的视角，叙事者所叙述的一切均出自黄原这一视角主体，"忽有衢，槐柳列植，垣墙回匝"，是黄原入穴后所见，"列房栊户可有数十间，皆女子，姿容妍媚，衣裳鲜丽；或抚琴瑟，或执博棋"，是黄原入门后所见，"至北阁，有三间屋，二人侍直，若有所伺"，不仅写黄原所见，而且写到他的心

① 李剑国：《唐前志怪小说辑释》，台湾文史哲出版社 1995 年版，第 468—469页。

理活动。显然，当他看到站立在自己面前的这两个侍婢，已在猜测她们"若有所伺"。所伺者谁也？"此青犬所致妙音婿也"和"太真夫人白黄郎：'有一女年已弱笄，冥数应为君妇'"，是黄原所闻，这一"闻"不仅解答了他"若有所伺"的猜测，而且知道了自己将成为众侍所伺的妙音的丈夫的身份。所以后面"妙音"这一名字的出现，也就自然而然地是出自黄原的视角。试想，如果没有侍婢对"妙音"这一人物信息的透露，黄原就不会知道妙音这个人，那么"妙音容色婉妙"的叙述就完全超越了限知视角的范围，而变成了全知视角叙事。因此，小说在叙事视角中始终保持着一元化的统一。

《幽明录》中的《薛重》，也是一篇值得称道的限知视角叙事的典范之作。

> 会稽郡吏鄮县薛重得假还家，夜，户闭，闻妻床上有丈夫鼾声，唤声，妻从床上出，未及开户，重持刀便逆问妻曰："醉人是谁？"妻大惊愕，因苦自申明，实无人意。重家唯有一户，搜索了无所见，见一大蛇，隐在床脚，酒臭，重便斩蛇寸断，掷于后沟。经数日，而妇死，又数日，而重卒。经三日复生，说始死时，有神人将重到一官府，见官寮，问："何以杀人"重曰："实不曾行凶。"曰："寸断掷在后沟，此是何物？"重曰："此是蛇，非人。"府君愕然而悟曰："我常用为神，而敢淫人妇，又妄讼人；敕左右召来！"吏卒乃领一人来，著平巾帻，具诘其淫妻之过，将付狱。重乃令人送还。[①]

---

① 鲁迅：《古小说钩沉》，见《鲁迅全集》第8卷，人民文学出版社1973年版，第409页。

这篇作品在叙事上的最大特点，就是采用了薛重这一人物视角的叙事策略。深夜还家的薛重听到妻床上有男人鼾声，便持刀追问妻："醉人是谁？"显然薛重也闻到了室内浓浓的酒味，故发此问。然而一番搜查之后，"了无所见"，仅"见一大蛇，隐在床脚，酒臭，重便斩蛇寸断，掷于后沟。"那么在薛重回家之前，到底发生了什么事呢？由于薛妻不自知，薛重更不知，所以叙述者对超出人物所知范围的内容只字未提。后来死而复生的薛重说死时有神人告其犯有杀人罪，他辩解"实不曾行凶"，也不知那神人就是被他斩杀的蛇妖。正是作者成功地运用了限知叙事视角，才使故事颇显得扑朔迷离，含蓄有味。同样，薛重这一人物形象也给人留下了较为深刻的印象。

另外，地狱类志怪小说也常采用这一视角叙事。在《幽明录·赵泰》中，叙述者就是从人物赵泰的角度叙述他初死时被带到地狱经历种种可怕景象的。离开人物的眼光，地狱里的一切都将无法展现。

其实，对于六朝志怪小说中的这一视角运用，已有不少学者做过探讨。石昌渝是较早关注这一问题的学者之一。他认为，志怪小说的作者为了加强故事的真实效果，较多使用第三人称限知视角叙事，而且这一角度是志怪小说中"最常见的叙事方式"[①]。石玉良也认为，把各种怪异之事置于某人或某些人所见所说或所接触的前提之下的叙事方法普遍出现在各种志怪书中，"见"、"闻"、"遥见"、"视"、"听"、"觉"等知觉性词语随处可见，很少涉及超出人物所知范围的内容，说明现代小说家所推崇的"次知视角"或"有局限的叙述角"，已在六朝志怪小说中得到自然

① 石昌渝：《中国小说源流论》，三联书店1994年版，第125页。

而然的运用①。陈文新则明确指出，大量采用第三人称限知视角叙事，是"搜神体"志怪小说对古代叙事文体所做的一大贡献②。显然，这一视角的出现不是偶然的。志怪小说作者为了证明"神道之不诬"，鬼神乃实有，使他们记录、讲述的非生活常态的怪异之事取信于读者，既继续使用全知方式标举时间、地点和人物籍贯姓氏，又开始有意识地打破全知叙事模式，放弃全知作者的特权，用某个人见到、听到或接触到怪异的方式，把现实中的人拉进去作为见证人来见证所发生的一切。这样就很自然地选取故事中的人物为叙事视角，并进入这个观察主体的内心世界，第三人称限知叙事因此也就应运而生。

值得一提的是，在这一视角叙事中，许多见证怪异的见证人，往往又同时是作品着力描写的主要人物。换言之，作者在描写怪异现象的同时，并没有将这些见证人置于次要位置。前面分析过的《宋定伯》、《黄原》、《薛重》篇都能说明这一点。

然而，问题也随第三人称限知叙事的产生而出现了。因为既然承认作者选取故事中的人物为叙述视角、为意识中心的事实，也就实际上认可了作者所选取的视角人物是作者自觉创造的产物，即罗兰·巴特所说的"纸上的生命"。自然，这个"纸上的生命"的奇遇更是作者创造的产物。那么，我们又面临着一个绕不开的问题：在六朝志怪小说的写作中作者是否已有了自觉明确的创造意识即虚构意识呢？这是问题的关键。因为不赞成六朝志怪为小说创作的重要依据之一便是"未必尽幻设语"，"非有意为小说"。明代著名小说史家胡应麟曾在《少室山房笔丛·二酉缀遗中》里说：

---

① 李修生等主编：《中国分体文学史》（小说卷），上海古籍出版社2001年版，第13页。

② 陈文新：《文言小说审美发展史》，武汉大学出版社2002年版，第141页。

凡变异之谈，盛于六朝，然多是传录舛讹，未必尽幻设
语。至唐人乃作意好奇，假小说以寄笔端，如《毛颖》、《南
柯》之类尚可，若《东阳夜怪录》称成自虚、《玄怪录》元
无有，皆但可付之一笑，其文气亦卑下亡足论。①

　　这段话常常被引用作为否定六朝志怪是小说创作的明证之
一。其实，"大多数研究者在引用胡氏这段论述时，往往忽略了
'多是传录舛讹，未必尽幻设语'的确切含义。实际上胡应麟在
这里是明明白白地承认魏晋小说的虚构意识的，只是他重点强调
'传录舛讹'者多，虚构者少，不是全部虚构（'尽幻设语'）之
作罢了"。②这可以与他《九流绪论下》里的另外一段话相印证：
"小说，唐人以前纪述多虚而藻绘可观，宋人以后论次多实而彩
艳殊乏。"③对六朝小说的自觉虚构观念，早在唐代的刘知几就有
过论述。他说："逸事者，皆前史所遗，后人所记，求诸异说，
为益实多，及妄者为之，则苟载传闻，而无铨择，由是真伪不
别，是非相乱，如郭子横之《洞冥》、王子年之《拾遗》，全构虚
辞，用惊愚俗，此其为弊之甚者也。"④虽说他对《洞冥》、《拾
遗》类小说充满鄙视，却指出其"全虚构辞"的小说本质。
　　鲁迅在《中国小说史略》中曾引述过胡应麟上面的那段话。
不过，他对六朝志怪小说作了不同的阐发：

　　　　其书有出于文人者，有出于教徒者。文人之作，虽非如
　　释道二家，意在自神其教，然亦非有意为小说，盖当时以为

---

①　胡应麟：《少室山房笔丛》，上海书店出版社 2001 年版，第 371 页。
②　宁宗一主编：《中国小说学通论》，安徽教育出版社 1995 年版，第 114 页。
③　胡应麟：《少室山房笔丛》，上海书店出版社 2001 年版，第 283 页。
④　刘知几：《史通·杂述》，转引自黄霖、韩同文选注《中国历代小说论著选》
（修订本）上册，江西人民出版社 2000 年版，第 38 页。

幽明虽殊途，而人鬼乃皆实有，故其叙述异事，与记载人间常事，自视固无诚妄之别矣。①

　　自鲁迅做出六朝志怪"非有意为小说"的论断后，各种文学史、小说史、教材几乎一致认定，中国真正意义上的小说创作始于唐代，此前的所谓志怪小说并不是自觉的小说创作，而只是将鬼神之事作为一种真实存在而"实录"传播下来，于写史无异。
　　果真如此吗？那么，就让我们把眼光聚焦在干宝的《搜神记序》上，仔细看一看这位被公认为是代表六朝志怪小说创作最高成就的小说家兼史学家是如何言说的吧——

　　　　虽考先志于载籍，收遗逸于当时，盖非一耳一目之所亲闻睹也，亦安敢谓无失实者哉。卫朔失国，二传互其所闻；吕望事周，子长存其两说，若此比类，往往有焉。从此观之，闻见之难，由来尚矣。夫书赴告之定辞，据国史之方册，犹尚如此；况仰述千载之前，记殊俗之表，缀片言于残阙，访行事于故老，将使事不二迹，言无异途，然后为信者，固亦前史之所病。然而国家不废注记之官，学士不绝诵览之业，岂不以其所失者小，所存者大乎？今之所集，设有承于前载者，则非余之罪也。若使采访近世之事，苟有虚错，愿与先贤前儒分其讥谤。及其著述，亦足以发明神道之不诬也。群言百家，不可胜览；耳目所受，不可胜载。今粗取足以演八略之旨，成其微说而已。幸将来好事之士录其根体，有以游心寓目而无尤焉。②

　　① 鲁迅：《中国小说史略》，见《鲁迅全集》第9卷，人民文学出版社1973年版，第183页。
　　② 干宝：《搜神记序》，见汪绍楹校注《搜神记》，中华书局1979年版，第2页。

干宝这段关于实与虚、信与不信的论述，极富辩证思想。他对在其后相当漫长的时期里为众多理论家、评论家所纠缠不清的历史事实与史书记载、正史与小说的关系问题作了精辟而简洁的回答。他明确指出，即使是正史，因为所用史料或"考先志于载籍"，或"收遗逸于当时"，均非撰史者耳闻目睹，谁也不敢保证"无失实"，都符合历史的真貌。既然同一事件《左传》就不同于他书，《史记》则并存两说，可见作者也弄不清谁是谁非，何虚何实。其中最多有一说是真实的，也许几说均为不实，显然，这个难题由来已久，根本无法解决。既然"书赴告之定辞，据国史之方策"都难免有不实之处，那么，作为"缀片言于残阙，访行事于故老"的小说，就更难免有"虚错"之处了。针对自己创作的《搜神记》，他坦言："今之所集，设有承于前载者，则非余之罪也。若使采访近世之事，苟有虚错，愿与先贤前儒分其讥谤。"注意，干宝在这里已经十分明确地承认了自己作品中"虚错"的存在。既然知道有"虚错"而又无意改之，并"愿与先贤前儒分其讥谤"，这就说明他在创作小说前已经意识到小说本身的虚构特性，并自愿为小说这一与生俱来的天然特性鼓与呼，显示了他不怕讥谤的勇气和精神。身为正史家的干宝显然清楚"虚错"对于正史著作意味着什么。既然他在小说序言中提出"虚错"不可避免论，公开承认小说中有虚构，那么他对《搜神记》与正史著作的区别必然有清醒的认识。从我们对《搜神记》经典篇目的考察分析中也清楚看到，他对虚构问题的认识不仅属于理论的层面，并且已经将其认识贯彻在了他的创作实践的层面。① 《晋书·干宝传》概括《搜神记》的特点是"博采异同，遂混虚

---

　　① 此处论述参用宁宗一主编《中国小说学通论》，安徽教育出版社 1995 年版，第 111 页。

实"①，就从客观上肯定了干宝在创作实践中对虚构原则的自觉贯彻。刘义庆《世说新语·排调》载："干宝向刘真长叙其《搜神记》，刘曰：'卿可谓鬼之董狐'。"②董狐是古代良史，以"书法不隐"而著称，刘真长称干宝为"鬼之董狐"，也从侧面赞扬了干宝具有栩栩如生描写鬼神故事的虚构天才。

其实，这一时期不少志怪小说家在创作时都自觉地运用着虚构的原则，从他们的作品中可以明显感受到这一点。

王嘉也是其中一个颇为典型的例子。他作《拾遗记》，便具有将传说和历史小说化的特征，他"殊怪必举"，"博采神仙之事"③。后人因其内容与史书不合，多斥其怪诞。例如《四库全书总目·拾遗记》就斥"其言荒诞，证以史传皆不合……亦刘勰所谓'事丰奇伟，辞富膏腴，无益经典，而有助文章'者欤。"④王瑶认为："以史法和道德来绳方士之言，当然是不可能的；因为这本是街谈巷语的小说。而且照近代'小说'的观念说，这也许是魏晋时比较最接近'小说'的一种。"⑤

第三人称限知叙述视角的运用，就是六朝志怪小说作者虚构原则下的结果。他们借助限知视角叙述人物这个"纸上的生命"，既可以尽情奔放自己丰富奇特、大胆诡谲的想象，实际摆脱"实录"传统的束缚，又不失为是对这个"纸上的生命"的经历的"实录"。他们完全是将"虚构"的东西作为真实的东西"实录"下来，是真正借"实录"之名行"虚构"之实，这样也可以避免

① 转引自侯忠义编《中国文言小说参考资料》，北京大学出版社 1985 年版，第153 页。

② 余嘉锡：《世说新语笺疏》，上海古籍出版社 1993 年版，第 798 页。

③ 萧绮：《拾遗记序》，转引自侯忠义编《中国文言小说参考资料》，北京大学出版社 1985 年版，第 151—152 页。

④ 纪昀等：《四库全书总目》第 142 卷，中华书局 1965 年版，第 1207 页。

⑤ 王瑶：《中古文学史论》，北京大学出版社 1998 年版，第 128—129 页。

因直接描写虚构之事而招致"非议"。在这里，作者巧妙地调和了"实录"与"虚构"这一原本紧张的矛盾关系。因此，第三人称限知叙述视角的出现与运用，决不仅仅是一个叙述视点更新的问题，而且更为重要的是一种叙述策略，其本质上暗含着对传统"实录"原则某种程度的挑战与颠覆。这种虚构设幻，既表现在全知叙事中，更表现在限知叙事中。

第三节　第一人称叙事视角

在第一人称叙事视角的选择与运用上，英国哥特小说远比六朝志怪小说突出且有特色。不过，志怪小说在这一方面的动向也不可忽视。

第三人称全知视角叙事与第三人称限知视角叙事，作为志怪小说的常见表现形态在学界早已是定论，但迄今尚未有人论及志怪小说中的第一人称叙事视角的表现形态问题。因为人们普遍认为，由于深受史传叙事特征的强大影响，中国小说自诞生起就缺乏第一人称叙事的历史传统，真正意义上的第一人称叙事作品是晚近时候才出现的，自然，以"实录"为特征的六朝志怪小说中根本也不可能有第一人称叙事的存在。的确，以现代小说观念看，中国出现真正意义上的第一人称叙事作品是后来的事，特别是在近现代西学东渐、中西方文化文学传统剧烈碰撞、逐渐交融、个性意识觉醒的特定背景下出现的。但是因此否认六朝志怪小说中没有第一人称叙事的现象或因素，也是不符合实际的。既然认为六朝志怪小说还处于小说的雏形和起步阶段，那么其中会不会有与这一小说雏形和起步阶段相匹配、相适应的第一人称叙事萌芽的初始表现形态呢？我们认为，这种初始表现形态或因素是存在的，虽然不多，不具有普遍性，却很典型，虽然当时它还显得有些简单、不完整、不独立，但至少透露了一丝未来中国小说发展趋向中出现的一种独立的叙事形态或叙事模式，具有发端的重要意义。笔者认为，志怪小说中出现的所谓第一人称叙事的因子或初始形态主要表现在对话里的第一人称主人公叙述和见证人叙事框架下的第一人称主人公叙述上。

先说第一种情况。对话里的第一人称叙述是指包含在人物对话里面的人称叙述。这里需要强调指出的是，任何对话里的人物叙述都主要是以第一人称"我"的视角来展开的，但是现在一般情况下，没有人会认为对话里面以"我"的视角来展开的叙述就是第一人称叙述，这是人所共知的常识。因此我们这里探讨的仅仅是志怪小说对话中出现的特例。我们所以特别关注这种对话里的叙述，首先是因为它篇幅较长，不是简单一两句话，其次是在这个小范围内叙述了一个相对独立的事件，换言之，它给人留下了有独立叙述一个较完整事件的功能的强烈印象。《搜神记》中的《弦超》、《紫玉》、《王道平》和《搜神后记》中的《徐玄方女》、《白水素女》等皆可为代表。下面试以《弦超》、《紫玉》、《王道平》略作分析。《弦超》的整体叙事特征是第三人称限知叙事，但其中两段玉女成公知琼对弦超说的话却格外引人注目：

> 我，天上玉女，见遣下嫁，故来从君。不谓君德，宿时感运，宜为夫妇。不能有意，亦不能为损，然往来常可得驾轻车、乘肥马，饮食常可得远味异膳，缯素常可得充用不乏。然我神人，不为君生子，亦无妒忌之性，不害君婚姻之义。

> ……我神人也，虽与君交，不愿人知。而君性疏漏，我今本末已露，不复与君通接。积年交结，恩义不轻，一旦分别，岂不怅恨！势不得不尔，各自努力。①

---

① 李剑国：《唐前志怪小说辑释》，台湾文史哲出版社 1995 年版，第 222—223 页。

玉女的前一段话自述下嫁弦超的原因，后前一段话则交代了自己不得不离开弦超的原因及其"怆恨"之情。这两段话占据了小说篇幅的四分之一，虽然它们不是玉女的一气呵成，却是小说主干情节的浓缩，具备了较完整事件叙述的叙述功能。

这种情况在《紫玉》和《王道平》中也很明显。我们不妨把相关的两段话同时引录于此：

> 昔诸生韩重，来求玉，大王不许，玉名毁义绝，自致身亡。重从远还，闻玉已死，故赍牲币，诣冢吊唁。感其笃终，辄与相见，因以珠遗之。不为发冢，愿勿推治。①

> 何处而来？良久契阔。与君誓为夫妇，以结终身，父母强逼，乃出聘刘祥，已经三年，日夕忆君，结恨致死，乖隔幽途。然念君宿念不忘，再求相慰，妾身未损，可以再生，还为夫妇。且速开冢破棺，出我即活。②

前者是紫玉对父亲所说，满含一腔幽怨，表现出强烈的爱情自主意识；后者是父喻对恋人的倾诉，流露出缠绵的柔情与对真爱的执著。她们的叙述和玉女一样，都是小说主干情节的浓缩，并具备叙述完整事件的叙述功能。

这里最具意义的问题是，这三个故事，特别是后两个爱情悲剧故事已经全知叙事者和小说中其他人物叙述过，作者为什么还要让玉女以"我"、让已化为鬼魂的女主人公分别以"玉"和"妾"的第一人称视角重复叙述呢？其中一个重要原因（另外原

① 李剑国：《唐前志怪小说辑释》，台湾文史哲出版社 1995 年版，第 284 页。
② 干宝：《搜神记》，汪绍楹校注，中华书局 1979 年版，第 178 页。

因我们将在第七章第三节予以探讨），恐怕与凸显女主人公"我"的个性意识和情感欲求有某种内在的契合。众所周知，在中国漫长的封建社会里，传统伦理道德的意识形态中最强调的是中庸思想和群体意识，这种重中庸、尚群体的传统背景下所形成的适中与含蓄，不仅成为做人的基本原则，而且成为包括小说在内的文学创作的审美圭臬。公开地、直接地、详尽地表现自我，表现自我的个性意识、个性情感、个性追求，则有悖于体统，因此是被压抑的东西，是不被肯定、不被张扬的东西。于是我们看到，第三人称叙事方式绝对主宰了中国传统小说的创作。即使是自传性叙事文，也多将第一人称让位于第三人称。例如司马迁在《史记》每一单元的结尾部分，常以第三人称自称为"迁"；而在用第一人称"余"时，也常以"太史公曰"作为先导。蒲松龄的《聊斋志异》继承了《史记》的传统，在小说结尾处发表看法时，也同样避开第一人称方式，以"异史氏曰"引导其后内容。然而，历史走到六朝，却"标志着一种人的觉醒，即在怀疑和否定旧有传统标准和信仰价值的条件下，人对自己生命、意义、命运的重新发现、思索、把握和追求"① 的时代的到来。"六朝的玄学和佛学人生观，对传统哲学所揭橥的个人与社会、自由与必然之关系作了重新解释，重新发挥"，进而"将哲学的中心转向对个人自由的探讨上"②。于是，我们在六朝志怪小说中看到了挑战传统的端倪。在那个标举个性的特定的社会背景下，个人与传统、个人与社会的矛盾，巧妙地借助于这种最便于张扬个性、最便于直接表达情感的第一人称叙事方式，找到了最适宜的表现途径。这种第一人称叙事视角的出现及其运用，实是魏晋南北朝这个"文

---

① 李泽厚：《美的历程》，见李泽厚《美学三书》，安徽文艺出版社 1999 年版，第 94 页。

② 袁济喜：《六朝美学》，北京大学出版社 2000 年版，第 13 页。

学的自觉"的时代里，人的主体意识的觉醒在志怪小说创作中的投射。也正是从这一投射中，我们惊喜地窥见到了它要彰显的宝贵东西。

志怪小说中的第二种情况，是见证人叙事框架下的第一人称主人公叙述，其典型作品是《搜神记》中的《苏娥》。这篇小说中的第一人称叙述较之第一种情况对话里的第一人称叙述，篇幅明显加大，并占据了作品整个篇幅的绝对优势地位，构成了小说的第一主体。这样的第一人称叙述在整个志怪小说中都是绝无仅有的，因此显得十分珍贵。请看小说中的这一部分：

> 妾姓苏，名娥，字始珠，本居广信县，修里人。早失父母，又无兄弟，嫁与同县施氏。薄命夫死，有杂缯帛百二十疋，及婢一人，名致富。妾孤穷羸弱，不能自振，欲之旁县卖缯，从同县男子王伯，赁车牛一乘，直钱万二千，载妾并缯，令致富执辔，乃以前年四月十日，到此亭外。于时日已向暮，行人断绝，不敢复进，因即留止。致富暴得腹痛，妾之亭长舍，乞浆取火。亭长龚寿，操戈持戟，来至车旁，问妾曰："夫人从何所来？车上所载何物？丈夫安在？何故独行？"妾应曰："何劳问之。"寿因持妾臂曰："少年爱有色，冀可乐也。"妾惧怖不从。寿即持刀刺肋下，一创立死。又刺致富，亦死。寿掘楼下，合埋妾在下，婢在上，取财物去。杀牛烧车，车缸及牛骨，贮亭东空井中。妾既冤死，痛感皇天，无所告诉，故来自归于明使君。①

这是苏娥鬼魂向"明使君"的自述，所以先自报姓名与家门，再诉冤情；同样，因是鬼魂自然也就知道死后所发生的一

---

① 干宝：《搜神记》，汪绍楹校注，中华书局1979年版，第194－195页。

切，不足为怪。这一部分或者说这篇小说最大的特点，就是鲜明地使用了第一人称视角，相当完整地叙述了一个骇人听闻的劫财杀人事件。由于这一人称叙述视角的运用，特别是这个第一人称叙述者"妾"是事件的当事人和受害者，所以她的讲述更为历历在目，真实感强，且充满强烈痛苦恐怖的情感，"读起来有如从心灵中撕裂出来的供白"①，给人一种并非虚构故事的幻觉。只可惜，这种视角叙述的运用，在此后相当长的时期并未得到继承和发扬光大。即使在魏晋南北朝这样社会大动荡、思想空前解放的契机下，小说创作也终未能走出史传传统的叙事模式，使最能体现个性化思想表达的第一人称视角叙述模式得到健康孕育和成熟发展，可见传统力量的根深蒂固。不过，今天，当我们重新审视、检点中国小说叙事艺术的发展历程时，也不能忽略志怪小说中这种第一人称视角叙述的初始形态和新因子的存在，虽然它还很稚嫩渺小，却闪亮诱人。

在英国哥特小说中，第一人称视角叙事的运用则相当娴熟。这也是哥特小说与志怪小说在人称叙事艺术上的显著差异。第一人称视角叙事和第三人称视角叙事一样，在西方有着悠久的传统。早在荷马史诗《奥德赛》中就已经有了第一人称视角叙事的运用。在英国，被誉为"英国诗歌之父"的乔叟在其著名的《坎特伯雷故事集》中大量使用了第一人称叙事视角，并且受《天方夜谭》、《十日谈》的影响，采用了故事套故事的叙事结构。有英国小说之父称誉的笛福对第一人称厚爱有加，他在那部使其一举成名的处女作《鲁滨逊漂流记》中，就非常成功地运用了第一人称叙事视角。此后，不少作家如斯威夫特在《格列佛游记》，理查生在《帕米拉》、《克拉丽莎》中都成熟地运用了这一人称。因

---

① 塞米利安：《现代小说美学》，宋协立译，陕西人民出版社 1987 年版，第 55 页。

此可以说，第一人称视角的运用，在英国也是渊源有自。当然，这种第一人称的广泛运用，与西方张扬个性、凸显自我的文化传统密不可分。

《弗兰肯斯坦》正是在这一叙事传统影响下产生的以第一人称视角为叙事角度的典型作品。这部作品由探险家沃尔顿致姐姐萨维尔夫人的四封书信组成。在这个以四封书信组成的叙事文本中，包含了三大叙述层面，这三个层面的叙事视角均采用第一人称，由此形成一个层层递增的叙述层次。关于叙述层次，热奈特是这样表述的："叙事讲述的任何事件都处于一个故事层，下面紧接着产生该叙事的叙述行为所处的故事层。"[①]他将起始的层次称为故事外层或超故事层。巴尔则称这一层次的叙述为"母体叙述"。她认为："母体叙述是包含着'嵌入'或'次叙述'的叙述。'母体'一词来源于拉丁词 mater（母亲，子宫），它含有'其他东西从中源起'（《韦伯斯特大学词典》）的意思。在语言学上，'母句'（matrix sentence）指的是嵌入一个从属句的句子。"[②]《弗兰肯斯坦》第一层面的叙述就属于这样的"母体叙述"。小说第一层面的叙述中心是探险家沃尔顿，他在信中给姐姐讲述自己在北极的探险经历以及遇见弗兰肯斯坦的事，这个层面实际上就是为下一个故事层面提供叙述者及其相关背景，是故事展开的"序幕"。第二层面的叙述中心是弗兰肯斯坦，他向沃尔顿讲述自己的不幸经历（他如何创造怪物、怪物如何杀害其亲人、他又如何追捕怪物），这个层面是主叙述层，构成了作品的主干。第三层面是小说的第十一章至第十六章，叙述中心是"怪物"，他向其创造者弗兰肯斯坦陈述自己诞生后遭人歧视、孤独

---

① 热奈特：《叙事话语 新叙事话语》，王文融译，中国社会科学出版社 1990 年版，第 158 页。

② 谭君强：《叙事理论与审美文化》，中国社会科学出版社 2002 年版，第 40 页。

悲惨的经历，这个层面是次叙述层。但从本质看，在构成作品主体的第四封信中，尽管多是弗兰肯斯坦和"怪物"的自述，但真正的叙述者实际上又只有一个，即沃尔顿，因为所有故事均是从他的笔下记录出来的。这一点，他自己交代得十分清楚：

> 我决定每天晚上当自己没有紧迫事务缠身的时候，尽可能按照他的原话把他白天讲述的事情记下来。万一我忙得没有时间，至少也要作些笔记。这些记录无疑会给你带来极大的乐趣；而对于我来说，我认识他，听过他亲口讲述，在将来的某一天，我又会带着怎样的兴味和同情来重读这些记录啊！[①]

不过，他也再三强调，这些记录都是经过当事人弗兰肯斯坦的修改和补充的。因此，作为读者的我们，始终跟萨维尔夫人一起聆听沃尔顿的叙述。然而，一经弗兰肯斯坦和怪物分别以"我"的身份叙述的时候，沃尔顿这个故事记录者的"我"便立刻消融在弗兰肯斯坦的"我"与怪物的"我"中，他们以一种让人不容怀疑的"直接性"和"即刻性"面对着我们，倾诉其不寻常的经历与强烈的痛苦情感。这种"我"中有"我"、叙述中含叙述的叙事方式，不仅使得弗兰肯斯坦不可思议的荒诞恐怖经历变得真实可信，而且又给读者带来了扑朔迷离、真幻莫测的叙述接受效应。

另外，作者在写作过程中，始终严格遵循着第一人称视角的叙事规范，决不让沃尔顿这个"我"说超出自己知道范围外的事。例如"弗兰肯斯坦"这个名字的说出就别具匠心。作者深

---

① 玛丽·雪莱：《现代普罗米修斯》，伍厚恺译，四川人民出版社1997年版，第19—20页。

知，第一人称叙述是限知的，因此一开始沃尔顿与我们一样不认识那个被从海里救上来的人姓甚名谁，故向姐姐称他为"陌生人"。当"陌生人"从第一章自述经历时，也并未先自报姓名，而是开口说："就出生地而言，我是日内瓦人……"直到第三章，他这样讲述大学时代自己的冲动时才说道："弗兰肯斯坦的灵魂高叫道，别人已经做了那么多的事情——我要完成得更多……我将开辟出一条新路，探索人们还不知道的力量，向世界展示创造力的最幽深的奥秘。"①既真实再现了自己当年的想法和雄心，又巧妙地交代出了自己的名字，这种叙述策略远比开头"我叫某某"的介绍法来得更为自然、生动、真切，令人难忘。

农舍一家人的故事是怪物叙述中的中心场面。在这一部分的故事中，作者同样让怪物始终保持着他自己视角的一元性。例如，怪物最初观察农舍里的三个人时，并不知道他们叫什么，是什么关系，所以只称呼"年轻女人"、"年轻男人"、"那个老人"，后来模仿他们渐渐学会了发音，解开了声音和事物的连接之谜，了解了他们的谈话中最常说到的一些东西的名称，这才终于知道（也告诉我们）小屋主人们的名字："年轻人和他的同伴每个人都有几个名字，而老人只有一个，那就是'父亲'。那个姑娘叫'姐姐'，或者'阿加莎'；那个青年叫'费利克斯'，'弟弟'，或者'儿子'。"②而且，由于叙述主体限知角度控制得好，又常常留下空白与悬念，吸引读者的阅读兴趣。例如，怪物发现，费利克斯常常显得并不快乐，"我可看不出他们有什么理由不高兴"，"可是这些优美的生命为什么会不快乐呢？在我看来，他们有一所可爱的房子和种种享受；在寒冷时有炉火来温暖他们，饥饿时

① 玛丽·雪莱：《现代普罗米修斯》，伍厚恺译，四川人民出版社 1997 年版，第 38 页。

② 同上书，第 104 页。

有精美的食物；他们穿着极好的衣服；更愉快的是，他们能彼此做伴，互相交谈，每天大家都以亲切慈爱的态度相待。他们的眼泪意味着什么呢?"①后来，他又发现，随着一个骑着马的"陌生女子"的到来，费利克斯阴云尽扫，笑逐颜开。这是个什么样的"陌生女子"呢？作者没有客观描写，而是借怪物的视线描绘出来："女子看见他就撩起了面纱，于是我看见了具有天使般的美，带来天使般的表情的一张脸。她的头发乌黑发亮，辫成了很奇怪的形状；她的眼睛也是黑色的，活泼有神，又很温柔，她的容貌匀称端正，皮肤极为白皙，两颊还微微泛起可爱的红晕。"② 而"陌生女子"的名字，作者是这样交代的：

> 　　当他们分手的时候，费利克斯吻着陌生女子的手说："晚安，可爱的沙菲。"③

　　"费利克斯吻着陌生女子的手"的叙述声音的发出者是怪物，显然说明他当时并不知道"陌生女子"的名字。"晚安，可爱的沙菲"则叙述的是费利克斯的声音，他自然是知情者。他向沙菲道晚安时，怪物，当然也包括读者记住了这个"陌生女子"的名字。那么，为什么沙菲的到来就能使费利克斯满心喜悦呢？这里面一定有故事。作者就是这样精心安排叙事，不断激发起读者的阅读期待，让读者寻着怪物的视线去发现，而作者自己则隐藏在故事背后。

　　在《修道士》中，雷蒙德与阿格尼丝的爱情故事也是典型的第一人称视角叙事。雷蒙德自述客栈遭劫遇险一幕时，作者对叙

　　① 玛丽·雪莱：《现代普罗米修斯》，伍厚恺译，四川人民出版社1997年版，第102—103页。

　　② 同上书，第108页。

　　③ 同上书，第109页。

事视角的控制也极有分寸，因而能制造悬念，烘托气氛，引发读者阅读兴致，积极参与情节解谜。当雷蒙德说明留宿意愿后，男主人欣然答应，且殷勤周到，可发现女主人"阴容满面"，"她的每一个表情，每一个动作都传达着她的不快与烦躁"，明显地含着敌意。因此，虽然"她还是相当的漂亮"，却"初次见她便使我对她抱有厌恶感"。而"我"对她的丈夫则抱有好感，因为"他的外貌便让人尊敬和信任。他性格豪爽、直率、友好，给人一种乡下人的憨厚和粗犷。他的脸颊宽阔、丰满、红润。似乎为弥补妻子的简慢，他照顾得格外周到"。①这种描写是真实的。从雷蒙德的视角看，他当然不知道女主人是怎么想的，更不会知道她丈夫究竟是个什么人。随着情节的发展，女主人带雷蒙德上楼看房间，趁机低声提醒他"看床单"。他更是"被她这种出其不意的表现惊呆了"。等没人时，他"持灯来到床边，掀起床上的覆盖物，床单上的深红血迹赫然入目，我顿时惊骇极了"②。刹那间，一切都令疑窦洞开：热情友好的男主人原来是杀人强盗！而女主人先前的冷漠和敌意竟都是为了救他。试想，当时如果马上采用全知视角对女主人的内心世界观照一番的话，清楚倒是清楚了，却完全没有了惊心动魄感，悬念的意味和应有的艺术张力，也丧失殆尽。

《奥特朗托城堡》整体上是全知叙事。不过，这个全知叙述者并没有把一切都一览无余地囊括在自己的全知视野内，而是巧妙地将一些关键信息留给重要当事人或知情人来交代。例如叙述者把有关西奥多的身世、西奥多之父杰罗姆的经历以及曼弗雷德祖父谋财害命的情节有意隐瞒下来，最后由他们各人以第一人称叙述者"我"的身份叙述出来，这样，不仅使故事的叙述本身灵

---

① 刘易斯：《修道士》，李伟昉译，上海译文出版社 2002 年版，第 73 页。
② 同上书，第 78 页。

326

活多变，而且由于视角的变化而使故事显得更真实可信，也给故事带来了一波三折、婉转动人的叙述效果。在《瓦塞克》这部全知叙事的小说中同样可以找到镶嵌第一人称叙述的部分，例如，地狱里的统治者索里曼就是以"我"的视角讲述其昔日狂妄自大、好奇贪婪所招致的恶果的。

塞米利安在谈到第一人称视角的运用时曾说："具有强烈的情感色彩的生活经历最好让当事人亲自来讲，这样，故事就有更强烈的情感色彩，读起来有如从心灵中撕裂出来的供白。……第三人称是不可能达到这种令人痛苦的情感强度的。"[①] "具有强烈的情感色彩的生活经历"之所以能让故事"有更强烈的情感色彩"，让读者唤起"有如从心灵中撕裂出来的供白"的感觉，正是因为经当事人"我"之口叙述而非由第三人称说出，往往能产生"现在时"、直接性、逼真性的效果，"赋予故事以即刻生动性"[②]。这种叙述把"叙述"变为"倾诉"，格外强调主体对事件的体验和印象，常让人觉得那些过去的事并不太遥远，叙述者就在此刻向我们述说昨天的事[③]。当然，"叙述自我"急于倾诉"经验自我"，乃是基于"叙述自我"的现实经验和强烈情感的需要。正如明代大思想家李贽在谈论作文的感受时说的那样："且夫世之真能文者，比其初皆非有意于文也。其胸中有如许无状可怪之事，其喉间有如许欲吐不敢吐之物，其口头又时时有许多欲语而莫可所以告语之处，蓄极积久，势不可遏。一旦见景生情，触目兴叹；夺他人之酒杯，浇自己之垒块；诉心中之不平，感数

---

① 塞米利安：《现代小说美学》，宋协立译，陕西人民出版社 1987 年版，第 55 页。

② 同上书，第 68 页。

③ 徐岱：《小说叙事学》，中国社会科学出版社 1992 年版，第 285 页。

奇于千载。"①弗兰肯斯坦所以深怀痛苦向沃尔顿讲述自己的故事，既为了表达自己对既往的鲁莽与轻率行为的悔恨和检讨，也为了让听者从其灾难中引出教训，有所裨益。他的叙述与其自身有一种生命本体上的联系，揭示着他的"叙述自我"与"经验自我"痛苦复杂的张力关系。他的生命意义的获得也有赖于叙述行为的完成，在这种意义上，不仅叙述者，甚至叙述行为本身也参与了作品意义的生成。因此，这里的第一人称视角的运用，决不仅仅是为了表面上直抒胸臆的方便，而且更为重要的是，它是叙述主体"有意识的美学抉择的结果"②。可以说，六朝志怪小说中第一人称视角的可喜出现与运用，同样是志怪作者"有意识的美学抉择的结果"。

第四节　见证人叙事视角

从西方叙事学理论看，见证人视角是由小说中次要人物叙述的视角，不仅是见证人看，而且是见证人说。见证人以第一人称"我"的身份"描述主要人物而不是他自己"③。见证人作为叙述者既承担叙事任务，也参与故事情节，一身二任，保持视角与人称上的一致，也就是说，在语式（谁看）和语态（谁说）上保持一致。作为目击者、见证人，他的叙述对于塑造主要人物的完整形象更客观更有效，其话语可信度更高，同时，作为见证人的叙述者能够对所叙人物和事件做出感情反映和道德评价。英国哥特

① 李贽：《杂说》，参见张建业主编《李贽文集》第 1 卷，社会科学文献出版社 2000 年版，第 91 页。

② 热奈特：《叙事话语 新叙事话语》，王文融译，中国社会科学出版社 1990 年版，第 174 页。

③ 塞米利安：《现代小说美学》，宋协立译，陕西人民出版社 1987 年版，第 60 页。

小说在这一点上表现突出。但六朝志怪小说的情况并非如此。六朝志怪小说的见证人视角总是选择第三人称来展开叙述，见证人参与故事情节，但不承担叙事任务，即见证人看，叙述者说，所以在视角与人称上，也就是在语式和语态上表现为不一致。而且，这个见证人常常不是次要人物，而是主人公。西方叙事学理论中不见这方面创作实践的总结，这大概与西方缺乏这方面的创作实践有关。由此可知，依据西方创作实践而来的叙事学理论，并不能放之四海而皆准。它也有疏漏之处。而它疏漏的语式和语态错位的见证人叙事，正构成了六朝志怪小说叙事艺术的一个特色。《搜神记》中的《宋定伯》、《赵公明参佐》、《都尉驸马》、《卢充》、《汉谈生》等，《搜神后记》中的《桃花园》、《袁相根硕》等，《幽明录》中的《黄原》、《刘晨阮肇》、《薛重》等，《冤魂志》中的《孙元弼》等，都是代表这一特色的佳作。

以《孙元弼》为例：

　　晋富阳县令王范，有妾桃英，殊有姿色，遂与阁下丁丰、史华期二人奸通。范尝出行不还。帐内都督孙元弼，闻丁丰户内有环珮声，觇视，见桃英与同被而卧。元弼叩户扇叱之，桃英即起，揽裙理鬓，蹑履还内。元弼又见华期带珮桃英麝香。二人惧元弼告之，乃共谤元弼与桃英有私。范不辨察，遂杀元弼。

　　有陈超者，当时在座，劝成元弼罪。后范代还，超亦出都看范。行至赤亭山下，值雷雨日暮。忽然有人扶超腋，经曳将去，入荒泽中。雷光照见一鬼，面甚青黑，眼无瞳子，曰："吾孙元弼也。诉怨皇天，早见申理。连时候汝，乃今相遇。"超叩头流血。鬼曰："王范既为事主，当先杀之。贾景伯、孙文度在太山玄堂下，共定死生名录。桃英魂魄，亦收在女青亭者，是第三地狱名，在黄泉下，专治女鬼。"投至天明，失鬼所在。

超至杨都诣范，未敢说之。便见鬼从外来，迳入范帐。至夜，范始眠，忽然大魇，连呼不醒。家人牵青牛临范，上并加桃人左索。向明小苏。十许日而死，妾亦暴亡。

超逃走长干寺，易姓名为何规。后五年三月三日，临水酒酣，超云："今当不复畏此鬼也。"低头，便见鬼影已在水中，以手持超鼻，血大出，可一升许。数日而殂。[①]

孙元弼是富阳县令王范下属，发现王范之妾与同僚丁丰、史华期两人有通奸之事。丁、史惧元弼告发，遂反诬告元弼与桃英有私。陈超明知孙元弼无辜，但还是落井下石，参与了对孙元弼的阴谋陷害，造成孙元弼被枉杀的悲剧。孙元弼死后，这篇小说事实上就将描写中心移到陈超身上，写作为主要人物的陈超与孙元弼鬼魂的故事。作者让陈超不仅见证孙元弼鬼魂的存在，亲闻鬼魂对他立誓复仇的决心，而且亲睹"鬼从外来，迳入范帐"和县令王范及其妾的死亡过程。同时，作者又十分注意塑造陈超的形象，特别是注意揭示陈超恐惧和得意的心理世界。例如，陈超"逃走长干寺"，躲避孙元弼鬼魂的惩罚，这是写他的恐惧心理。之后他以为可以从此高枕无忧，万无一失了，遂"临水酒酣"，得意忘形道："今当不复畏此鬼也。"这又是对其得意侥幸心理的揭示。但他万万没想到，鬼影就在水中，他已在劫难逃。在陈超的故事中，视角是陈超的，但人称的发出者不是"我"而是第三人称的叙述者。这个叙述者不仅写陈超所见，而且着意描写陈超本人。借此，叙述者不只是要说明鬼乃实有、神道不诬的观点，更旨在生动形象地表达恶有恶报的思想，劝诫世人切莫作恶造

---

① 李剑国：《唐前志怪小说辑释》，台湾文史哲出版社 1995 年版，第 674－675 页。

孽，否则必遭惩罚。鬼神不足信，但小说所显示出来的邪不压正、善终胜恶的文化心理内涵却极具有认识价值与审美意义。

不过，六朝志怪小说中也有以次要人物为见证人视角的作品，但视角与人称仍不一致。我们仍以前面分析过的《苏娥》为例。前面我们已经从第一人称主人公叙事的角度分析过这部作品，现在我们换个角度再探讨一下它的见证人视角叙事艺术。《苏娥》是我国古小说中出现较早的公案小说，主要写交州刺史侦破一件凶杀案，处死罪犯，正义得到伸张。为了便于分析，我们再将全文引录于此：

> 汉九江何敞，为交州刺史，行部到苍梧郡高安县，暮宿鹄奔亭。夜犹未半，有一女从楼下出，呼曰："妾姓苏，名娥，字始珠，本居广信县，修里人。早失父母，又无兄弟，嫁与同县施氏。薄命夫死，有杂缯帛百二十疋，及婢一人，名致富。妾孤穷羸弱，不能自振，欲之旁县卖缯，从同县男子王伯，赁车牛一乘，直钱万二千，载妾并缯，令致富执辔，乃以前年四月十日，到此亭外。于时日已向暮，行人断绝，不敢复进，因即留止。致富暴得腹痛，妾之亭长舍，乞浆取火。亭长龚寿，操戈持戟，来至车旁，问妾曰：'夫人从何所来？车上所载何物？丈夫安在？何故独行？'妾应曰：'何劳问之。'寿因持妾臂曰：'少年爱有色，冀可乐也。'妾惧怖不从。寿即持刀刺肋下，一创立死。又刺致富，亦死。寿掘楼下，合埋妾在下，婢在上，取财物去。杀牛烧车，车缸及牛骨，贮亭东空井中。妾既冤死，痛感皇天，无所告诉，故来自归于明使君。"敞曰："今欲发出汝尸，以何为验？"女曰："妾上下著白衣，青丝履，犹未朽也。愿访乡里，以骸骨归死夫。"掘之果然。敞乃驰还，遣吏捕捉，拷问具服。下广信县验问，与娥语合。寿父母兄弟，悉捕系

狱。敞表寿："常律杀人，不至族诛。然寿为恶首，隐密数年，王法自所不免。令鬼神诉者，千载无一。请皆斩之，以明鬼神，以助阴诛。"上报听之。①

暮宿鹄奔亭的交州刺史何敞是目睹苏娥冤魂诉冤的见证者，"夜犹未半，有一女从楼下出"，就是第三人称叙述者从作为故事见证人的何敞眼中所见来描写的。从"呼曰"的接受对象看，也可知何敞是故事的参与者。没有他的参与，我们无法得知苏娥的悲剧故事。因此，整个故事又是从何敞的视角展开的。他既承担着推动故事发展的角色功能，又是评论功能的载体，作者的倾向性和爱憎态度正是通过何敞传达出来的。由于他是冤情的知情者，又主审了案件全过程，因此当他作出如下结论时："常律杀人，不至族诛。然寿为恶首，隐密数年，王法自所不免。令鬼神诉者，千载无一。请皆斩之，以明鬼神，以助阴诛"，可信度最高。但是，何敞不以"我"的口吻承担叙述任务，叙述任务是由叙述者从何敞的视角代为完成的。

另外，吴均《续齐谐记》中的《阳羡书生》也是一篇典型的次要人物见证人视角叙事：

阳羡许彦，于绥安山行，遇一书生，年十七八，卧路侧，云脚痛，求寄鹅笼中。彦以为戏言。书生便入笼，笼亦不更广，书生亦不更小，宛然与双鹅并坐，鹅亦不惊。彦负笼而去，都不觉重。

前行息树下，书生乃出笼，谓彦曰："欲为君薄设。"彦曰："善。"乃口中吐出一铜奁子，奁子中具诸肴馔，珍羞方丈。其器皿皆铜物，气味香旨，世所罕见。酒数行，谓彦

① 干宝：《搜神记》，汪绍楹校注，中华书局1979年版，第194—195页。

曰："向将一妇人自随，今欲暂邀之。"彦曰："善。"又于口中吐一女子，年可十五六，衣服绮丽，容貌殊绝，共坐宴。俄而书生醉卧，此女谓彦曰："虽与书生结妻，而实怀怨。向亦窃得一男子同行，书生既眠，暂唤之，君幸勿言。"彦曰："善。"女子于口中吐出一男子，年可二十三四，亦颖悟可爱，乃与彦叙寒温。书生卧欲觉，女子口吐一锦行障遮书生，书生乃留女子共卧。男子谓彦曰："此女子虽有心，情亦不甚。向复窃得一女人同行，今欲暂见之，原君勿泄。"彦曰："善。"男子又于口中吐一妇人，年可二十许，共酌戏谈甚久。闻书生动声，男子曰："二人眠已觉。"因取所吐女人，还纳口中。须臾，书生处女乃出，谓彦曰："书生欲起。"乃吞向男子，独对彦坐。然后书生起，谓彦曰："暂眠遂久，君独坐，当悒悒邪？日又晚，当与君别。"遂吞其女子、诸器皿，悉纳口中，留大铜盘，可二尺广，与彦别曰："无以藉君，与君相忆也。"

彦大元中，为兰台令吏，以盘饷侍中张散。散看其铭，题云是永平三年作。[①]

作品对许彦这个人物，既不交代年龄相貌，也未说明身份特征，除了"彦以为戏言"、"彦负笈而去，都不觉重"，及其四处简洁得不能再简洁的对白"善"外，全篇皆写他所见证的怪诞与奇幻——男人吐女人、女人吐男人、男人又吐女人，接着是反向的男人吞女人、女人吞男人、男人又吞女人的循环过程。他眼中的怪诞与奇幻构成了作品的中心，而许彦作为当事人，则完全是在履行见证的功能。不过，叙述任务仍由叙述者从许彦的视角代

① 李剑国：《唐前志怪小说辑释》，台湾文史哲出版社 1995 年版，第 601—602 页。

为完成。

这里需要指出的是，由于六朝志怪小说中的见证人视角不以"我"的口吻叙事，所以从宽泛的角度说，它仍属于第三人称限知叙事。我们这里所以提出见证人视角问题，并非故意用叙事学理论来框定六朝志怪小说，实是因为它自身就存在着这种突出的叙事视角，只是这个见证人与叙述本身毫无关系。这也从一个侧面反证了中国贯以第三人称为叙事的传统，以及在这一传统下第一人称叙事的艰难。

我们再来看英国哥特小说。前面说过，《弗兰肯斯坦》是一部典型的以第一人称视角叙事的作品，这是没有疑义的。不过，如果换一个角度看，它又是一部颇为典型的以见证人视角且由见证人本人叙事的作品。作品虽然由沃尔顿的四封信组成，但沃尔顿并不是中心人物，他仅仅是弗兰肯斯坦这一真正主角故事的见证人，换言之，他仅仅属于一个线索人物。没有他，弗兰肯斯坦不会进入我们的视线，弗兰肯斯坦的故事更无从展开。他是弗兰肯斯坦倾诉自己不幸遭遇的承载者、记录者和转述人。然而这也仅仅是沃尔顿作为见证人的一个层面。还有一个层面，从某种程度上说具有更为重要的意义，即他与弗兰肯斯坦所创造的怪物之间发生了一次明明白白、不容置疑的遭遇和对话，也就是说他见证了怪物的真实存在。如果说当初听了弗兰肯斯坦"这个奇异而可怕的故事"后，他虽然"无法怀疑这一点"，但心中"还是惊讶和感叹得难以自持"。但这次意外的遭遇和对话，不仅让他验证了弗兰肯斯坦所讲述故事的真实性、恐怖性与悲惨性，而且也使他更加确信不疑地将此事告诉给他的姐姐。因此，沃尔顿是作者为了让弗兰肯斯坦的故事获得更为令人信服的真实感而精心设置的一个角色。

在哥特小说中，也有与志怪小说以主要人物见证人视角相一致的现象。例如在《修道士》中，身为次要人物的雷蒙德，在他和滴血修女两个人的故事中，却又扮演着主要角色。他不仅见证了传说中的滴血修女的存在，而且与她发生了一段令人恐怖的交往。从这个主要角色身份的层面看，他又是个主要人物见证人视角。显然，这一点与志怪小说主要人物见证人视角相一致。但差异仍然是前者为见证人自述，后者是第三人称限知叙事。

第五节　多重叙事视角

为了分析的方便，我们将所讨论小说的叙事视角分为全知视角、第三人称限知视角、第一人称视角和见证人视角，其实这都是基于具体作品的主要叙事形态而做出的分类。而事实上，从全局看，志怪小说与哥特小说的叙事视角并不是固定不变的，而是不断移动转换的，从而形成多重叙事层次。这种叙事格局不存在谁影响谁的问题，而是文学创作领域内的共有现象。这是社会生活的丰富性和现实中人与人之间相互往来的流动性在叙事格局上的真实反映。中外作家在创作的时候无不自觉地遵循着这一客观规律。就六朝志怪小说而言，它虽然篇幅不长，叙事简洁，但是在叙事上也绝不是随意为之，无技巧可言。事实上，仅从叙事角度方面说，六朝志怪小说里已经有了在以全知视角叙事为基本模式的基础上多个视角叙事的实践，形成多重叙事层面的交叉和移动的立体叙事网络。这种叙事技巧上的变化还是明显的，不过，这一点常常被忽视，未能充分引起研究者的关注。

我们仍以前面分析过的《苏娥》与《孙元弼》为例。就主要叙事特征而言，《苏娥》是典型的见证人叙事视角。但这一视角不是固定的，小说开头四句，不仅简洁地介绍了何敞的籍贯、身份，而且交代了故事发生的地点和时间，显然是全知视角；接下来的"夜犹未半，有一女从楼下出"，视角明显移向了何敞，这一幕是何敞所见，因不知其名，才故称"一女"，这又是第三人称限知视角；紧接着视角聚焦于陌生女身上，也就是说，作为何敞见证的主干情节即苏娥的故事，是由苏娥自述完成的。这是一段标准的第一人称视角叙事，是见证人视角叙事框架中的又一层视角叙事。这一视角叙事不仅让我们详细了解了苏娥的身世及其不幸悲剧的全过程，而且构成了见证人视角叙事展开的驱动力。因此，《苏娥》篇幅不长，但叙事的层次感很强，是一篇见证人叙事视角操控下的富有立体感叙事的佳作。

在《孙元弼》中，也包含着全知视角、第三人称限知视角和见证人视角交互移动的三层叙事方式。开头两句为全知视角概括叙述，接着便从孙元弼的视角写他的"闻"、"觇视"和"见"，"桃英即起，揽裙理鬓，蹑履还内"与"华期带佩桃英麝香"均是孙元弼的视线。然后两句又转换为全知视角概述。再接下来就写孙元弼鬼魂向王范、范妾、陈超复仇，而这一复仇故事主要是从陈超这一视角完成的。显然，这一见证人视角所承载的叙事功能自有其特殊意义。这一点前面已分析过。

在英国哥特小说中，多重视角的交叉移动现象也非常普遍。例如，《奥特朗托城堡》之所以显得情节曲折，处处悬念，引人入胜，与不断交叉移动的多重视角叙事密切相关。作品一开始就以预言的方式给我们设下了一个极具吸引力的悬念：作为城堡亲王的曼弗雷德为何不是真正的城堡主人？真正的城堡主人又是谁呢？这里面究竟发生了一些什么事情？当曼弗雷德的儿子被莫名其妙从天而降的巨盔砸死后，一个邻村的年轻农夫闻听而至。特别是当这个农夫从被羁押的那顶许多人都抬不动的头盔底下奇迹般地出现在漆黑的地下室的时候，他便从此引起大家的猜测。他是谁？后来他说："我是邻村的一个干粗活的人，我的名字叫西奥多。"①

---

① 贺拉斯·瓦尔蒲尔：《奥特朗托城堡》，伍厚恺译，四川人民出版社2001年版，第40页。

然而这个叫西奥多的人又是怎样的一个人？他为何偏偏出现在这个地方呢？这是曼弗雷德，也是读者想解开的谜团。这个疑问一直作为悬念困扰着读者，并吸引读者带着揭秘的好奇心理读下去。在这里，主宰一切的全知叙述者并没有越俎代庖，而是不露声色地将有关真相分别交由不同的当事人的视角娓娓叙述而出。当我们从阿方索幽灵那里得知西奥多就是阿方索的真正后嗣，是奥特朗托城堡真正继承人的时候，悬念并未解开，反而随之而来的更大的悬念紧紧吸引读者去探究其中所发生的故事。西奥多的故事，他本人只讲述了他所知道的身世的一部分，另一部分则是由他的父亲杰罗姆叙述出来的。杰罗姆的叙述真正揭开了他自己与儿子和阿方索关系的来龙去脉，并与曼弗雷德交代其祖父谋杀阿方索、攫夺城堡的真相交相呼应。多重视角的交叉移动，不仅使作品的叙事结构参差错落，而且在交替的曲线中共同完成了对作品悬念的破解。

刘易斯《修道士》的总体叙事框架也是全知叙事，但在这个总体叙事框架中又镶嵌着两层第一人称叙述的故事，即雷蒙德叙述的故事与阿格尼丝叙述的故事。这种采用第三人称与第一人称相结合的叙事方法，使小说情节波折迭起，悬念横生，引人入胜。玛丽·雪莱的《弗兰肯斯坦》虽然是单一的第一人称叙事，但这个第一人称叙事却包含着三个各不相同的"我"的视角叙述的转换，其中，沃尔顿船长"我"的叙述又分别是弗兰肯斯坦的故事和怪人结局故事的见证人视角叙事。小说这种"我"中有"我"的层叠式的叙事结构不仅使叙述层次分明，立体感强，而且给小说带来了扑朔迷离、变幻莫测的叙述接受效应。

总之，通过比较，我们清楚地了解了六朝志怪小说与英国哥特小说在叙事视角选择与运用方面的异同及其产生异同的原因。更为重要的是，将中国六朝志怪小说置于更为广阔的国际环境下，以比较文学的视野来审视它，我们发现，尽管志怪小说篇幅短小，却五脏俱全，不仅具备了小说艺术的基本因素，而且它就是真正意义上的小说创作，与英国哥特小说一样具有不容忽视的永恒的艺术魅力。

第 七 章

叙事形态论(下)：叙事时间的表现形态

　　任何一部叙事文学作品都内含着叙事时间与故事时间两种时间。托多罗夫在《文学作品分析》中，对这两种不同的时间作了清楚的说明："时况问题之所以存在是因为有两种相互关联的时间概念：一个是被描写世界的时间性；另一个则是描写这个世界的语言的时间性。事件发生的时间顺序与语言叙述的时间顺序之间的差别是显而易见的。"①法国电影符号学家克利斯蒂安·麦次则更为形象地说明了这一点："叙事是一组有两个时间的序列……被讲述的事情的时间和叙事的时间（'所指'时间和'能指'时间）。这种双重性不仅使一切时间畸变成为可能，挑出叙事中的这些畸变是不足为奇的（主人公三年的生活用小说中的两句话或电影'反复'蒙太奇的几个镜头来概括等等）；更为根本的是，它要求我们确认叙事的功能之一即是把一种时间兑现为另一种时间。"②叙事时间又常被称为文本时间。"所谓故事时间，是指故事发生的自然时间状态，而所谓叙事时间，则是它们在叙事文本中具体呈现出来的时间状态。前者只能由我们在阅读过程中根据日常生活的逻辑将它重建起来，后者才是作者经过对故事

────────────────

　　① 托多罗夫：《文学作品分析》，转引自张寅德编选《叙述学研究》，中国社会科学出版社 1989 年版，第 61 页。

　　② 克利斯蒂安·麦次：《电影涵义论文集》，转引自热奈特《叙事话语 新叙事话语》，王文融译，中国社会科学出版社 1990 年版，第 12 页。

的加工提供给我们的现实的文本秩序。"①这两种时间之间是相当微妙复杂的，"研究叙事的时间顺序，就是对照事件或时间段在叙述话语中的排列顺序和这些事件或时间段在故事中的接续顺序"②。当叙事顺序与故事顺序相一致时，我们称之为"正叙"、"顺叙"或"直叙"；当表现出来的是差异性的时候，我们称之为"时间倒错"③。"时间倒错"通常是由叙事中的"倒叙"或"预叙"引起的。倒叙是指对往事的追述，即"对故事发展到现阶段之前的事件的一切事后追述"④，而预叙则是对未来事件的暗示式预期，即指"事先讲述或提及以后事件的一切叙述活动"⑤。此外，故事时间与叙事时间的关系还具体体现在时距与频率方面。下面我们将依次从顺序、时距与频率几个方面来探讨六朝志怪小说与英国哥特小说叙事时间表现形态的异同。

第一节　叙事时间中的顺序

六朝志怪小说与英国哥特小说在叙事时间的顺序上，既有表现形态的相似，又有显著的差异。下面我们具体分析之。

六朝志怪小说对"具有双重时间序列的转换系统"⑥ 的处理，集中呈现为一种叙事方法，就是顺叙或称直叙，倒叙和预叙方法运用较少。在六朝志怪小说中，我们发现故事事件发生的先后次序与其在叙事话语中呈现的次序多是相应的，也就是说，文本中叙事的前后次序从整体上总显示出故事发生前后的逻辑顺

---

① 罗纲：《叙事学导论》，云南人民出版社 1994 年版，第 132 页。

② 热奈特：《叙事话语 新叙事话语》，王文融译，中国社会科学出版社 1990 年版，第 14 页。

③ 同上。

④ 同上书，第 17 页。

⑤ 同上。

⑥ 胡亚敏：《叙事学》，华中师范大学出版社 1994 年版，第 63 页。

序。例如在《三王墓》的故事中，其故事的自然时序是：（1）莫邪为楚王作剑三年乃成；（2）预感被杀，嘱妻子复仇；（3）莫邪被杀；（4）母嘱子为父复仇；（5）为复仇，子赤比献头于客；（6）客完成复仇任务。在文本中，我们看到，作者的叙述时序完全是依照故事本身的自然时序展开的，未作任何技术上的调整，前后逻辑关系清楚，层次分明。这种叙事时序与故事时序的一致性，是六朝志怪小说叙事的普遍特征。造成这一普遍特征的原因，除了当时小说篇幅短小尚难以催生复杂的叙述方式外，也与中国人喜爱明晰的思维方式有关。不过，更为重要的原因是，这种顺叙的特征乃是受中国史传叙事传统影响的结果。杨义指出："把历史时间切分为段，在每一时间段中则使用'现在时'的行文，这是我国编年史著作对语言时态的非原生性的处理方式。这一处理方式减少了每一时间段内复杂的时态纠缠，使历史叙述者和论赞者不必拘束于时态，直接进入临境状态，和历史人物、历史事件进行对话。"[1]可见，由于史书是史记官每天记载并日积月累后完成的，而每天所记都是现在时，也即顺叙，因此产生了这种顺叙模式，并深刻影响了后来的文学创作。所以说"顺叙是由记述史实衍变过来的。"[2]杨义称此现象为"永远的现在时"[3]。

相对于顺叙，倒叙在六朝志怪小说中确不多见。不过我们还是能在一些作品中找到这样的用法，如《幽明录》描写"地狱"的志怪小说通常使用倒叙法，并以"初"字为标志。这也是六朝志怪小说受史传文学传统影响的明显印迹之一。中国史书中倒叙的运用，起码在《尚书》、《左传》的时代已经发现。不过这种传统对六朝志怪小说的影响明显逊色于顺叙传统。描写"地狱"的

---

① 杨义：《中国叙事学》，人民出版社1997年版，第187页。
② 董小英：《叙述学》，社会科学文献出版社2001年版，第120页。
③ 杨义：《中国叙事学》，人民出版社1997年版，第187页。

经典篇目《赵泰》就是先写赵泰死而复活，再详细追述其"初死时"游历地狱所见的种种景象，最后则再叙复活后的人间反应等情况，所追述内容构成作品的主干。《康阿得》、《石长河》、《舒礼》等莫不如此。《幽明录》的《陈良》、《薛重》使用的也是这一方法。《陈良》[①] 写陈良因经商获利被朋友谋杀，尸体被"弃之荒草"，后来死而复生，回家后才追述死后发生的情况，追述毕，又回到正常叙述状态。《薛重》亦然。祖冲之《述异记》中的《庾邈与郭凝》[②] 也用了倒叙法。小说写庾邈与郭凝立誓相爱，至死不渝。但不久郭凝暴亡。作者并未说明其中原因，而是后来使用倒叙法借郭凝鬼魂之口交代出其暴亡原因。这种倒叙法在干宝笔下偶尔也有自觉的运用，例如《搜神记》卷十五的《戴洋复生》和卷十六的《苏娥》。不过，最突出也最值得一提的还是《苏娥》。我们不妨先将此篇故事与早载于曹丕《列异传》中的《鹄奔亭》作一比照。因《苏娥》前面已引录过，故此从略。《鹄奔亭》是这样写的：

> 苍梧广信女子苏娥，行宿高安鹄奔亭，为亭长龚寿所杀，及婢致富，取其财物，埋致楼下。交趾刺史周敞行部宿亭，觉寿奸罪，奏之，杀之。[③]

从比照中不难发现：（1）短短五十余字的《鹄奔亭》被干宝扩充至六倍于它的《苏娥》，情节描写更为丰富、细致、委婉；（2）改编过的小说最突出的变化就是结构上的变更。《鹄奔亭》完全按照事件发生的时间顺序依次描写，因此显得情节简单；

① 鲁迅：《古小说钩沉》，《鲁迅全集》第 8 卷，人民文学出版社 1973 年版，第 391－392 页。

② 同上书，第 304 页。

③ 同上书，第 251 页。

《苏娥》则完全打破了原有的平铺直叙的方式，代之以倒叙法，这不仅是描写手法的变动，更是结构的调整，因此情节显得起伏有致，引人入胜，人物情感的表达也更为强烈，充分表现了苏娥的不屈与执著申冤的情感世界。从《苏娥》结构的改变上，我们感到了干宝的"倒叙"意识，因为他显然意识到了倒叙的魅力。可见，倒叙"不仅仅是一个简单的时间顺序错综的问题，而是通过时间顺序的错综，表达某种内在的曲折感情，表达某种对世界的感觉形式"①。

六朝志怪小说中的预叙现象更为少见，偶尔我们能在极个别作品中看到它。《搜神记》中的《三王墓》、《安阳亭书生》即为两例。《三王墓》中的莫邪对"重身当产"的妻子说："吾为王作剑，三年乃成。王怒，往必杀我。汝若生子是男，大，告之曰：'出户望南山，松生石上，剑在其背。'"这段话就提前交代了两件事：一是自己必遭楚王杀害的悲剧命运；二是让妻告诉未来之子藏剑所在。这两件事此后都得到了应验。这里预叙的运用既说明了莫邪对楚王残暴本性的了解，又表达了莫邪盼子复仇的迫切信念。在《安阳亭书生》② 中，书生夜过安阳城南一亭，准备住宿于此。亭民对他说："此不可宿，前后宿此，未有活者。"书生回答道："无苦也。吾自能谐。"书生的话也承担了预叙的功能。最后我们看到，书生不仅在亭内安然无恙，而且"凡杀三物，亭毒遂静，永无灾横。"本来亭民的一番话，渲染了故事的恐怖气氛，我们不禁为书生捏了一把汗，希望他立即离开这个可怕的地方，然而他却毫无惧色，显得胸有成竹，从容以对。这里的预叙表现了书生的勇敢与无畏，更增加了故事的悬念，吸引我们想知道书生将究竟如何应对将临的凶险。

---

① 杨义：《中国叙事学》，人民出版社 1997 年版，第 150 页。
② 干宝：《搜神记》，汪绍楹校注，中华书局 1979 年版，第 229 页。

罗纲认为："在西方小说中，与倒叙相比，预叙较为少见。但在中国古代小说中，预叙却采用得十分普遍。"①如果撇开志怪小说这一块，他的看法是正确的。因为从他举例情况看，他所说的"中国古代小说"是话本小说及其以后的古典名著，显然未包括六朝志怪小说。赵毅衡同样认为，西方小说倒叙式悬疑多，预述式悬疑少，而中国传统小说正相反。② 杨义也说预叙是中国小说的强项而不是弱项，认为中国作家在作品的开头"不是首先注意到一人一事的局部细描，而是在宏观操作中充满对历史、人生的透视感和预言感"③。可以肯定地说，这些学者在谈论预叙这个方面时，几乎都忽略了作为中国小说发展过程中重要阶段的六朝志怪小说里预叙罕见的事实。至于倒叙和预叙在西方文学中的情况，热奈特早有论述。他说："提前，或时间上的预叙至少在西方叙述传统中显然要比相反的方法少见得多；虽然古代三大史诗《伊利亚特》、《奥得修纪》和《埃涅阿斯纪》每一部都以一个提前的概要开始，这概要在某种程度上说明了托多罗夫用于荷马叙事的术语'宿命情节'的正确。小说（广义而言，其重心不如说在 19 世纪）'古典'构思所特有的对叙述悬念的关心很难适应这种作法，同样也难以适应叙述者传统的虚构，他应当看上去好像在讲述故事的同时发现故事。因此在巴尔扎克、狄更斯或托尔斯泰的作品中预叙极为少见……"④里蒙·凯南也说："预叙远不如倒叙那么频繁出现，至少在西方传统中是这样。"⑤ 正是由于

① 罗纲：《叙事学导论》，云南人民出版社 1994 年版，第 141 页。

② 赵毅衡：《当说者被说的时候：比较叙述学导论》，中国人民大学出版社 1998 年版，第 185 页。

③ 杨义：《中国叙事学》，人民出版社 1997 年版，第 152 页。

④ 热奈特：《叙事话语 新叙事话语》，王文融译，中国社会科学出版社 1990 年版，第 38—39 页。

⑤ 里蒙·凯南：《叙事虚构作品：当代诗学》，姚锦清等译，北京三联书店 1989 年版，第 86 页。

"小说'古典'构思所特有的对叙述悬念的关心",以及对"在讲述故事的同时发现故事"的效果的追求,造成了西方文学传统中预叙相对薄弱的情况。但是,当我们承认这一总体事实的同时,也不应该忽略局部范围中相反情况的存在,也就是说,在我们面对具体研究对象时,决不能被"总体事实"所迷惑和左右。在特定范围里,发现这种相反情况是至关重要的。就六朝志怪小说与英国哥特小说相比较而言,情况就完全与上述事实相反,倒是预叙在六朝志怪小说中极为少见(预叙在后来的中国小说中才成为叙事常规),而在英国哥特小说中却是常见的叙事方式。

前面说过,预叙是指叙述者提前讲述以后发生的事件的一切叙述活动。英国哥特小说虽然频繁地娴熟地运用这一手法,但也并非是它的创造,更非出于偶然。就这一手法的运用来说,在西方也有其悠久的历史传统。古希腊的荷马史诗《伊利亚特》和《奥德赛》、古罗马维吉尔的《埃涅阿斯纪》都是以简洁的预叙手法开始叙述的。18世纪英国笛福的《鲁滨逊漂流记》等作品,也是一开始就对故事作了巧妙的预叙。虽然预叙在某种程度上干扰了读者发现最终结果的阅读期待,但却又能营造出"另一种性质的心理紧张"[1]的氛围,"它通过时间上的指向性以引起读者的期待"[2]。这种紧张与期待能产生诸如"它怎么会这样发生"这类问题及诸如此类的变种,如主人公为什么会这么愚蠢?社会为什么会容许这样一件事情发生?等等,继而会引导读者特别去关注人物的命运,关注事件的发展与变化,从而从另一个层面上引起更大的阅读兴趣。[3] 因此,赵毅衡指出:"从叙述结构观点

---

① 罗纲:《叙事学导论》,云南人民出版社1994年版,第142页。

② 胡亚敏:《叙事学》,华中师范大学出版社1994年版,第68页。

③ 谭君强:《叙事理论与审美文化》,中国社会科学出版社2002年版,第165页。

来看，预述甚至比倒述还重要。"①

刘易斯在《修道士》中，就多次运用了刺激读者兴趣的预叙手法。"叙述者是明白之人，但却往往说出或者写出谜一般的话或者隐喻。尽管从表面上看，这些话十分清晰明白地表达了其所指，但读者却不得不设法解开其中的谜。"②首先，预叙突出体现在洛伦左的"梦"和吉卜赛女人的"占卜"里。洛伦左在教堂梦见自己和安东尼娅在缭绕着美妙歌声与管风琴旋律的金碧辉煌的大教堂举行婚礼，正当他要亲吻新娘时，一个"体态庞大"、"面色黝黑"、"眼睛阴鸷可怖"、"嘴里喷着火焰"、额上写着"傲慢、淫欲、残酷"几个大字的丑陋怪物突然阻挡在他们中间，企图要把新娘拽下"喷射着云状火焰的地狱"。他被噩梦惊醒后，便融入大教堂无边的黑暗里。这个梦几乎可以视为整个故事的一个隐喻和象征。而吉卜赛女人为安东尼娅作的不祥占卜，更是作品主干情节的浓缩：

> 主啊！这是怎样一个手心！
>
> 纯洁，娇嫩，年轻，美丽，漂亮，
>
> 完美的心灵，轻盈的体态，你将得到好人的祝福；
>
> 但哎呀，这条线显示
>
> 灾难就在你身边徘徊；
>
> 好色的人和狡猾的魔鬼将共同导致你的毁灭；
>
> 痛苦和悲哀迫使你离开人世，
>
> 你的心灵将很快进入天堂，
>
> 要避免此种不幸，

---

① 赵毅衡：《当说者被说的时候：比较叙述学导论》，中国人民大学出版社1998年版，第114页。

② 希利斯·米勒：《解读叙事》，申丹译，北京大学出版社2002年版，第44页。

你务必牢记我的话。

当你遇见一个美德超群、异乎寻常的人，

他行为无瑕疵，因而也不能宽恕别人的过失，

把吉普赛人的话记在心里：

虽然他看起来那么善良和蔼，

但美丽的外表常常隐藏内心膨胀的欲望和傲慢！

可爱的少女，我含泪离你而去！

但愿我的预言不会使你悲伤，

宁愿心平气和地等待将临的不幸，

在一个比现实更好的世界里期盼永恒的幸福。①

可见，这个"梦"和"占卜"显然是对修道士安布罗斯的堕落犯罪和安东尼娅的悲剧命运的巧妙预示，极大地唤起了读者的阅读期待。

其次，雷蒙德向洛伦左讲述自己与他的妹妹阿格尼丝的不幸经历时，叙事者也使用了预叙。请看这段文字："阅历使我确信，你天性慷慨大方。我不必等待你宣布你对妹妹的经历一无所知，就可以认定有人故意向你隐瞒了她的遭遇。如果你知道了她的遭遇，那么我和阿格尼丝就不会吃这么多苦头了。但命运是那样安排的。"②另外，在小说第三卷第一章中，洛伦佐因一时忙于为妹妹报仇而暂时将与安东尼娅的婚事搁置下来，他已准备好，一旦完成前者就立即履行后者。这时，叙述者又一次运用了预叙的方法来提醒读者后面将发生的悲剧："但是，当洛伦佐正急不可待地想揭穿一个以宗教为掩护的伪君子时，万万没有想到另一个伪君子会给他造成更严重的伤害。在马蒂尔德的帮助下，安布罗斯

---

① 刘易斯：《修道士》，李伟昉译，上海译文出版社 2002 年版，第 26—27 页。
② 同上书，第 70 页。

决定毁灭无辜的安东尼娅。"①

在《瓦塞克》中，预叙的运用也十分突出，体现在开头的两处。一处是体现在"伟大的智者和预言家"的穆罕默德的一段话中。当他在天堂看到自己在人间的代理官瓦塞克有违背宗教的行为时，对手下众神灵道：

> 姑且让我们看看这个哈里发的愚蠢和不敬神灵的行为能将他引向何处。如果他真的走向极端，我们就知道该怎样对他加以惩罚。他已经开始效法尼穆拉德修建高塔了，你们帮他建成。尼穆拉德是个伟大的勇士，他修建高塔是为了逃避被洪水淹死的命运；而瓦塞克却仅仅是为了满足不可一世的好奇心，妄图窥测天堂的秘密。他根本不知道这样做会给他带来什么样的后果。②

另一处是叙述者的一段话：

> 他想象着星星已经向他启示了一种最神奇的冒险，而且帮助他完成这一冒险之旅的，将是一个来自陌生国度的奇人。③

这两处显然已预叙了瓦塞克将有"最神奇的冒险"以及为妄图窥测天堂的秘密而遭受惩罚。这种预叙不仅奠定了小说的基调，而且更能引发读者深一步的好奇与渴望：瓦塞克究竟要作何种最神奇的冒险？他究竟要因何事遭受何种惩罚？那个陌生国度

---

① 刘易斯：《修道士》，李伟昉译，上海译文出版社 2002 年版，第 222 页。

② William Beckford, *Vathek and Other Stories*, Pickering Limited, 1993, pp. 30—31.

③ Ibid. , p. 31.

的人是怎样的人？他在整个事件中又将扮演怎样的角色？事实上，当阅读过程完成后，读者就会发现最终的结局仍让人心惊肉跳，颇有意外之感。

在《奥特朗托城堡》中，叙述者借曼弗雷德的仆人们之口，对故事结局也做了如下预叙：

> 他们把这次仓促的婚礼归因于亲王惧怕看到一个古老预言的实现，据说那个预言宣称"奥特朗托城堡极其亲王权位将从现今的家族易手他人，当真正的主人长大时就会予以接管"。很难说这个寓言有什么道理，更难想象它和上面所提到的婚事有什么关系。然而，这些神秘的传说，或者说是矛盾的传说，并没有使得一般人稍许动摇自己的看法。①

在《弗兰肯斯坦》中，预叙更为突出。这是一部由四封信组成的书信体小说。小说开篇第一句话，即在外航海探险的沃尔顿致其姐姐萨维尔夫人的第一封信的首句就充满了预叙的意味："你将高兴地听到，你怀着那样凶险的预兆来看待的一项事业，在开始的时候并未发生任何灾难。"②其潜台词无疑是在明确告诉姐姐，当然也包括读者，后来一定发生了什么灾难。姐姐的那个凶险的预兆最终还是应验了。因此这个开头一下子就紧紧吸引住了读者，使读者产生兴奋和恐怖的心理。紧接着，当小说主人公弗兰肯斯坦从海上被救起后，他对沃尔顿船长的一席话更具有预叙的功能：

---

① 贺拉斯·瓦尔蒲尔：《奥特朗托城堡》，伍厚恺译，四川人民出版社 2001 年版，第 2 页。

② 玛丽·雪莱：《现代普罗米修斯》，伍厚恺译，四川人民出版社 1997 年版，第 3 页。

你也许不难看出，我曾经遭遇过无可比拟的巨大不幸。我一度下定了决心，要让有关那些灾难的记忆随着我的一死而归于消灭；可是你使我改变了自己的决定。你正像我曾经做过的那样，追求着知识和智慧；而我却热切地希望在你的愿望实现的时候，它不会像我所经受的那样，成为噬伤你的毒蛇。我不知道讲述自己的灾难是否对你有所裨益；不过，当我想到你正走着和我同样的道路，正面临着把我弄成今天这副模样的相同的危险时，我猜想你也许会从我的故事中引出适当的教训；要是你在事业上获得了成功，它可以指导你的行动，万一你失败了，它也可以安慰你。请你准备好倾听通常会被视为不可思议的一连串事件吧。要是我们处在静谧祥和的自然环境中，我或许会担心你将不肯相信我，也许还会嘲笑我；但在这蛮荒而神秘之地，许多事情都似乎成为可能的了，而对于那些并未领略过千变万化的大自然的伟力的人们来说，这一切都只会引得他们发笑罢了——我也毫不怀疑我的故事所包含的事件都具有真实的证据，在一步步进展中它将证明这一点。……请听我的故事吧，你将明白我的命运是怎样的无可挽回了。①

　　沃尔顿在信中将要对他的姐姐叙述弗兰肯斯坦的故事时也说："他的故事一定是奇异而痛苦的；而那吞没了正在航道上行驶的英勇的船舶，并把它损毁到这般地步的风暴，一定是令人惊怖的！"②叙述者在讲述弗兰肯斯坦的故事前不仅多次运用预叙，而且在讲述遭遇魔鬼前也使用了预叙："上帝啊！刚刚发生了怎

---

① 玛丽·雪莱：《现代普罗米修斯》，伍厚恺译，四川人民出版社1997年版，第18—19页。
② 同上书，第20页。

样的情景！我一想起那一幕还不免头晕目眩。我不知道自己还有没有能力作详细的记叙；可是不写下这最后的、不可思议的悲惨结局，我记叙的故事就会是不完整的。"①这些一再出现的特征明显的预叙，提前渲染了故事的神秘奇异性和凄惨恐怖性，为即将展开的情节营造了一个阴森恐怖的氛围，从而达到了吸引读者注意力的预期效果。这部作品对预叙的成功运用，正好应验了热奈特的那个看法。他认为，第一人称叙事比其他叙事更适用于预叙，因为它具有公开的回顾性，允许叙述者可以说出构成他角色一部分的未来②。

至于倒叙，则一向被视为西方文学传统的叙事方式，并且经常体现在不同的叙述层次之中。英国哥特小说在这一点上也不例外。《弗兰肯斯坦》就很有代表性。小说是由四封信组成的，其中第四封信又分为三个部分，即开头、正文24章和续前信。从沃尔顿的叙述本身看，四封信依次叙述了他自己在外的航海历程、奇遇弗兰肯斯坦、听弗兰肯斯坦的自述、见证弗兰肯斯坦的死和怪物的消失，是典型的以自然时间顺序叙事。不过，在这个叙事文本中，其内在的叙事结构是相当复杂的，因为正文的24章所包含的主叙述层和次叙述层都是由倒叙来分别完成的。也就是说，第1—10章与第18—24章是弗兰肯斯坦的追叙，追叙其身世、造人过程、所造怪物给他和家人及其友人带来的灾难，为主叙述；11—17是怪物的追叙，追叙其诞生后遭人歧视并复仇的经历，为次叙述，主叙述和次叙述两大层次结合起来就是倒叙在整个作品中所占的幅度。从第一叙事时间（沃尔顿偶遇弗兰肯斯坦）的起点先后插入弗兰肯斯坦和怪物的自述，最后止于与第

①　玛丽·雪莱：《现代普罗米修斯》，伍厚恺译，四川人民出版社1997年版，第211页。

②　热奈特：《叙事话语　新叙事话语》，王文融译，中国社会科学出版社1990年版，第39页。

一叙事时间相衔接，其间悠长的倒叙构成了作品毋庸置疑的主体。这是一部相当典型的整体性倒叙的作品。而作品的第一叙述层，即母体叙述层或超叙述层则更多地起到一个构成叙述框架，并显示出成为预叙的故事结局而已。

《修道士》中第一卷第三章至第二卷第一章的内容也是以倒叙的方式完成的。这一部分被冠于"雷蒙德的历史"和"雷蒙德的历史续篇"，由雷蒙德自己追叙其历险经历及其与阿格尼丝的爱情磨难。

不过，尽管预叙和倒叙在英国哥特小说中的运用十分突出，但并不是说哥特小说就不用顺叙方式，事实上，就我们重点探讨的四部哥特小说来说，顺叙的表征还是很明显的。上面我们说过，《弗兰肯斯坦》这部小说如果仅从沃尔顿的叙述及见闻过程本身看，四封信依次叙述了他自己在外的航海历程、奇遇弗兰肯斯坦、听弗兰肯斯坦的自述、见证弗兰肯斯坦的死和怪物的消失，是典型的以自然时间顺序叙事。《奥特朗托城堡》、《瓦塞克》和《修道士》所反映的内容也都是以事件发生的前后次序来展开的。《奥特朗托城堡》描写主人公曼弗雷德为妄图继续霸占本不属于他的奥特朗托城堡，丧心病狂，无所不用其极，但最终不仅竹篮打水一场空，而且成为制造家庭惨剧的罪魁祸首；《瓦塞克》描写国王瓦塞克为满足虚荣、私欲、野心和权势，不惜伤天害理，滥杀无辜，最终一步步走向毁灭之途；《修道士》则不仅详细展示了安布罗斯为情欲所惑、深陷其中难以自拔最终导致杀人犯罪的悲剧过程，而且还讲述了雷蒙德与阿格尼丝历经磨难终成眷属的爱情故事。所不同的是，《弗兰肯斯坦》和《修道士》中顺叙和倒叙交替使用，所以在叙事上更多地呈现出曲折回环的复杂状态；而《奥特朗托城堡》和《瓦塞克》则因未使用倒叙而更显示出直线式的自然原生状态。

显然，相比较而言，在处理故事时间与叙事时间的关系上，英国哥特小说比六朝志怪小说显得成熟与多样化。

第二节　叙事时间中的时距

所谓时距，在叙事学里就是指故事时间与叙事时间长短的比较。时距通常表现为以下四种基本形式，其中 TH 指故事时间，TR 指叙事时间，$\infty >$为无限大，$<\infty$为无限小：

概述：　　$TR < TH$

　　　　　（故事时间长于叙事时间）

场景：　　$TR = TH$

　　　　　（故事时间等于叙事时间）

停顿：　　$TR = n, TH = 0.\ TR \infty > TH$

　　　　　（叙事时间无限长于故事时间）

省略：　　$TR = 0, TH = n.$ 故：$TR < \infty\ TH$

　　　　　（故事时间无限长于叙事时间）

概述是叙述者对故事情节、时空背景等最本质内容的简洁交代，故事时间明显长于叙事时间。热奈特认为，直到 19 世纪末，概述始终是两个场景之间最通常的过渡形式，犹如舞台的背景，因此是小说叙事的最佳结缔组织[①]。场景即叙事故事的实况，主要由对话和行动描写构成，叙事时间大致等于故事时间。停顿是指当叙事描写集中于某一因素时而造成的故事进展过程的延宕，如静态的描写，叙述者的议论等，这时故事时间等于零，叙述时间无限长于故事时间。省略是指故事情节线索的某一部分被省去

---

① 　热奈特：《叙事话语　新叙事话语》，王文融译，中国社会科学出版社 1990 年版，第 61 页。

不提，有时它会以具体时间标志显示出来，有时则完全不用任何标志，但读者在阅读时能感觉到省略。这时故事时间无限长于叙事时间，或者说叙事时间几乎为零。正是上述四种形式的反复交替运用，建构起了小说疏密有致的基本叙事节奏。研究时距作为一种技术问题本身并无价值，其真正价值所在，恰恰是不仅能帮助我们确认作品的节奏，而且更重要的是让我们领悟到叙事者真正的关注点和价值取向。

六朝志怪小说虽然处于中国小说的雏形和起步阶段，其叙事艺术比起后来的小说也确显得有些粗糙和简单，但并非没有研究价值。从一些志怪名篇的创作实践看，其叙事艺术不可低估，很值得重视和研究。事实上，志怪小说中蕴涵着很多叙事艺术的因子，解剖它有助于重新认识它那久被忽视的价值。在具有代表性的志怪小说中，上述四种叙述运动形式不仅样样具备，而且交替运用得十分娴熟自如。以《搜神记》中的名篇《弦超》为例。

> 魏济北郡从事掾弦超，字义起。以嘉平中夜独宿，梦有神女来从之。自称天上玉女，东郡人，姓成公，字知琼。早失父母，天地哀其孤苦，遣令下嫁从夫。超当其梦也，精爽感悟，嘉其美异，非常人之容，觉寤钦想，若存若亡。如此三四夕。一旦，显然来游，驾辎𬨎车，从八婢，服绫罗绮绣之衣，姿颜容体，状若飞仙。自言年七十，视之如十五六女。车上有壶榼、青白琉璃五具，饮啖奇异，馔具醴酒，与超共饮食。谓超曰："我，天上玉女，见遣下嫁，故来从君。不谓君德，宿时感运，宜为夫妇。不能有意，亦不能为损，然往来常可得驾轻车、乘肥马，饮食常可得远味异膳，缯素常可得充用不乏。然我神人，不为君生子，亦无妒忌之性，不害君婚姻之义。"遂为夫妇。赠诗一篇，其文曰："飘浮勃逢，敖曹云石滋。芝一英不须润，至德与时期。神仙岂虚

感，应运来相之。纳我荣五族，逆我致祸灾。"此其诗之大较。其文二百余言，不能悉录。兼注《易》七卷，有卦有象，以象为属，故其文言既有义理，又可以占吉凶，犹扬子之《太玄》、薛氏之《中经》也。超皆能通其旨意，用之占候。

作夫妇经七八年。父母为超娶妇之后，分日而燕，分夕而寝。夜来晨去，倏忽若飞，唯超见之，他人不见。虽居暗室，辄闻人声，常见踪迹，然不睹其形。后人怪问，漏泄其事。玉女遂求去，云："我神人也，虽与君交，不愿人知。而君性疏漏，我今本末已露，不复与君通接。积年交结，恩义不轻，一旦分别，岂不怆恨！势不得不尔，各自努力。"又呼侍御下酒饮啖。发簏，取织成裙衫两副遗超，又赠诗一首。把臂告辞，涕泣流离，肃然升车，去若飞迅。超忧感积日，殆至委顿。

去后五年，超奉郡使至洛，到济北鱼山下，陌上西行，遥望曲道头，有一车马，似知琼，驱驰前至，果是也。遂披帷相见，悲喜交切。控左援绥，同乘至洛，遂为室家，克复旧好。至太康中犹在，但不日日往来，每于三月三日、五月五日、七月七日、九月九日、旦十五日辄下往来，经宿而去。张敏为之作《神女赋》。[①]

《弦超》写的是人神之恋。作品情节紧紧围绕一个"梦"字展开，组成"做梦"、"圆梦"、"梦破"、"续梦"四个主要场景。作品开篇简笔交代了故事中的人物身份、故事发生的时间、地点后，便写弦超梦中所见情景：一仙女从天上翩然下凡自愿来从

---

① 李剑国：《唐前志怪小说辑释》，台湾文史哲出版社 1995 年版，第 221—223 页。

之，并诉说自己的身世。弦超面对绝美玉女，神清气爽，心情激动，以至于梦醒时还觉得恍如梦中，那美丽的身影依然在眼前时隐时现，挥之不去。这一情景把主人公眷恋、缠绵的情感写得那么细腻真切，那么神灵活现。第二个场景写生活中的"圆梦"：弦超果然与梦中仙女邂逅。这是梦的实现，也是最幸福的结合。这一场景主要集中写弦超所见所闻。首先是浓墨重彩仙女的容貌、服饰、用车及车上装载的精美器具、珍馐美味等，这些内容的描写本身又意味着故事进程的暂时停顿；接着写"与超共饮食"及对超的一席话。仙女坦言与他"宜为夫妇"，乃是"宿时感运"，不仅以后衣食住行无需担忧，而且"亦无妒忌之性，不害君婚姻之义"。于是他们成为夫妇。在这里，叙述节奏的舒缓与主人公陶醉在天赐良缘、大喜过望的幸福氛围中的心情相吻合。第三个场景是"梦破"：由于弦超不慎泄露了他和玉女的关系，怕招致非议，玉女不得不离别而去。作者细致地描写玉女向弦超诉说伤别离情，又呼侍御"下酒饮啖"，还为超织衫赠诗，然后涕泣流离，把臂告辞。一场离别写得那么黯然神伤，牵肠挂肚，那么悲悲切切，哀婉动人，以至于别后的弦超仍"忧感积日，殆至委顿"。第四个场景是"续梦"：写他们五年后再度重逢，接续旧好。由于这四个场景是作品的重心所在，描写也较为细腻，因此叙述节奏显得舒缓平稳，叙述时间与故事时间大致相当。概要的运用，在作品中除开头背景交代外还有四处。一处是文中的"如此三四夕"，这一短短的概述句，概括了主人公梦后几天的状态，写尽了他对梦境的留恋与痴情，文字既含蓄简洁，又韵味十足。第二处是对赠诗中心内容的概述，因其诗文"二百余言，不能悉录"，所以仅以"应运来相之"等句来说明"此其诗之大较"。当然，这里也有省略的运用，从"其文二百余言，不能悉录"一句中可以看出。当弦超接受父母之命娶妻后，他和玉女的生活也从此发生转折，再不能像以往那样悠然自得地整日相守在一起，作品再一次用"分日而燕，分夕而寝，夜来晨去，悠忽若飞"等概述句概括他们紧张而不安定的生活状态。第四处是文末对两人重续旧好后具体幽会时间的概述。尤其是最后两处，作品的叙述节奏显得十分急促和紧凑，这是对他们生活常态发生逆转后的生存状态的反映，从中透出一缕浓浓的惆怅与无奈。由于他们做夫妇的七八年和别后五年间不是描写重点，故统统省略。

从以上分析我们不难看出，《弦超》虽然篇幅不长，但概要、场景、停顿、省略四种叙述运动形式一应俱全，交错运用自如得体，使叙述节奏不仅显得张弛有序，疏密有致，而且使四大场景环环相连，醒目突出，有力地彰显了作品的价值取向。从表面看，作品是写人神的浪漫婚恋，但深处反映的却是对自由、平等、幸福爱情生活的无限神往，对现实环境下父母包办婚姻的一腔幽怨，曲折地表现了当时寒士庶民在门第婚姻压抑下的人性潜意识中的本能欲望。

同样，概要、场景、停顿、省略这四种叙述运动形式在英国哥特小说中也一应俱全，运用得十分娴熟自如。这一点当无须多言。

倒是需要指出的是，由于英国哥特小说与六朝志怪小说在篇幅上距离悬殊，加之各自文学传统的差异，因此两者之间在同中又显示着不同的面貌。这不同主要体现在停顿的叙述形态上。作为浪漫主义先声组成部分的英国哥特小说，已经表现出了鲜明的重视情感与自然景物描写的倾向。小说里众多的人物外貌描写、自然景物描写、随处可见的议论，特别是人物心理活动的描写，常常使作品正在进展中的故事情节出现频繁的长时间的停顿现象。从《修道士》、《弗兰肯斯坦》等小说中，我们不难看到，作者十分偏爱、擅长以细腻的笔触对人物的情感世界作直接的透视描写，使读者不仅看到人物的外部行为本身，而且真切地将人物行为种种隐秘的心理动机活灵活现地和盘托出。这种停顿虽然从某种程度上说造成了故事情节连贯性的中断，但无疑又使有益于认识的相关信息的容量得以增加和扩充，同时，也自然透露出了作品的兴趣点和价值指向。当然重视心理刻画的倾向，又是强调个性表现、重视个体的自我意识的西方社会传统在文学描写领域内的具体反映。而六朝志怪小说因受重群体、轻个体的中国传统伦理道德规范的潜在影响，对人物肖像、心理及环境等描写往往着墨不多，且多是在情节进展中附带交代出来的，因此作品中的停顿表现出时间短，不甚突出的特点。例如《弦超》中对天上玉女的容貌、服饰、吃穿用品以及弦超的心理描写都极为简洁，这种因静态描写而引起的停顿也就显得干净利落，不拖泥带水，从而使其他的表现内容得以突出醒目。

第三节　重复叙事：思想的构筑

热奈特在探讨叙事频率时曾说："时至今日，小说评论家和理论家极少研究我所说的叙事频率，即叙事与故事间的频率关系（简言之重复关系）。然而它是叙述时间性的主要方面之一，而且在普通语言中恰恰以语体范畴为语言学家们所熟知。"[①] "频率"原是物理学上的一个概念，指单位时间内有规律的运动，热奈特首先借用这一概念来表示叙事与故事间的重复关系，这是他为文学文本的研究做出的一个了不起的贡献。热奈特将叙事频率概括为四种类型：（1）讲述一次发生过一次的事。这是叙事频率中最基本、最常见的类型，也称之为单一性叙述。（2）讲述 n 次发生过 n 次的事。由于它叙述的次数与事件的次数相等，故也属于单

---

① 热奈特：《叙事话语 新叙事话语》，王文融译，中国社会科学出版社 1990 年版，第 73 页。

一性叙述。（3）讲述 n 次发生过一次的事。（4）讲述一次发生过几次的事。在这里，我们只涉及第三种类型，即叙述 n 次发生过一次的事。热奈特将这种类型称为"重复叙事"①。

热奈特之所以重视重复叙事，是因为他敏锐地发现了"'重复'事实上是思想的构筑"②。因此，在小说中采用重复叙事，无疑是为了获得某种特殊的效果。"这种重复的效果是使不断发展、流逝的生活事件中某些东西有节奏地重复显示，从而提示出一种恒定的意义或产生某种象征意蕴。"③希利斯·米勒在《小说与重复》中认为，重复主要有两种形式，一是"从细小处着眼，我们可以看到言语成分的重复"；二是"从大处看，事件或场景在本文中被复制着"。解读重复实际上是侧重于分析修辞形式与意义的关系，因为无论什么样的读者，他们对小说的解释，"在一定程度上得通过这一途径来实现：识别作品中那些重复出现的现象，并进而理解由这些现象衍生的意义"④。

下面，我们将着重讨论六朝志怪小说与英国哥特小说中对同一事件或场景和相同话语重复叙述的共有现象。重复叙事在干宝《搜神记》的一些经典名篇中表现得十分醒目、十分突出。可惜，这一现象迄今尚未受到有关研究者的重视和探讨。在这里，我们以《搜神记》中的《三王墓》、《紫玉》、《王道平》等名篇为例，来分析说明重复在这些小说中的重要作用。

《三王墓》之本事早见于《列士传》、《吴越春秋》、《列异传》，在《搜神记》之前，该故事记述得都很简略。如《列异传》

---

① 热奈特：《叙事话语 新叙事话语》，王文融译，中国社会科学出版社 1990 年版，第 75 页。

② 同上书，第 73 页。

③ 童庆炳主编：《文学理论教程》，高等教育出版社 1998 年版，第 316 页。

④ 希利斯·米勒：《小说与重复》，转引自朱立元总主编《20 世纪西方美学经典文本》第 3 卷《结构与解放》，复旦大学出版社 2001 年版，第 553—555 页。

中的《三王冢》是这样叙述的：

> 干将莫邪为楚王作剑，三年而成。剑有雄雌，天下名器也，乃以雌剑献君，藏其雄者。谓其妻曰："吾藏剑在南山之阴，北山之阳；松生石上，剑在其中矣。君若觉，杀我；尔生男，以告之。"及至君觉，杀干将。妻后生男，名赤鼻，告之。赤鼻斫南山之松，不得剑；忽于屋柱中得之。楚王梦一人，眉广三尺，辞欲报仇。购求甚急，乃逃朱兴山中。遇客，欲为之报；乃刎首，将以奉楚王。客令镬煮之，头三日三夜跳不烂。王往观之，客以雄剑倚拟王，王头堕镬中；客又自刎。三头悉烂，不可分别，分葬之，名曰"三王冢"。①

但到了干宝笔下，故事的叙述却发生了根本性的变化：

> 楚干将莫邪为楚王作剑，三年乃成。王怒，欲杀之。剑有雌雄。其妻重身当产，夫语妻曰："吾为王作剑，三年乃成。王怒，往必杀我。汝若生子是男，大，告之曰：'出户望南山，松生石上，剑在其背。'"于是即将雌剑，往见楚王。王大怒，使相之："剑有二，一雄一雌。雌来，雄不来。"王怒，即杀之。莫邪子名赤比，后壮，乃问其母曰："吾父所在？"母曰："汝父为楚王作剑，三年乃成。王怒，杀之。去时嘱我：'语汝子：出户望南山，松生石上，剑在其背。'"于是子出户南望，不见有山，但睹堂前松柱下，石低之上，即以斧破其背，得剑。日夜思欲报楚王。王梦见一儿，眉间广尺，言"欲报仇"。王即购之千斤。儿闻之，亡

---

① 鲁迅：《古小说钩沉》，见《鲁迅全集》第8卷，人民文学出版社1973年版，第248—249页。

去。入山行歌。客有逢者，谓："子年少，何哭之甚悲邪？"曰："吾干将莫邪子也。楚王杀吾父，吾欲报之！"客曰："闻王购子头千金，将子头与剑来，为子报之。"儿曰："幸甚！"即自刎，两手捧头及剑奉之，立僵。客曰："不负子也。"于是尸乃仆。客持头往见楚王，王大喜。客曰："此乃勇士头也，当于汤镬煮之。"王如其言。煮头三日三夕，不烂。头踔出汤中，瞋目大怒。客曰："此儿头不烂，愿王自往临视之，是必烂也。"王即临之。客以剑拟王，王头随堕汤中。客亦自拟己头，头复堕汤中。三首具烂，不可识别。乃分其汤肉葬之，故通名"三王墓"。今在汝南北宜春县界。①

将一个由原来两百多字的"粗陈梗概"的故事，扩充、演绎至五百多字的一则更为生动形象、细腻传神、具有很强叙事特征的作品，这是干宝了不起的地方，也是他虚构想象天才的突出展示。特别引人注目的是他对事件的悲剧原因作了根本性的调整，因此使事件本身富有了更强烈、更鲜明的悲剧色彩。在《列异传》中，莫邪的悲剧是因其"以雌剑献君，藏其雄者"而引起的，而在《搜神记》中则清楚地写明是作剑"三年乃成"而引起的。作者将"三年而成"中的"而"改为"乃"字，极有深意。从表面上看，"三年而成"与"三年乃成"均表达作剑所花费时间的漫长，但在感情语气和韵味的表达上却差别颇大，一个"乃"字，曲尽其妙地透出了楚王的极大不满，故后有"王怒，欲杀之"的交代。也正因为如此，作者有意将"三年乃成"重复三次，"王怒"重复五次，"杀"字重复五次。"三年乃成"，既说明莫邪为楚王作剑之精心与细致，又强调精心与细致是莫邪招来

① 干宝：《搜神记》，汪绍楹校注，中华书局 1979 年版，第 128—129 页。

杀身之祸的原因，因为他的精心与细致反被楚王认为是故意拖延时间，莫邪的清白无辜与楚王的残暴无理尽寓其中。

同时，在叙事中，干将莫邪为楚王作剑反遭杀害这一事件在短短文本中也竟被从不同的角度重复五次，这是前所未有的，也是作者的精心安排。作者先是客观交代，概括叙述这一结果，接着让莫邪告知妻子这件事，然后以场景描写法呈现莫邪向楚王献剑，王怒而杀之的经过，后来莫邪之子赤比长大问其母："吾父所在？"母亲再次诉说此事，最后是赤比告诉侠客。作者所以这样不厌其烦地重复同一事件和相同话语，显然意在强调莫邪精心为楚王铸剑却横遭杀戮，暴露楚王之淫威、残暴、毫无人性，同时也为了凸显赤比仇复的迫切性、正义感与悲壮色彩，从而使作品的复仇主题得到强化，深深地刻在了读者的心灵上。

干宝对重复叙事这一技巧的运用，在《紫玉》、《王道平》等篇中同样非常突出。这些不同寻常的重复，当然会让我们"更关注技巧（文本所提供的标记）与读者的认知理解、情感反映以及伦理取位（ethical positioning）的关系。"① 在《紫玉》中，紫玉因遭父王干涉不能与韩重自由相爱结气而死一事，在作品中重复四次。先是作者站在全知视角叙述："女悦之，私交信问，许为之妻。重学于齐鲁之间，临去，属其父母，使求婚。王怒，不与女。玉结气死，葬闾门之外。"这时的韩重还不知紫玉的死。接着韩重游学归来，诘其父母，作者又从父母这一视角告知儿子事件的不幸结局："王大怒，玉结气死，已葬矣。"重哭泣哀恸，具牲币，往吊于墓前。紫玉又以四言诗的形式亲自向恋人倾诉了自己的不幸遭遇。当吴王欲治韩重罪时，紫玉鬼魂来到父王面前为韩重辩护，作者再一次让紫玉向父王述说爱情的不幸："昔诸生

① 戴卫·赫尔曼主编：《新叙事学》，马海良译，北京大学出版社 2002 年版，第 48 页。

韩重，来求玉，大王不许，玉名毁义绝，自致身亡。重从远还，闻玉已死，故赍牲币，诣冢吊唁。感其笃终，辄与相见，因以珠遗之。不为发冢，愿勿推治。"这些陈述几乎都是全篇故事的梗概。同时，作者还三次重复"王怒"、"王大怒"，两次重复"玉结气死"，这恰好构成一对不可调和的矛盾冲突，即家长吴王的威权、专断、无理和紫玉对爱情的坚贞与忠诚的矛盾冲突。作者通过对同一事件和相同话语的重复，不仅营造了一种浓厚的令人压抑窒息的悲剧氛围，而且有力地表现了男女青年在这种压抑窒息的悲剧氛围里对自由真挚爱情的渴望与追求，向传统的封建礼教及不合理的婚姻等级制度提出了大胆的挑战。

《王道平》也是描写王道平与姑娘父喻"誓为夫妇"，父母却逼迫其女"出嫁刘祥"，三年后父喻"郁郁而死"。这一事件在文本中被作者、邻居和父喻鬼魂分别叙述了三次，也显然是为了强调父喻对恋人的情深意笃，表现出封建等级制度下爱情婚姻不自由的悲剧思想，是对不合理社会现状的愤懑抗议与大胆挑战！兹引录全篇，以供欣赏：

> 秦始皇时，有王道平，长安人也。少时，与同村人唐叔偕女，小名父喻，容色俱美，誓为夫妇。寻王道平被差征伐，落堕男国，九年不归。父母见女长成，即聘与刘祥为妻。女与道平言誓甚重，不肯改事。父母逼迫不免，出嫁刘祥。经三年，忽忽不乐，长思道平，忿忿之深，郁郁而死。死经三年，平还家，乃诘邻人："此女安在？"邻人曰："此女意在于君，被父母凌逼，嫁于刘祥。今已死矣。"平问："墓在何处？"邻人引往墓所。平悲号哽咽，三呼女名，绕墓悲苦，不能自止。平乃祝曰："我与汝立誓天地，保其终身。岂料官有牵缠，致令乖隔，使汝父母与刘祥；既不契于初心，生死永诀。然汝有灵圣，使我见汝生平之面。若无神

灵,从兹而别。"言讫,又复哀泣。逡巡,其女魂自墓出,问平:"何处而来?良久契阔。与君誓为夫妇,以结终身,父母强逼,乃出聘刘祥,已经三年,日夕忆君,结恨致死,乖隔幽途。然念君宿念不忘,再求相慰,妾身未损,可以再生,还为夫妇。且速开冢破棺,出我即活。"平审言,乃启墓门,扪看其女,果活。乃结束随平还家。其夫刘祥,闻之惊怪,申诉于州县。检律断之,无条,乃录状奏王。王断归道平为妻。寿一百三十岁。实谓精诚贯于天地,而获感应如此。[①]

事件和话语重复叙述的现象在英国哥特小说中也多有存在。例如,《修道士》中阿格尼丝在墓穴里饱受摧残的事件就被前后两次叙述。厄秀拉嬷嬷作为见证人,曾披露过阿格尼丝所经历的不幸磨难,但她看到的并非全过程,而且阿格尼丝被强行灌进毒药后又是如何死而复生的,这仍是未解之谜。故后来由亲历者本人再补叙其事,自然更真实,更详细,也更具切肤之痛!而从作品实际看,阿格尼丝的故事被两次叙述,主要是基于两种效果的实现:一是揭露克莱尔女修道院的黑暗、不仁道和多米娜院长的残暴凶恶;二是极尽渲染恐怖之能事。为实现这两种效果,叙述者反复地具体描写阿格尼丝所囚之处的非人环境,"尸体"、"痛苦"、"恐惧"、"残忍"、"阴暗"等词语的重复出现几乎达到难以数计的程度,可谓让人惊心动魄,毛骨悚然!

在《瓦塞克》里,有这么一段情节描写,印度人因在宫中殿堂的傲慢与非礼招致国王及朝臣等众人的踢打,结果像"肉球"一样滚来滚去。按理说,印度人遭踢打的事一小段文字就可说清楚,但作者却连篇累牍、津津有味地反复叙述,犹如一个连续不

---

① 干宝:《搜神记》,汪绍楹校注,中华书局1979年版,第178—179页。

断跟踪的长镜头：先是国王赐、接着是朝臣们踢，然后后宫里的女眷们、宦官们、全城人依次加入踢"肉球"的行列，描写"肉球"从"一个地方滚到另一个地方，一个厅滚到另一个厅，沿路看到这一场景的人无不参加进来，于是整个宫廷内一片喧嚣混乱，到处回响着人们的呼喊和叫骂声"[①]。接着再一次描写那个印度人滚过大厅、回廊、会议室、厨房、花园、马厩、正厅的场面，且反复渲染场面的喧嚣与混乱。这种重复描写，不仅是为了营造荒唐可笑、怪诞奇幻的特殊氛围，也是作者的意念、价值取向的一种构造形态与表达方式，强调、凸显了国王把整个宫廷和国家已经推向了一场无法控制的可怕的风暴与灾难之中，极具有象征意味。

另外，有趣的是，地狱之王索里曼对到来的瓦塞克所讲述的唯一一段话[②]，是对自己一生历史的忏悔。这段话简直就是《瓦塞克》故事情节的概述和浓缩，也可以视为是对瓦塞克故事简洁的重复叙事。这段重复叙事的目的，无疑是叙述者借索里曼之口告诉瓦塞克：他也必将因同样的野心和贪欲面临着遭受同样的无情惩罚。

《弗兰肯斯坦》中也有类似的重复叙事。例如，怪物诞生后所遭遇的孤独、歧视与不公的处境，在文本中实际上被叙述了两次：一次是怪物向弗兰肯斯坦的详细叙述；另一次是怪物死前对沃尔顿的简要叙述。这种重复，从怪物的角度说，是为了强调出他对人类同情与关爱的强烈渴求，以及对他的创造者陷他于孤独绝境之中的满腔憎恨和报复心理；但从沃尔顿的角度而言，则是基于深度的叙述功能的需要，即从旁进一步证实弗兰肯斯坦故事讲述的真实性与可靠性。

---

①   William Beckford, *Vathek and Other Stories*, Pickering Limited, 1993, p. 39.

②   Ibid., pp. 93—94.

《奥特朗托城堡》中有一个大段对话的场面也值得一提。曼弗雷德眼看儿子在举行婚礼前被一顶巨大的头盔神秘地砸死，为了继续享有对城堡和爵位的继承权，他决定娶儿子的未婚妻伊莎贝拉。不从的伊莎贝拉只得以逃跑来摆脱曼弗雷德的魔掌。曼弗雷德恼羞成怒，派人四处捉拿她。这时两个家仆慌慌张张来向他报告情况：

"殿下在哪里？殿下在哪里？"

"我在这里。"曼弗雷德在他们走得更近时说道；"你们找到侯爵小姐了吗？"

第一个达到的人回答道："啊，我的亲王！我们找到了您真是高兴。"

"找到了我！"曼弗雷德说；"你们找到侯爵小姐没有？"

"我想我们找到了，我的亲王，"那个仆人说，看来是被吓着了，"不过……"

"不过什么？"亲王喊道，"她逃跑了吗？"

"贾克斯和我，殿下……"

"是的，我和迭戈，"第二个仆人插话道，他带着更为惊恐的神情走上前来。

"一次只要一个人讲话，"曼弗雷德说。"我问你，侯爵小姐在哪里？"

"我们不知道，"他们又一起讲起来；"不过我们真被吓得头晕脑胀了。"

"我想也是这样，笨蛋，"曼弗雷德说；"是什么吓得你们这样？"……①

---

① 贺拉斯·瓦尔蒲尔：《奥特朗托城堡》，伍厚恺译，四川人民出版社2001年版，第18—21页。

一边是急不可耐，一边是啰嗦结巴，这段反复重复的对话描写长达四页，既表现了两仆人被恐怖景象刺激得神经错乱，不知如何表达，又是对曼弗雷德喜剧式的调侃与讽刺，活画出了他急于想得知伊莎贝拉下落并将其控制于手掌的急切心情。从叙事效果上看，乃是故意推迟情节发展，造成节奏的延宕，从而造成悬念不断吊起读者胃口，急于使读者想知道：究竟是什么恐怖景象让两个家仆如此恐慌错乱？

总之，在这一小单元里，我们主要介绍了重复叙事在两种小说文本中的具体运用，目的有二：一是说明重复叙事在两种小说文本中的事实存在，这种存在表明了不同民族或国家的创作者对重复叙事的意义的共同自觉，充分显示出重复这种"有意味的形式，即一种情感的描绘性表现"[①]；二是希望让两者互为参照，显示重复叙事给小说带来的阅读魅力，尤其是想以成熟的英国哥特小说创作为参照，来说明作为中国小说诞生标志的六朝志怪小说，在当时于叙事艺术上已经取得的成就。

---

① 苏珊·朗格：《情感与形式》，刘大基等译，中国社会科学出版社 1986 年版，第 50 页。

结　语

本书从背景、情节、主题、人物、叙事等五个层面，对英国哥特小说与中国六朝志怪小说作了粗略的比较。从中不难看到：

第一，尽管英国哥特小说充满了恐怖和怪诞，但只要从哥特艺术规则的角度来审视它，就会发现，恐怖和怪诞正是哥特小说表现世界的特有方式，那种警醒世人的认识价值与审美价值也蕴涵其中。它以变形、夸张、放大的方式，暴露各种摧残人性、威胁人类或者使人堕落的罪恶，并在暴露中彰显出惩恶扬善的思想精神。哥特小说自问世以来，影响力渐趋扩大，自身也生生不息，不断发展，以至于在英美国家形成强大的哥特传统，盖源自于这种形式所产生的那种惊心动魄、振聋发聩的特质。借助于这种特质，哥特小说让人们倍加警惕因贪婪、不义、罪恶与杀戮等而招致的惨剧的发生，无异于一剂促人猛醒的强心剂。美国作家奥康纳解释自己将大量哥特手法运用于创作中的原因的一段话，道出了哥特小说这一存在价值："对于那些听觉不灵的人，你得大声叫喊；而对于那些快失明者，你只能把图画得大大的。"①

第二，从对六朝志怪小说若干代表篇目的分析来看，虽然六朝志怪小说尚处在中国小说的起步阶段，但从一开始就具有明显

---

① 转引自肖明翰《英美文学中的哥特传统》，载《外国文学评论》2001年第2期。

的虚构倾向，包含着丰富的小说因素，在情节、主题、人物、叙事等方面不仅独具特色，而且充分显示出了它当时所能达到的艺术高度；尤其通过对其因果报应等主题以及叙事艺术这些一向被忽视或研究不够的方面的探讨，更显出了六朝志怪小说作为叙事艺术的重要价值。同时，通过比较也可以看出，六朝志怪小说由于受史传文学的影响，从一开始就具有明显的客观化叙事特征，这种客观化叙事特征给那些经典文本带来了审美的艺术张力，也为读者留下了许多艺术想象与思考的空间。这一被现代西方小说美学极为推崇的创作理念，在中国早期的小说创作中就已初露端倪。可惜的是，这一优长，并未在后来的小说发展中发扬光大，而是逐渐被强烈的主观性倾向所替代。但这一经历至少说明了中国小说并非一开始就是主观性叙事的事实。

第三，英国哥特小说与中国六朝志怪小说这两种小说之间尽管分处欧亚两大陆，时间相错千余年，但的确在人生理想、审美思维、艺术表现诸方面存在着一致性，这一事实就是它们能够对话交流、相互理解的坚实基础。而共同性中所表现出来的差异，正是两者各自独特性的因素，是不同文化传统的表征。这种差异不仅需要在平等对话中得到相互承认与尊重，而且应该得到相互宽容地理解。中西方不同国家和民族渴望并事实上频繁的文化交流往来，也无可辩驳地说明了异质文化间的沟通与理解是完全可能的。我们通过这一个案研究，既是为了寻求建构平等多彩、互通有无的理想的世界文学的路径，也旨在证明中西方民族虽然信仰不同、文化传统迥异，但仍然拥有共同性原则以及相互理解的心理基础。

同时，从一个文学侧面也想回应以亨廷顿为代表的一些西方学者故意夸大西方与非西方文明或文化间的冲突和对抗性的观点。亨廷顿站在"西方中心论"的立场上，尤其强调、夸大中国与西方的冲突和对抗性，认为："属于不同文明的国家和集团之间的关系不仅不会是紧密的，反而常常是对抗性的。……未来的危险冲突可能会在西方的傲慢、伊斯兰国家的不宽容和中国的武断的相互作用下发生。"① 他耸人听闻，片面强调差异，把引起不同民族间灾难性的战争甚至世界大战的政治经济等方面的因素，统统归结于文明的因素，其实质就是在强调自身的优越性和征服感。尽管他也说，"在未来的岁月里，世界上将不会出现一个单一的普世文化，而是将有许多不同的文化和文明相互并存"②，并提出在多极文明的世界里需要一种"共同性原则"，即不同文明的人民都应寻求和扩大与其他文明在价值观、实践等方面的共同性③，还申明他"唤起人们对文明冲突的危险性的注意，将有助于促进整个世界上'文明的对话'"④，但是他骨子里并没有将其他民族真正放在平等对话的地位上来看待，更忽视了世界其他民族文明或文化中求真向善、反对邪恶、爱好和平、渴望平等的积极的一面，字里行间透露出对中国等文明或文化的恐惧与敌视。正如有学者在批评后现代主义的文化不可通约论这一观念时所指出的那样，"这种观念表面上看来可能会走向民族文化的多元共存，其实最后刚好相反，它成为了种族主义的基础"⑤，而种族主义走向极端，就成为文化冲突的根据⑥。所以，不真正学会尊重任何其他民族的文明或文化，而是处心积虑地欲

---

① 塞缪尔·亨廷顿：《文明的冲突与世界秩序的重建》，周琪等译，新华出版社1999年版，第199页。

② 塞缪尔·亨廷顿：《文明的冲突与世界秩序的重建·中文版序言》，周琪等译，新华出版社1999年版，第2页。

③ 塞缪尔·亨廷顿：《文明的冲突与世界秩序的重建》，周琪等译，新华出版社1999年版，第370页。

④ 塞缪尔·亨廷顿：《文明的冲突与世界秩序的重建·中文版序言》，周琪等译，新华出版社1999年版，第3页。

⑤ 方汉文：《比较文化论》，广西师范大学出版社2003年版，第56页。

⑥ 同上书，第58页。

征服甚至毁灭之，这是"一种无法弥补的过错，其罪恶不亚于把人当作动物来对待"①。

从英国哥特小说与六朝志怪小说的比较研究中，还引发出两点思考。首先，英国哥特小说与六朝志怪小说虽然都居于各自文学史的边缘地位，但却显示出了强大的生命力，不仅张扬着颠覆当时主流的倾向，日后又都为其主流文学注入了新鲜血液，做出了重大贡献，甚至挤入主流文学的行列。这也再次证明了前面已引述过的梵·第根的那个论断：比较文学应该让一个大位置给那些在文学史上只稍稍提到或竟不提的二三流作家，因为他们在文学史上常常扮演着"放送者"与"传递者"的不可替代的重要角色。这一事实说明，文学新质的生长点往往不在中心，而在边缘。不受拘束的边缘往往是文学的生命力最活跃、最旺盛之处。而处于边缘的文学恰恰是我们以往研究视野中关注不够、较为薄弱的环节。

其次，应该重新审视以情节取胜的小说的价值，确立它在文学史上应有的地位。小说自诞生迄今，大致经历了由重故事情节到重典型人物塑造再到重人物心理意识三大阶段。但长期以来，我们看重的是典型人物塑造的阶段，常常把这一阶段视为小说艺术由幼稚走向成熟的标志，并以是否塑造了典型人物作为衡量小说艺术水准的圭臬。曾几何时，以解构故事、解构人物为特色的西方现代派小说，因不符合典型人物塑造的传统审美标准，加之对其表现思想所做出的价值判断上的偏差，而受到我们研究批评界的歧视和抵制。当然，现在我们已不再排斥现代派小说，对它的研究也不断在走向深入，其中不少小说已被作为经典作品写进自己编写的文学史。但是，许多优秀的以故事情节取胜的小说，

---

① T. S. 艾略特：《基督教与文化》，杨民生、陈常锦译，四川人民出版社1989年版，第142页。

似乎还没有这样幸运。只要检视一下我们自己编写的外国文学史，就不难发现许多在西方以情节取胜的著名作品受到冷落的事实。究其原因，还是认为以故事情节取胜的小说毕竟是处于小说艺术发展中的低级、幼稚阶段，无论在反映社会生活的深度与广度，还是塑造人物的典型程度上，都远不能与以巴尔扎克、托尔斯泰等为代表的小说艺术巅峰时期的作品相媲美。这样我们也就常常把成功地塑造了典型人物的小说称为高雅的经典作品，而无形中把追求情节曲折复杂、故事性强的作品归为通俗作品，而这些通俗作品又常常被视为是等而下之的二三流作品而得不到应有的重视。其结果是在研究领域一定程度地忽视了这类作品的实事存在与艺术价值。这样一来，在相当程度上说，由于审视、取舍作品的标准过于单一，缺乏审美趣味的多样性，编写出来的一些文学史在内容、格局等方面就显得单一、沉闷，陈陈相因，难于在更大的范围内显示出文学发展过程中应有的丰富性和层次感，自然也就无法满足读者不同的欣赏口味与审美需求。

其实，以故事情节取胜的作品并不仅仅是作为小说发展历程中的一个阶段而存在的，更为重要的是，它还以小说的一种表现形态而存在。以故事情节取胜的作品在任何时候都大量存在着，并不因小说发展到了以塑造典型人物的阶段而显得不景气，甚至归于寂灭。事实上，小说作为叙事艺术即使发展到成熟阶段，也完全没有取代以故事情节取胜的小说。这就说明，重故事情节的小说不一定就是幼稚的表现，而是一种创作形态。作为一种创作形态，它有其自身所特有的一套审美趣味与审美价值，也有属于自己的读者群，理应和重人物的作品一样，具有同等重要的意义，没有必要非得人为地在它们之间划分出高低优劣的等级。在小说艺术创作的花园里，理应是百花齐放，万紫千红，不该强求一律。创作是这样，审美鉴赏亦然。应该说，小说创作出来主要是供人娱乐的，就是要好看，具有能吸引人的可读性。故事性永远是小说的基础，从常规情况看，读者阅读一部作品首先关注的是故事性，吸引读者阅读的因素固然很多，但故事性始终当是其中的主要因素之一。英国著名批评家艾弗·埃文斯说："小说家不仅讲述一个故事，而且通过故事描写一些东西。同故事一道，小说还刻画人物，或社会背景，或如在较现代的作品里，对一种意识流进行记录。"但是，"不管小说家抱有什么样的野心，他最好还得记住：他开初是一个讲故事的人，而这个根源他是永远不能完全逃避的。这样，小说可以描述为：以一个故事为基础的一种散文记事。"① 可见，"讲故事"作为小说的基本属性，是任何创作者都不能也不应该"完全逃避"的一个"根源"，同样是研究者在审视、评价小说时不应忽视的一个"根源"。尤其是面对以故事情节为主要审美特征的这样一种小说形态时，更要立足于这一审美形态的批评原则，去实事求是地加以评价。阿米斯曾不无宽容地说：即使一部小说很幼稚，但是当它激励和满足了人们的好奇本能时，当它用一连串的冒险和奇历给读者带来愉悦时，它也完成了某种任务②。因此，只要好看，只要能为读者带来一段美好的时光，同时又蕴涵着并非是短暂的或不重要的思想意义，能使读者获得一些人生启迪与教益，就是有价值的好作品，就可以获得永恒或普遍的艺术生命。况且，真正优秀的以情节取胜的作品，也还写出了同样令人难忘的艺术形象。像在《修道士》、《弗兰肯斯坦》这两部优秀的哥特小说里，不仅是其曲折离奇、引人入胜的情节，而且也包括它们所刻画的具有相当典型意义的艺术形象，都给读者留下了极其深刻难忘、耐人寻味的印象。当然，我们坚决反对一味追求情节离奇而又无病呻吟的无聊

---

① 艾弗·埃文斯：《英国文学简史》，蔡文显译，人民文学出版社1984年版，第237—238页。

② 万·梅特尔·阿米斯：《小说美学》，傅志强译，北京燕山出版社1987年版，第74页。

之作。

　　自然，与英国哥特小说相比，六朝志怪小说还不能说是很成熟形态的小说，但这并不影响它同样作为以志"怪"为特色的故事性小说的性质，也不影响它在中国小说发展史上的奠基意义。我们将英国哥特小说与六朝志怪小说加以比较研究的初衷，也正是为了客观地呈现它们作为故事性小说的性质、价值和意义。至于有些尚未涉及的或者涉及了但不深入的问题，我们将留在以后继续探讨。

主要参考文献

中国部分

曹顺庆著：《中西比较诗学》，北京出版社 1988 年版。

曹顺庆著：《中外比较文论史》（上古时期），山东教育出版社 1998 年版。

曹顺庆等著：《比较文学学科理论研究》，巴蜀书社 2001 年版。

曹顺庆等著：《中外文学跨文化比较》，北京师范大学出版社 2000 年版。

曹顺庆等著：《比较文学论》，四川教育出版社 2002 年版。

曹俊峰、朱立元、张玉能著：《西方美学通史》第 4 卷，上海文艺出版社 1999 年版。

曹道衡、沈玉成编著：《南北朝文学史》，人民文学出版社 1998 年版。

陈寿著：《三国志》，中华书局 1959 年版。

陈鼓应著：《老子注译及评介》，中华书局 1984 年版。

陈文新著：《文言小说审美发展史》，武汉大学出版社 2002 年版。

陈刚著：《西方精神史》上、下卷，江苏人民出版社 2000 年版。

陈平原著：《中国小说叙事模式的转变》，北京大学出版社

2003 年版。

陈平原著：《小说史：理论与实践》，台湾淑馨出版社 1998 年版。

陈鹏翔著：《主题学研究论文集》，台湾东大图书公司 1983 年版。

程毅中著：《古小说简目》，中华书局 1981 年版。

蔡镜浩著：《与魏晋惯用词语有关的标点失误》，《古籍点校疑误汇录》（六），中华书局 2002 年版。

丁锡根编著：《中国历代小说序跋集》（中），人民文学出版社 1996 年版。

董小英著：《叙述学》，社会科学文献出版社 2001 年版。

杜预著：《春秋经传集解》第 2 册，上海古籍出版社 1988 年版。

杜贵晨著：《中国古代短篇小说史》，中州古籍出版社 1991 年版。

杜贵晨著：《传统文化与古典小说》，河北大学出版社 2001 年版。

范明生著：《西方美学通史》第 3 卷，上海文艺出版社 1999 年版。

范中汇著：《英国文化》，文化艺术出版社 2003 年版。

方汉文著：《比较文化论》，广西师范大学出版社 2003 年版。

方立天著：《魏晋南北朝佛教论丛》，中华书局 1982 年版。

房玄龄等著：《晋书》第 4 册，中华书局 1974 年版。

冯天瑜著：《中华元典精神》，上海人民出版社 1994 年版。

傅修延著：《讲故事的奥秘：文学叙述学》，百花洲文艺出版社 1993 年版。

傅修延著：《先秦叙事研究》，东方出版社 1999 年版。

葛兆光著：《中国宗教与文学论集》，清华大学出版社 1998

年版。

干宝著：《搜神记》，汪绍楹校注，中华书局 1979 年版。

高有鹏著：《中国民间文学史》，河南大学出版社 2001 年版。

格非著：《小说叙事研究》，清华大学出版社 2002 年版。

耿占春著：《叙事美学：探索一种百科全书式的小说》，郑州大学出版社 2002 年版。

龚翰熊主编：《欧洲小说史》，四川大学出版社 1997 年版。

龚翰熊著：《20 世纪西方文学思潮》，河北人民出版社 1999 年版。

郭庆藩著：《庄子集释》第 3 册，中华书局 1961 年版。

郭绍虞主编：《中国历代文论选》，上海古籍出版社 1979 年版。

韩国磐著：《魏晋南北朝史纲》，人民出版社 1983 年版。

何兆武著：《中西文化交流史论》，中国青年出版社 2001 年版。

何云波著：《围棋与中国文化》，人民出版社 2001 年版。

黄霖等著：《中国小说研究史》，浙江古籍出版社 2002 年版。

黄霖、韩同文选注：《中国历代小说论著选》（修订本）上、下册，江西人民出版社 2000 年版。

黄维梁、曹顺庆编：《中国比较文学学科理论的垦拓》，北京大学出版社 1998 年版。

胡应麟著：《少室山房笔丛》，上海书店出版社 2001 年版。

胡适著：《中国人思想中的不朽观念》，杨君实译，台湾历史语言研究所集刊第 34 本。

胡怀琛著：《中国小说的起源及其演变》，正中书局 1934 年版。

胡亚敏著：《叙事学》，华中师范大学出版社 1994 年版。

侯维瑞主编：《英国文学通史》，上海外语教育出版社 1999

年版。

　　侯忠义编：《中国文言小说参考资料》，北京大学出版社1985年版。

　　侯忠义著：《汉魏六朝小说史》，春风文艺出版社1989年版。

　　侯忠义著：《中国文言小说史稿》，北京大学出版社1990年版。

　　纪昀等撰：《四库全书总目提要》，中华书局1965年版。

　　季羡林著：《比较文学与民间文学》，北京大学出版社1991年版。

　　季水河著：《多维视野中的文学与美学》，东方出版社2002年版。

　　江晓原著：《性张力下的中国人》，上海人民出版社1995年版。

　　蒋承勇著：《现代文化视野中的西方文学》，上海社会科学院出版社1998年版。

　　赖力行著：《中国古代文论史》，岳麓书社2000年版。

　　李学勤主编：《十三经注疏》，《十三经注疏》整理委员会整理，北京大学出版社1999年版。

　　李志逵主编：《欧洲哲学史》，中国人民大学出版社1983年版。

　　李赋宁等主编：《欧洲文学史》，商务印书馆1999年版。

　　李赋宁著：《英国文学论述文集》，外语教学与研究出版社1997年版。

　　李剑国著：《唐前志怪小说史》，南开大学出版社1984年版。

　　李剑国辑释：《唐前志怪小说辑释》，台湾文史哲出版社1995年版。

　　李盾著：《中国古代小说演进史》，台湾文津出版社1999年版。

李洁非著：《小说学引论》，广西教育出版社 1995 年版。

李修生、赵义山主编：《中国分体文学史》（小说卷），上海古籍出版社 2001 年版。

李泽厚著：《美学三书》，安徽文艺出版社 1999 年版。

李鸥、杨丽著：《西欧建筑风格史话》，北京大学出版社 1995 年版。

梁漱溟著：《东西文化及其哲学》（修订版），商务印书馆 1999 年版。

梁工等主编：《比较文学概观》，河南大学出版社 2000 年版。

梁工等著：《凤凰的再生：希腊化时期的犹太文学研究》，商务印书馆 2000 年版。

鲁迅著：《古小说钩沉》，《鲁迅全集》第 8 卷，人民文学出版社 1973 年版。

鲁迅著：《中国小说史略》，《鲁迅全集》第 9 卷，人民文学出版社 1973 年版。

林辰著：《神怪小说史》，浙江古籍出版社 1998 年版。

刘勰著：《文心雕龙校注》，杨明照校注拾遗，中华书局 1962 年版。

刘叶秋著：《魏晋南北朝小说》，中华书局 1962 年版。

刘叶秋著：《历代笔记概述》，中华书局 1980 年版。

刘介民著：《比较文学方法论》，天津人民出版社 1993 年版。

刘小枫著：《拯救与逍遥》，上海三联书店 2001 年版。

刘仲宇著：《中国精怪文化》，上海人民出版社 1997 年版。

刘大杰著：《中国文学发展史》，上海古籍出版社 1982 年版。

刘大杰著：《魏晋思想论》，上海古籍出版社 1998 年版。

刘知几撰、浦起龙释：《史通通释》，上海古籍出版社 1978 年版。

刘世剑著：《小说叙事艺术》，吉林大学出版社 1999 年版。

刘文荣著：《19 世纪英国小说史》，中国社会科学出版社 2002 年版。

罗宗强著：《魏晋南北朝文学思想史》，中华书局 1996 年版。

罗钢著：《叙事学导论》，云南人民出版社 1994 年版。

马焯荣著：《中西宗教与文学》，岳麓书社 1991 年版。

马振方著：《小说艺术论》，北京大学出版社 1999 年版。

马佳著：《十字架下的徘徊》，学林出版社 1995 年版。

马新国主编：《西方文论史》（修订版），高等教育出版社 2002 年版。

敏泽、党圣元著：《文学价值论》，社会科学文献出版社 1999 年版。

苗壮著：《笔记小说史》，浙江古籍出版社 1998 年版。

缪朗山著：《西方文艺理论史纲》，中国人民大学出版社 1985 年版。

宁宗一主编：《中国小说学通论》，安徽教育出版社 1995 年版。

牛宏宝著：《西方现代美学》，上海人民出版社 2002 年版。

欧阳健著：《中国神怪小说通史》，江苏人民出版社 1997 年版。

庞朴、刘泽华主编：《中国传统文化精神》，辽宁人民出版社 1994 年版。

蒲安迪著：《中国叙事学》，北京大学出版社 1990 年版。

齐裕焜主编：《中国古代小说演变史》，敦煌文艺出版社 1999 年版。

卿希泰主编：《道教与中国传统文化》，福建人民出版社 1990 年版。

钱钟书著：《管锥编》第 1 册，中华书局 1986 年版。

钱钟书著：《谈艺录》（增补本），中华书局 1984 年版。

邱紫华著：《东方美学史》上下卷，商务印书馆 2003 年版。

饶芃子等著：《中西小说比较》，安徽教育出版社 1994 年版。

饶芃子等著：《中西比较文艺学》，中国社会科学出版社 1999 年版。

任继愈主编：《中国佛教史》第 1 卷，中国社会科学出版社 1981 年版。

任继愈主编：《中国佛教史》第 2 卷，中国社会科学出版社 1985 年版。

任继愈主编：《中国佛教史》第 3 卷，中国社会科学出版社 1988 年版。

单世联著：《西方美学初步》，广东人民出版社 1999 年版。

申丹著：《叙述学与小说文体学研究》，北京大学出版社 1998 年版。

石峻等编：《中国佛教思想资料选编》第 1 卷，中华书局 1981 年版。

石昌渝著：《中国小说源流论》，三联书店 1994 年版。

苏涵著：《民族心灵的幻象：中国小说审美理想》，人民文学出版社 2000 年版。

孙先科著：《颂祷与自诉》，上海文艺出版社 1997 年版。

孙逊著：《中国古代小说与宗教》，复旦大学出版社 2000 年版。

谭君强著：《叙事理论与审美文化》，中国社会科学出版社 2002 年版。

汤用彤著：《汉魏两晋南北朝佛教史》，上海书店 1991 年版。

汤一介著：《佛教与中国文化》，宗教文化出版社 2000 年版。

陶潜著：《搜神后记》，汪绍楹校注，中华书局 1981 年版。

童庆炳、程正民主编：《文艺心理学教程》，高等教育出版社 2001 年版。

童庆炳著：《文体与文体的创造》，云南人民出版社 1994 年版。

童庆炳主编：《文学理论教程》，高等教育出版社 1998 年版。

万绳楠著：《魏晋南北朝文化史》，黄山书社 1989 年版。

王瑶著：《中古文学史论》，北京大学出版社 1998 年版。

王秋荣、陈伯通主编：《西方文学思潮概观》，海峡文艺出版社 1988 年版。

王充著：《论衡》，上海人民出版社 1974 年版。

王明编：《太平经合校》，中华书局 1960 年版。

王明著：《抱朴子内篇校释》（增补本），中华书局 1985 年版。

王克俭著：《小说创作隐性逻辑》，北京大学出版社 1994 年版。

王平著：《中国古代小说叙事研究》，河北人民出版社 2001 年版。

王枝忠著：《汉魏六朝小说史》，浙江古籍出版社 1997 年版。

王国良著：《魏晋南北朝志怪小说研究》，台湾文史哲出版社 1984 年版。

王国良著：《六朝志怪小说考论》，台湾文史哲出版社 1988 年版。

王嘉著：《拾遗记》，齐治平校注，中华书局 1981 年版。

王增斌、田同旭著：《中国古代小说通论综解》，中国文联出版社 1999 年版。

王汝梅、张羽著：《中国小说理论史》，浙江古籍出版社 2001 年版。

王恒展著：《中国小说发展史概论》，山东教育出版社 1999 年版。

王向远著：《比较文学学科新论》，江西教育出版社 2002 年版。

王亚平著：《基督教的神秘主义》，东方出版社 2001 年版。

王佐良、何其莘著：《英国文艺复兴时期文学史》，外语教学与研究出版社 1996 年版。

闻一多著：《神话与诗》，北京古籍出版社 1956 年版。

文美惠编选：《司各特研究》，外语教学与研究出版社 1982 年版。

翁义钦著：《欧美近代小说理论史稿》，黑龙江人民出版社 1994 年版。

吴景荣、刘意青主编：《英国十八世纪文学史》，外语教学与研究出版社 2000 年版。

吴琼著：《西方美学史》，上海人民出版社 2000 年版。

吴志达著：《中国文言小说史》，齐鲁书社 1994 年版。

吴云主编：《魏晋南北朝文学研究》，北京出版社 2001 年版。

吴礼权著：《中国笔记小说史》，台湾商务印书馆 1993 年版。

伍蠡甫主编：《西方文论选》上、下册，上海译文出版社 1979 年版。

夏志清著：《中国古典小说史论》，胡益民等译，江西人民出版社 2001 年版。

夏军著：《非理性世界》，上海三联书店 1998 年版。

肖明翰著：《英美文学中的哥特传统》，《外国文学评论》2001 年第 2 期。

萧登福著：《汉魏六朝佛道两教之天堂地狱说》，台湾学生书局 1989 年版。

许地山著：《道教史》，上海古籍出版社 1999 年版。

徒岱著：《小说叙事学》，中国社会科学出版社 1992 年版。

薛惠琪著：《六朝佛教志怪小说研究》，台湾文津出版社 1995 年版。

阎国忠著：《基督教与美学》，辽宁人民出版社 1989 年版。

杨周翰著：《十七世纪英国文学》，北京大学出版社 1985 年版。

杨明照著：《抱朴子外篇校笺》上册，中华书局 1991 年版。

叶朗著：《中国小说美学》，北京大学出版社 1982 年版。

杨义著：《中国古典小说史论》，中国社会科学出版社 1995 年版。

杨义著：《中国叙事学》，人民出版社 1997 年版。

杨经建等著：《复仇母题与中外叙事文学》，《外国文学评论》 2003 年第 4 期。

颜慧琪著：《六朝志怪小说异类姻缘故事研究》，台湾文津出版社 1994 年版。

乐黛云著：《比较文学原理》，中华书局、湖南文艺出版社 1989 年版。

乐黛云主编：《中西比较文学教程》，高等教育出版社 1988 年版。

殷企平、高奋、童燕萍著：《英国小说批评史》，上海外语教育出版社 2001 年版。

袁行霈、侯忠义著：《中国文言小说书目》，北京大学出版社 1981 年版。

袁济喜著：《六朝美学》，北京大学出版社 2000 年版。

余嘉锡著：《世说新语笺疏》，上海古籍出版社 1993 年版。

郁龙余编：《中西文化异同论》，三联书店 1989 年版。

俞捷汝著：《幻想与寄托的国度：志怪传奇新论》，台湾淑馨出版社 1991 年版。

俞捷汝著：《仙·鬼·妖·人：志怪传奇新论》，中国工人出版社 1992 年版。

应锦襄等著：《世界文学格局中的中国小说》，北京大学出社 1997 年版。

张京媛主编：《当代女性主义文学批评》，北京大学出版社 1992 年版。

张稔穰著：《中国古代小说艺术教程》，山东教育出版社 1991 年版。

张法著：《中西美学与文化精神》，北京大学出版社 1994 年版。

张建业主编：《李贽文集》第 1 卷，社会科学文献出版社 2000 年版。

张建业主编：《李贽文集》第 7 卷，社会科学文献出版社 2000 年版。

张德林著：《现代小说美学》，湖南文艺出版社 1987 年版。

张玉能、陆扬、张德兴著：《西方美学通史》第 5 卷，上海文艺出版社 1999 年版。

张首映著：《西方二十世纪文论史》，北京大学出版社 1999 年版。

张泗洋等著：《莎士比亚引论》，中国戏剧出版社 1989 年版。

赵毅衡著：《苦恼的叙述者》，北京十月文艺出版社 1994 年版。

赵毅衡著：《当说者被说的时候：比较叙述学导论》，中国人民大学出版社 1998 年版。

赵宪章主编：《西方形式美学》，上海人民出版社 1996 年版。

赵明政著：《文言小说：文士的释怀与写心》，广西师范大学出版社 1999 年版。

郑克鲁主编：《外国文学史》，高等教育出版社 1999 年版。

郑春苗著：《中西文化比较研究》，北京语言学院出版社 1994 年版。

周发祥等主编：《中外文学交流史》，湖南教育出版社 1999

年版。

朱光潜著：《西方美学史》，人民文学出版社 1984 年版。

朱立元、张德兴著：《西方美学通史》第 7 卷，上海文艺出版社 1999 年版。

朱立元总主编：《20 世纪西方美学经典文本》，复旦大学出版社 2001 年版。

朱贻庭主编：《中国传统伦理思想史》，华东师范大学出版社 1994 年版。

《诸子集成》，上海书店 1986 年版。

外国部分

阿尔泰莫诺夫等著：《十八世纪外国文学史》，方闻等译，上海文艺出版社 1958 年版。

阿尼克斯特著：《英国文学史纲》，戴镏龄等译，人民文学出版社 1959 年版。

安德鲁·桑德斯著：《牛津简明英国文学史》，高万隆等译，人民文学出版社 2000 年版。

安德鲁·洛思著：《神学的灵泉》，孙毅译，中国致公出版社 2001 年版。

爱克曼辑录：《歌德谈话录》，朱光潜译，人民文学出版社 1982 年版。

艾可曼辑录：《歌德谈话录》（全译本），洪天富译，译林出版社 2002 年版。

爱·麦·伯恩斯、菲·李·拉尔夫著：《世界文明史》第 1 卷，罗经国等译，商务印书馆 1987 年版。

爱德华·傅克斯著：《欧洲风化史：文艺复兴时代》，侯焕闳译，辽宁教育出版社 2000 年版。

爱伦·坡著：《爱伦·坡的诡异王国》，朱璞煊译，中国对外翻译出版公司 2000 年版。

艾弗·埃文斯著：《英国文学简史》，蔡文显译，人民文学出版社 1984 年版。

奥托·基弗著：《古罗马风化史》，姜瑞璋译，辽宁教育出版社 2000 年版。

巴赫金著：《巴赫金全集》第 3 卷，白春仁、晓河译，河北教育出版社 1998 年版。

巴赫金著：《巴赫金全集》第 5 卷，白春仁、顾亚铃译，河北教育出版社 1998 年版。

保尔·利科著：《虚构叙事中时间的塑形：时间与叙事》第 2 卷，王文融译，三联书店 2003 年版。

贝西埃等主编：《诗学史》上下册，史忠义译，百花文艺出版社 2002 年版。

贝克福德著：《哈里发沉沦记》，王作虹译，四川人民出版社 2001 年版。

布吕奈尔等著：《什么是比较文学》，葛雷、张连奎译，北京大学出版社 1989 年版。

布克哈特著：《意大利文艺复兴时期的文化》，何新译，商务印书馆 1979 年版。

布斯著：《小说修辞学》，华明等译，北京大学出版社 1987 年版。

勃兰兑斯著：《十九世纪文学主流》第 5 分册，李宗杰译，人民文学出版社 1982 年版。

柏拉图著：《理想国》，郭斌和、张竹明译，商务印书馆 1997 年版。

伯克著：《崇高与美——伯克美学论文选》，李善庆译，三联书店 1990 年版。

鲍桑葵著：《美学史》，张今译，商务印书馆，1985 年版。

北京大学哲学系外国哲学史教研室编译：《十六——十八世纪西欧各国哲学》，商务印书馆1975年版。

戴卫·赫尔曼主编：《新叙事学》，马海良译，北京大学出版社2002年版。

恩斯特·卡西尔著：《人论》，甘阳译，上海译文出版社1985年版。

梵·第根著：《比较文学论》，戴望舒译，台湾商务印书馆1995年版。

菲利普·汤姆森著：《论怪诞》，孙乃修译，昆仑出版社1992年版。

福斯特著：《小说面面观》，朱乃长译，中国对外翻译出版公司2002年版。

弗兰克·克默德著：《结尾的意义：虚构理论研究》，刘建华译，辽宁教育出版社、牛津大学出版社2000年版。

方珊编译：《俄国形式主义文论选》，三联书店1989年版。

韩侍桁译：《西洋文学论集》，上海北新书局1929年版。

海伦·加德纳著：《宗教与文学》，沈弘、江先春译，四川人民出版社1989年版。

海登·怀特著：《后现代历史叙事学》，陈永国、张万娟译，中国社会科学出版社2003年版。

贺拉斯·瓦尔蒲尔著：《奥特朗托城堡》，伍厚恺译，四川人民出版社2001年版。

赫士列特著：《论英国小说家》，《古典文艺理论译丛》第4辑，人民文学出版社1962年版。

黑格尔著：《美学》第1卷，朱光潜译，商务印书馆1984年版。

黑格尔著：《美学》第3卷，朱光潜译，商务印书馆1984年版。

黑格尔著：《历史哲学》，王造时译，三联书店1956年版。

吉尔伯特等编撰：《后殖民批评》，杨乃乔、毛荣运、刘须明译，北京大学出版社2001年版。

《简明不列颠百科全书》第8卷，中国大百科全书出版社1986年版。

加达默尔著：《真理与方法》，洪汉鼎译，上海译文出版社1999年版。

卡西勒著：《启蒙哲学》，顾伟铭、杨光仲、郑楚宣译，山东人民出版社1988年版。

克里斯托弗·道森著：《宗教与西方文化的兴起》，长川某译，四川人民出版社1989年版。

克尔凯郭尔著：《基督徒的激情》，鲁路译，中央编译出版社2001年版。

康德著：《判断力批判》，宗白华译，商务印书馆1964年版。

拉曼·塞尔登编：《文学批评理论——从柏拉图到现在》，刘象愚、陈永国等译，北京大学出版社2000年版。

拉法格著：《思想起源论》，王子野译，三联书店1963年版。

莱辛著：《汉堡剧评》，张黎译，上海译文出版社1981年版。

莱昂·罗斑著：《希腊思想和科学精神的起源》，陈修斋译，广西师范大学出版社2003年版。

里蒙·凯南著：《叙事虚构作品：当代诗学》，姚锦清等译，三联书店1989年版。

利奇德著：《古希腊风化史》，杜之、常鸣译，辽宁教育出版社2000年版。

《列宁选集》第2卷，人民出版社1972年版。

列维—布留尔著：《原始思维》，丁由译，商务印书馆1981年版。

罗素著：《西方哲学史》上、下卷，何兆武、李约瑟、马元德译，商务印书馆 2001 年版。

洛里哀著：《比较文学史》，傅东华译，商务印书馆 1931 年版。

洛克著：《人类理解论》上、下册，关文运译，商务印书馆 1959 年版。

刘易斯著：《修道士》，李伟昉译，上海译文出版社 2002 年版。

《马克思恩格斯全集》第 19 卷，人民出版社 1963 年版。

《马克思恩格斯选集》，人民出版社 1972 年版。

《马克思恩格斯全集》第 2 卷，人民出版社 1957 年版。

马克斯·韦伯著：《儒教与道教》，洪天富译，江苏人民出版社 1995 年版。

马克·柯里著：《后现代叙事理论》，宁中一译，北京大学出版社 2003 年版。

马泰·卡林内斯库著：《现代性的五副面孔》，顾爱彬、李瑞华译，商务印书馆 2003 年版。

玛丽·雪莱著：《现代普罗米修斯》，伍厚恺译，四川人民出版社 1997 年版。

米克·巴尔著：《叙述学：叙事理论导论》，谭君强译，中国社会科学出版社 1995 年版。

梅尔茨著：《十九世纪欧洲思想史》第 1 卷，周昌忠译，商务印书馆 1999 年版。

摩尔根著：《古代社会》，杨东莼等译，商务印书馆 1997 年版。

穆尔著：《基督教简史》，郭舜平等译，商务印书馆 1981 年版。

大卫·宁等著：《当代西方修辞学：批评模式与方法》，常昌富等译，中国社会科学出版社 1998 年版。

培根著：《新工具》，关琪桐译，商务印书馆1936年版。

乔治·桑塔耶纳著：《美感》，缪灵珠译，中国社会科学出版社1982年版。

乔纳森·雷班著：《现代小说写作技巧》，戈木译，陕西人民出版社1984年版。

热拉尔·热奈特著：《叙事话语 新叙事话语》，王文融译，中国社会科学出版社1990年版。

《圣经》启导本，中国基督教协会印发，1998年版。

塞米利安著：《现代小说美学》，宋协立译，陕西人民出版社1987年版。

塞缪尔·亨廷顿著：《文明的冲突与世界秩序的重建》，周琪等译，新华出版社1999年版。

苏珊·朗格著：《情感与形式》，刘大基、傅志强、周发祥译，中国社会科学出版社1986年版。

苏珊·S. 兰瑟著：《虚构的权威》，黄必康译，北京大学出版社2002年版。

泰勒著：《原始文化》，连树声译，上海文艺出版社1992年版。

泰纳谢·亚著：《文化与宗教》，张伟达译，中国社会科学出版社1984年版。

T. S. 艾略特著：《基督教与文化》，杨民生、陈常锦译，四川人民出版社1989年版。

瓦特著：《小说的兴起》，高原等译，三联书店1992年版。

万·梅特尔·阿米斯著：《小说美学》，傅志强译，北京燕山出版社1987年版。

韦勒克、沃伦著：《文学理论》，刘象愚等译，三联书店1984年版。

韦勒克著：《批评的概念》，张今言译，中国美术学院出版社

1999 年版。

王泰来等编译：《叙事美学》，重庆出版社 1987 年版。

乌尔利希·韦斯坦因著：《比较文学与文学理论》，刘象愚译，辽宁人民出版社 1987 年版。

沃尔夫冈·凯泽尔著：《美人和野兽：文学艺术中的怪诞》，曾忠禄等译，华岳文艺出版社 1987 年版。

希利斯·米勒著：《重申解构主义》，郭英剑等译，中国社会科学出版社 1998 年版。

希利斯·米勒著：《解读叙事》，申丹译，北京大学出版社 2002 年版。

席勒著：《秀美与尊严——席勒艺术和美学文集》，张玉能译，文化艺术出版社 1996 年版。

休谟著：《人性论》上、下册，关文运译，商务印书馆 1994 年版。

伊迪斯·汉密尔顿著：《希腊方式》，徐齐平译，浙江人民出版社 1988 年版。

伊格尔顿著：《二十世纪西方文学理论》，伍晓明译，陕西师范大学出版社 1987 年版。

亚里士多德著：《诗学》，《诗学·诗艺》，罗念生译，人民文学出版社 1984 年版。

杨祖陶、邓晓芒编译：《康德三大批判精粹》，人民出版社 2001 年版。

张演德编选：《叙述学研究》，中国社会科学出版社 1989 年版。

朱莉娅·克里斯蒂瓦著：《恐怖的权利》，张新木译，三联书店 2001 年版。

詹姆士·里德著：《基督的人生观》，蒋庆译，三联书店 1989 年版。

詹姆斯·费伦著:《作为修辞的叙事》,陈永国译,北京大学出版社 2002 年版。

英文部分

Andrew Smith, *Gothic Radicalism*: *Literature*, *Philosophy and Psychoanalysis in the Nineteenth Century*, Macmillan Press Ltd. , 2000.

Anne K. Mellor, *Mary Shelley*: *Her Life*, *Her Fiction*, *Her Monsters*, Methuen, Inc. , 1988.

Ann Radcliffe, *The Mysteries of Udolpho*, Oxford University Press, 1966.

Charles Robert Maturin , *Melmoth the Wanderer*, University of Nebraska Press, 1961.

David Punter, *The Literature of Terror*: *A History of Gothic Fictions from 1765 to the Present Day*, Longman Group Limited, 1980.

David Punter, ed. , *A Companion to The Gothic*, Blackwell Publishers Ltd. , 2000.

Devendra P. Varma, *The Gothic Flame*, The Scarecrow Press, Inc. , 1987.

Elizabeth R. Napier, *The Failure of Gothic*: *Problems of Disjunction in an Eighteenth-Century Literary Form*, Oxford University Press, 1987.

E. J . Clery, *The Rise of Supernatural Fiction*, Cambridge University Press, 1995.

Frederick S. Frank, *Gothic Fiction*: *A Master List of Twentieth Century Criticism and Research*, Meckler Ltd. , 1988.

Glen Cavaliero, *The Supernatural and English Fiction*, Oxford University Press, 1995.

Horace Walpole, *The Castle of Otranto*, The Scholartis Press, 1929.

Ian Watt, *The Rise of the Novel*, University of California Press, 1965.

James Vinson, ed. , *The Novel to 1900* , Macmillan, 1980.

James Watt, *Contesting The Gothic : Fiction, Genre and Cultural Conflict, 1764 — 1832* , Cambridge University Press, 1999.

John Richetti, ed. , *Eighteenth-Century Novel*, Cambridge University Press, 1996.

John Williams, *Mary Shelley : A Literary Life*, Macmillan Press Ltd. , 2000.

Kuo-Jung chen, *The Gothic Narrative Structure*, University of Wisconsin-Madison, 1994.

Lan Duncan, *Modern Romance and Transformations of the Novel : The Gothic , Scott , Dickens* , Cambridge University Press , 1992.

Lionel Setevenson, *The English Novel*, Houghton Mifflin Company, 1960.

Maggie Kilgour , *The Rise of the Gothic Novel* , Routledge, 1995.

Markman Ellis, *The History of Gothic Fiction*, Edinburgh University Press, 2000.

Marie Mulvey-Robert, ed. , *The Handbook to Gothic Literature*, New York University Press, 1998.

Mary Shelley, *Frankenstein, or Modern Prometheus*,

J. M. Dent & Sons, Ltd. , 1933.

Mathew Gregory Lewis, *The Monk*, Oxford University Press, 1980.

Matthew C. Brennan, *The Gothic Psyche*: *Disintegration and Growth in Nineteenth-Century English Literature*, Camden House, Inc. , 1997.

Michael Gamer, *Romanticism and the Gothic*: *Genre, Reception, and Canon Formation* , Cambridge University Press, 2000.

Robert Miles, *Gothic Writing* , *1750 — 1820* : *A Genealogy*, Routledge, 1993.

Stephen Robert Van Luchene, *Essays in Gothic Fiction*: *From Horace Walpole to Mary Shelley*, Arno Press, 1980.

Victor Sage, ed. , *The Gothic Novel*, The Macmillan Press, 1990.

William Beckford, *Vathek and Other Stories*, Pickering Limited, 1993.

后　记

　　论文终于写完了。写作过程的艰辛、思考过程的痛苦以及成稿后的轻松、喜悦都已化为难忘的记忆，并将成为自己今后学术生涯中一笔值得珍视的财富。

　　回顾当初开题报告通过时，自己选择的并不是现在这个题目，而是比较文学视阈下的英国哥特小说研究。此后写作进展虽然比较顺利，且已完稿十余万字，但比较研究英国哥特小说与中国六朝志怪小说的想法，却一直深藏在心，牵肠挂肚，挥之不去。只是深感自己对六朝志怪小说以及相关大量问题不太熟悉，没有把握，也就未敢轻易触及它。在台湾讲学期间，自己有机会较为细致地阅读了六朝志怪小说的重要文本及其大量相关研究资料，更加感到这两种小说之间的确有可比性，并且很有比较的价值和意义。于是马上改变思路，调整论文题目，并积极准备。

　　现在回想起来，着实有些后怕。因为这一变动，不是局部的调整，而是从研究思路、研究对象、研究立场、研究方法到研究材料的根本性调整，加之这些年来自己又一直主要从事西方文学与比较文学理论方面的教学和研究，对六朝志怪小说以及中国古代文论等没有任何先期研究储备，难度可想而知。事实上正是如此。在这一课题的写作过程中，不止一次地遇到困难，不止一次地有写不下去要半途而废的感觉。面对电脑屏幕，长时间写不出一个字，着急，发虚，冒冷汗，是常有的事。有时甚至非常后悔自己的这一改变，并萌发重新回归原来论题的念头。但六朝志怪小说的魅力及其研究中存在的问题，又不断诱惑着我去思考，使我欲罢不能。正是在这种状态下，自己吃力地把学位论文写成了现在这个样子。虽然深感论文完成后研究才真正开始，虽然论文还有这样或那样的不足，但也权且是向导师、向社会交上一份也许还不成熟却属于自己的答卷，作为三年来读书、思考的小结。

在这里，我要首先感谢我的导师、著名学者曹顺庆教授。他的敬业精神和学术思想给我留下了深刻印象与重大影响。在他的指导下，我认真学习了儒家经典十三经、中国古典诗学、现代西方文艺理论、比较文学理论，学术思路得到开启，学术视野得到拓展，原来有缺陷的知识结构也得以调整、补充，并趋向合理与全面。感谢曹老师在我读书期间对我学术上的培养和扶持，特别感谢他对我的学位论文的悉心指导，也由衷感谢他和师母蒋晓丽博士对我生活上无微不至的关怀。

对我的论文，著名学者肖明翰教授、王晓路教授、李杰教授都提出过宝贵的建设性建议；冯宪光教授讲授的"文学研究方法论"对我论文写作启发很大；著名禅宗美学家皮朝纲教授于百忙中帮助查找、提供并且审核论文中有关文献资料，还提出诸多宝贵建议，在此向他们表示衷心感谢。论文完成后，得到上海师范大学孙景尧、北京外国语大学郭棲庆、湖南师范大学肖明翰、南开大学王志耕、河南大学高继海诸位专家学者的评阅，并经由冯宪光、皮朝纲、王晓路、阎嘉、刘亚丁诸位专家学者组成的答辩委员会评议通过。他们对论文给予了充分肯定和高度评价，也给予了许多宝贵建议，在此向他们表示衷心感谢。本论文能得以及时出版，首先感谢党圣元先生的鼎力推荐；感谢"中国社会科学博士论文文库"评委会同意论文纳入文库出版；感谢责任编辑罗莉女士对论文出版所做出的辛勤工作。本论文的出版，得到河南大学研究生教育发展基金、河南大学文学院学术著作出版基金资助；同时，在读期间，得到河南大学及文学院领导的大力支持与关心，在此表示衷心感谢。

论文写作中得到好友王利锁先生的指教，并承蒙他查阅、审核了论文中有关文献资料；李卫国师兄慷慨借书多种，在此也表示衷心感谢。

本论文的写作，受惠于国内外许多学者的研究成果，在此，我谨向他们一并致以最诚挚的谢意。

最后，还要由衷感谢我的妻子姬群女士，没有她的无私奉献与鼓励，我难以完成学业，我的收获里有她的一半。

李伟昉

2004 年 6 月 10 日

重印说明

　　值此《英国哥特小说与中国六朝志怪小说比较研究》重印之际，谨将书中漏字、错字一一补正，全书各章节仍保持原貌。特此说明。

李伟昉

2011 年 3 月 26 日

Contents